九疑烟尘

Jiuyi Yanchen

戴明賢集

第六卷

戴明贤 著

广西师范大学出版社
GUANGXI NORMAL UNIVERSITY PRESS
·桂林·

图书在版编目（CIP）数据

九疑烟尘 / 戴明贤著. —桂林：广西师范大学出版社，2016.11
（戴明贤集；6）
ISBN 978-7-5495-8986-9

Ⅰ. ①九… Ⅱ. ①戴… Ⅲ. ①小说集—中国—当代 Ⅳ. ①I247

中国版本图书馆 CIP 数据核字（2016）第 264111 号

广西师范大学出版社出版发行
（广西桂林市中华路 22 号 邮政编码：541001
网址：http://www.bbtpress.com）
出版人：张艺兵
全国新华书店经销
湛江南华印务有限公司印刷
（广东省湛江市霞山区绿塘路 61 号 邮政编码：524002）
开本：880 mm × 1 240 mm 1/32
印张：13.125 字数：260 千字
2016 年 11 月第 1 版 2016 年 11 月第 1 次印刷
定价：45. 00 元

书的捕获品是昨天，
里面却活着一个永恒的今天。

——尼采

本卷说明：

本卷收历史题材小说短篇六篇、中篇一部、长篇一部。选自《花溅泪》《九疑烟尘》等书，《魂断鹊桥》系旧作重写。

自　序

我一九六二年开始学写小说，还没写上几个短篇，就“阶级斗争要年年讲，月月讲，天天讲”了，一时间“风生白下千林暗，雾塞苍天百卉殚”，文艺扫地以尽。

这一断就是十多年。直到一九七九年以后，文艺复苏，我才又写起小说来。主要是写历史题材，像吴汉槎、狄仁杰、秦桧、龚自珍的故事，都是“文革”时期蜗伏在乌蒙大山中，遥观政治风暴，一个个涌上心头来的。现代题材也写，但回头重读，多有肤浅直白之感，宁付阙如。

随着年龄的增长，对变化迅疾的社会，观察和思索远远跟不上，越来越跟不上，写作也就渐渐转向散文，写不成小说了。

二〇一三年十一月十二日

目　录

金缕曲

一

清康熙十五年，岁在丙辰。公元纪年一六七六年。

京师千佛寺一改繁华熙攘的常态，香客绝迹，钟停鼓歇，一切让位给冰雪肆虐。广阔的院子，偌大一张纯白的雪毯，上边没有一只鸟爪兽蹄来破坏它无疵无瑕的莹洁。偶尔几声归巢寒鸦的啼叫，乍吐即逝，仿佛连声音也被凛冽的空气所冻僵。

独有后禅院东厢房里，有个人在斗室里转圈子，活像一匹寻觅缺口冲决樊笼的困兽。这是著名诗人顾贞观，不久前从无锡家乡来到睽别七八年的北京，寄居在这座古刹。此刻，他沉浸其中的，正是一种困兽特有的悲愤、孤独和暴躁。

破坏顾贞观心境的，是一封远道而来的书信。它皱褶欲断，泥汗水渍，散发出一股马鞍人汗的气息。这封信从八千里以外的宁古塔，辗转带到吴江，又从吴江带到京师，好不容易交到贞观手中，距发信之时已将近一年。

修书人吴汉槎,是与顾贞观齐名诗坛的江南隽秀。顺治十四年(1657),他在一场震骇全国的科场大狱中,被小人构陷,无辜蒙冤,流徙绝塞,在那冰域雪国之中,已经困顿了十七年。信中说,行年四十七岁,双鬓已经斑白,看来注定要顶戴不白之冤,葬身于冰沟雪壑了。对于贞观不避嫌疑,求他的次女为媳,表示铭感入骨,认为这种高谊,胜过了"巨源字中散之孤,拾遗嫁崔曙之女"。贞观像陷阱里的狼一样快步转圈。似乎走慢一步,就会让汹汹的悲愤之火烧焦身躯。足足踱了一两个时辰,这股流火终于找到了那条习惯性的渠道:填词。他念念有词地吟哦着,匆匆点燃蜡烛,磨了几圈墨,抓起毛笔,让这股喷薄而出的火倾泻在白纸上,熔铸成一阕《金缕曲》。这个音节豪荡激越的词牌,是他素来爱用的。

季子平安否?便归来,平生万事,那堪回首!行路悠悠谁慰藉,母老家贫子幼。记不起,从前杯酒。魑魅搏人应见惯,总输他,覆雨翻云手。冰与雪,周旋久。

泪痕莫滴牛衣透,数天涯,依然骨肉,几家能够?比似红颜多命薄,更不如今还有。只绝塞,苦寒难受!……

贞观双手撑案,看着淋漓满纸的墨渍,小声吟诵"只绝塞,苦寒难受……"眼前展开了一片无涯的冰天雪海。与汉槎同受冤狱的陆子元,白发飘萧地僵死在沟壑里,妻子和幼儿嘤嘤哀泣,无枝可依;远处是充当水兵的流徙士人队伍,迤逦不见首尾;千里雪原,哭声震天。两鬓斑白的吴汉槎,背着一捆比身子还大的枯柴,在行列边上摇摇欲倒;他避开众人,在疏林中寻找一根比较结实的树杈,好挽上裤带,吊起自己清癯的残躯,以结束这不见尽头的屈辱和苦难……

这景象叫贞观肝胆迸裂,忍不住伤兽般嗥叫了一声,又抓起笔,写誓词一样写下最后两句:

廿载包胥承一诺,盼乌头马角终相救!置此札,君怀袖。

这只是一半的构思,还要接上一阕《金缕曲》。但一阵悲风卷过窗外,从窗缝钻进一线,蜡烛倏地灭了。屋里漆似的黑了一下,旋即从窗纸上映透出朦胧白光。贞观推开窗户,一股风灌进来叫他几乎窒息。一株古槐,禁受不住厚雪的重压,咔嚓一声折了根树干。雪光与月光相辉映,令贞观觉得自己的须发肝胆,似乎一齐成了莹澈的冰雪。

他浑身一个冷战。代替那愤懑、郁闷和烦躁的,是一阵狂喜、一阵慰藉、一种搏斗后的疲乏。一种神圣的欣悦轻轻裹住了他。

这是创造后的极乐而庄严的境界呵。贞观填词出入两宋,奄有众长,而特以性情胜。谢灵运梦中得到"池生春草"的名句,贞观自豪地说:"我于词曾至此境。"他将自己的词集定名《弹指词》,取喻于佛典中"弥勒弹指,楼阁门开,善才即见百千万亿弥勒化身"的神话。他以这个书名自示在填词中的苦心孤诣、出神入化处。今天这首《金缕曲》,必将是《弹指词》中惬心的压卷之作。

兴致勃勃地曼吟着,随即又卡住了。新词固然得意,但对于忍辱衔冤的汉槎,何尝有丝毫裨益。什么“终相救”,心有余而力不足的空话而已。贞观又在斗室里转起圈子来。无怪乎班超要投笔从戎,不中世用是文人呵……

二

清晨,贞观刚蒙眬睡去,方丈僧明照就派小沙弥来说,来了佳客,请他前去品茶赏雪。

贞观皱皱眉头不吭声。一夜梦魂颠沛在雪山冰河之间,哪有赏雪雅兴。但听说来客乃是多年的老熟人,声名赫赫的大名士尤侗,忽然心动了一下:不会是汉槎的救星从空而降吧?他把昨夜填的新词交给小沙弥:“请尤老先生先看这个,我随后就到。”

等他走进方丈室,见那位西堂老人尤侗更见丰肥了,红光满面,只有那双眯缝着的小眼睛,还不时闪跳出诙诡玩世的火花。他看见贞观,来不及寒暄,就挥着手里那卷词稿,叫着贞观的字嚷道:“华峰,痛快淋漓,堪称绝唱!”

贞观连忙拱手:“过誉过誉!”一面向殷勤让座的明照和尚招呼。

尤侗呷着浓茶说:“前几年,不是有几个朝鲜人备了礼仪,来向你求词吗?他们请你有了片语单辞都要寄给他们。这首新词,他们不知要怎样欢喜赞叹哩！叫他们多送高丽参！”

贞观无心凑趣，接过小沙弥送来的茶杯，苦笑说：“他们不过看看辞章，如何理解得了其中苦辛。”

“那当然，解人难得。”尤侗抚着大白胡子说，“这些日子，能配得上尊作的好词，我只见到一首。无巧不巧，也是《金缕曲》，还同你有关。”

在一旁恭谨陪坐的明照和尚欠身问：“老居士说的，是纳兰公子赋赠顾居士的那首吗？”

“哟，你也知道了？”

明照合十笑道：“岂但老衲，早已传遍教坊歌楼了！”

“好个不守清规的大和尚，说起教坊歌楼来了！”尤侗照例不笑，右眼向贞观挤挤，又要作弄人了，“今天被我抓住，看怎么了吧？”

“全凭老居士明断！”明照凑兴说。

“好！”尤侗说，“要就是背诵纳兰这首词，错一个字打一下手心；要就是上等素席一桌。”

明照笑道：“背词倒也难不住老衲。素席呢，也早已嘱咐排备了。”

尤侗鼓掌大笑：“那就先背后吃，反正我和华峰今天是扰定了。”

明照住持这座古刹，时常接待文人墨客，不能不读些诗文，随时应酬对答。何况说起的这位纳兰性德，乃是当朝明珠太傅爱子，词坛宿将都钦服的新秀，明照早已把这首词背得烂熟了。他清清嗓子，拖声曳气地念起来：

德也狂生耳！偶然间、缁尘京国，乌衣门第。有酒惟浇赵州土，谁会成生此意？不信道、遂成知己！青眼高歌俱未老，向尊前、拭尽英雄泪。君不见，月如水。

刚背完上阕，尤侗就嚷："好了好了，谁稀罕听你这老陕的怪腔调！快张罗素席去！"

"他们在办。"明照笑着向顾贞观说，"顾居士与纳兰公子最近才相识，难得一见就倾心如此，引为知己。"

贞观说："公子错爱，叫我惶愧得很！"

尤侗说："确实不容易！纳兰连此词的格调都像是在仿效你。他有首词怎么说的：'辛苦最怜天上月，一昔如环，昔昔都成玦。若似月轮终皎洁，不辞冰雪为卿热。'不知道的人，谁相信这两首词出自一人之手？"

谈起纳兰的词，贞观来了兴致："纳兰自然是最擅长小令，一种凄婉处，令人不能卒读。但才大的人，无所不可，怎敢说是拟我的格调。我很爱他描状塞外校猎的词句：'山一程，水一程，身向榆关那畔行，夜深千帐灯'，'万帐穹庐人醉，星影摇摇欲坠'，'塞马一声嘶，残星拂大旗"，这类悲壮苍莽的境界，真不许我们南边人道得一字。"

明照见他们谈得兴浓，悄悄离座去安排斋宴。贞观抓紧时机，打开词稿："西老请看这两句：廿载包胥承一诺，盼乌头马角终相救！"

尤侗伸大拇指："情真词切，高明之至！"

“不!”贞观说,“文字算什么,我是说这一点决心……”

尤侗摸着着大白胡子沉吟起来:“汉槎无辜遭此奇祸,自然令人同情之至。只是,这种话也只好是说说而已;真要做起来,我看比乌头白、马角生有难无易。……对了华峰,前几天我在前门看见一桩趣事……”他连连捋须,眼里闪跳着诙诡的光芒。贞观料定他又要以滑稽刻薄的闲话来回避正题了,只好单刀直入:

“以西老的身份和声望,援救汉槎,未尝没有可能!”

“我?!”尤侗目瞪口呆,“华峰!你怎么戏弄起老头子来了!”他伸指头点着贞观,嘻开瘪瘪的嘴似笑非笑。

“我是实话。”贞观不放不饶,“西老撰传奇《钧天乐》,受两代天子的邀赏,誉为真才子、老名士,比拟太白、东坡。这是文士亘古稀有的际遇。西老如肯为汉槎辨雪奇冤,机会是一定有的。”

话犹未了,尤侗已是双手乱摇:“华峰!当时你不在京师,不知此案的厉害!历朝历代,哪有这样判一次科举舞弊的:全体考官处死,两主考、十八房考的妻室子女都籍没入官;株连到了举子的父母妻子兄弟,远流数千里外的宁古塔。连那些侥幸没有被牵连进去的举子,也遭客舍驱逐,栖身在破庙废观,炊火如磷,面色如死,竟同乞儿叫花无异。案子拖延半年多,上意难测,人人自危,有拖病的,有病死的,有自缢的,有亲子不相顾的……这等大案,我辈岂能过问!”

“但实情中的实情,是汉槎纯属无辜受祸。”贞观尽量想说服尤侗,“连他的仇家都直言不讳地说‘明知下石之有人,而桃僵李代’,我们身为朋友,能熟视无睹吗?西老与汉槎多年知交……”

尤侗看看四下，压低嗓门说："华峰你是聪明绝顶的人，还看不透其中的文章吗？科举是什么？无非是羁縻天下读书人的软索。所以前人说：'太宗皇帝真长策，赚得英雄尽白头。'科场作弊何时没有？历来不过是将参与其事的考官降职，举子除名，也就足够平民怨，伸正义了。几曾有过这样小题大做、草菅人命的做法？还不是朝廷有意显示威权！你是江南人，更知明末抗清之师，倡导人多是江南文士，结恨朝廷最深，惩罚自然倍烈。"

这一番议论，把贞观听得浑身冰凉、毛骨悚然。但他还是固执其辞："西老看得这样透辟，那么昭雪汉槎的沉冤，又更超乎私谊之上了！"

尤侗捏住贞观的手，推辞说："华峰！你有这番心意，也就对得起汉槎了。自古君子远祸，何况当今之世！你以为我胸中就无块垒吗？不过是化为嬉笑怒骂……"

贞观轻轻抽回手来，缓缓说："我惭愧未能涵养到这样炉火纯青的境界。精卫填海，它何尝相信真填得海平？不过那一寸赤心难泯罢了。"

尤侗看着贞观，宽宏地笑笑。这时，小沙弥和两个膳房和尚进来摆席了。贞观趁机起身告辞："我头痛身热，恕不奉陪了。"

明照提着酒壶进来，诧异地问："顾居士不陪西老赏雪了？"

贞观长揖到地："冰刀雪剑正在杀我故人，我怎忍心观赏。"

三

顾贞观踱回小屋，胸口兀自堵得疼。他懊悔自己的异想天开。汉槎遭遇再惨，与那位慧黠绝顶也圆通绝顶的大名士有何干系，他为什么要替吴汉槎担风险找麻烦？动乱之中，疏友避嫌的有，弃友自保的有，落井下石的有，甚至卖友求荣的也有。这些年耳闻目睹的还少吗？人害人比魑魅还厉害十分。顾贞观、顾贞观，你为什么不学学尤西堂！谁像你这种呆鸟，把什么朋友情谊、道义职责、义愤不平，当成重负一样压在肩上，存在心头，堵在胸口，仿佛自己也参与了构陷汉槎似的！

眼眶火辣辣的疼，欲哭无泪。第二首《金缕曲》的句子从心头流出来，把自己丧妻离友的悲哀、凄凉孤寂的心境，尽情向万里外的汉槎倾诉：

> 我亦飘零久。十年来，深恩负尽，死生师友。宿昔齐名非忝窃，试看杜陵消瘦，曾不减夜郎僝僽。薄命长辞知己别，问人生到此凄凉否？千万恨，为君剖。
>
> 兄生辛未吾丁丑。共此时，冰霜摧折，早衰蒲柳。诗赋从今须少作，留取心魂相守，但愿得河清人寿。归日急翻行戍稿，把空名料理传身后。言不尽，观顿首。

他希望汉槎一心将养，少作辞赋，待雪冤归来之时，再从容忆写从非常人所能经历的困境、苦境、绝境中得到的眼界和胸襟，为后世留一段诗史。

搁下笔，他长吁一口气，怔怔地望着壁上那幅自绘的《侧帽投壶图》。纳兰容若用他那秀逸飞动的兰亭笔法，把起先和尚背诵过的那首《金缕曲 · 赠梁汾》写在图上(梁汾是贞观的号)。贞观默默咀嚼着："不信道、遂成知己……一日心期千劫在，后身缘、恐结他生里。然诺重，君须记。"

他忽然眼前一亮：怎么没想起纳兰这位一诺千金的贵公子，反而去求别人？多少坎坷失职之士得到过他的帮助啊！

但旋即又非笑起自己的"病急乱投医"来。纳兰同自己固然一见如故，但毕竟还是新交，怎好遽然以这样的难题相托。再加上纳兰的父亲是当朝太傅，纳兰本人是皇帝身侍卫，对这类重案，比一般人更须避嫌，怎好强人以难！思来想去，心中那团乱丝更加头绪纷繁。

四

贞观在雪地里乱走了个把时辰，把耳朵也冻坏了，还是消除不去心头的烦躁。时已过午，才走回来，老远看见千佛寺大门外停着一辆双马车，车帘放得严严地。走近一些，车帘一掀，蹦出一个十三四岁的僮儿，嚷道：

"顾先生可回来了，请上车吧！"

贞观看着这个欢眉笑眼的孩子有些面熟，又一时想不起来。那男孩说：

“我是纳兰公子家的河传呀！”

照应寺门的僧人跑出来说：“公子来看望顾先生，见您不在，待了一会儿就走了，叫车留下，等您回来送您到公子府上去。”

“公子呢？”

河传说：“公子自己骑马回府了。都该到家了吧，一两个时辰了。”

贞观好生过意不去，这样恶劣的天气，竟让纳兰骑马走这么老远的路程，便不再回屋子，赶快钻进车里。打了好久瞌睡的车夫一甩鞭子，马蹄踩得厚雪“咕咕”响着走了。

路上，贞观向河传打听有什么要紧事。河传摇着头：“不知道，不像出了什么事呀……”

在一东一冬地摇晃着的车厢里，顾贞观想：纳兰容若这位满族青年诗人，也真算得上是个特立独行的人物。出身高门贵胄，自幼锦衣玉食，又加上少年清显，却生就一副江湖风烟的淡泊性格，萧然若寒素。童稚就善骑射，读书又过目成诵，扈从皇上，都是雕弓与书卷偕行，日则校猎，夜必读书。填的词婉丽凄清，绝无绮襦纨绔的珠光宝气，倒像是憔悴寒士的幽惊积愫。咏塞上雪花的句子，倒正好作他的自我写照：“非关癖爱轻模样，冷处偏佳。别有根芽，不是人间富贵花。”

马车经过太傅府大门而不入，一直赶进后园的一个侧门。贞观于是知道,纳兰是在他新近构筑的那三间茅舍里。果然,河传悄悄告诉他,太傅今天宴客,纳兰早先就是想躲到贞观那儿去的;没见着,又嘱咐直接送到这儿来。这是一幢整洁清幽、典籍绕壁的草房,纳兰还为它赋过一首《满江红》。座上多是嵚崎磊落的俊异之士,比如世人认为最落落难合的陈维崧、严绳孙、姜宸英等人。一般客人不让到这里落座。

贞观跨进书房,就向在屋里踱圈子的纳兰告罪,说让他老远枉顾,冒寒而回。

纳兰笑着说:“该告罪的是我!不告而取,罪同行窃……”一边向瞠目结舌的顾贞观扬着一卷纸。

贞观一看,就是自己的那两首《金缕曲》。

“河梁生别之诗,山阳死友之传,是千古不朽的血泪文章。”纳兰踱着步说,“如今有华老这两首《金缕曲》,可以鼎足而三了。”

“哪有这么好!”贞观惶恐地说,“不过是万感丛集,下笔竟不能自已……”

“要不怎能这样撼心动魄呢?!”纳兰站定说了这句话,又缓缓踱起步来。

贞观捧着薄如蛋壳的白瓷杯发怔。从没见纳兰这样在人前转圈子,他心中一定在想着什么。也许是在打腹稿,准备和那两首《金缕曲》?贞观偷眼打量着纳兰清癯英爽的脸庞,心里揣摩。

纳兰负着手,转向贞观说:“汉槎先生蒙冤时,我才三岁。但后来很仰慕他的才华。特别是他的赋,我曾手抄过好几篇。”

“是，汉槎以赋最擅胜场。”贞观说，“真可以规模江、鲍，接迹王、杨。”

“谁想得到一代才人，如此命蹇！”纳兰感叹地说。

“公子还不知道那最令人骇异的一幕！”贞观小声说，“在定案之前，朝廷把所有举子集中起来‘复考’，每人作两篇文、一篇赋、一首诗。考场上除了派试官罗列侦视，堂下还排列武士示威。堂上陈列着桎梏镣铐还不算，竟摆着黄铜夹棍、腰市钢刀。每个举子身后，还有满洲护军两人夹押。哪里是在复考，竟是在过鬼门关！读书人几曾见过这样森严的场面？纵有满腹珠玑，也随着魂魄飘散了。汉槎在这种恐怖之下，战战兢兢，不能终卷，便锒铛下狱，流徙万里了。”

纳兰那常常若有所思的面庞上，眼睛湿润了，眉峰紧蹙着，嘴唇微颤。很久才开口：

“呵！居然有这样以刀锯斧钺跟随铨选科举之后的做法？真是旷古未闻。”

他柔弦般颤动着的语调，让贞观仿佛直接看到了那颗敏锐善感的诗人之心悸动得多么厉害。贞观不觉自己的喉咙也哽咽起来。

纳兰又一次拿起词稿看了一阵，抬头说：“汉槎有华老这样的生死之友，可以无憾了！”

“不！”贞观沉重地说，“昨夜写下的词，今天我已感到对不起远在天涯的汉槎了。”

纳兰大惊：“怎么呢？”

“一介寒士，不配说这种豪言壮语！”贞观激愤起来，“我原想，都是涸辙中的鱼，干渴殆毙；我努力吐一点沫，濡湿一下他的身躯，让受难者多一分挣扎下去的力气，让幸免者多感到一分肩上的职责，也不无好处……但我就没想到，‘盼乌头马角终相救’这样的话，虽涌自一寸赤心，却无这种斡旋天地的力量。让汉槎兴起希冀，而终归幻灭，怎么对得起他呢！”

贞观把一腔悲愤倾泻在自谴自责之中，突然看到纳兰那双清澈深凹的长目中，涌出一对沉重晶莹的泪珠，啪地打在词稿上。它像两颗清凉的雨点，沁进贞观焦灼欲裂的心田。纳兰猛地扬声说：“华老！今天在千佛寺读到你这两阕血性篇章，我一是要浮大白以相贺，二是想讨一个承诺……”

贞观慌忙问：“不敢不敢！”

“华老！让我助一臂之力，营救汉槎生还。”

这不是贞观梦寐以求的一句话吗？可是真正从纳兰口中说将出来，却又叫贞观全身一震。他满怀疑虑地望着纳兰。纳兰眼中满是期待与热望，倒似乎真是对他有所希求。

刹那间，贞观体味到一股童年时在花间捕捉凤蝶的心情：眼看着绝美的风姿就在眼前，却是那么神光离合，薄翅扑闪，欲歇欲逝，叫人无从伸指，紧张得呼吸都屏住……他竭力镇定着自己，站起身，嗫嚅地问：

“公子有了主意吗？”

“不！”纳兰哑然失笑，“读了华老新词，救汉槎的念头油然而生。但真要去做，又觉得无从措手。您不见我正烦躁得什么似的吗？”

贞观勉强点点头，又颓然坐下。纳兰看出他的失望，忙说："华老放心，此事在三千六百日中，我一定以身相任！"

贞观泫然说："公子，汉槎出关近二十年了。人寿几何，忍以十年为期吗？"

"但是，此事大难呀！"纳兰叹息着说。

"明白！"贞观郑重地回答，"此案流人，断乎难得轻宥。弄不好，营救者不啻惹火烧身。只是汉槎毕竟无辜，身子又单薄，他那样的'早衰蒲柳'，打熬得过三千六百日冰刃雪箭的摧残吗……"

纳兰苦笑说："只叹我这条鱼，能吐的沫也不多哟！"

一时之间，主客都沉默了。贞观绝望地想：如说世间最悲壮者是"知其不可为而为之"的诸葛亮、文天祥那样的事业；那么世间最无可奈何的悲哀，就该是眼前"知其当为而不可为"的我们二人了。

静寂中，前面的深深园林、沉沉画堂，隐隐传来一派细细的笙歌管弦之声。贞观觉得很刺耳，简直是对自己的一种戏侮和嘲弄。

负手而立的纳兰陡然回过头来："走，我们到那里去！"

他看着莫名所以的贞观，指指那缥缈仙乐的来处："找我父亲试试。"

贞观省悟过来，惊喜得连连点头："好！好！只是，你不高兴会客……"

"为了汉槎，岂但是会客，要赖都情愿。"纳兰扬声大笑，抓住贞观的手，"我们去！"

五

纳兰容若带着顾贞观突然出现在宴会上，使宾客们大为惊喜。有的人已觉得有了明日向朋辈炫耀的话题。一片寒暄、让座、温酒、进盏之声，半晌才平息下来。但一些善于观察、老于世故的客人，不久就发觉公子是有急事找太傅，才忽然露面的，所以显得坐不安席、心不在焉。大家乘酒宴已阑，相约告辞而去，很快只剩下三两位心腹之人。

纳兰把贞观的词稿双手递给父亲："华老新填的词，惊天地泣鬼神，叫人佩服得很！"

"呵！难得难得！"明珠客气着，接过词稿，先默读一过，又轻轻吟诵起来。那两三个幕僚伸长脖子看，一边击节赞叹。纳兰趁机把汉槎的惨况、华峰的侠义、自己的感同身受，扼要地诉说一通。纳兰一面讲，贞观一面窥测太傅的反应。他不禁佩服那句俗话："宰相肚里能撑船。"像这样老谋深算、身居高位的人，心中的喜怒哀乐，确实从脸上是不易看出丝毫的，有深不可测的静穆、端庄。

明珠听了一会儿，做了个手势，表示这些情况他都尽知。纳兰赶快住了口。

明珠慢慢呷了口酒，抚须不语。纳兰忍不住，又试探着把希望父亲援救汉槎的意思，也含蓄地说出来。

太傅还是沉吟着。那位最心腹的智囊用食指沾着酒，在上画了许多圆圈，揣摩了一阵子，忽然写成一个大大的“难”字。

纳兰容若看了说：“唯其难，才来惊动父亲。”

明珠又拿起贞观词稿细读，右手不住轻捻着斑白的长须。容若向贞观投了个提心吊胆的眼色，向着珠帘焦躁地挥挥手，细乐之声戛然而止。

明珠一边默读，一边慢慢伸出右手去拿一只行令用的巨觥。那位智囊忙把觥放到明珠手里，纳兰容若提起银壶要给父亲斟酒，明珠却从纳兰手里取过银壶，一边看词，一边自己往觥里细斟。大家莫名其妙地看着，不知太傅要做什么，又无人敢问。寂静中，那“哗哗”的注酒之声，似乎长得没有尽头。这只酒觥实在也太大了一点。酒从觥口溢出来了，明珠还在斟。纳兰失声说：“满了！”

明珠猛省过来，看着满当当的巨觥，又抬头看看顾贞观，忽然微微一笑，站起身来，双手捧起酒觥：“好吧！顾先生如能饮完此杯，我为先生营救汉槎。”

纳兰容若连忙探过身来：“华峰素不善饮，我来替他！”

话未讲完，贞观已一手接过酒觥说：“好！老大人一言为定！”深吸一口气，俯下头就喝。

明珠吃了一惊，伸手阻拦。贞观偏开身子，咕咚咕咚好一阵才喝完，把酒觥往桌上一顿。

大家都看呆了。明珠说：

“哎呀，顾先生的至性豪情，真真叫我服了！我是一句戏言。即使先生不饮，难道我就不救汉槎了？”

贞观满面通红，喘气不匀，口齿不清地说："一碗酒，总比……总比乌头白、马角生容……容易吧！"

大家放声大笑起来。不防顾贞观天旋地转、头晕目眩地出溜到桌下去了。

贞观为这杯酒病了三天。是谁扶他到纳兰书房，几时回千佛寺，他都全然不知。

清醒过来，就托明照找人去问纳兰。纳兰的回信竟然又是一首《金缕曲》。词中说："绝塞生还吴季子，算眼前、此外皆闲事。知我者，梁汾耳。"

贞观双眼又湿了。他磨浓了墨，把它写在那两首《金缕曲》后面，珍藏起来。

他不怀疑纳兰会不尽力。只担心此事本身太难。毕竟乌头难白，马角难生。他还有个更大的隐忧：在宁古塔的冰桎雪梏下，南边生长的汉槎能支撑到"那一天"吗？

六

五年后的一天，贞观旋风一样冲进纳兰的草屋，一边大喊："汉槎！汉槎！"

"华峰！"一个瘦削的身影扑过来。五十岁的吴汉槎，看去纯乎是一个古稀之年的衰翁了。这对宿昔齐名的江南诗友，在二十四年生离死别后,如今抖抖索索地拥抱在一起了,还直疑是梦魂在捉弄人,唏嘘着不敢启口问话。

纳兰从书丛中走过来,扬着一本诗稿:"华峰!如今汉老无恙归来,我们又该庆贺艰难生涯对他的玉成了!"

"怎么?"

"汉老的《秋笳集》。全是塞外的作品。凄清而兼豪放,风骨遒劲远胜少年之作,不是身历其境,怎能写得出一个字!"

汉槎嚅动着牙已脱尽的嘴唇,连连拱手道谢。这时,一个五短身材的人匆匆进来。汉槎挽住贞观的手臂向那人说:"兆宜,这就是顾华峰先生!"

兆宜抢上来下跪施礼,吓得贞观连忙还礼不迭,却被汉槎紧紧拉住。汉槎说:

"公子怜我老父和两个哥哥都已谢世,特地把舍弟兆宜聘到府中,让我们老弟兄朝夕相共。"

纳兰微笑说:"能同你们聚首,我是如鱼得水、如骖之靳呀!"

兆宜取出一叠稿子:"华老请看:这么多知交故旧为我弟兄欢慰,赋诗作贺。华老离京一个多月,今天是一定要补作的了……"

贞观一张张翻着诗稿,口里念着姓名:"徐健翁、王渔老、纳兰公子、宋牧老……哟!尤西堂也有大作。"

汉槎笑吟吟地说:"西老不愧大手笔,老辣之至:'西风紫塞重回首,不断龙沙哀雁飞……'"

贞观打断话头问道:"听说他入翰林院了?"

“是。”兆宜说，“这是顺理成章的啰。”

贞观又问：“更加心宽体胖了吧？”

敏感的纳兰抬起炯炯的眼睛：“怎么？”

“不怎么。”贞观笑笑，“想起你赠我的《虞美人》来：‘瘦狂那似痴肥好，判任痴肥笑。笑他多病与长贫，不及诸公衮衮向风尘。’你我这样的人，是一辈子也长不胖的。”

贞观一边说，一边顺手把诗稿都叠在短榻上。那年在千佛寺同尤侗的谈话，他没有向谁说过一个字。纳兰为救汉槎费尽移山心力，才得到“醵金相赎”的许可；又不知多少热肠人奔波运筹，才算办成。这些事，贞观也没对纳兰说过谢字。

兆宜收检着诗笺，忽然指着短榻说：“三哥，你知道吗？为了‘绝塞生还吴季子’，华老差点儿醉死在这张榻上！”

汉槎凝望着木榻，踉踉跄跄走过去，身子一软，双膝跪倒在榻前。兆宜跑过去搀扶，连声问：“怎么了，三哥？”

汉槎深凹的嘴唇抖颤半晌才说出声来：“当今之世，人唯自保，噤若寒蝉，而你们……”

他把白发飘萧的头颅枕在榻上，艰难地哽咽起来。

余 韵

汉槎回到京师不过两年，就像一段膏脂燃尽的残烛，熄灭了剩下的一点光焰。顾贞观也结束了壮游江湖的生涯,回到无锡老家,准备读书著述以终老。离京前,他把那幅《金缕曲》三首的手卷,郑重地赠给纳兰。万没想到,一年以后,这卷手稿又回到了自己手中:纳兰容若,这个幽悰别愫的贵公子,王谢门第的萧寒子弟,天下寒士的真朋友,像一颗词坛的彗星,倏然陨落在三十华年。

顾贞观对着词稿发痴,不知道天色几时黑尽,是谁燃起烛光,又几次续起蜡泪。他视而不见,听而不闻,心魂已经离窍,与纳兰和汉槎携手联袂,同涉冰川,同渡关河,同拈花微笑,同凄然泪下,同长啸,同悲号,同翱翔于青溟,同絮语于窗下……等到猛省过来,他抓起笔,在三首《金缕曲》后面狂草了两行字:

“呜呼! 容若已矣,余何忍复拈长短句乎!”

一九八〇年八月

赌翠裘

鸾台侍郎同平章事狄仁杰，奉圣神皇帝武则天召，进宫奏事。到得宫门，却意外地听说女皇帝改变了主意，今天不接见了。

传旨的老内侍侍候过太宗皇帝，同狄仁杰很熟。他见狄仁杰诧异，便偷偷说，并没有出什么事，不过是因为春官侍郎张昌宗刚刚被赐一件名贵锦袍，正穿上请陛下观赏，不乐意打断兴头，陛下也就依从了他。

狄仁杰难以觉察地蹙蹙眉头，问道："什么锦袍？"

"叫什么'集翠裘'，南海郡刚刚进贡的。听说珍贵得不得了，当场就赐给了张大人……"老内侍看看四下，忽然小声说，"如果相爷要奏的事情重大，我愿斗胆再去禀明……"

老内侍心里巴望仁杰能领会他的暗示，再次请求面奏，好打断那位张昌宗大人的放浪笑声。这位在宫中号称"莲花六郎"的美男子，女皇帝的头号宠幸，虽说是炙手可热，但他那脂粉味十足的笑貌举止，在女皇面前撒娇作态的那股轻狂劲儿，连这位阅尽宫闱百态的老内侍也看着不是味。

狄仁杰沉吟一下,开口说:“那就烦公公相机再禀。”

张昌宗还在那些手执铜镜的宫女们的环绕中,绿光闪闪地旋转着那件名贵的锦裘。武则天凭靠在御座上微笑观赏,耐心等候他尽兴后陪自己玩双陆。听说狄仁杰请求面奏,张昌宗老大不高兴地撅起嘴。武则天想了想,吩咐传到偏殿来。

狄仁杰端视缓步走来,参拜之后,启奏说,此来是为了引荐一位堪称国之瑰宝的大臣。

武则天还没开口,张昌宗就插了嘴:“不就是那个张柬之吗?陛下已经……”

狄仁杰装作不知道旁边有这么个人似的,继续说:“此人名叫桓彦范……”

张昌宗又接了茬:“荐了一个又一个,狄大人也不避避结党营私的嫌疑?”他像突然开口那样突然住了口。老内侍瞥见,武则天眼珠一转,张昌宗立刻自我解嘲地嘻嘻笑起来。

狄仁杰抗声说:“陛下亲自选拔天下士,诏令群臣选贤举能。仁杰忝列朝班,岂敢因避嫌而阻塞贤路!”

“他是一句戏言,”武则天含笑说,“不必认真。”

谁都知道,张昌宗喜欢找机会显示自己在女皇帝面前的特殊地位,何况今天狄仁杰又来得不合时宜。老内侍还知道,张昌宗对狄仁杰这些人又恨又怕,今天无意中发泄一下,不料却碰了个小钉子。老内侍不禁暗暗好笑。

张昌宗悻悻地掸着锦袍上并不存在的灰尘，似笑非笑地问道：“这件南海郡刚贡来的集翠裘，狄大人看我穿着还合身吗？”

狄仁杰眼也没转就说：“这样华贵的锦裘，穿在张大人身上，当然是锦上添花，所谓一顾倾人城，再顾倾人国……”

张昌宗扑哧一笑：“狄大人才高八斗，今天也错用典故了。这倾国倾城嘛，乃是形容女人色相……”他忽然觉着不是味，马上住了嘴。

狄仁杰欠欠身：“谢大人指点！”

连老内侍也发觉，武则天丰满的脸庞红了一红。他不禁心里一乐。当然脸上还是泥塑木雕一般毫无表情。

武则天不动声色地岔开了话：“你二人与其斗口，不如玩上几局双陆，消遣消遣。”

“遵旨！”张昌宗立即行礼。

女皇帝要帮张昌宗扳本了，老内侍想。玩双陆，这是张昌宗最拿手的玩意儿，同狄仁杰对局，他是稳操胜券的。

狄仁杰刚开始推辞，武则天就说：“朕几次梦见玩双陆不胜，心里不舒服，你们就分个胜负，让朕开开心。”

狄仁杰不再开口。老内侍看着他瘦削的脸庞、锐利的鹰眼，站在白皙、丰腴、养尊处优的张昌宗身边，一个像是太原的乌金块，一个像是定州的新棉桃，这两个地方正是他们二人的家乡。老内侍不禁生起一丝怜悯。他在后宫多年，知道得太清楚了：狄仁杰这样的大臣殚精竭虑、夙兴夜寐，不知耗费多少心血才办成的一件事，往往抵不住张昌宗这种“男妾”在筵边榻前的輾然一笑，就灰飞烟灭了。女皇今天甚至要用斗双陆这样的儿戏,来奚落一个社稷重臣,为男宠出气。太宗皇帝在朝时,有个魏徵丞相,为了国家社稷的安危,什么不受听的话都敢向陛下进谏,太宗爷把他比成自己的一面镜子。有一次他故意把话头说得又长又慢,致使太宗爷藏在怀里的一只鹞鹰也憋死了。又有一次,太宗爷在朝上听了他许多不客气的话,回宫气得直嚷:"我总要杀了魏徵这个庄稼佬!"长孙皇后问明原委,就换上全副朝服,隆重地向皇帝祝贺。太宗爷很奇怪。长孙娘娘说:"有这样忠直刚正的大臣,说明天子圣明,所以值得祝贺。"太宗爷被一言提醒,也转怒为喜。这些故事,在宫闱私下流传,没有人不钦佩这样的大臣,这样的皇帝,这样的娘娘。因此,老内侍今天特别为狄仁杰感到委屈,不希望他接受这样屈辱的儿戏。但是君命难违呀!如果老内侍能够未卜先知,晓得狄仁杰引荐的这几个大臣,日后正是那两位美男子的挖墓人,他可能就不会把这种小事看得过分认真了。

武则天兴致勃勃地问:"那么,用什么东西下注呢?"

"要是臣胜了,"张昌宗歪着脑袋说,"就斗胆请狄大人为我扎一金针,治治我的偏头痛。"

武则天很诧异:"什么,狄卿会医术?"

张昌宗正等着这一问,一边故作惊讶,一边就手舞足蹈地讲了起来。他想让武则天和宫女内侍们听了这个故事,鄙薄狄仁杰不仅出身寒素,并且还操弄过那些低贱的方技,借此出出他的丑。

那是显庆年间的事了。狄仁杰应试入关,路过华州,见一群人聚观如堵。圈子中间立着块木牌,上面写着:"治得此儿,酬绢千匹。"地面放了张胡床,躺着个十二三岁的男孩。

狄仁杰下了马,分开人群走进去,掀开华丽的缎被,发现那男孩鼻端生了个肉瘤,足有成人拳头那么大,一根筷子粗细的肉管吊着它。狄仁杰摸摸肉瘤,病孩立即痛得哭叫起来。两只眼因受肉瘤影响,双眼翻白,眼睑半垂,眼看就要断气似的。

狄仁杰观察了一会,向周围的观众发问:“谁是这小儿的亲长?这病我能治。”

病孩的父母听到消息,赶出来叩谢;又叫人把绢素扛来码在一边,以示绝不食言。

狄仁杰叫人扶起病孩,自己从衣袋取出一枚金针,选定病孩脑后的一个穴位,一针扎了进去,轻旋着刺进一寸多深。旁边围观的人们,吓得小声惊呼,目瞪口呆。

扎到一定深度,狄仁杰问病孩有什么感觉。他哭着喊又酸又麻。狄仁杰轻轻拈着金针,突然一拔,那肉瘤应针而落。孩子大病顿失,眼睛也恢复了正常。

武则天和宫女们听得津津有味,张昌宗忽然卖关子似的闭了口。

武则天问:“狄卿,确有此事吗?”

狄仁杰躬身说:“是的,陛下。”

张昌宗嘿嘿地笑着说:“狄大人真是生财有道!”

狄仁杰淡淡一笑:“当时不过是可怜他苦痛难禁,冒险一试。绢素当然一丝也没有收取。”

张昌宗涎着脸说:“虽然未取,也足见这一针的价值。我今天一定得领教领教狄大人的千金之针！”

“六郎万金之体，我怎敢妄下针砭！”狄仁杰忽然来了精神，“既是陛下有兴致，臣愿与张大人另赌一件东西。”

“好！”武则天兴致更高了，“你说。”

狄仁杰指着那件绿光闪闪的锦裘：“这个。”

“赌我的集翠裘！”张昌宗叫起来。

武则天笑了：“眼力不低。那么，真以一针为对吗？”

“不！”狄仁杰拍拍身上的紫袍，“我输了，这个给他。”

张昌宗撅撅嘴唇，小声说：“好稀罕的东西！不干！”

武则天笑着说：“这是南海进贡的珍物，价值连城。普通衣裳怎能相等呢？”

“不然，陛下！”狄仁杰也微笑着说，“臣这件袍子乃是大臣奏议国家大事的朝服；那件集翠裘，不过是臣下邀功希宠的玩物。用它来对我的袍子，我还不大乐意哩！”

老内侍大吃一惊，狄仁杰这话太出格了。他瞥见张昌宗愣怔一下，随即又狂喜的复杂表情，心想今天弄不好要出事！

狄仁杰似乎浑然不觉，甚至带着三分笑意，好像这不过是一句戏言，或者简直只是一句平常又平常的话。老内侍很想偷看一下武则天的反应，但连眼皮也不敢抬。这种微妙时刻，咳声嗽也足以招来一阵霹雳。他眯缝着眼，木然正视着朱红大柱，暗暗屏息等待着那一声会把狄仁杰震成粉碎的雷霆……

出奇的沉寂中忽然响起武则天的一声轻笑：“好！就用紫袍对集

翠裘。摆双陆。”

老内侍一阵松弛，一阵钦佩。这狄仁杰真是人杰。他对武则天的了解，远远超过张昌宗和自己。在这个精明过人、无所忌惮的女皇帝心里，各种人的位置是泾渭分明的。张昌宗和他五哥张易之这种人，固然不可缺少，嬖宠有加，甚至纵容他们的骄奢横失，但仅限于给自己消闲取乐，绝不让他们代替狄仁杰这班治国平天下的重臣。比如她原先最宠爱的那个冯小宝，为了方便与她来往，改名薛怀义，削发为僧，拜为白马寺主，出入宫闱，气势熏天。慢说内侍、宫女这些人，就连武承嗣、武三思那样的皇亲贵胄，都拿他像主子一样奉承着。有一次，他在朝堂遇见宰相苏良嗣，摆出倨傲架势，不与为礼，惹怒了苏相爷，当场叫人拉下去抽了几十下嘴巴子，打得一张粉脸变成猪肝。他跑回后宫哭诉，武则天尽管心疼，却告诫他道："阿师当从北门出入。南衙是宰相来往的地方，你休去触犯他们。"这女人心里有杆秤：谁有多大分量，谁能干什么不能干什么。如果用这班长袖善舞的面首们去代替大臣料理政事，那会要闹到败坏江山社稷，不可收拾的地步的。张昌宗那张标致的白脸，阴沉得能拧下水来。他几次用乞怜的眼光看着武则天，却都像是碰在了一尊庄严的石像上。

这时双陆已经摆好了。张昌宗只好将身子扭了几下，按捺着一肚皮的委屈，坐到镶嵌着象牙珠钿格的双陆盘前，拣过象牙雕刻的白"马"，抓过象牙子，开始与狄仁杰对垒。狄仁杰拿起犀角刻的黑"马"，若无其事地应战。

玩双陆，这项经常用来消磨闲暇的游戏，今天忽然具有了一种象征意味的严重性。从武则天到宫女们,都饶有兴致地观望着战局的展开。老内侍强烈盼望狄相爷能大胜张昌宗,哪怕在这种小事上扫扫他的威风,也叫人解气。可是他也知道这是张昌宗最擅长的本领,狄仁杰要在这上面取胜,可以说没什么指望。

殊不知,今天的对局出乎所有人的意料。张昌宗大约在狄仁杰面前接连吃了几个下风头,平时那种争胜斗强的豪情气势,竟好像掉到东洋大海去了,不多一会就连败三局。两个小宫女露出惋惜的神情,另一个却拼命抿住想笑的嘴唇。只有武则天和老内侍,脸上仍然丝毫看不出心里的情绪来。

三局论定,狄仁杰竟当真索取锦裘。张昌宗不住用眼色哀求武则天出来解围,女皇帝却只是微微笑着,不发一言。张昌宗只好咬着牙自己脱下来,递将过去。狄仁杰接过,老实不客气地披在紫袍外面,向张昌宗谢了罪,向女皇帝谢了恩,扬长而去。

老内侍正暗自幸灾乐祸,忽见张昌宗向他招手,又低声吩咐了两句,老内侍不敢怠慢,匆匆赶了出去。

武则天问:“你要做什么?”

“看狄仁杰如何炫耀这件袍子。”张昌宗恨恨地说,“下次拿他解个闷儿。”

女皇帝笑了:“小孩儿,小肚鸡肠!”

老内侍撵在后面,远远看见狄仁杰走到光范门,就把那件绿光闪闪的集翠裘扯下来,掷给伺候他上马的家奴,厉声说:“赏你!”一边促马而去。

老内侍像大热天喝了杯凉水，浑身舒爽。回到偏殿，故意吞吞吐吐地把这个场面说了个重三遍四。张昌宗气得呼吸不匀，连连说：

“好！好！如此欺人！陛下就听之任之吗？！”

武则天显然也有些扫兴，但很快就泰然：“他赢的随他去。走，跟我看歌舞去……走呀！一件袍子算什么，另外给一件更名贵的就是。”

张昌宗使了一阵小性子，终于抿嘴一笑，妩媚之至。

老内侍怅然若失地随行在后面，心里想：赢家算谁？

※　※

附记：赌裘事见于前人笔记。纵有其事，也必夸大其词。然而读了痛快，于是写出来。

一九八〇年五月

梦断格天阁

一清早，户部侍郎、知临安府曹泳匆匆钻进大轿，命驾直奔太师府。

街市照例熙熙攘攘。作为临安府长官的曹泳，过去很喜欢骑马过市，沿途观赏这一片升平景象。虽说很有些好事之徒，天天为这点用屈辱换来的偏安繁华而痛心疾首，但毕竟这类人是日见其少了。而且这繁华处处在昭告秦太师的盖世殊勋，在提醒他曹泳时时记牢太师对自己旷世难逢的恩宠。但最近曹泳却宁愿在大轿里面待着，以期稍稍减轻搅动着五脏六腑的烦忧。

可是，透过纱窗，他不知不觉地一直在瞥视市面。那瀑布般的市声更是不请自来，撞击着耳鼓。朝天门一带，满街都是锦装、新历、大小门神、桃符、钟馗、狻猊、虎头，以及金彩镂花、春帖幡胜之类；爆竹更是五花八门、大盘小盘地堆得山高。曹泳猛然想起，十月也已过去二十天了，离年关已经不远。他心想："哼！就这么迫不及待地要送旧迎新了么……"

要是那一天真的降临——主宰着整个朝廷的太师、魏国公秦桧突然走了，这人间将会是什么模样?!曹泳不敢往深处想，只觉得一股冷气从脚心直冲头顶，浑身冰凉。

来到望仙桥附近，忽听“轰”的一声，一群人倒退着峰拥而来，差点挤到曹泳鼻子跟前；一发现他的官轿，又哄然四下逃散。不消问，这又是太师府大门外那班皂衣持梃的差卒在驱赶闲人。从来在太师府附近，只要过路人探头偷瞥或低语謦颏，都会受到呵止；人们也习以为常，老远就避开，附近数丈之内，寂静如荒野。可是，最近却经常有胆大好事之徒，不怕驱斥，在附近聚集，窃窃私语。似乎连这些市井小民，也都感觉到将要发生什么大事。今日竟敢如此喧哗，莫非太师已经……曹泳在轿里顿顿足，轿夫们立刻加快了脚步。守府皂卒都认识这顶大轿，老远就飞快打开大门，让轿子径直抬进府去。

府丁们恭谨而平静，来来往往，一如平日。不像是发生了大事的景象，曹泳稍微定了定心。

在等候通禀的时候，他想起衙中细作打探来的一些街谈巷议。说什么秦太师这次暴病，是游西湖撞了邪祟云云。所谓“邪祟”，自然又是暗指那已经死了十四年的岳飞。曹泳当然不信这些无稽之谈。太师游湖归来患病，不过是老年人易感风寒罢了。但那件事是太师爷的一块心病，人人口中不说，个个心中有数的。但凡带“岳”字的地名，全都改了。比如岳州改纯州、岳阳军改华容军等等。但王氏夫人不是几次密命曹泳，安排灵隐寺高僧做过几场超度法事么，那缘由就是几个满身血污的冤魂，多次出现在太师的梦中。还有，五年前那个叫施全的殿前司军校,在望仙桥行刺太师,虽说侥幸让桥柱替太师受了那一刀,足见吉人天相。但在施全被磔剐全身时,不是就有个胆大包天之徒,影在人丛中朗声说“这种办不了事的汉子,不杀留着做甚”么!等卫士们悟出这句双关话的含义,却哪里搜寻这人去?

府内传话出来,太师听说曹大人来了,很高兴,请立刻进去。可是当曹泳跨进秦桧卧室,他却又迷迷沉沉睡过去了,发出一种不祥的微鼾。

曹泳虽蒙秦太师恩宠有加,却从来没敢这样正视过太师的威仪。他立在屏风旁,大吃一惊。那深陷的双颊、高耸的颧骨、乱蓬蓬的白胡须,看上去真有点狞恶可怖。秦太师显然睡得很不安稳,腮帮一动一动,像正咀嚼什么。曹泳见秦太师平素乘轿骑马或默坐,常如此嚼齿动腮。相书记载这叫“马啖之相”,得此相者可以杀人。秦太师可不是主宰着普天下生杀予夺之权么!

曹泳忙避开目光,感到进退两难。既不敢造次唤醒太师,又不敢擅自退下,万一太师突然醒来,会认为他久传不至……曹泳被目为秦桧的亲信,但十多年中,他越是谙熟了秦太师恩威莫测的脾性,就越是小心翼翼,未有一刻消释过“如临深渊,如履薄冰”的感觉。他屏声敛息,拣一张最近的椅子轻轻坐下来。

十多年前,曹泳以一个黄岩酒税监的小吏,忽然被秦桧丞相单独召见,惊惧莫名,小腿打战。相爷问过姓名,便称他“恩家”,更教他诚惶诚恐、手足无措。秦相笑笑,取过一个小册,翻开一页,递给曹泳。那页纸上记着一行字是某年某月某日“程公钱五千,曹泳秀才绢二匹”。曹泳借小册遮眼，苦苦回忆，忽从程公二字，恍然明白了眼前富贵倾天下的秦桧丞相，就是当年的落拓秀才秦长脚。那年曹泳也正年轻，在程家教馆，遇着一个秦秀才来“打秋风”。得了程翁五千钱还嫌少，絮絮叨叨不肯走。曹泳看不过意，拿出自己束修中的两匹绢送给他圆了场。事后听程翁说，这是学舍里有名的“秦长脚”，专爱做些尴尬之事……曹泳明白过来，忙起身长揖到地，连称“眼拙”。秦桧拈髯大笑，唤出儿孙一齐拜见。曹泳从此步步高升，并被秦府视如家人。曹泳是聪明人，单从小册一事，便窥见秦相胸中城府深不可测。他不仅从来绝口不提那件侥幸的往事，就连内心也不敢居功自得，只知一个“恭谨驯顺”。因之，能长得太师恩宠的人寥寥可数，他算得其中佼佼。而那种因一言投契而骤擢显贵，又因一事失欢而祸从天降的人，他不知见过多少。

比如那个姚生，因篆字写得好，深受秦太师垂青；但在留宴时得意忘形，当着太师的面叠腿振股，便立刻丢掉了本来要在临安府安排的官职。又如那位一举一动模仿太师的杨愿，曾经在宴会上跟太师一样喷饭而笑，解除了太师的尴尬，大得赏识；但这类举动太多，引得太师厌恶，很快便被弹劾免职。秦太师还特地召见杨愿，预告此事，杨愿痛哭流涕地说：“太师恩逾父母，一旦别去，何日再得见太师的车尘马足……”岂知御史弹击他的奏章，正是太师爷授意并亲笔修改的呢。

这些猥琐鼠辈不值一提。连当年曾与秦太师并列相位的吕颐浩，有一次被皇帝留谈较久，那日适逢秦太师因病没有上朝。次日秦相见面就问:“听说昨日奏事甚久……”吕相惶恐回答:“昨日官家兴致甚高,多谈了几句。吕某只是称颂太师勋德,旷世所无,语终而退,实在别无他言……”秦相笑笑说:“多谢多谢!”吕颐浩退朝回到家,弹劾他的奏章副本已放在几案上了。他免官后病死,秦太师犹未消恨,又命令将他儿子吕摭免官,除名编管。

曹泳胡乱回忆着,忽觉有些不寒而栗。他轻轻咳嗽两声,给自己壮胆;立刻想起会惊动太师,又急忙止住。欠身伸手,准备取过一本书来读,静候太师睡醒。顺手取过面上一册,却是一份奏牍,翻阅一下,奏的是不久前逮捕下狱的赵汾一案。

这赵汾的父亲赵鼎,也曾与秦太师并为丞相,因与太师不和,被贬吉阳,又被迫绝食而死,死前对儿子说:“我今一死,可免灭门之祸。”但赵汾仍被下狱,几经严刑拷打,要他招供与胡铨等人密谋造反,牵连官员达五十余人。为首的胡铨,当年上疏请斩秦桧人头,悬街示众,以谢天下,震动朝廷内外。民间将他的奏疏刻板传诵,流布四方,一直传到了北方,据说使金邦君臣相顾失色,连称“中原有人!”当时慑于天下物议,秦相没有将这位胆大包天的大胡子老先生砍头,只是一贬再贬,早已在海南编管,离开朝廷二十四年了。另如张浚、胡寅等人,也都罢官流放多年。但秦太师这份奏牍中仍将他们牵扯在一起,奏请官家全部处决。

曹泳看着这份尚未完工的奏牍,不觉遍体冷汗。他对太师忠心不二,自然不会怜惜这班不识时务的狂士痴汉。可是这本奏章出自一个命在旦夕的老人之手,叫他有点毛骨悚然。他忆起大前日来探望太师时,听说太师正抱病在格天阁理事,以为病情好转,又惊又喜。自从施全行刺之后,秦太师经常单独在这座豪华的阁楼里料理公文,不经许可,连家人也不敢擅入。他赶到阁里,果然见太师坐在那块"一德格天之阁"的匾额下,颤巍巍地伏在几桌上,一个老书吏正侍候他往一份公文上签署画押。曹泳刚露面,就发现王氏夫人从屏风后向他乱摇双手。他赶紧影在大柱后面,只见太师提起笔,手战腕摇,竟不能写字。王夫人连连向书吏说:"不要劳累太师——"秦太师怒目奋笔,还未落到纸上,便晕厥过去。曹泳跑上前帮着安顿太师睡下,又亲自去催请太医。后来听说,当晚秦太师又勉力支撑着,秉烛夜入格天阁,刚进门便又昏迷,从此再没起床。这正是那份奏章,应当画押的地方,留下了太师晕厥时污染的一团墨渍。

曹泳忽然想起,秦太师曾筑"了堂",自称了堂主人,说是梦见自己前身是雁荡开山祖师诺巨罗,只因世缘未了,滞留红尘,了却一桩桩未了之事。看来,这就是了堂主人要了之事:他不允许一个仇人在他身后还能留在人间。

曹泳第一个本能反应就是把奏牍放回原处,然后就是想立即离开这间只有秦太师轻微鼾声的屋子。但他不敢移动,只好拼命控制着微颤的双腿,生了根似的坐着。

一阵脚步声,进来的是秦府大公子、官居知枢密院事、人称"小相"的秦熺。看见曹泳,他随便拱拱手,径奔榻前去喊醒父亲。曹泳皱皱眉头,又不便上前阻止。这秦熺本是王夫人哥哥王唤之子,在秦桧随先帝北入金邦期间,冒名给秦家做儿子的。秦桧南归后也就认可,但心中一直不喜欢这个粗憨之徒。这秦熺是绍兴十二年(1142)壬戌科的状元公,但这个“文章魁首”是怎么得来的,天下人都心中有数。那年皇帝赐建望仙桥府第落成,就府赐宴。几个优伶演“参军戏”,嘲讽秦太师将蒙尘的二帝置之脑后,被下牢处死。秦太师从此不看参军戏。这秦熺却嗜之如命,且又听不懂那些皮里阳秋的明讽暗喻,有一次竟被伶工的插科打诨惹笑得连人带椅翻倒在地,传为笑柄。太师闻知,更加不快。其实秦桧自有亲骨血,但那位姬妾怀孕后被王氏逐出,在林家生下一子,名叫林一飞。秦太师心中眷恋此子,也由曹泳保荐做了侍郎兼给事中。曹泳趁太师患病,曾几次进言,将林一飞正式认回相府。太师也加以首肯,只是无恰当机会与王氏商议。

曹泳眼巴巴望着秦熺莽撞地将太师惊醒,大声武气说了一通,这才明白秦熺急得有理:绍兴皇帝即将驾幸相府,探视太师。

这样隆重的殊荣,把曹泳胸中郁结着的隐忧一扫而空。泰山不会崩陷,秦太师卵翼下的人们不会失去浩荡的皇恩。宫禁中把秦太师称为“太平翁翁”,连官家本人也这样称呼过。天下人尽都明白:偏安一隅的小朝廷这十多年的安逸生活,是仰仗秦太师的斡天旋地之功。还有那几桩“心病”,包括风波亭那桩公案,秦太师都不惮冒天下之大不韪,一肩承受了偌大的干系,别人不知道,官家本人还有不明白的么?今日御驾亲幸,漫天的流言蜚语和弹章参本也不足惧了。

秦桧被儿子粗鲁的动作吓得浑身一颤,昏浊的老眼却睁得很慢,好一阵才吃力地重新敛聚起光斑,一眨不眨地听着儿子禀事。曹泳忙凑过去行了个礼。秦桧对他轻轻做了个点头的样子,眼光又转到秦熺身上,忽然说了一句什么,被喉头的痰堵住,听不清楚。他力不从心地又咳又喘,叫曹泳听得难受,恨不能替太师使劲咳出那块痰来。好容易喘过气,秦桧又重复了一遍,这回听清楚了,是:

“换了来……”

秦熺莫名所以地瞠目望着父亲。秦桧抖抖索索地伸出瘦骨嶙峋的手,指着儿子的衣服:“换了来……”

秦熺低眼看看身上的黄葛衫,愣了一下,不敢多说,匆匆去了。

秦桧看着曹泳,点点头让他靠近枕头,用微弱的声音问:“猫儿……”

曹泳感到两条大腿紧了一下,声音都有点打战:“太师放心,正在加紧搜查……”

秦桧闭着眼把头使劲摇了几下。怕曹泳不领会,又抖抖索索抬起手摇:“停了!不要……再查。”

曹泳连忙点头应声,心上像卸下了一块千斤大石。这只猫儿是秦桧孙女的爱物,而这位封了崇国夫人的女子又最受太师宠爱。前些日子这只猫儿跑出,不知去向,便立限临安府访求。自知府曹泳以下,官兵无不惶惶然如临大敌。数百人步行逐户求猫,凡种类形貌相近的狮子猫,收了好几百只,都不是“正身”。又在酒肆茶楼张挂图像,悬赏访求,仍无结果。曹泳一直提心吊胆,唯恐这件事带来不测的灾祸。不料太师突然开了宏恩……真是“人之将死,其言也善”呀!曹泳感动地想着,凑近秦桧耳边说:

“官家探望太师，不会久留；太师拣至关紧要之事面奏。”

秦桧点头表示明白。曹泳便提醒说：

“林一飞大人之事……”

秦桧闭着眼摇头。

“那么，案上那份奏牍……”

秦桧默然不语。曹泳很满意自己体会了太师的心意。

秦熺回来了，换了件崭新的黄葛布衣裳。刚走近病榻，太师忽然支起脑袋，怒目而视：

“换……换白葛！”

秦熺怔了一下，咕哝说：“黄葛鲜亮耐污，人人都喜欢。”

“别人可以穿，”秦桧喘着气倒回枕头上，“你我不能穿……”

秦熺还想说什么，秦桧在被子里顿了一下足：“换了来！”接着大喘起来。曹泳急得直咬牙，想提醒一下这位领略不了太师苦心的大爷，但不敢启口，只好连使眼色。秦熺吓得飞快走去。

一个家僮低着头，恭恭谨谨捧着一对大红烛，小心地往镏金烛台上装。

秦桧颤巍巍地问：“做甚？”

家僮垂目回禀：“夫人吩咐，官家幸驾，叫把这蜡烛点上。”

“滚！”秦桧一声喝，吓得家僮一个冷战，扑通跪下。曹泳明白，把蜡烛放回家僮手中，挥手令他退下。又过来为秦桧顺枕掖，一面轻声劝慰。秦桧喃喃詈骂：“蠢材！蠢材！”

曹泳心中也埋怨王氏夫人不晓事。这蜡烛不是寻常物事，乃是广东安抚使方务德专为秦太师监造的“百宝烛”，蜡内杂有麝香、奇楠香、沉香、檀香、龙涎香等珍贵香料，燃点起来，异香满室，终日不散。方帅当时共造制五十条，除了试燃一条，四十九条尽数献给太师，不敢自用，也没有贡入宫禁。秦太师爱之如宝，轻易不肯燃用。今日王夫人不知避嫌，反要让官家看到这禁中都未见过的东西，难怪太师要动肝火。这位自号“冲正先生”的王氏，虽说胆大过人，当年处置岳飞父子，就是她促成太师下了决心，替官家一了百了；但在别的方面，委实不及太师万一。那年她进宫觐见显仁太后，太后偶然提到，近来子鱼大者绝少，宫内都搜购不到，她竟回说“臣妾厨下甚多，改日送进宫来”。回府兴冲冲一说，秦太师不禁连声叫苦。还是曹泳献计，用一百尾形似而价贱的青鱼送进宫去。太后看了拊掌大笑：“我说村婆子不晓事，果不其然，子鱼青鱼分不清。”这才敷衍过去。秦太师权倾天下，固然人所尽知。这些年，许多大臣为恩相上求“九锡”、请乘金根车，甚至有赋“秦城王气诗”者，秦太师虽都坦然受之，但那适足以表明太师威望。而太师本身，则处处谨细避嫌。只说刚才几件小事，已令曹泳自惭形秽，感到以自己的器识比拟秦太师，真可谓以一勺测沧海。

几个侍女捧着朝服配饰进来，七手八脚替秦桧草草换上。曹泳听太师不住呻吟，心中老大不忍，但事关重大，不能劝阻。好容易换完，安顿秦桧睡下，他赶快退到格天阁中，回避官家。

阁中豪华的大厅阒寂无人，更显得重帘深深，光线幽微。曹泳负着手，在茸软的猩红地衣上悄无声息地踱着方步。想起宦海茫茫，眼前这根架海金梁行将摧折于一旦，前景难卜，真令人不寒而栗。记得那年这“一德格天之阁”落成启用之日，百官齐来庆贺。贺宴未开，西川宣抚郑仲的贺书恰好到了，随信送来贺礼一件，是一袭川锦地衣。秦太师大喜，命令立刻将地衣铺在大厅之中。铺完发现，这地衣竟与地板广狭长短一一相同，不差分寸。宾客们纷然叫绝，曹泳也暗暗歆羡这郑仲工于心计，不仅礼物想得妙，连送礼时间都考究得严丝合缝。但他立即瞥见秦太师默默不语，眉头微微皱了一皱。曹泳熟悉这个表情，心中一惊。退到一旁苦苦思忖，恍然悟出这郑仲弄巧成拙了：阁楼尺寸可以收买经办官员预知，那么别的机密呢？果然郑仲很快就丢了官。回想自己，多年来殚精竭虑服侍秦太师，从无二念；前程只有一条：愿皇帝垂念秦太师盖世殊勋，爱屋及乌，恩波横溢到我辈身上。这该不算非分的妄想吧？

曹泳正在伤感自怜，一个侍女跑来，喘着气说夫人有请。

曹泳不敢多问，急步跟着侍女，一直走进一间狭小阴暗的密室。侍女指示壁上一个小孔，曹泳凑眼一瞥，恰好看见秦太师的床头。他低声说：“禀告夫人，曹泳理会！”侍女点头去了。

远远一声“圣驾到——”，周围顿时寂若太古。曹泳听见邻室一阵衣物窸窣，又几声模糊低语，知道圣驾已在秦太师病榻左右。他抑制住猛烈的心跳，凑近小孔，看见秦桧已不能说话，只是泪流满面，俯在枕上连连叩头。官家对着倚为长城达二十五年之久的重臣，想必也是龙颜悲悯，流下了龙泪吧。曹泳看见一只御手递过一张红罗帕，秦熺躬身接过，替父亲拭了泪。

隔着板壁，曹泳也看得大受感动，泪光莹莹，眼前一片模糊。他伸袖胡乱拭了两下，刚好看见秦太师从枕下取出一个绫面小奏折，颤巍巍双手呈给官家。

曹泳心口又一阵敲击。这奏折是他亲手为太师准备的。折上秦太师向天子泣血雪涕，郑重引荐前状元、前礼部侍郎、现任知枢密院事秦熺继任宰相。

原来，了堂老人心中要“了”的头等大事，不是那份未及画押的奏牍，而是这个早已藏在枕箧的小折。唯有小相一脉相承，那些未了之事才可一一了却呵！曹泳又在太师面前自惭形秽了。他在电光石火般的念头中，一边已在回忆是不是曾经流露过轻慢秦熺的心理，一边屏息等待官家启金口吐纶音：“太师所奏，甚合朕意。”肯定就是这句话，不会是别的。绍兴皇帝会驳回太平翁翁秦太师的最后奏章，是不可思议的。

可是没有听到这句话。曹泳只听见陛下嘱咐太师安心静养，接着就是陪侍的杨郡王吩咐：“起驾！”

一行人经过密室外走廊时，曹泳清清楚楚听见秦熺拦住圣驾问：

“臣父奏请陛下，早定代相之臣……”

“这事卿家不宜过问。”杨郡王代官家答复的声音，温和安详，不紧不慢。

曹泳顾不及礼仪，赶出来混在人群背后，偷看圣驾离府的一举一动。只见圣上站在玉辇前，向杨郡王说了两句话，一边从袖中将小奏折递给郡王。一脚踏上玉辇，又拍拍御膝说了一句什么，杨郡王陪笑摇摇头,官家上辇呼拥而去。

在秦府主持丧事的曹泳,忽然奉到圣旨:着即削去官职,送新州安置。

等到一个最得力的手下人来报打探到的消息,他才知道被削职的原因:那日皇帝离开秦府时,还没走到玉辇前就问那份小奏折是何人替太师备办。接着对杨郡王笑着说了一句话:

"从今往后,朕用不着在膝裤里藏着匕首了。"

曹泳削官,很使秦府上下一番惊恐。几天之后,秦太师在风波亭一案中的得力助手万俟卨,接替了秦桧留下的丞相之职。

一九八三年二月

五老会

街巷越走越湫隘，房舍越见越敝旧。欧阳修虽然知道老师杜衍的简约淡泊脾性，也听说他谢事后没有还乡建宅，只借住在金陵一所回车院里，但也没料到会简陋如此：毕竟是高年致仕的太师丞相！

进了前院，只见沿墙丛竹凌乱，石隙芜草冷绿，四下没有一个人影。一只正在“嚁嚁”撒欢的蛐蛐，被他的脚步声吓了，倏地收声敛息。一阵深沉的阒寂，直逼进欧阳修耳鼓去。

他继续轻轻往里走。他知道老师即便在京师为相的时候，只要没有可心朋友来清谈，偌大一座宅院也总是謦欬全无的。

上了正房三级石阶，见左边房门半掩着，一个对窗伏案的瘦削身影，可不正是杜衍么。他怕惊了老人，轻轻咳了一声。杜衍纹丝不动。他又跺了跺脚，还是不见动静。欧阳修索性轻轻走进去，站在老人肩后，这才发现老人正在临写王羲之的《初月帖》。手中的笔顿挫使转，一丝不苟，肩背随着呼吸微动。

“老师——”欧阳修恭恭敬敬喊了一声。

杜衍将压着纸的左手抬了抬,表示向客人打了招呼,继续一丝不苟地把剩下的半张纸写完,这才回过身:

“哪位来了——呀,是永叔!”

“门生要去睢阳赴任,路过南都,来看看老师。”

“是呀,我们好些年没见面了。快坐下,快坐下说话。”杜衍显得格外欢喜,连声给客人让座,自己却又站起来,拉住欧阳修的双手,眯着老眼打量面前的得意门生,喃喃地叨念:

“永叔!好!好!”

欧阳修也感慨地望着睽别数载的老师。仍是那样清癯羸弱,不仅须发如雪,连眉毛也全白了,毛茸茸地耸起。只有一双眼睛仍然那样澄澈,眼白微蓝,顾盼之间,炯炯有神,一副上寿大耄之相。他欣慰地说:

“几年不见,老师还是这样仙健!”

杜衍抚着稀疏的长须笑道:

“成个雪人了。”

“记得老师说过,这须发是四十岁左右就白了的。”欧阳修笑道,“如今八十整寿了,自然是要‘皑如山上雪’。”

杜衍点点头,又摇头说:“看你还是这么弱不禁风的模样。”

老家人送上茶来,也高兴而恭谨地和欧阳修说了些阔别的话,才退下去。杜衍让欧阳修呷了口茶,开口问道:

“希文近况如何?”

欧阳修沉默了一下,皱眉笑道:

“数见斥逐,而憨直之气如故。”

杜衍深深点头。

“所以梅圣俞把希文比作啄木鸟。”欧阳修道,“还写诗赠他:啄尽林中蠹,未肯出林飞。不识黄金弹,双翎堕落晖。”

杜衍抚摸着雪白胡须,眨着清澄的眼睛,慢慢说:

“好——好——”

欧阳修不明白老师夸的是梅尧臣这几句诗好,还是范仲淹那疾恶如仇的脾性好,很想问问。可是他不愿因此引出那些不愉快的往事。他和年长近四十岁的杜衍、只长十四岁的范仲淹,是谊在师友之间的同僚,肝胆相照的朋友。庆历初年,范仲淹与杜衍、富弼、韩琦等志同道合的大臣,力主“新政”,提出救治国家,消除弊端的十项建策。欧阳修勠力同心,写了许多凌厉雄辩的文章和奏议,为之鼓吹,驳斥那些因循守旧、攻击新政不遗余力的豪门权贵。后来又共同承受了由此带来的一连串忌恨、谗劾和不公正的沉重责罚。特别是自己,几度迁谪,宦情早已淡薄,只想吟啸山林,诗酒自娱。不想种种污秽中伤之词,竟越来越多、越来越不堪入耳。他岔开话题说:

“老师提起朝中琐事,唯有田元均妙人妙语值得一谈。”

“哦?”杜衍扬眉说,“说来听听!”

“京师中诸司库务,都由三司荐举官监。这是所谓肥缺美差。因此,权贵之家的子弟亲戚趋之若鹜,向三司因缘请托的不可胜数。这些老师是深知的。”

“不错。”杜衍点头说,“三司掌管盐铁、户部、度支,统筹国家财政，因此钻谋之人众多。做三司使的人，常常为此疲于应付，不胜其烦。”

欧阳修忍住笑说：

“田元均是位宽厚长者，他在三司，最厌烦前来托缘求情的人，但又不便严词峻拒，只好按捺住不快，装出笑脸，好言劝解打发。他私下对人说：‘做三司使几年，强颜为笑太多了，直笑得这张脸像靴子皮一般。’”

杜衍品味着这句话，联想起那灰黯疲塌、皱纹纵横的皮靴面子，忍俊不禁，发出老年人短促而沙哑的笑声，很久都止不住。欧阳修赶紧端茶给老师喝了几口。杜衍咂着瘪瘪的嘴，好容易缓过气来。咀嚼着这句话，又撑不住自笑起来。

“田元均现在成都，政声极高。小民来诉讼，有的懦弱怕官，到了大堂便战栗嗫嚅，不能成声。田元均都要和颜悦色地耐心讯问，使其尽诉详情。因此决断未尝失误。蜀人给他个美号叫‘照天蜡烛’。”

“哦——‘照天蜡烛’，好！好！”杜衍拈着胡须品味，“蜀人诙谐善形容，果然不差。”

师生俩海阔天空地闲聊开去，话题无非是朝野掌故、友朋行踪。欧阳修发现杜衍虽然致仕七八年了，对朝政国事不仅关心如故，并且举凡较大的事情，无不知道。两人说得高兴，等到老家人进来请他们入席，才发觉已到午膳时候。

到了外间，小桌上摆着一盆粟饭，两盘小菜，两碟饼饵；连饭碗在内，一色漆器。欧阳修前些年在京都，常在老师家用膳，知道杜衍简约淡泊的性情。虽然当时做着枢密使的高官，饭食也是这样简单。府中尽有金银名瓷的器皿，但他总是用漆器。夜间不燃官烛，常是油灯一炷，荧然欲灭，与客人相对清谈。

主客入座，杜衍指着高高的锡酒壶，对欧阳修说：

“永叔，你知我素常不甚饮酒，凑巧今日午后又还有一个不得不饮上几口的场合，就不陪你，你自斟自饮吧。”

欧阳修忙道：“门生是无聊才饮酒。今日得与老师清谈，便是琼浆玉液也不稀罕了！”

“不见得吧？”杜衍笑道，“你是诗酒风流的大名士，莫在老夫这里受了委屈。”

欧阳修心头怦然一跳，耳根微微热起来。老师似乎话里有话。那些诽谤自己的流言蜚语，可不有许多正是从这浅斟低唱中生出来的么？他想索性向老师合盘诉诉，心里痛快一些。心中刚在打主意，却听杜衍说道：

“好，那就不虚设故事了。我们用饭。”

师生两人慢慢吃饭，一边说些闲话。杜衍忽然问：

“那位状元公如何？”

“状元公？本科状元公么？”

“不！贾，贾——”老人眨着眼想。

“呵，老师问的想是丙戌科状元贾黯？”

“对了，贾黯。”

“不差！”欧阳修说，“政声颇佳。”

杜衍欣慰地点着头：

“那年他高中后来看过我，谈了片刻。我看是个人才。”

欧阳修笑着说：“说起那次拜望老师，他还有些不平哩。”

杜衍愕然：“呵？怎么会？”

“贾黯次日也曾来看门生，他说，老师见了他，不问别事，但问他家乡有无产之类。想是看他鄙陋，无人品文章可言，才只问财货。”

杜衍的筷子举在空中，扬着雪白的浓眉想了一会，说：

“哦——原来他想岔了。老夫久历宦海，知官场弊端之一，是这上下左右种种酬酢虚礼的掣制。如果家中生事匮乏者，遽入宦途，穷于应付，便难免俯仰依人，不能自己。轻率进退，不能自重，等闲葬送了王佐之材。贾君名在第一，以文章大魁天下，学问不问便可知。我只担心他生事不足，阅历又浅，如受财货之窘，而轻于进退，不得行其大志，所以问了一问。是怕辜负了一个人才，何尝是轻视他呢。”

欧阳修放下碗箸，轻击桌面，连声说：

“原来如此！原来如此！听了老师这几句话，茅塞顿开。几时见到贾黯，将这番意思转告，他也必定叹服感激。”

用完饭，回到书斋坐下。换了茶，喝了几口，便见老家人捧着个布包来请杜衍过目。杜衍挥手说：

“随便就使得，拿开去！”

欧阳修见那打开的布包中，是几件出门衣裳，就问道：“老师午后是赴什么宴会？”

杜衍笑道：“借了个园子，做一个‘五老之会’。”

“五老之会？这五老是……”

“一个是太子宾客致仕的王涣，今年九十岁了；一个是光禄卿致仕的毕世长，九十四岁；还有兵部郎分司朱贯，八十八；尚书郎致仕的冯平，八十八。我八十岁，算是座中最小的了，做的是头一回东。今天轮到王涣做东。”

欧阳修惊喜：“呀！难得难得！真称得上太平盛事，国家祥瑞了！”

杜衍抚着疏朗的白须呵呵笑。欧阳修好几年没有见到杜衍，这几年又积郁了许多的愤懑隐痛。今日接触杜衍的寥廓襟抱，顿觉尘虑尽消，如同沐浴在骀荡春风之中。他心中眷眷，很想在这种淡泊宁静的境界中多盘桓些时候。但知老师午后有约会，只好起身告辞。杜衍连声挽留说：“索性一起去！”

欧阳修拱手笑道：“后生小子，岂敢厕身五老之席！门生还要逗留几日，改日再来陪老师说话。”

一边取出送给杜衍的四色礼品：一对鼠须栗尾笔、两支人参、四饼茶、四盒香饼。

杜衍微微笑默默地望着欧阳修一件件往桌上放，忽然拈起一饼茶问道：“如今的龙凤团怎么越做越小了？”

“这是近几年蔡君谟做福建路转运使造来进贡宫中的小片龙凤团茶。”欧阳修说，“龙凤团茶是八饼重一斤，这种是二十饼重一斤，所以都叫它‘小团’。矜贵得紧呢！每因南郊致斋，御赐中书、枢院各一饼，四人分用。上面还覆盖着宫人剪的金花。这是君谟向门生索讨清泉香饼,用以回赠的。要不是如此,宫中之物,门生哪得这许多。”

“清泉香饼又是什么物事?”杜衍问。

欧阳修拈起一块给老师看:“这是清泉出的一种石炭,用来焚香,一饼之火,终日不灭。”

“离朝七八年,这些新鲜物事尽都不晓了。”杜衍笑着说,“只是你今日送来这许多佳物,老夫身无长物,无以回报,未免失礼了。”

欧阳修探身取过书案上那张草书,笑道:“就讨这件法书为报吧!”

杜衍呵呵笑道:“鬼画桃符一样的东西,所谓‘复瓿’也不配,拿去作甚。”

“从来见老师的墨迹,都是一笔不苟的楷书,还是头一回见老师写草书。”

杜衍点头说:“写了一辈子的恭楷,如今用不着写大卷奏折了,是该萧散萧散了。”

欧阳修一边往外走,一边说:“老师这话极是。门生收蓄过几张琴,官愈大,琴愈名贵,而意愈不乐。”

杜衍在身后相送,问道:“却是为什么呢?”

“做夷陵令时,天天与青山绿水为伴,心旷神怡,琴虽是个平庸匠人制的凡琴,意则自适。官升了,逐日奔走尘土之间,声利扰扰,哪里还有清思!虽得了一具著名的雷琴,意绪昏杂,还有什么乐趣呢?可见抚琴之道在人不在琴,若心中自适,便无琴,或像渊明有琴而无弦,也是好的。”

说话间已来到大门口，杜衍望着欧阳修，慢悠悠地说："按说，你这几句话也讲得好，只是说早了些。你现在其位，就须好好谋其政，以后年高致仕了，如像老夫今日，再来从容说什么心中自适吧。"

欧阳修怔了怔，笑起来说："依学生今日所见，老师虽已年高致仕，也不像有蓄琴的闲情呀？"

师生俩哈哈笑着，依依不忍分手。杜衍说：

"今日实在不巧，改日一定再来叙叙。"

欧阳修连声应诺："一定要来。五老之会，定少不了诗词唱和，门生还要来拜读哩。"

走出很远，回过头，见杜衍还站在门口，一手拈着白须，一手在眉上搭着凉篷，向这边眺望。

晌午，杜衍由老家人搀扶跨上老马，另一个老卒照料着，一东二冬地慢慢踱去赴五老会。

弯弯曲曲转上大街，忽听远处一阵喧嚷叱喝、马蹄杂沓之声。抬眼一看，尘土飞扬处，隐现着色彩缤纷的旌旗节钺，簇拥着一匹高头白马。杜衍见那仪仗规模，知是长官出行。避让不及，便叫老卒把马头牵向沿街檐下，又把风帽拉得矮矮地遮住了脸。老家人和老卒也面墙而立，举袖障面。

不一会，呼啸之声渐渐来近。一骑开道的甲士冲过来，厉声呵斥："为甚不下马！你是甚人？"

杜衍未及答话，老家人已抗声道："太师相公杜大人！"

杜衍连忙制止，已来不及。那个甲士吃了一惊，并也立即认出了

杜衍。连忙翻身下马,恭谨行礼,连声谢罪。杜衍摇着手道:

“不妨事不妨事! 这是哪家大人?”

甲士小声说:“禀杜公,这是新榜探花公,路经本地去赴任。我们王大帅与这位大人是世交,特地将全副牙兵宝辔、旌钺导从,借与他风光风光。”

杜衍不等甲士絮叨,连声道:“哦,好,好,请去公干吧。”

那簇仪仗已款款走近。甲士抢上几步,大声报道:“太师相公致仕杜公在此!”

马上那个青年新贵,慌忙滚身下马,行礼问候,连声道歉惊扰了老前辈。杜衍笑着连连拱手:“不敢当! 请! 请! 请!”

直待仪仗去尽,回避的人群散开,杜衍才小声责怪老家人。老家人小声咕哝:“老奴见不惯那轻狂模样。”

杜衍笑道:“少年得意,轻狂一点不算什么,他自会在岁月中磨砺练达。这你尚且见不惯,却怎么要陷我于老迈轻狂呢? 那岂不是更丑了么?”

老家人不禁也破颜为笑。主仆三人又一东二冬地开步走去。走了数丈远近,忽听后面有人喊叫。老家人咕哝道:“又是谁人来了?”

回头一看,却是欧阳修快步追了上来。

杜衍诧异地问:“永叔怎么在这里?”

“偶然路过,见老师在前头,想陪老师走几步。”

杜衍连声称好,不顾欧阳修拦阻,慢慢爬下马背,将缰绳扔给老卒,自与欧阳修缓步而行。

欧阳修其实也是被人群堵在一个角落里，回避仪仗。开道甲士与杜公的一场对话，就发生在附近。他亲见亲闻了这场小小的趣事，不便孟浪出来，致使双方尴尬，便多逗留了片刻，才出来追赶老师。

师生俩边谈边走。欧阳修再三请杜衍上马，老人只说难得出门活动活动筋骨。一路走去，欧阳修看见不少人远远就站定，用热切的眼光迎着须眉如雪的杜衍，目送他们走过。有的弯下腰向携着的稚童指点；有的恭恭敬敬地向杜公作礼，杜衍也频频回礼招呼；有的还寒暄几句。欧阳修心中感动，不觉伸手轻轻搀在杜衍腋下。

“那便是做会的园子了。”杜衍遥指前方说。

欧阳修抬头，看见一道白粉墙，黑瓦墙檐上参差露出高矮花树。停步向老师告辞，杜衍说：“岂有过门不入之理。同老先生们见个礼再走不迟吧。”

欧阳修欣然应诺，扶着老师走近，发现这是一道侧门，进门是一株繁花累累的大紫薇树。透过花树，映眼是一座宽敞的园林。

一群人从一片玲珑湖石那边蜂拥而来，迎面拦住杜衍，寒暄的、道乏的、问起居的，一片喧哗。杜衍应接不暇，只是笑吟吟地连连拱手点头还礼。

“这不是欧阳永叔么？”人群中有人说。

杜衍笑道：“不是他是谁？”

听说这个清羸瘦弱的中年人就是当今文章泰斗欧阳修，人群中掠过一片低声惊叹。一个衣着华贵的连鬓胡子挤到前面，拭汗笑道：

“也不知怎么走漏了消息，都要来看五老会。学生怕扰了老前辈们的清兴,连央带搀,他们咬定要见杜公一面才散。不想还见到了永叔先生,真是三生有幸了!"

杜衍和欧阳修连连拱手道谢,被人群簇拥着向一大架紫藤花下走去。杜衍抽空向欧阳修介绍,这位连鬓胡子的赵大人,就是这座园林的主人。

四位老人,端端地坐在紫藤架下。这时便颤巍巍起身相迎。一个白眉无须的,用细弱的嗓音嚷道:"杜公今日可来迟了!"

杜衍只是连声致歉,一手挽过欧阳修,大声介绍:

"故人欧阳永叔,听说我们做五老之会,特来拜望几位老先生。"

四人之中,却有两人是认识欧阳修的。于是嘈杂地说着"久违""久仰",一一见礼。然后揖让入座。四位老人一片声地说:

"杜公故相耆德,众望所归,首席早已虚位以待了。"

杜衍笑着反驳:"早已约法三章,怎么每回都还要谦让呢。早已议定:只叙年齿,不论职位,何况俱已致仕归田,那职位也早已还给朝廷了。"

说着,将九十四岁的毕世长扶至首座,以下次序是王涣、冯平、朱贯、杜衍。欧阳修笑看五老你谦我让入了座,回过头来邀请他入座时,便抱拳过头,大声向围观的人说:

"五老之会,盛世之征。我等已得瞻仰,就请自便了吧?"

众人纷纷应诺,点头啧嘴去了。欧阳修便向老人一一作礼告辞。老人们挽留了几句,让他自去。

过了两日,欧阳修又来拜谒杜衍。见礼入座后说:即将去睢阳赴任，特来拜别老师。杜衍点头，拈须笑道：

“永叔，你知道么？那天在园子里，几个老汉弄狡狯，不肯诚心留你。”

欧阳修惶然说：“是门生不敢打扰老前辈们的清兴，岂怪挽留不诚！”

杜衍笑道：“你哪里晓得，你去后他们才说了真话，说你是文章泰斗，有你在座，他们俱不敢吟诗了，岂不大煞风景。”

欧阳修乱摇着手笑道：“岂敢岂敢！老前辈们的唱和，是一定要拜读的！”

“诗是诌得有几首，只是他们再三嘱我藏拙，说是野老闲人遣兴怡情，信口胡诌，不可让永叔看了发笑。”

欧阳修伸手说：“德星聚会，旁观者都欢叹。门生躬逢其盛，岂有不拜读之理！”

杜衍不置可否地摸着白胡子笑。欧阳修忽然即兴涌上来两句诗，吟道：

“闻说优游多唱和，新诗何惜借传看？”

杜衍伸手取过一卷纸：“原是要给你看的。若非传世之作不可示人，世上也留不下几首诗了，岂不寂寥？”

欧阳修正要接过，杜衍又缩手笑道：“你先听我读几句，猜猜是谁人句子。”

欧阳修笑道：“老师又要考老门生了。好，今日就来应一应考。”

杜衍展开诗稿，选着念道：“非才最忝预高年。”

"这容易猜,自是那位首座老先生。"

"九老且无元老贵,莫将西洛一般看。"

欧阳修搔头说:"这是称颂老师的句子,写得好。只是到底出自谁老之手,门生却猜之不准了。'

"这是朱公的句子。那么这句呢:'五人四百有余岁,俱称分曹与挂冠。'"

"五公之中,除了老师身份,谁还能如此谦抑措辞呢?"

杜衍呵呵笑了,将一叠诗稿递给欧阳修,自己慢慢喝茶。待欧阳修默读完了,开口说道:

"野老们的俚句,算不得数。要论好文章,近来倒真读了两篇绝妙的。"

欧阳修眼睛一亮:"呵——是哪两篇呢,门生怎么竟不知晓?"

"一篇是你的《醉翁亭记》,绝妙好辞。连我这昏聩老朽,也能背诵不差了。"

欧阳修连声惶谢,但知道杜衍从不虚饰谬赞,心头也暗自喜慰。

"只是——"杜衍沉吟着说,"四十来岁而称'翁',似乎太早。再有'苍颜白发,颓然乎其间'这样的句子,更觉衰飒了些。"

欧阳修低眼望着地面,心里五味杂陈。自己这几年受辱于群小,心境如何能不苍凉?老师应当略知大概的,怎么同病而不相怜呢?老师致仕归里,吟啸林泉,是可以怡然自乐了;自己却还是坐在煎锅上的呀!他想索性将几年所遭受的腌脏气,包括那些最难以启齿的污言秽词,向老师一吐为快。

与此同时，杜衍也在往下说："另一篇好文章，是范希文的《岳阳楼记》，有位故人抄录了一份来。你可读到了么？"

"门生读过了。"欧阳修忙回答，"希文用小说家笔墨写景状物，另辟蹊径。"

杜衍插话说："有几句，老夫却记得烂熟了：'不以物喜，不以己悲。居庙堂之高，则忧其民；处江湖之远，则忧其君。是进亦忧，退亦忧，然则何时而乐耶？其必曰：先天下之忧而忧，后天下之乐而乐欤？'"

欧阳修先未在意，微微笑着注视老师摇头晃脑、陶然其中的样子。但听着听着，忽然心中一动。接着，便见杜衍审视着自己，口中吟哦着："噫！微斯人，吾谁与归？吾谁与归哟……"

欧阳修恍然省悟：老人把他的《醉翁亭记》和范仲淹《岳阳楼记》相提并论，并非偶然。这是两个同病相怜的挚友所写，写于相近的时间和相似的处境之中，并且都写了"乐"。范仲淹的"乐"，老师已经背诵了；那么自己的"乐"呢？

"然而禽鸟知山林之乐，而不知人之乐。人知从太守游而乐，而不知太守之乐其乐也。"与希文相较，其间境界，能无高下么？

欧阳修霍然起身，向杜衍深深一躬："多谢恩师教诲，门生拜领了！"

杜衍忙把欧阳修扶回座中，说起闲话，回忆童年时家里突遇山洪，猝不及防，一家人冲得四散，他全亏姑姑递过一根竹竿，抱着漂了十多里才被救起。这时才发现，遇水前祖父让他拿着的帽子，居然还捏在手里,并且高举过顶,竟没有濡湿。

老人回忆儿时趣事,不觉沉湎其中,两眼润湿,更显得目光清炯。欧阳修想起滕元发的议论,说杜衍骨相寒薄,只是贵在一双眼睛上,才做到宰相。说是这双眼睛在观看文牍时,有黑光径射纸上云云。欧阳修曾经与杜衍亲近共事,没见过这种黑光,却见到杜衍做三司副使时,奏多事不准,在廷上执奏一两个时辰,尽管皇上已露悻悻之色,同僚捏把冷汗,暗示他及时退下,他却不为所动,直到皇上准奏才罢休。有些人利用皇帝慷慨,私下请求各种封赏,皇帝常用这一句话作答:"朕无不可,就是那个白须老子不肯。"同僚们私下议论:"杜衍常告诫门生:'天下唯我浙江人褊急易动,柔懦少立。'他本人却是这么个脾气,莫非他不是浙江人?真不知这副瘦弱身躯里,藏着几多雷霆之力。"

欧阳修望着杜衍清癯蔼然的面容,心中温暖,脱口说:"门生得了一联,奉赠恩师……"

"啊——"杜衍高兴地说,"快念念,快念念!"

欧阳修坐端正,慢慢读道:"貌先年老因忧国,事与心违始乞身。"

"貌先年老……"杜衍翕动着薄薄的嘴唇,品味着这两句诗,连连击案说,"好!好!人说丹青偏于形貌,诗词偏于精神。你这两句,可谓形神兼得,可以写进老夫诔文之中的了。快把全首做出来,让老夫先读为快。"

欧阳修连声答应。师生又闲话起诗文词赋、朝野轶闻来,转眼便是两个时辰。欧阳修犹豫了几次,下决心起身告辞。

杜衍不应声，默默坐了片刻，终于不说什么，慢慢站起来，轻轻叹口气，从案边拿过一卷纸，口里说："那天你向我讨字，我另写了一件。"

欧阳修接过纸卷，展开见是一幅小楷长卷，就是范仲淹的《岳阳楼记》。字迹瘦劲，一笔不苟。他正要称谢，发现左手这边的纸卷还长，拉开一看，赫然竟是自己的《醉翁亭记》。

他大感意外，不禁眼眶湿了。他感到其中有真意，还得慢慢咀嚼。

师生俩沉默着，相将走到大门口，站了一会。杜衍开口说：

"永叔，你体质弱些，此去睢阳，多加珍重。"

"老师！"欧阳修怕再错过回答老师的机会，凑近杜衍耳朵说，"门生还是前些年与恩师、希文、富韩二公共事时的主张：节用以爱农，均财而节兵，立法以制之，任贤以守法，尊名以厉贤。"

杜衍连连点头："老夫老了，再见不知何日。有一句话为你送别：才人易有，名臣难得。老夫等着再读到你的《朋党论》《论罢政事状》这样气撼山岳的文章。"

欧阳修双膝一曲，跪下向老师行了个大礼。杜衍微侧着身子，受了这位得意门生一拜。

眨着湿润的老眼，抖动着太古积雪一样的白须白眉，挥袖喃喃说：

"去吧。永叔，去吧。"

一九八三年十月

辨　颠

宾客咸集,酒肴齐备,但今天的主宾米芾还是不见踪影。

客人们望眼欲穿,纷纷抱怨起来。

“米颠米颠,名不虚传,真真把人颠苦了!”

“等他来了,二话不说,先罚酒三大觥!”

“只恐他发起颠来,根本忘记了赴宴之事,把你我饿也饿杀了。还谈什么罚酒!”

“把我等饿死了,只好请东坡向谏官们告一个‘米颠杀人’的公案。”

众人七嘴八舌,互相凑趣,晁以道乱摇着手说:

“谏官也拿米颠无可奈何!一次元章在崇政殿奏事,奏完还将札子捏在手里。圣上向左右望了几眼,示意他们叫元章将札子放下。元章不明白,以为圣上要吐痰,回头对值殿内侍大声说:‘官家要唾盂!’……莫笑莫笑,听我讲完。谏官们群起而弹奏之,要办他一个‘殿上失度,大悖礼法’之罪。圣上一笑置之,说是‘俊人不必以礼法相拘求’,这才无事。”

“那今日就活该我等饿坏了。”客人们又逗起趣来。

东道主苏东坡抚着连鬓大胡子,笑微微地听着,忽然开口道:

“依我说,诸公今日宁肯饿杀,倒是不见米元章的好。”

“怎么说?”客人们尽都诧异。

东坡用食指点着众人说:

“看诸公一个个颈项伸得偌长,只怕米元章一见倾心,写上几卷《黄庭经》,把诸公尽都换了去。”

众人怔怔地望着苏东坡。晁以道拍手道:

“子瞻把我们比作王羲之用小楷换去的那笼白鹅了!”

客人们一想,哄然大笑。

一位刚从苏东坡家乡来的远客,悄悄问东坡:

“到底这位米元章怎么个颠法,你们这样形容他?”

东坡说:“以道,你来向我这位亲戚说说元章的痴绝之处。”

“他的痴处么?——从何处说起呢?”晁以道思忖着说,“米元章把万物当成与人平等。对着一座太湖石,他整衣下拜,叫那石头‘石兄’。他知无为军时,每逢祈雨祷晴,就在城隍祠设宴求神。人家求神是上供,他却是宴神。人家上了供就跪下磕头,他却是坐在神像东侧,举杯动箸邀请神像,如同人间主客酬答一般。平日有人送来时鲜茶果之类,他都要分以馈神,让神佛保佑百姓。也不如一般恭谨上供,要叫典客向神像大声宣告:‘小龙团茶一盏!’他就向神像拱手:‘请!’;‘饧糖两味——’,‘请!’;‘鲜果四色——’,‘请!’……”

乡客一口茶喷到地上，摇头笑道：

“名动天下的大名士，竟会痴颠如此，真真不可思议！”

东坡抚着大胡子说：

“人言米芾颠，我只觉米芾至性至情，妩媚可爱。”

“怎么说？”

“什么叫颠？”苏东坡说，“但凡情专一事，为之殚精竭虑，世俗便往往目为痴颠……”

“但是——”乡客刚想反辩，一个家僮拭着汗进来禀报，米大人到了。

“总算逃脱了饿厄！”客人纷纷嚷着一窝蜂拥出去相迎。一位乡客想亲眼见识见识米颠，快步抢在前头。

一乘奇怪的轿子，径直抬到花厅外石阶前才放下。这轿子没有顶盖，从轿里耸出一截乌黑的东西。轿夫倾轿，家僮掀起轿帘。一个人探出身子，避开家僮伸去搀扶的手，也不摸轿杆，费劲地慢慢挪了出来。原来轿顶上耸立着的乌黑东西，就是他头上戴着的高檐帽。

东坡迎上去，大声笑问：

“元章，坐的这是什么轿子？”

那米芾眉宇轩然，嗓音宏畅，拱手说：

“顶盖低矮，碍着帽檐，只好卸去。”

晁以道皱着眉头问：

“这是甚么帽子，帽檐高成这样？”

“帽子与袍服，都是仿照唐朝规范，有图籍可查的。”米芾伸开双臂,自己打量着,又问:“晁四,你说这像谁人?”

以道忍笑说:“我说像鬼章。”

“鬼章?甚么鬼章?”米芾愕然。

“那个贼酋鬼章呀!他不是也如此这般从囚车里伸出个脑袋么?”

围着的客人们支不住轰地笑了。米芾左右看看众人,也抚掌大笑起来。

东坡一边带着客人往花厅走,一边问:

“怎么这样姗姗来迟?众人议定要罚酒了!”

米芾未及回答,家僮忙躬身应着:

“沿途都有孩童堵着观看……”

东坡大胡子里藏着微笑,小声说:

“我遇着也要堵住观看的。”

客人们相揖走进花厅,纷纷在瓷盆中洗过双手,准备入席。米芾却独自背着手在阶前看花。乡客想过去请他也来洗手,东坡止住他,向一个小童招手嘱咐。小童拎起一只盛满清水的银制方斛,到阶前替米芾淋手。米芾在流水下洗过,挥开小童递上去的帕子,自己双手相拍,让手自干,然后才过来入了座。

席上,东坡向米芾介绍了家乡来的亲戚。乡客乘机问道:

“元章先生近日做何消遣?”

米芾大声说:“咳!近日遇到一桩天大怪事:我朝太宗皇帝派王著审定法帖十卷,我近日读了一通,其中一手伪造者竟占了大半。并且把智永千字文断为汉章帝书，张旭书断为王子敬书，俗人学智永书断为王右军书之类，舛谬百出。我已作了跋语，一一指出。百年之后，必有击节赏我之人！”

“好！”东坡举起酒杯，“辨正析疑，嘉惠后世，理当同贺一杯。”

众人齐声响应，举起酒杯。米芾忽然起身肃立，满脸诚恳，也不举酒，也不开口。众人莫名所以，也都怔怔地放下酒杯，停止谈笑。在一片安静中，米芾拱手大声说：

“世人都说米芾颠，其实米芾何尝颠？多位大臣举荐米芾，均说‘精熟吏事’，更没有一个是以‘颠’字举荐的。子瞻妙论高天下，今日我愿当着诸位明公，质之于子瞻！”

客人们一听，愣了一下，撑不住要笑，都拼命忍住，把脸转向苏东坡，要看平素间诙谐敏捷、锦心绣口的苏东坡，今日做了东道主，如何对付这样的场面。

苏东坡也缓缓站起，郑重拱手，大声答道：

“我——从众。”

米芾怔住，颓然坐下，满脸认真的沮丧惊愕表情。宾客们迸出一阵大笑。晁以道举杯嚷道：

“问得妙，答得也妙！我们共为两位妙人浮一大白！不喝干罚三大觥！”

大家笑嚷举酒。东坡因为忍笑，端酒的手微微颤抖。米元章却认真地喝得一丝不苟，干了还向众人照照杯底。

席间气氛越来越热闹，无拘无束。米元章却渐渐不吃不喝了，伸个右手食指在空中画来画去。画了一会，忽然站起身，对众人唱个肥诺就要告辞。东坡担心是刚才相戏使元章有些芥蒂，忙连声挽留。米芾说：

“偶然想写字，迫不及待了。”

晁以道说：“我道甚么事！贺知章喝起酒来，进京面圣都不去了，还写甚么字！”

“做官怎能与写字作比？”米元章认真地分辩，“譬如背痒，不搔痒不止，岂有说理而可以止痒的！”

东坡大笑说：

“舍间也有笔砚，何必定要回宝晋斋去搔痒！”

一边就吩咐铺排纸墨。客人们听说米元章要写字，都离座随东坡往书斋走，把桌残宴扔在一旁。

乡客边走边问：“先生天天写字么？”

“是。”米芾说，“一日不写，便觉心思滞涩，百事无当。”

说着来到书房，米芾一见大案纸墨，便动手把袍袖反系起来。走到案前，选了一支笔，在墨海里蘸饱，对着素纸，凝思片刻，忽然落笔如云，白纸上立刻出现一片墨汁淋漓、龙蛇飞动的行书。写了几幅，便叫取大纸。大幅挥洒，八面出锋，兴致更加酣畅，一边自己大声喝彩：

“奇绝子瞻！奇绝！”

“晁四，看这笔妙绝！”

围观众人不住点头，啧嘴，微笑，叫好，这场面令人眼花缭乱。

米元章一写就无法收束，几上地下，渐渐铺满了墨汁未干的作品，众人随便移动一下脚步，也会踩到纸上。有的只好悄悄退出，有的则劝促米芾停笔，但他写得兴起，充耳不闻。

苏东坡眼睛眨了几下，向小童附耳嘱句，小童点头含笑去了。

不一会，米芾刚提笔蘸墨，晁以道伸手捏住笔杆，口中说：

"元章，你看那外面是什么？"

众人一齐转过脸去，只见厅前摆了一只高几，几上一只硕大的白玉盆，贮了半盆水，水中矗立着一座石山。客人们络绎往外走，米芾扔下手中的笔，大步赶到前面去。

这块奇石呈淡绿色，冈峦迤逦，复嶂重峰，且有一个洞穴，蜿蜒直达顶部。映着玉盆清水，更显得温润挺秀，气象万千。众人纷纷称赞。却见晁以道摇手示意。大家一看，米芾目不转睛地望着石山，正在整冠敛服，然后毕恭毕敬地走上三步，对着石头下了两拜；又审视了半晌，才说：

"子瞻，这就是你的仇池石么？果然妙绝！"

一边说，一边向高几走近，打算仔细观赏。不想晁以道伸手将他拦住，还一迭声地吩咐：

"撤下去！撤下去！"

米芾愕然问："却是为甚？"

晁以道笑道："怕你走拢去抱着石头大哭，誓要与石同归于尽，逼得子瞻只好剜却心头肉，割爱奉赠呀！"

在一片哄笑声中，米芾摇手说：

“何至于此！何至于此！”

“何至于此？”以道笑道，“诸公不知，有一日我碰见元章，怀里抱着这么大一块端砚，墨汁淌了一身，而他喜笑颜开，脚步踉跄，见了我也顾不得寒暄，飞奔而去。后来才知道，是圣上召他到艮岳写一扇大屏，就用御案上的宝砚磨墨。写成之后，元章捧着大砚跪下，反复奏说此砚已被下臣濡染，不可再渎天子使用。奏了个重三遍四，圣上明白他是酷爱这块砚台，才诌出来的一番道理，不禁大笑失声，就把砚台赐给了他。他手舞足蹈谢了恩，抱着就跑，唯恐圣上反悔……元章，你当着诸公说说，是也不是？”

米芾环顾了客人们一下，自己也忍不住扬声大笑。东坡笑着说：

“听说，圣上在你背后大笑说‘颠名果不虚传’，可有其事？”

米芾双手乱摇，连声说：“哪里话！哪里话！”

以道笑道：“你跑得飞快，顾不上听……”

客人们散去后，乡里来的亲戚与东坡对坐喝茶。东坡说些米芾的趣事，不时发出笑声。

乡客不无惋惜地说：

“如此聪明绝顶之人，可惜沉湎于雕虫小技……”

“不然！不然！”东坡抚着连鬓胡须说，“人生在世，性有所近，情有所钟，智有所托，才有所擅，各不相雷同。正要鸢飞鱼跃，各得其所，才能成其为大千世界。即如元章其人，不爱富贵，独爱古人笔札，对之可以废寝忘餐。他自己的字，也写得如风樯阵马，沉着痛快，堪与古人比美。这样的人，与其使他主州宰郡，劝农理财，不如让他鉴别古迹，吮毫挥翰，为后世留一点儿磨灭不去的东西。人尽其才，物尽其用，才是国家的祥瑞，百代的幸事。”

数日后，米芾差人回请东坡。兴冲冲去了，却不见别的客人，只有两张大案对陈。案上放着一式的精墨佳笔和高高一叠素纸。酒菜又设在另一张桌上。东坡正自诧异，元章说：

“那日未得尽兴，今日特请相对挥毫。”

东坡哈哈大笑，欣然入座。酒过一巡，两人就分别踞案，伸笔向纸，挥写起来。各自随兴过来喝酒，喝了又去挥洒。愈写兴致愈高，两个书童不停磨墨，几乎供之不及。到了黄昏，酒意已到八九分，备下的三百张纸已写罄。两人互相交换携去。

东坡的轿子走了很远，回头见元章还恭恭敬敬地拱手肃立在路边，忽然记起人家告诉他：米芾在屋里给友人写信，写到“芾顿首再拜”时，要真的放下笔，起身整衣，对着桌上的书信恭恭敬敬下两拜。看来，不到自己的轿子走得不见影子，米元章是不会放下拱着的手的。

“元章实在颠得可爱！”苏东坡在轿里抚着大胡子，独自微笑了很久。

一九八二年八月

落　红

道光十九年(1839)己亥,落花时节。京城郊外的官道上,踽踽爬行着两辆雇赁的瘦马敝车。灰蒙蒙的天穹像一只倒扣着的均瓷大碗,在极远处与灰蒙蒙的旷野相连。嘚嘚的蹄声,引不起一丝回响,索性就是大千世界里的两只虫豸。第一辆车里堆放着一捆又一捆的手抄稿本文集。第二辆车里坐着京师官场人称“龚呆子”的礼部主客司主事龚自珍[1]。乱蓬蓬的花白头发、乱蓬蓬的连鬓胡子,敝旧不堪的官纱长衫,与破破烂烂的马车甚是般配。

车出都门,景物愈走愈见单调。一阵风吹过,尘土飞扬,搅得天昏地暗。他瞪着双大眼入了神。好了,这回可真是要永远回到风酥雨腻的江南,得遂那年与何氏夫人相约偕隐的宿愿了。这朔方风沙,特别是这朝堂上浑浑噩噩的风沙,简直能腐心蚀骨,磨灭了狂侠的剑气和幽渺的箫心,只剩下一片冷漠、冷漠、冷漠……这回可是破釜沉舟,下决心把一腔悲愤、万种感慨、千百条济世报国的韬谋方策,一齐撇在那熙攘如庙会、荒凉如大漠的京城了。

“归去来兮，长安风沙住不得。”

龚自珍突然长声吆吆地吟诵起来。辕马一惊，以为是主人催促，便奋蹄跑了三五步，之后又恢复了一东二冬的慢节奏。龚自珍却又忍不住回过头，揭开后窗篷，伸长脖子，痴痴地望着那早已消失在黄云下的京城，倒像那儿还有什么值得留恋的东西。

不提防一粒灰尘扑进左眼。龚自珍回过头，用手巾拂拭了一阵，眨着眼皮，却发现前面几丈外的路边小桥头，伫立着一个人，正向这边眺望。那身材，那双臂环抱的姿势，都十分眼熟。难道真是他？龚自珍正在猜测，那人已冲下桥头，张开双臂飞跑而来，口里喊着：“定庵——定庵——”

果然是吴虹生！龚自珍不等辕马站定，便跳下车，步履踉跄地冲过去，一边叫着：“虹生——十四兄——”

两双手紧紧握在一起。微微喘着气，相视而笑。自珍说：

“那天承老兄在时丰斋饯行，不是已经同诸位老友说定：我不再一一告辞，你们也都不准送行吗？怎么你倒跑上七八里路，先在这儿等着我了！”

“这话别人不能不从，我则不能从。”吴虹生摇晃着自珍的手，“定庵，咱们两人是什么缘分：戊寅同中乡举，乙丑同中进士，同出王叔培先生门下，同参加殿试，同没有选上庶吉士，同在内阁任中书舍人，同外放知县而辞谢，同一天还回中书……这样的巧合，千古能有几人！”

“还有一同……”自珍摸摸满脸的胡茬，“这个……”

吴虹生摩挲着络腮胡子破颜为笑，拉着自珍往小土地庙走去。那儿已摆好两只高高的草蒲团。刚落座又连声催促沏茶。自珍这才发现，有个十多岁的小僮在背风处守着个红泥小火炉。一把锃亮的铜壶在炉口呼呼喷着白汽，给自珍心上平添了一缕温热。

捧着茶碗，两个老友默然注视着白汽袅袅，绿芽浮沉。自珍回想起在京师这十年的蹉跎岁月，郁闷时全靠虹生以道义相激励，有急难也都得虹生救助。眼前分袂在即，心中一部二十四史，真不知从何处说起。正要开口，虹生恰巧叹了口长气：

“定庵，你可是真走了……我还想着，重阳节咱们再像乙未年那样聚一次。你还欠着我的诗债哩。”

“什么诗债？”

“怎么忘了！”虹生说，“那次在我家南轩过重阳，说定要做诗，谁知你挑起徐星伯、端木鹤田大开辩论。你们上下古今、千门百类，说得个天花坠石点头、口吐白沫；我和潘少白听得头昏眼花，好似神游太虚……哪里还记得什么吟诗联句！”

“算了！”自珍笑道，“趁我们辩论，你两人可是把酒都喝光了，说是用我们的高论下酒。要算账你还欠我的高论哩！”

“你也没少喝呀！说一句得意的话就喝一盅。喝醉了还咿咿唔唔唱宋词，敲碎了我的青花大酒海……”

龚自珍捧着茶碗看花纹，许久才说：“从此我就是江湖野人，再不发那些空言高论了。”

“嘿嘿！”虹生摇着头，“要龚呆子不发议论，除非黄河水清。”

“真的，我发誓了。”

“不消发！”吴虹生笑道，“你发誓戒诗，戒过几次了？哪一次戒掉过？越戒越写得起劲。”

“这回是真戒了。诗也戒，议论也戒。从今而后，只谈佛经，不谈别的。”

“别人不知道你龚定庵罢了，我还不知道么。”吴虹生叹口长气说，“定庵，说真话，你要真能戒诗戒议论，就善莫大焉了。别当我不知道，这次你如此匆匆辞官回乡，不也跟你作诗作文有关系吗？说不准，你能作出杀身之祸来！这些话，我不说，还有谁能对你说……”

龚自珍一拍大腿：“咳，虹生，你怎么比我龚呆子还呆！不作诗就不会被杀吗？末朝季世，就是杀人如草芥的好时候。偌大中华，再多的人才也嫌少，这该是最浅显不过的道理了吧。可是，你看哪儿不是成事者屈指可数，败事者车载斗量！往往一个有才之人，会受困于一百个庸人小人的监视、束缚，甚至戕杀。杀人才不用刀锯水火，而是用名教理学、流言蜚语、阴谋诡计。戕杀之权，不必禀告皇帝百官，也无须昭告百姓，因为它既不砍你的头，也不斩你的腰，而是杀你的心。”[2]

龚自珍右手做了个杀人的动作，用力一挥，刚巧碰着小僮提来续茶的铜壶。那壶盖铿然掉在地上。小僮正要去拾，不提防龚自珍赶在前面，飞起一脚，当啷又踢开一丈多远。小僮吓得满脸绯红，低头等主人发落。龚自珍压根儿没意识到这事；吴虹生又惯看自珍的狂态，视而不见。说的自顾说，听的自顾听，一任僮儿站在一边发怔。

“是的，杀心！”龚自珍气涌如山地说，“杀你能忧虑之心、能愤怒之心、能思索之心、能有作为之心、能有廉耻之心、能纯洁之心，叫你心痒力竭而死！想要不死，除非变成他们一样的庸碌畏葸，只知声色犬马的行尸走肉……”[3]

小僮明白了：敢情这位龚大人不是生自己的气，是在骂一些不在眼前的什么人呢。他松弛下来，偷眼看着龚大人那手舞足蹈、气势汹汹的样儿，忍不住抿着嘴暗笑，难怪人人叫他“龚呆子”。

“定庵！”吴虹生打个冷噤，“也不要看得太偏激……”

“偏激！”龚自珍哼了一声，抬脚就走。吴虹生追上去，忍着笑说：“定庵，算我说错了，也该让我再送一程吧！”

龚自珍回头看他，喷髯笑了，慢慢挽起吴虹生的手。两人并肩缓步，朝前走去。马夫赶着车远远跟随。步行半里多路，来到一处十多户人家的小村圩。一座酒店门外，居然有一块花木扶疏的园圃。吴虹生正款款谈些闲话，忽见龚自珍撇下他，跑过去对着蹲在花圃边的一个汉子嚷起来：

“你这是做什么？”

那汉子一身大户家丁的打扮，诧异地抬头望着这位气势汹汹的陌生人。

龚自珍一连声问：“说呀，谁叫你干这事的？”

吴虹生赶过去，见汉子不过是在把一株幼梅的柔细枝条弯来弯去，用细棕丝缚住。这园林常见的活儿，怎么会引起自珍发火呢？

家丁站起身，傲然拍着手上的泥：“我干这活儿，跟老先生您有哪门子关系呀?”

“说,谁叫你干的?”龚自珍还是那句话。

一阵脚步杂沓,店房里出来另一个家丁,毕恭毕毕敬掀开门帘。接着,两个打扮得花枝招展的姬妾,搀着个穿团花马褂、戴琥珀顶子小帽的精瘦老头,颤巍巍走出来。老头一边走,一边眯着眼打量龚自珍,忽然拱手作礼:

“巧遇巧遇!定庵先生别来无恙吧?”

那个扎梅枝的家丁见此情状,惶然缩到后面去了。龚自珍愣着打量老头,冷冷还个礼:“幸会!”

“怎么,定公不记得老朽了?”老头见怪地说,“那年在丰宜门外三官庙看海棠,有幸邂逅,不是还促膝长谈过么?”

吴虹生在旁边已看出龚自珍眼中怒火灼灼,怕他又发呆气。正想找个借口把他劝走,那老头又开了口:

“听说定公宦途倦游,要赋‘归去来’了,这话不确吧?足下正当鼎盛之年,为什么急于还乡享清福呢,太可惜了嘛!”一脸惋惜之态。

龚自珍霍地回过身,嘴角挂着挑战的微笑:“为什么?为了偶然!偶然——偶然起了应科举试的兴致,偶然又起了重返园田的闲情,偶然想扔掉这斑斓的朝服,换回我书生的蓝衫……怎么样?”

吴虹生不知道自珍为什么这样对待老头,却也听出两人说话都有弦外之音。眼见自珍嘴唇在微微颤抖,那微笑已化作惨笑,忙抢上去拱手说:

“定庵行色匆匆,老先生请便吧!”

老头冷然拈着稀落落的胡须，不理吴虹生，径自向龚自珍发话："定公还记得老朽当日的一番劝诫吧？我劝足下把文字中那些妄议时政、悖礼侮圣的怨望之辞尽都删去。诸如什么'一姓不能再出圣人'呀；什么'一人为刚，万夫为柔'呀；什么君上要同臣下坐而论道呀；连臣子跪着向皇上奏事，这样天经地义的事，你都要妄加反对……唉唉！以定公的绝代才华，要是转而去阐释四书五经，何愁不能成就千秋百世的大儒！可惜忠言逆耳，足下当时竟侮慢地答复老朽，说什么——"

"忙于读百家之言，研讨天地东西南北的学问，没有闲空。"自珍大声说。

"对了，正是这么说的！正是这么说的！"老头连声冷笑，"定公当日若听老朽一言，又何至今日铩羽而归呢？"

脾性温和的吴虹生也被激怒了。这冬烘老朽是什么人，同自珍有何深仇宿怨，要如此咄咄逼人，幸灾乐祸！他跨上一步，抗声说："请问老先生……"

龚自珍伸臂拦住虹生，目不转睛地盯住那两个花枝招展的女子，直看得她们满脸通红，低下头去，这才开口问：

"老先生的宠人，似乎换了一位？"

老头莫名其妙地点点头。

"当年那位穿紫衫的妙龄女郎，而今安在哉？"

老头意识到要上当，悻悻地不开口。龚自珍直接对年纪略大些的红衣女子发问："是福薄命短，夭折了吧？"

红衣女子瞟老头一眼，赶快埋下头去。龚自珍睁着那双犀利如炬的大眼睛，审讯似的望着她。女子承受不住这样的逼视，别过脸，微微点了一下头。

龚自珍恭恭谨谨地向老头拱手："当日学生也曾预言：此姬如不及早放归乡里与家人团聚，必将幽恨早逝。老先生当日如纳学生一言，又何至于杀此无辜弱质呢？"

红衣女子连忙捂住脸，憋得双肩颤动。老头浑身打战，一迭声吩咐顺车。一辆华丽的篷车，从酒店山墙边赶了出。

龚自珍露出顽童式的笑容，看着两个女子，对着老头说：

"自珍这番回江南，正是想偶然遇到这样两位锦瑟佳人，我就告诉她：正是为了陪你寻春，我才赋'归去来'的呵……"

老头连连顿足："轻薄！轻薄！你就不怕堕割舌地狱么！"

"请问老先生，"龚自珍一脸郑重的神色，"那种一面拥雏姬狎男旦，一面悲吟什么'唯将终夜长开眼，报答平生未展眉'的悼亡诗的伪君子，又该下哪一层地狱呢？剜心还是烹肝？"

老头气急败坏，接连几次爬不上马车。脚底乱蹬，口里乱骂："儇薄狂生，无怪乎君父不齿，礼法难容。天子脚下岂有你立足之地！"

龚自珍对着摇摇晃晃远去的马车扬声大笑，震得吴虹生耳朵发疼。

"定庵，这老朽今日遇见你，真算得体无完肤了。"吴虹生一边回味，一边发笑。忽然龚自珍在背后问：

"虹生，听见哭声了吗？"

“哭声？”虹生诧异地问，“哪儿呀？”

自珍顿着脚：“地下！地下！”

吴虹生毛骨悚然：“又讲鬼话了！”

“真的，我听见我外祖父在地下痛哭。”

“段茂堂先生么？”[4]

“对！茂堂公在世教诲我，要努力做振兴国家的名臣，而不可做徒知空谈的名士。你看，正是这种人，逼得我报国无门。我起先怎么说的？杀心。这回你看见了吧？只用轻飘飘两个字——儇薄，就杀了人灭了口……”大滴的泪珠，弯弯曲曲流过他的毛胡子，成串掉在地上，立即被厚厚的沙土吞没，了无痕迹。

吴虹生熟知龚自珍歌哭无端的性情，欢乐超过常人，悲哀也超过常人。但看着他四十八岁就已斑白的鬓发、褴褛的衣衫，也不禁生出苍凉之感，忙问道：“这老冬烘是什么人？”

“大学士穆彰阿的什么瓜葛亲戚。”自珍说，“在官场声名狼藉，被迫乞退颐养……”

“难怪看去面善。”虹生问，“你怎么认识这种人呢？”

“那年你不在京师，我同金应城几位出丰宜门看三官庙海棠。不想大风如吼，把花都吹掉了，倒酿出一场雄奇恣肆的花雨，看得人如痴如醉，那真叫壮观呢！凑巧这老朽携带着雏姬、男旦和清客，在那里哀吟什么‘无可奈何春去也’，还悼念起刚去世的如夫人来，那丑态真真令人作三日呕！为了祛除晦气，我便大赞落花，高谈狂笑，偏要扫扫他的雅兴。这老儿果然上了钩，过来攀谈，大发一通陈腔滥调。”

虹生呵呵笑起来："只说你的《西郊落花歌》堪称绝唱，原来还有一段掌故。"

两人相视大笑。店主人倚门望着这两个高谈阔论的怪客，趁机揽生意："二位老爷请进来喝盅热酒吧？"

龚自珍怔怔地望着店主，好一会才回过神来，指着圃边那株幼梅问："你这个人，怎么听任那群蠢材糟蹋你的梅树！"

店主走过去欣赏着梅树，得意地说："刚才那位老大人开导，这样侍弄出来的梅花才有姿态，才风雅，才可以入诗入画……"

"他胡说八道！难道梅花也要考八股科举吗？"龚自珍气呼呼地说，"他们在用作践人才的办法来作践梅花。你当了帮凶，知道不？"一边去解那枝条上捆着的棕丝。店主扑过来阻拦，顿时把自珍那件敝旧不堪、丝理寸断的纱衣扯了个大口子。龚自珍怒目而视，一把抓下头上的帽子，斑白的头顶蓬蓬然蒸腾热气。吴虹生拼命忍住笑，掏出些碎银赔给店主，低声劝解说：

"这位先生是在借题发挥，并非同店主过不去。"

店主捏着银子，兀自喃喃抱怨。自珍趁这机会，把梅树上的棕丝扯了个干净。那些柔嫩的枝条立刻舒展开来，恢复了原来的姿态。自珍喜滋滋地看着，点头叹道：

"树犹如此，人何以堪哟……"

店主掂着意外之财，口里还悻悻地咕哝："玩花是风雅人的事。不识夜光珠，充什么波斯胡！"

吴虹生怕自珍听见，又起争吵，忙向店主使眼色。自珍却浑然不觉，自顾弯腰把满地花瓣聚拢，口里兴致勃勃地说："虹生！要是我有了闲田闲钱和闲暇，我要造个'病梅馆'，把江宁、杭州、苏州那些被扭伤戕残的病梅全部搜罗起来，一一疗治，那才是人生第一快事！"

吴虹生听着这痴话发笑："那自然比唱辛词敲酒碗要痛快！"

自珍捧起一大把花瓣往空中用力一撒，在纷纷扬扬的花雨中曼声长吟：

"安得树有不尽之花更雨新好者，三百六十日长是落花时！"

吴虹生伸手去掸自珍一头一肩的花瓣，被自珍护住不让拂落，便笑道："你这么爱落花，也算得一宗怪癖。"

"虹生，我龚自珍不就是落花么？"龚自珍拈着一片血红的花瓣定睛看着，忽然叹息似的说。

吴虹生心头一颤，憋了几个时辰的眼泪涌上来。这个看去万念俱灰的人才，一寸心还那么灼热！他握住自珍的双手，嘴唇翕动许久才说出一句：

"定庵！前途珍重……"

龚自珍眼圈也红了，郑重地作了揖，走向马车。吴虹生依依地说：

"回家安排一下，早日来接家眷。一来省得嫂夫人挂心，二来我们也好再聚一聚。"

"还是老兄设法谋一任考官，来杭州见面吧。"龚自珍强颜为欢地说，"该你来敲破我的黄酒坛子啰……"

龚自珍上了车，蹄声刚响起，吴虹生又追上来，攀着车篷说：

“定庵,你反正是往南边走,何不如索性到广州去投林中堂,替他分分忧,出一臂力……那里才是你用武之地。”

龚自珍又从车里跳下来,踱着步想了想,摇头说:

“不成。他不是已经回书给我,婉言谢绝了么?”

“可是他对你那些主张不是交口称赞,说是非谋识宏远者说不出,非关注深切者不肯说吗?”

“他是怕我的脾气误了他的大事。查禁鸦片这事,关系太大,困难太大,树敌太多了。”龚自珍苦笑着说,“他不能不百倍慎重。”

吴虹生想想,是这道理,便无话可说。

龚自珍呆呆地瞪着灰暗的天空,忽然大声说:

“虹生,你就看着苍茫天地之间这灰尘一样的小官儿龚自珍!”他伸着臂挥了个大圈子,好像把天地都圈了进去,“五十年内,他那些预言,般般都要应验的!”

说完,长揖到地,跳进车里不再露面。

青白驳杂的羸马从此去了。向南,向南……一幅惊心动魄的万里长卷,在眼前次第展开,无穷无尽:横征暴敛,陋政敝策,赤地千里,饿殍遍野……不出吴虹生所料,龚自珍的诗戒立即被生活的洪流所冲决,一发不可收。

转入水路后,一日,偶然听见舟中议论,他才知道林则徐在广东已收缴洋人走私鸦片二百三十多万斤,在虎门滩付之一炬。而洋人也恼羞成怒,陈兵列舰,扬言要进行报复,局势凶险,一触即发。

船在镇江泊岸,龚自珍无心去阅市食宿,独自在岸边久久徘徊,默祷上苍护佑林则徐大业成功。

暮色四合，江面渐渐变成一片黝黑。时而闪起一两星灯光，立刻被拉成蜿蜒的金蛇，掣动在油一样的水中。

天风猎猎，江波拍岸。“吓……呼！吓……呼！”长声吆吆的号子，强一阵弱一阵地从远处传来。这是纤夫在拖着沉重的粮船过闸。他白天看见这些纤夫，被巨绳压得匍匐在地，喊着沉重如山的号子，迈一步比攀绝壁还要艰难。一条粮船过闸需十多个纤夫，而且得从早晨一直拉到夜里！

“吓……呼！吓……呼！”龚自珍被突然涌上来的泪水，憋得喉咙透不过气。那侧立南天、心力交瘁的林则徐，不也是一个纤夫么？他的纤绳系着国家命运，而穆彰阿、琦善那班人还要在逆流中给他设下一重又一重的险滩和礁石。龚自珍遥望南天，真希望眼前有一个红线女、黄衫客那样的侠士，能飞越江海，为自己传送蜡丸书，把有关禁绝鸦片、抵御英舰威胁的种种方策贡献给林则徐，共挽这危若累卵的局势……

落花有意，流水无情。花已经够荏弱了，何况落红。即便插翅飞到广州，林中堂就真能只手撑天么？

一点又一点萤火般的灯笼飘过身边。幽微的黄光里，浮出一张张蓬头鸠形的鬼脸。这都是去烟馆吸鸦片的“瘾君子”。这种涕泪横流的烟鬼，龚自珍一路上不知见到过多少，从达官贵胄、士人商贾到优隶僧尼，一应俱全。龚自珍厌恶地别开脸，像避开一具具腐尸。不提防，一只灯笼游到身边，一条人影冲着他一躬到地，一个清越的声音问道：

“定庵先生吗？”

“不知道！”自珍猝然背转身子，衣袖把那人手中的灯笼碰歪，油纸呼地燃烧起来。自珍吓了一跳，定眼看去，却是个二十多岁的青年书生，脸庞丰腴，嘴角的微笑刚化为惊愕，漆黑的眸子，在摇曳的火光中炯然有神。龚自珍有点歉然，开口问道：

“足下是……”

“生员姓马。听友人传说，礼部龚定庵先生就在这几天要路过此间。我对龚先生景慕已久，特地赶来，不想错认了人……”

自珍不等听完，连忙拱手说：“失礼之至！失礼之至！我确实便是龚自珍。”

“那……”

“起先我只当是过路的烟鬼。”

马生扬声大笑起来。龚自珍正需要一个消除羁旅寂寥的良伴，便拉着他在朦胧的月色里踱来踱去，闲谈起来。他很快发现这青年书生博雅高致，竟能背诵自己的许多诗词和文章。两人越谈越觉投契。当马生赞扬自珍的一篇八股文时，自珍笑笑：

“我确实有十多篇平生得意的时文，抄存箧中。可是离京前已付之一炬了。”

“那为什么？”马生大惊。

“因为我已明白，靠八股文考不出真文章，选不出真人才。我后悔少年时候，把十分心力花费了九分在这上面。”

马生骇异地问:“没有科举,行吗?”

“不光是科举,还有吏制,都像这鸦片一样害人。”龚自珍说,“大凡满人汉人做官,大体要三十年到三十五年方可参与大政。有才干的贤者不能超越这个界限,无才无能的愚者由于驯顺却可以按时等到这一天。因之,居官日久的留恋权势,年老的想照顾儿孙,始终不肯自动退让,英奇未尽的贤才也终于不能出来为国尽力。由于这种种资格的限制,士大夫们大都奄然缺乏生气了。”[5]

“那……”马生怅然若失地说,”先生的意思……”

“这次远游,我才知道在城乡江湖、野民万姓之中,不知隐藏了多少国家社稷所需的人才……你来看!”龚自珍把马生拉到江边,指着江天说,“看见那天边有一团晨星似的光芒,周围环绕着光怪陆离的云气吗?那里就有一位鼎鼎大名的养一老人李兆洛,音韵、训诂、地理、天文、历算,无所不精!我对他倾慕已久,把双眼都几乎望穿,回到江阴,便可以见到他了……”自珍神往地伸长脖子,似乎真看见了什么异星和云气。沉默半晌,他开始手舞足蹈起来:

“你知道么,天地间的人才,伟岸的像峰陵,豪迈的像川流,干练的像阡陌,深沉的像蹊径,敏捷的像泷湍,险峻的像峒谷,坦荡的像原陆……他们受日月山川之所养,又转过来支撑着天地国家……”[6]

马生被自珍的狂态所感染,不觉也跟着眉飞色舞起来,笑道:“先生在做诗了。”

自珍哈哈大笑:“不错,自从离开京师,诗兴就如黄河决堤。每得一首,就用旅舍的破败鸡毛笔写在账簿纸上,揉成一团投进一破囊。

等回到家乡,恐怕会有二三百首吧！我要把它们编排起来。”

“那太妙了!”马生高兴地说,“先生的诗瑰丽奇肆,前无古人,我是百读不厌的。明年开春后我准备去京师,行前一定先到府上拜读先生的新诗。”

“你要去京师?”龚自珍欣然说,“好,到时候我写封信,把你荐给我的好朋友吴虹生,免得你误入那些腐儒的重围,被他们弄成歪歪扭扭的病梅,病入膏肓的烟鬼。”

马生笑道:“只是,听了先生一席话,我倒有点胆怯了。”

“这怎么行!”龚自珍拉住马生的衣袖大声说,“我告诉你:自古到今,法没有不改的,势没有不积的,旧例没有不变迁的,风气没有不转移的。……要紧的是破除陈规旧例,不拘一格起用人才!”

马生感动地说:“见到先生,我知道我的朋友错了。”

“怎么?”

“我约这位朋友一道来访,他说:定庵先生新倦仕途,寂寞而归,恐怕不复有网罗文献、搜求人才的心思了。”

“是吗？是吗?”龚自珍连声反问,急剧地踱了几个圈子,皱眉短咳了几声。马生深觉孟浪,后悔地低着眼帘。自珍忽然站定说:

“不错,自珍是寂寞而归了。但我有两句新诗,请转告尊友:‘落红不是无情物,化作春泥更护花。’”

马生默念着两句诗,感动地向自珍深深行了个礼。

不知几时,曙色已冉冉降临。三五成群的路人熙攘而过,把两人挤来挤去。马生告诉龚自珍,今天有盛况空前的大道场,祭赛玉皇和风神雷神，何不同去看看热闹。自珍摇手道：

“我素不喜道教。”

“横竖无事，权当观一出热闹戏文。”马生笑着怂恿。自珍横竖无事，也就答允。

一个与马生相识的道士，陪他们登上三清观玉皇阁。俯身下瞰，只见万头攒动，嗡嗡嘤嘤，有如蜂群蚁阵。人群之上，耸起一些香亭幡盖，纸彩神道。处处香烟缭绕，时时鼓锣杂鸣。龚自珍正想嘲笑，忽然心中一动，若有所会。那千千万万双企望之眼，凝眸仰望湛湛的苍穹，那神情之虔诚，期待之殷切，猛烈地撼动了他。面对这芸芸众生的企盼、期待和祈求，应当给他们以什么？当然不是长生不死，不是蓬莱仙境。然而，又应当是什么呢……

身披绣金鹤氅的观主老道，听说与马秀才同来的客人是大名鼎鼎的龚定庵，便捧着装了朱笔黄纸的建漆托盘，颠颠地登上阁楼，请求龚先生撰写一通祀天的青词。马生记起自珍说过不喜道教，慌忙回绝老道。偏偏老道不知就里，一再纠缠，弄得马生十分尴尬。

龚自珍仍在凭倚着雕花窗户眺望，口中念念有词，似乎没听见他们的争执。忽然回头笑道：“我写！”提起大笔，蘸上银朱，就在纸上狂书起来。

马生不胜诧异，伸头去看，渐渐看出是一首七言句，猛然领会龚自珍是在借题发挥，便轻声辨读那潦草的字迹：

“九州生气恃风雷，万马齐喑究可哀；我劝天公重……抖……擞……”

“不拘一格降人才!”龚自珍嚷着,把笔远远一掷。

老道士眉开眼笑地捧起,连声请求解说。自珍笑道:

“再没有更好的祷天之词了。你还信不过我龚自珍吗?”

老道连连告罪,恭恭谨谨端着漆盘去了。下了几级梯子,龚自珍从楼口探出身子问:

“老观主,这青词一烧便能送达玉皇大帝么?”

老道士瞠目结舌,不知怎么回答这恶作剧式的问话。自珍接着说:“索性我替你送去,如何?”

老道见龚先生作古正经的模样,不知道该当真还是该凑兴,结结巴巴地说:“……怎么送呀?”

“跨着奔虹去送呀!”龚自珍说,“我认识那儿的路:抄过蓬莱隔岸行,红墙西去即银河……”

“对!”马生笑着附和,他读过龚自珍许多匪夷所思的游仙诗。他对着困惑不已的老道说:“定庵先生常去那儿,还听过湘君仙子吹风凰箫呢!”

龚自珍拍着马生肩头扬声大笑。老道被他们弄得晕头转向,陪着打了两个哈哈,踮着脚尖去了。马生回转身,发现自珍又在痴呆呆地侧耳倾听,神色肃穆,若有所待。

“听,响雷!”龚自珍说。

马生也侧耳辨听,笑着说:“是锣鼓……”

“风雷声!我听得明白!”龚自珍执拗地说,走回窗口俯看着人流汹涌，好像回到了家乡，在观看从天边澎湃而来、发出震耳欲聋的钱塘潮。

一九八一年三月写

一九八六年一月改

※　※

注释：

[1] 龚自珍(1792—1821)，清代杰出的爱国主义思想家、文学家。号定庵，浙江仁和人。所作诗文，极力提倡“更法”“改图”，揭露清朝统治的腐朽，洋溢着爱国热情和改革精神。散文奥博纵横，自成一家；诗尤瑰丽奇肆，对后世影响很大。论者认为他是近代史上最先嗅到清王朝腐朽气息，并对没落的封建势力进行揭露和批判的重要人物，是批判思潮勃兴运动的杰出代表之一。毛泽东曾引他的“九州生气恃风雷”诗激励解放思想。

[2] 见龚自珍《乙丙之际箸议 第九》。

[3] 同上。

[4] 段玉裁(1735—1815)，清代大学者，著名文字训诂学家和经学家。字若膺，号茂堂，江苏金人。其女段驯为龚自珍生母。

[5] 见龚自珍《明良沦二》。

[6] 见龚自珍《与人笺五》。

魂断鹊桥

楔　子

严蕊躺在草荐上,整个人虚脱了。心里明白,眼前清晰,像是梦境又像是幻觉。自己不是军营歌伎,也不是待审女犯,还是个六七岁的小孩儿,跟爷爷和爹娘坐在曹娥江的木船里。爹扳橹,娘划桨,她偎着爷爷,伸手在水里划,问道:"船快了吧?"爷爷呵呵笑:"快多了,丫头好能干!"曹娥江像是涨大水,无边无际的,划呀划呀!怎么划也看不到岸……

一个浪头劈头盖脸打来,就闭过气去了。

也不知过了多久,远远有人在岸上喊"幼芳姐姐!幼芳姐姐!"声音很小,却是很清楚。想应声,声音出不来。使劲挣扎,挣得浑身灼热……猛一下,悠悠醒转过来,见面前蹲着两个女子。好一会才认出是双莲和翠惜两个好姐妹。随即也想起自己还是台州营伎,又是牢中待审的囚犯,再不是那个用手掌帮娘划船的小丫头。一滴眼泪从眼角流下去,火烫,“扑”地掉在草荐上,像是把草荐也烧痛了。

翠惜口里说着“忍着些忍着些!”一面轻轻揭开严蕊的衣裳,往伤口上敷从营里讨来的金创药。小双莲连连倒吸冷气:

“我的天老爷! 犯什么罪了,这样狠打?!”

“神仙打架,凡人遭殃!”翠惜恨声道,“那位朱大人千方百计找唐大人的过错找不出,‘端公遭鬼打,是诀都挽尽’,下不了台,就拿幼芳开刀,定要给唐大人扣上‘官员与营伎有奸’的罪名。幼芳不肯诬陷,他非得要屈打成招。”

双莲诧异:“这位朱大人与唐大人有仇?”

“赵师爷私下跟我说:前些日子有一位陈同甫先生来访唐大人,两位一见如故,猛喝酒,高谈阔论。我们唐爷那脾性,心高气傲,得罪了人还不知道;两人怎么谈起了那位朱大人,唐大人说:‘朱元晦不识字怎么当监司?’谁知那位陈先生就把这话告诉了朱大人……”

双莲忿忿道:“亏他男子汉,翻小话!”

“唐大人把这位陈先生也是得罪了的!”翠惜说,“赵师爷告诉我,陈先生来访唐大人,是为求唐大人帮助一个与他相好的营伎脱籍除名,嫁给他作妾。这本是件好事,唐大人也是答允了的,偏生他又要好心告诉那位姐妹:陈先生豪宕挥霍,一掷千金,跟了他可要能够忍饥耐寒,那姐妹一听害怕,反悔了。陈先生一追问,她就把唐大人的话照实讲出来。你想,人家能不衔恨吗?!”

“这唐大人! 这唐大人!”双莲连声叹气,“不过‘不识字’又算多大个事!”

“我也是这么说。”翠惜叹道，“但赵师爷把头摇得拨浪鼓似的，说你们哪里懂！对朱大人这样的大儒，说他‘不识字’那是奇耻大辱，好比挖他家的祖坟……”

两人正说着，那位暗中怜悯严蕊的禁婆来撵了。两人答应着起身。一直似睡似醒的严蕊忽然开口：

“谢先生他……”

“谢先生没事！”两人连声安慰。

严蕊闭着眼点点头。

“七夕那天，谢先生来州衙看唐大人，还像是昨天的事！”小双莲一路感喟，“那天好高兴！才几个月呀，就变了个世界似的……”

说话声远去。锁牢门声音。锁栅门声音。锁狱门声音。又恢复冰窟雪窖。

严蕊细细回味双莲怀念的七夕那天的情景，像吃疗伤的药，喝养身的汤。

一

台州府衙热闹非常：差役仆妇在准备官员们欢度七夕的宴饮歌舞。隔着天河的牛郎织女鹊桥团聚，居然也引得天人共庆，亿兆同欢。

后花园深处，溪岸草地上，簇聚了一群女子，妍媸不一，环肥燕瘦，红红绿绿，咭咭呱呱，赛过一笼虎皮鹦鹉。这是孙都监辖下一伙军营歌伎，今日应知州大人唐仲友召，来此候应七夕夜宴上拍曲劝酒。

台州虽离都城老远，但营伎们来自八方，四时节序、婚丧礼仪、常仿京都习俗，般般不落人后。先是采来一地楸叶，坐下挑挑选选，拣出那玲珑俏皮的，相互插在鬓边，品评一番。然后打开草地上的毡子，毡子里摆着许多彩蜡做成的小巧水禽，鸭子、白鹅、大雁、凫、鸳鸯、翠鸟之类。群女各择一件，拥到溪流边沿，轻轻放在水面，看它们随波逐流，颠摇碰撞。看见自己的那一只飘在前列，或是碰翻别人，便拍手欢呼；落后的、撞翻的就跺脚叹气，喃喃祈祷。目送一批蜡禽远去，又另放一批，重开角逐。

严蕊一个人躲在远远的草树丛中，倚了根老树，抱膝而坐，眼光凝在溪面上。溪流潺潺湲湲，涌动夕阳，浮光跃金，闪烁不停。她像是想什么想得入了神，一只油亮的蟋蟀簌簌在背上爬，也浑然不觉。

一个穿紫衣的雏伎嚷起来："幼芳姐躲在这里！"

群女也纷纷呵责："这严蕊就是不合群！"

"幼芳，快过来，不要惹我们咒你！"

"再不来放就放完了呀！"

严蕊回过神，向群伴微笑摆手。众女喧哗着，兜起毡子杂沓而来，硬把严蕊挽起身。

一身碧绿的翠惜皱眉说："又是一身月白色！要不是鬓边还有朵石榴花，倒像在给谁服丧！"

众女连呸带骂:“不吉利不吉利! 高高兴兴过节,敢讲这种鬼话!”

严蕊掸着衣上的草屑说:“这是蛋青色。我就是怕老爷们忌讳,没敢穿白,又插了红花,还不成吗?”

翠惜说:“幼芳,我替你选了个翡翠,好鲜亮!”一边递过那只翠鸟。

穿黄衣的秋芳拈起一只雁:“我给幼芳选的是鸿雁,她总想飞回家乡去。”

紫衣双莲抢着说:“不好不好,我要给幼芳姐选对鸳鸯。今天不是七夕,牛郎过桥会织女么? 老天保佑幼芳姐早早选中一个好姐夫,早早赎身脱籍,远走高飞……”

互不相下,叽喳辩论。年岁较大的红衣人雪梅伸掌托着鸳鸯细看:“倒是她人小说的在理。真要过几天自家作得主的日子,才不枉人间走一回。”

几个声音嚷起来:“大过节的,不准说这些扫兴的话!”

严蕊含笑任她们争执,慢慢才说:“你们这些我都不称心。我称心的是这个,我自己做的。”

众人一看,那老树疤节上放着一只蜡制小船,不过拇指大,却橹楫樯帆,具体而微,刻缕精致,剔透玲珑。众人一阵赞叹,都来抢夺。严蕊挡开众人,轻轻把小舟放上水面。那船儿簸荡几下,漂了一段,就地打起转来。严蕊蹲下,用手掌扇着风帮助小船行驶。众人也蹲下,有的扇风,有的吹气。严蕊看着小船低吟:

“长恨此身非我有,何时忘却营营。夜阑风静縠纹平。小舟从此逝,江海寄余生。”

翠惜跺脚道:“严幼芳又做诗骂人,快撕她的嘴!”

严蕊护着脸笑骂:“本朝苏东坡苏学士的曲子词,怎么是骂你的呢？亏你还是个唱曲子吃饭的!”

翠惜笑道:“师傅口传心授那几支,我知道是柳三变的,却是不明白说的什么,哪里管得了输学士赢学士!”

双莲央告道:“幼芳姐姐,我时常听你念这几句,怪好听的。趁今天解来听听好不好?”

“他这是说,恨只恨这个身子不属于自己,什么时候才能丢开这些烦扰和劳碌,乘着小船儿从此去了,把后半世依托给浩浩荡荡的江波海浪……”

翠惜道:“这位苏大人才是怪:现做着学士风光快活,怎么倒不耐烦,想去江湖漂泊?”

“秀才老爷们吟诗填词,都要这么说才高雅!”秋芳道,“当不得真的。”

严蕊道:“不！苏学士因为做诗被人诬陷为‘谤讪朝政’,下了大狱,几乎性命不保,后来贬到黄州。有一日与朋友在江上饮酒,半夜才回去,门都敲不开了,拄着拐杖站在那儿,听了半夜江水声,便填了这首词。这词一传诵开去,都说苏先生驾舟远去了。吓坏了地方官:跑了朝廷责令地方看管的罪人,这还了得！连忙跑去探望虚实,一看苏先生还高卧未起,鼾声如雷。”

众人听了咕咕笑。双莲点头道:“难怪姐姐时常把这几句挂在嘴上。今天我算是明白了。咱们乐籍上注了名的人,不也是‘长恨此身非我有’么!”

女子们不由自主地沉默下来,阴沉了脸。翠惜强笑着排解:

“死妮子,又扰乱姐妹们的兴致了!得欢笑,且欢笑,转眼催命无常到。你再强,还强得过命去?我们这些人,放你自由,又哪里吃饭穿衣去?!”

双莲偎着严蕊:“幼芳姐,你真舍得丢下我们,一个人远走高飞么?你看,你的小船也舍不得离开你哩……”

小船儿果真还在那儿转圈。严蕊伏到岸边,使劲吹气。小船摇摇晃晃地顺流而下。双莲高兴得拍巴掌笑。

放完蜡禽,仍不见花厅那边传呼开席。女子们又都坐在草茵上斗草作戏,等候开宴唱曲。严蕊又悄悄回到那棵老树边,抱膝坐着发呆。

忽然远远传来知州唐仲友洪亮的嗓音:

“元卿!谢元卿!真是你吗?元卿!”

严蕊起身望过去,见府园侧门内的大槐树下,唐仲友抓着一个大汉的双手乱摇。那来客四十出头年纪,黄衫乌靴,紫带白笠,一副风尘仆仆的模样。他双手被唐仲友抓住,右手仍捏着一根缰绳,缰绳那端是一匹神骏异常的高头黑骡。

唐仲友还在抓着客人乱摇大嚷:

“佳客从空降,今天七夕不寂寞了!”

客人被拉着往府宅走,手中缰绳带出蹄声,唐仲友这才注意到黑骡,叱责府丁不懂事。谢元卿笑道:“不怪他。我特意要当着知府大人的面,嘱咐他莫委屈了我这匹骡儿。”

唐仲友抬头细看,一声赞叹:“果真不是凡物!你们要仔细服侍。”

府丁诺诺应着,接过缰绳去了。主客也和众人簇拥而去。

严蕊见唐大人高兴成那样,忍不住笑起来。

二

不一会,传来了开席的命令,红红绿绿的女子们迤逦走向花厅。严蕊懒懒跟在后面,听见翠惜她们清嗓子,提防唱曲时岔声出丑。

唐仲友和同僚们候了一会,那位不速之客才换了行装走进花厅。严蕊偷觑,见这位谢元卿魁梧挺拔,虬髯虎颔,豪迈中透出灵秀之气;腰间还悬着一柄长剑。

唐仲友指剑匣道:“还是你那支既防身又解闷的铁笛么?”

谢元卿笑着抽出来,果然不是剑,是一管黝黑精光的铁笛子。

唐仲友道:“小地方过节,总是几张熟面孔,几支听得耳朵起茧的曲子。你忽然来了,我太高兴了!今晚得欢饮达旦。”

“我给你带来个过节的小玩意儿。”

谢元卿从怀里掏出个小锦盒。唐仲友接过打开,笑道:

“呵，好精致的摩睺罗！不是京城名匠做不出这等货色！”顺手递给同僚传观，一边说：“只是我这边鄙小郡，如何还你的礼呢？”

“写几笔草书吧。”谢元卿笑道。

“我那笔鬼画桃符？！”唐仲友扬声大笑。

官员们一一传观，回到唐仲友手中时，他向后座一挥手：“给她们都看看。”

女子们早已等不及了，嗡地拥过来围观。一看是衬缎上放着一个泥制小仙童，弯眉笑眼，十分俊秀，金服珠饰，极精美。细看颈下那五颗珠子，一大四小，竟是滚圆的珍珠。于是大惊小怪地啧啧赞叹，爱不释手。

七夕夜宴设在花厅门外长廊之上，取的是面对平台，好演歌舞，背后花厅又可小憩。

唐仲友挽着谢元卿，州倅高炳如以下官吏相跟着，先上石台观赏供果。石台中央放了一座紫檀镂空长案，种种节令物事杂陈其上。唐仲友指着大瓷盘中一个硕大金黄的南瓜说道：

“看这花瓜，刻的什么花样？”

谢元卿走近，看出竟刻的是牛郎织女的故事。一条天河，蜿蜒斜绕了整个瓜身，隔开了挑着孩儿的牛郎和举袂眺望的天孙，其余全是云纹萦绕。不禁连声称赞：

“不俗！不俗！一只瓜罢了，亏他刻得这般精细灵动。这是谁人的绝技？”

唐仲友拈须笑道：

“台州虽荒僻小郡，不乏能工巧匠，我倒没有查访这只花瓜的作手是谁。”

“郡有奇人而太守不知，是为渎职该打板子！”

谈笑着又看了四只淡绿瓷盂中葱茏的“种生”，便是绿豆、小豆、小麦和稻谷浸养而生的幼芽，嫩生生齐刷刷地六七寸长，用红蓝彩线束在半腰。一座“谷板”又引得众人赞叹，在一块比巴掌略大的板上，垒土为田野，错落有致地铺着毵毵小米芽，四处布置核桃大小村舍，筷子宽窄小桥，绿豆高低井栏，以至竹篱花木，无不具备。细如谷粒般的人物禽兽，错杂其间，男耕女织，俨然一幅田园杂咏诗意画。谢元卿连声喝彩，说是这般精细的“谷板”，就是做贡品供官家御赏也无愧色。旁边几堂“摩睺罗”小土偶，唐仲友便谦为凡品，不及元卿所赠多了。

看完节令物事，唐仲友邀元卿和众人入座。使女杂役络绎上菜。唐仲友看着桌上盖碗倒扣的一长排果碟，对列坐石台左侧，正在合笙调弦、整衣理鬓的歌女那边道：

“幼芳来给众位老爷分发‘果食花样’，看今年哪位大人洪福，得到‘果食将军’。”

严蕊含笑过来，依次将果碟双手捧到各人面前。高炳如半真半假道：

“‘果食将军’人人有份，严幼芳不得偏心徇情！”

严蕊笑道：“不敢！何况早已盖住，并不知‘果食将军’在哪只碟里。”

说话间，十多只果碟分送完毕。唐仲友伸五指罩住盖碗道：

“请诸公揭盖。”

各人揭开盖碗，那碟中是几样精巧甜食，如方胜、荷叶、笑眼靥儿之类。众人拨弄一阵，都伸颈向左右邻座碟中搜寻。忽然高炳如发一声喊：

“在高某这里！”

他从点心中拎出一对小神像，通身甲胄，状似门神，与其他果食同样为面粉油糖做成。

众人纷纷向他道贺。有人凑趣道：

“高大人叫严幼芳不可偏心徇私，谁知却是一句暗号！”

众人哄笑起来。高炳如连连拱手：“岂敢岂敢！见笑见笑！”

一边用眼去睃严蕊，却见她早已不知躲到何处去了。高炳如抹抹胡须，端起酒盅：“众位！今日谢先生远道而来，又恰逢七夕佳节，我等同敬一杯！”

聚坐在石台角上的歌女们见众人举酒，檀板一声，箫笙筝笛齐作，细细奏起《迎仙客》来。谢元卿欠身谢了众人，举杯饮干。唐仲友放了杯，摇手笑道：

“住了住了！谢先生是雅人，不耐烦这些俗套。让我们清清静静叙一回，想听再叫你们。”

高炳如笑着说：“这么多人一起过节，热闹热闹还是应该的……”

“提醒得好！”唐仲友拍打额头，“不能一个人扫了众人的兴！”

孙都监呈上点曲折子。唐仲友不接：

“也总要来点新鲜的才有趣……”

孙都监与歌女们小声商议一会，向唐仲友请示：“就唱今年清明集会，严幼芳填的那支咏红白桃花的《如梦令》如何？那天大人还赏了双绢的……”

唐仲友点头：“好！就唱这支。”

严蕊说让嗓音甜嫩的双莲来唱，女队一致反对；推来推去，严蕊撇开琵琶筝笛，自取了唐仲友平日抚弄的古琴，翠惜檀板一响，双莲开唱：

> 道是梨花不是，道是杏花不是。
> 白白与红红，别是东风情味。
> 曾记，曾记，人在武陵微醉。

唐仲友向对席的客人举杯，却见谢元卿半闭着眼、半侧了脸、手指随着曲子在那支铁笛上起落按孔，自己也就放下酒杯，闭眼击节。

双莲重复二遍，忽然一缕细细的箫声融进来，丝线似的绕住了琴声和歌声。唐仲友瞿然睁眼，见是谢元卿吹起他那铁笛来了。

双莲唱完，那琤琮的琴声还在流淌的箫声里珠子般溅进了一串，才一齐消逝。

众人一齐喝起彩来。

唐仲友举杯近额：“珠联璧合！珠联璧合！干杯为谢！”一仰头咕嘟嘟干了。

众人应和干杯。

唐仲友走到谢元卿席前,取过那根黝黑精亮铁笛,摩挲着说:“奇怪!这笛看去狠巴巴的,怎么声音倒像箫?”

谢元卿点头道:“铁质密而厚,声音就不似竹笛高亮泼刺。”

主座次席的高炳如拊掌道:“难怪与琴声如此和谐,简直是水乳交融!”

“是是是!”唐仲友连声赞同,忽然一顿,“是吗……”锐利的眼光从谢元卿扫向严蕊,又从严蕊扫回来停在谢元卿脸上。

歌女队中发出窃笑声。严蕊脸也热了,影到五色衣裳里面去。那位谢先生浑然不觉。

唐仲友又敬酒为元卿洗尘,众人陪同干了,互相劝箸用了些鸡丝签、盐酒腰子、筝鹅脯、腌黄羊等下酒食品,又一齐举杯,贺唐仲友与谢元卿佳节重逢。

谢元卿心不在焉地举杯喝酒,赞叹道:“‘人在武陵曾醉’,这个‘曾’字下得好!桃花依旧,桃源却无问津处了……”

唐仲友怔了一下,恍然笑道:“是‘微醉’,不是‘曾醉’。”

谢元卿拱手道歉:“听错了听错了!”

“但先生这一错,”严蕊欠身道,“意境却深了许多!”

唐仲友端着酒杯玩味两个字,大大点头:“不错!不单意境深了,把这桃花的品格也抬高了。元卿错得好,幼芳解得好!我浮一大白!”仰头喝了,看着杯子,“这算什么‘大白’……去把我那个酒海拿来!”

书童应声去了，一会儿捧着一只巨觥走来，唐仲友示意呈给客人。谢元卿接过，见这大觥是整根黄杨木挖镂而成，通体刻满峰峦云气、老松寿石，十分繁富，内层却套着一只极薄瓷杯。谢元卿车来车去细看，不住赞叹。高炳如道：

“这酒海原是本郡一位老秀才祖传器皿，为感唐大人来守本郡，政通人和，泽被黎庶，执意献给大人为寿的。”

严蕊远远看见唐仲友向她招手，来到阶下，唐仲友令她用大觥给谢先生斟酒。谢元卿伸五指罩住大觥道：

“你们都用小杯，为什么要偏待我？”

唐仲友道：“斟了我自有道理。”

严蕊把大觥斟满。唐仲友又让她把诸座一一斟了，然后大声道：

“元卿，你我一别数年，今日远道来会，又恰逢七夕。如此佳会，不可无诗。你饮了此杯，我让幼芳即席赋诗为寿。如何？”

四座齐声叫好。高炳如声音尤其响亮，巴不得让这位虎头虎脑的豪客见识一下台州一绝。谢元卿看看唐仲友，看看高炳如，又看看严蕊，笑道：

“听与正说，严幼芳是风尘中难得的人物，高大人也赞誉有加。好！今天谢某当面领教。可是谢某要冒昧出题限韵，请填新词。”

唐仲友拊掌大笑：“元卿快人快事。幼芳怯不怯场？”

谢元卿不等严蕊回答就出题：“填《鹊桥仙》，咏牛郎织女本事。”

严蕊欠身领命。谢元卿接着说：“还要用我这个‘谢’字为韵。”

高炳如皱眉摇头：“难！难！”

“幼芳应下来！”唐仲友道。

严蕊行礼：“是。”

谢元卿举起大觥要饮，严蕊道：

“做出来谢先生认可，才敢请先生饮。”

“若是谢先生不认可呢？”唐仲友问。

“自当严蕊认罚。”

谢元卿大笑，放下酒觥。唐仲友从石栏边摘下一朵黄菊，说明以传花为限，这朵花在座中缓缓传过七遍，便须交卷。高炳如担心道：

“座中人数甚少，七周如何便能完篇！”

唐仲友笑而不答，将菊花传给了谢元卿。谢元卿接过，又缓缓交给高炳如。高炳如故意远看近看、左嗅右嗅，以拖延时间，舍不得匆匆传出，好为严蕊争些余裕。见唐仲友笑着横了一眼，不禁有些脸热，连忙递给邻座，却又向石台一角聚坐诸女那边努努嘴。这位是以陪棋闲谈为生的清客，自然心领神会，佯装糊涂，把菊花传给了远远伸着手的小双莲。这一来，凭空多出十来个人，自然严蕊便能从容构想。

严蕊站在石阶下一张高脚香几前，凝视着袅袅烟篆，心无旁骛，不知菊花已传到哪里，也不晓得高大人一番怜惜的心意。天公助兴，一时间纤云也无一缕，墨蓝的天穹益发幽邃，白茫茫一带银河，横亘天宇，群星明灭不定，仿佛真在开鹊桥大会。

满座寂然中，严蕊回过身来：“有了。”

“三圈还未转完！”高炳如大叫，“取笔墨！”

唐仲友拈须笑道:“唱!”

“对,唱!”谢元卿点头赞成。

严蕊走到石台边,仍指定了一管箫、一只筝、一副板,低声道:“《鹊桥仙》。”

这是常用词牌,一说便知。

严蕊回到阶前,向座上行过礼。云板一响,随着管弦唱起曲子词:

碧梧初坠,桂香才吐,池上水光微谢。

“谢字下得妙!”高炳如拍案叫好。其余人都不出声,听着严蕊往下唱。

穿针人在合欢楼,正月露、玉盘高泻。

高炳如又拍了一响大腿,只是不便又喝彩。这时音乐进入酣畅处,严蕊不觉翩翩然载歌载舞起来:

蛛忙鹊懒,耕慵织倦,空做古今佳话。
人间刚道隔年期,指天上、方才隔夜。

唐仲友发现谢元卿在严蕊歌舞中,帽翅随节拍轻摇而不自知,简直人我两忘，不觉笑了，大声问道：

“元卿，如何？”

谢元卿猛省过来，击案说：

“严幼芳果然盛名不虚。我喝三大杯！”

说着，端起大觥，咕嘟咕嘟一气饮尽，又抓过酒壶自斟。唐仲友扬声大笑，伸手按住酒壶，不让他再饮。

孙都监向唐仲友请示，是不是继续歌舞。

双莲跑过来抱着严蕊耳朵说些什么，严蕊摇摇头。又说了一阵，严蕊为难地看向唐仲友。唐仲友问说的甚么。严蕊迟疑回道：

“妹子年幼贪玩耍，说是既然大人要新鲜的，倒不如就看我们乞巧……”

唐仲友大笑：“这主意不错！这七夕原是你们女孩儿的节。就依她！”

双莲欢叫一声，行了谢礼，拉着严蕊，几个人相将去了。

四

众人说笑着步出花厅，走向池塘。

一边走，谢元卿一边说起路过建宁，正赶上听了朱熹讲学。高炳如连声夸谢先生好缘分，过路都撞着当代第一大儒高台教化。唐仲友忽然问道：

“元卿,你听了朱晦庵讲学,究竟如何?”

谢元卿摸着青呼呼的络腮胡子说:“自然是博大精深的了。只是你知道谢某于这道学上是一窍不通。听了大半日,只记住个‘克人欲,存天理’,还有个‘正心诚意’。与正,照实说,我差点听着听着睡过去……”

唐仲友扬声大笑,惊得庭前老槐树里扑棱棱飞出一只睡得昏头昏脑的老鸹:

“你好端端赶路,却去听什么道学。正应了俗谚说的木匠戴枷,自作自受。四年前,陈同甫向朝廷上书,极言驱逐金虏、恢复中原之大计,其中就说道:‘今世之仁士,自谓得诚意正心之学者,风痹不知痛痒之人也。举一世安于君父之大仇,而方且扬眉拱手以谈性命,不知何者谓之性命乎!’元卿,你听听这话下得多重!”

高炳如在一旁道:“可这陈同甫是朱元晦好友呀……”

“朋友归朋友,学问归学问!”唐仲友一挥手,差点袖子拂到高炳如脸上,“好朋友争辩起学问来,也跟仇人打架差不多少。”

高炳如忽然低声:“有个传闻卑职一直不太相信,一直想找机会问问,趁今日高兴……”

“你问!唐某平生无事不可对人言!”

“传闻说唐大人当面对陈同甫讲:朱晦庵不识字如何当监司!”

“真有此事!那也是喝了酒的偏激话。”唐仲友仰脖子喝了一杯,大笑道,“你们不知道,连陈同甫也有一回被我出数算卷子难倒过……”说完扬声大笑。

谢元卿越听越不安,忙对高炳如说:“仲友喝多了！仲友喝多了!”

高炳如连连点头:“是是是!”

拉着唐仲友离席,走向池塘,见女子们手脚不停在排备,就随意倚着石栏杆看水。

高炳如从袖中取出张纸递给唐仲友:“今日过节,诌了首俚句助兴,请大人指教……”一面从身边的差役手中取过一盏灯笼,亲自擎着给唐仲友照明。

唐仲友就着黄黄的灯光浏览一遍,细声吟念,嘴角漾起笑意:

“不错的不错的……”

“大人谬奖!”高炳如拱手道,“敢请赐和……”

唐仲友紧接着说:“诗格低得些。”

谢元卿在一边尴尬,连忙接过来吟哦一通,赞道:“险韵僻典,下字精到！不愧是高大人!”

“谢先生太过誉了!”高炳如连连拱手。

唐仲友去到塘边对女队们吩咐什么。谢元卿乘机对高炳如说:

“仲友是个有口无心的直筒子,今晚又喝多了,高大人不要与他认真……”

“岂敢岂敢!”高炳如拱手而笑,“唐大人玄鉴高明,我从来是佩服的!”

这时唐仲友带着一班女子过来说:

“乞巧了。元卿,我们先叫严幼芳穿针,看看她有多巧。”

群女答应着把严蕊推出来,背对灯烛,站在一丛凤尾竹前面。递给她一根缝衣针,一丝棉线。严蕊屏住气,将针眼对着蓝茵茵夜空,捻尖线头去投那针眼。这本是她拿手好戏,从不费力。却是今日那线头微微颤动,总也透不进针眼。谢元卿远远望着,替她着急,不知不觉步下台阶,走近前来。那边高炳如也从另侧赶来。两人走近旁观,严蕊更加慌乱,胡穿了两下,便放下了。

女子们哄然笑了,一片喧嚷:“不巧不巧！笨女子！笨小娘！笨丫头!”

严蕊红脸笑道:“我从来笨,你们今日才知么!”

双莲跺着脚嚷:“这不算数！还要看这个哩!”

她指着石台角上的十来只小木盒。群女迤逦过去,弯腰寻出自己的一只。正待打开,唐仲友吩咐:

“都捧到灯下来,让谢先生评判!”

女子们围到席前灯烛光下,次第打开小盒。

原来每只盒中,各养着一只蜘蛛,那蜘蛛已在盒中结了大小疏密各不同的丝网。

双莲拍手笑道:“幼芳姐姐得的网顶大顶密！还是幼芳姐姐最巧!”

“你总是护她!”菊芳骂道,“少不更事,知道甚么！你幼芳姐姐得的这不是巧丝。”

“不是巧丝是甚么!”

“情丝!”菊芳正经八百说,“你幼芳姐姐今年得了情丝了!”

众人哄堂大笑。严蕊笑着去拧菊芳的嘴,直追到花荫后面,心头却涌上一阵惆怅。回到石栏边,强支着精神应付,自己也觉掩不住落寞的恹恹神情。

一直闹到三更过了,唐仲友才叫散席,依依不舍地说今夜高兴之至。

五

夜深了,歌女们就安排在府衙住下。严蕊毫无睡意,又偷偷溜到那株半枯老柳树下,半倚半躺,将双手枕着颈子,出神地望着天空。秋高天净,澄碧如洗,偶尔有几缕云丝,也棉白雪亮。严蕊见这天空像煞一片汪洋大海,无际无涯,忽发奇念,设想自己是置身一块高耸岩石之上,猛地闭眼伸臂,向大海纵身一跃……那碧水就在身下,就在眼前,风驰电掣般逼近,然而总也触摸不到,只是燕雀敛翅般飘飘然下坠、下坠、下坠……晕眩,痛快,喜极,骇极,倏地醒悟身在地面,安如顽石,不觉怅笑。连忙又望定天空,纵身投海,飘飘下坠……一而再,再而三,反复体味那无穷飘坠的境界,只觉物我俱忘,无忧无喜。虽则眼睁睁望着天穹,竟不知它是如何从一片轻俏亮蓝的软缎,渐渐变成了一片厚重暗蓝丝绒,且蓝绒上又渐次嵌起雪亮星子,三三五五,精光闪烁,越发衬得天穹庄严辉煌、深邃莫测。

一团黄黄灯光,直逼到严蕊脸旁,惊破了她悠然心会的境界。她背开脸,似躲避污秽。然而灯光固执地直刺着她的眼帘,并响起一个尖锐嗓音：

“幼芳，你真真会享清福！”

严蕊连忙起身行礼：“高大人！

这位州倅高炳如字文虎。年过半百，十年前死了夫人，早就想觅一个才貌全、艺淑兼的姬人。媒人牙婆踩破了门槛，也没物色到一个可心的。两年前严蕊到了台州，高大人一见倾心，惊为天人，不久又发现她琴、棋、歌、舞、丝、竹、书、画件件皆通，偏于穿着吃喝上又颇淡泊，便认为精诚所至，老天给伯乐遣来了千里马，一心想给她脱了籍，收到身边。堂堂一州之副，孙都监这个人情是断然要卖的。不想两年来，多方示以青眼，甚至不惜自降身份，隐喻暗讽，这严蕊竟似浑然不觉，始终严守谦卑恭谨态度，拒人于千里之外。当然是装痴弄呆！且看在唐仲友面前，同样的侑曲劝饮、诗赋弈博，同样是奉命而为，却见出欣然怡然、心甘情愿；浑不似我高大人差遣时，有一丝难以掩饰的勉为其难。其实知州与州倅，不过正副之别，相差毫厘。这般势利，难怪身居下贱！高炳如多少决心对她示以不屑；但决心好下，践行实难。反而严蕊更其频繁地出现于梦里，秋波流慧，粲笑如花，为他捧着一双厚暖的毡靴……中夜梦回，浮想联翩。见面时齿冷之状做不出，蔼然笑容总不褪，暗冀终有一日暖化了这块玲珑顽石。

高炳如提着个小巧灯笼，笑嘻嘻道：

“鸡都在打鸣了！睡不着，出来走走。没想到你也在这里享清福！”顺手把小灯笼插在树杈上。

严蕊既已行过礼，不知该再做什么，急切中连忙谢罪：

“不晓得大人要来,得罪了！严蕊告退!”

“不忙！不忙！难得耳根清净,你就陪我说说话嘛……”

严蕊不敢违拗,只好不远不近地侍立。

高炳如紧张得没话说。严蕊大气不敢透。空气好像凝固了一样。高炳如半天想出个主意,咳了半声道:

“幼芳！那我们来联句好不好？今天你那支《鹊桥仙》实在是填得不坏的!”

“谢大人过奖!”严蕊行礼,“唐大人吩咐了,只好勉为其难……”

“哪里哪里！真是不坏的!”

忽然有声音远远在叫“幼芳姐姐——”严蕊忙恭谨万福:“她们在叫了……”

“有我!”高炳如沉声道,“听着我开首句了!”正想诗句,不料草树一阵响,那枝树杈上别着的灯笼自行升高了一尺有余,高炳如和严蕊都吓了一大跳。

“哇!”一声大叫,双莲从树后蹿出来,拍掌跺脚地笑。

那盏灯笼高擎在菊芳手里。

“胡闹!”小丫头误打误撞解了围,严蕊如释重负,喝道,“高大人在这里!”

菊芳连连行礼赔罪:“双莲不见了幼芳,缠着来这里找;没想惊着了大人……”

高炳如大扫兴,又不好发作,只得悻悻道:“罢了!”

菊芳拉着双莲连连行礼道谢。

严蕊趁机行礼告退，三个人蹑手蹑脚走远，不敢有一点声响。

高炳如无可如何，也只有恨恨而去。

走着走着，忽然心里一动：那个叽叽喳喳讨人嫌的小歌女，会不会是唐仲友支使来的，要不怎么会这样巧？……那唐仲友这么做又是什么居心呢？……他自己看上了严蕊？他两人志趣相投是尽人皆知的，但不像涉及男女私情：唐仲友自负平生无二色；众人也从未看出什么来，连好友孙都监也无此疑心，一门心思要找机会替严蕊脱籍嫁高家……莫非是为了他那个挚友谢元卿？……高炳如把今日宴会细细筛了一遍，越想越真像这么回事，尤其自己那句冲口而出的"水乳交融"，分明歪打正着点醒了唐仲友、严蕊和谢元卿三个人！

他真想给自己一耳光！

恨恨变成怅怅。心里空空荡荡。两腿都发起软来，像被拦路抢劫似的冤屈！

六

高炳如巴望谢元卿赶快离开台州。来时原也说过，小留数日，与唐仲友叙叙别情，就回老家去了；不想一住两月有余，还不见告辞的意思。高炳如心里恨得痒痒的，表面上还要藏得滴水不漏。那唐仲友恃才傲物的脾性，不顾情面的臧否，教人时时防着三分，真让他看出来，那可招架不住。因此每逢邀约，高炳如都尽量找些事由躲避，少见一回算一回。确实唐仲友舍不得放这个挚友,拉着他日里议事析疑,夜间品茶对弈,连下乡劝农也要他陪着;但严蕊必定也是拴脚的大牵绊。两人像是越见志趣相契,那些发乎中而形乎外的微妙神态,叫高炳如又要一丝不漏地看进眼底,又恨不得连眼睛都挖出来扔掉。

今春以来,四乡旱情久延,从过路商贾医卜之流的口中,传闻浙东一带已时见饿殍,就更令台州人心惶惶,也渐渐出了些可虞迹象。有一次严蕊与双莲在陋巷遇抢,听她们说,那毛贼衣着褴褛,手里提的是柄锈斑斑的劈柴斧头,口里虽恶狠狠威吓,身子比她们还颤抖,又是浙东一带口音,足证只是个铤而走险的饥民。各乡时有争水欠种发生纠纷群殴的案子,唐仲友把州衙官吏一齐分派下去,随时调处村墟家族间的讼斗,防止因天灾酿出人祸。

那谢元卿因家乡一场时疫,将父母妻儿殁了,这两年浪迹江湖,寄情于名山大川,排遣愁怀。然而,名山之宗的五岳,除了南岳衡山,其余四座,连同那万水之源的黄河,尽都成了大金国的禁脔,越游越憋气。去到临安京城,那一派歌舞升平的奢靡景象,更教人怒发上冲冠,恨不得砍开脖子出气。看来亡国之民,只配蜗伏蛰居,说甚么壮游览胜,徒增羞辱而已。于是动了回乡之念,想与平生挚友唐仲友一聚,就回家守着寂寞生涯,了此天年。若是天可怜见,中原再出个宗泽岳飞一类人物,朝廷下诏收复北地,凭自己这身膂力骑射,比谁人也不会弱了去。来到台州,见唐仲友情谊拳拳,又是这样忧心郡事、殚精竭虑,便不忍匆匆言别。并且参与些析疑辩难,运筹策划,也排解了些灰颓厌世的情绪，生出些扶倾济弱的兴致。

这日他们来到一个山中小村墟，与几个村叟坐在大樟树下，对着龟裂的稻田闲话。谢元卿偶见乱绿群山的一座峰头，被夕阳染得通红。那山腹凹陷处，一片浓碧树林，分明背着斜日，却闪动着几团灼灼红光，炫人眼目。仔细辨认，才知是几株枫树和柿树，披纷老叶，灿然如金如火。他指给唐仲友观赏。那个白须稀疏的老农以为他让看无边无际的火烧云，抬眼叹道：

"老天爷像是要把我们的血焙干……"

唐仲友想起离衙时，顺手将刚送到的邸抄和书信掖在袖中，取出来，先把邸抄浏览一过，见有一条，是朱熹以宰祖王淮举荐，受命为提举两浙东路常平茶盐公事。想起谢元卿曾在建宁见过朱熹，就把邸抄递给元卿，自己拆阅友人书信。

修书人是同乡同年程颖，现在京城王淮相府中掌书记。"颖惶恐再拜上启与正太守年兄台座"之后，几句寒暄带过，洋洋洒洒数十行，都是说的王相荐朱熹之事。信中说，王季海上了举荐后，与朱晦庵长谈，论及浙东久旱为灾，朱熹认为天灾是因皇帝未能循天理、公圣心以正朝廷之大体而招致。并列举说，譬如德之高未能至于天，业之广未能及之地，政事大者不举而小者无系，刑法于亲者宽而于疏者严，君子有未用而小人有未去，大臣或有失职而贱者或窃其柄，直谅之言罕闻而谄媚阿谀者众，德义之风未著而恶浊小人横行，责人过严而反躬未至，等等，致使逆背天理，招来灾害云云。唐仲友一边看信，心中又佩服又发笑：这位当代圣人果真强项过人也迂阔过人。将一切可能想到的弊病一一列举，虽句句不错，却句句难行。若天灾是等等弊端丛集所致，则要想弭却天灾，便需先将这些弊端全部根除。那么纵然周公伊尹再世，怕也治不及眼前的天灾，嗷嗷饥民也无千秋万岁的寿元等这海晏河清的一天。他将这信也递给谢元卿。谢元卿浏览一通，抬眼看他。唐仲友笑道："隔山观火，空话好说。"

谢元卿不说什么，却把信收进自己袖中。

回城途中，谢元卿忽然一提缰绳说："我们快走几步。"

唐仲友的马跟着那匹大青骡小跑几步，将步行的差役们拉了老远。谢元卿过来并辔而行，掏出那封信，指着信尾说："你再看看这几句。"

唐仲友接过信去，见是刚才一目十行没注意的话。程颖说：这一次是朱嘉上奏浙东一路盐茶有弊、部内有冤狱，请示再巡按，才领了这个职务，估计不日会到台州云云。沉吟道："朱元晦才来过不几个月，如何又要'再巡按'呢？"

"我看这正是此信的要点。"

"我明白！"唐仲友明白的是：程颖写这封信是奉王淮相爷之意提醒他，王唐两家有同乡并姻亲之谊。随即扬眉笑道："我台州盐茶无弊，狱无冤案，怕什么'再巡按'。"

"我看此信有深意！"谢元卿道，"你是个《世说新语》'任诞第二十三'里的角色，遇事冲动，容易得罪人，还是要认真对待……"

唐仲友笑道："元卿，你这是为我好，我明白！朱元晦来了，我一定好好款待他，再请他到书院讲几天学。"

谢元卿还想再劝几句,唐仲友岔开话题问:

“元卿,你看严蕊严幼芳其人如何?”

谢元卿想了想,答道:“大不俗!大不俗!”

“何谓不俗,愿闻其详。”唐仲友笑着追问。

谢元卿又想了想,答道:

“这位严幼芳,才貌色艺不用说,难得眉宇间有一种戚戚神色,凛然不容狎近,迥然异于侪辈。这月余你召严蕊一班人来过几次,我都曾揣测她必是书香人家子女偶坠风尘,身世有难言之隐……”

唐仲友笑道:“元卿果然巨眼。严蕊确乎不是寻常烟花女子。身世倒并无难言之隐,父亲是曹娥江边的一个落拓秀才,怀才不遇,孤高自赏。膝下只得了这么个女孩儿,又秀外慧中,便疼爱得不同寻常,当作男儿一般厮养,一样的课诗习字、抚琴对弈。不幸这秀才郁郁而终,母女二人靠外祖打鱼过活。后来连外祖也一并亡故了,才逼得母亲听从本地一个老妪劝告,忍痛把女儿卖入了营中为歌伎。你知朝廷法度,这官伎不同于娼家勾栏,只准侑酒陪宴,不得与官员生出私情。虽说瞒上不瞒下者也不乏其人,毕竟是鬼祟其事,不敢明目张胆。严蕊便凭恃这条,洁身自处。我到台州后,怜她命蹇,惜她才情品质超群,只当她是个方外的友人看待。但我宦海飘萍,不能自保,久想在此任上,为她物色一个志诚男子,脱籍从良,也好得个归宿。”

“若能如此,老兄功德无量。不知已有了些眉目么?”

唐仲友笑道:“本衙倒是有位同僚,对严蕊倍加垂青,严蕊却总是相拒于千里之外。”

谢元卿若有所悟:“是不是那位高大人?”

唐仲友扬声笑道:“那你以为如何?”

谢元卿笑道:“我看相配之人无处去物色,除非老兄自己。”

“我?”唐仲友笑道,“唐某平生不二色,家中现有糟糠。况且我将严幼芳视为腻友,你这么说岂不唐突!”

谢元卿摇头道:“既如此,你的菩萨心肠怕就难偿。”

“不然!我已然物色到了。”

“呵!是何许人?”谢元卿忙问。

唐仲友伸过马鞭,敲敲谢元卿踏在镫内的乌靴,笑道:“自然非我元卿莫属!”

谢元卿一愣,并不搭腔。两人一住声,那嘚嘚铁蹄便格外响亮,引来四面山壁一片杂乱的回声。半晌,唐仲友缓缓道:

“元卿,你我情逾手足,我才如此相劝,你还信不过我的眼力么?”

其实,这番话已在谢元卿心中激起波澜。倏然猛省,自己在台州流连不肯言别,固然因为仲友强留,有一半却似乎真是想时常见到严蕊,只不过自己也不敢往深处想。仲友突然点破,仓促间无言以对。半晌叹道:

“我自殁了父母妻儿,已是心如死灰;出来走走看看,反更觉得光阴虚度,人间无趣,只有回家等死……哪里还敢多想别的!”

唐仲友瞪眼道:“这就不像你谢元卿说出来的话了!你多大年纪?等死够你熬的!我从来不爱听什么‘万事总虚空’的滥调,固然百岁总归一死，但人总要拿点实在东西去填这百年空白呀！”

谢元卿默了半晌，才开口说：“严幼芳那样的人物，又如何看得上我这样的流浪汉子？”

唐仲友纵声大笑，声应山谷，笑得谢元卿尴尬不堪，催骡往前去了。唐仲友呼叫着追上来道：

“元卿！严幼芳对你倾心仰慕，你还没看出来么？其实我早已觉察，你二人是心有灵犀一点通，只缺一个人点穿罢了。不是我谬托知己，这个人，舍我唐仲友其谁？”

谢元卿一咬牙，捧拳过额，唱个大喏道：“好！那就拜托老兄！”

唐仲友笑道：“事事有我。只是须得依我一条。”

“甚么？”

“严蕊家世清白、守身如玉，沦落风尘不是她的错；你我非拘囿世俗之人，你又亡故了妻子。我要你以继室身份娶她，不能以侧室，更不可当妾侍！”

“正合我意！”谢元卿道，“一切遵从正娶礼数。”

“好！还有一条，”唐仲友望着远山道，“我这台州任上的苦日子，你已尽见，可谓公务鞅掌，百废待兴，剪不断，理还乱；如今又加上灾荒逼人。自从你从天而降，凡事多了个商量讨教的去处。你总不忍心就撇我而去，躲到家乡过神仙美眷的日子。我渐渐也就到了卸任之期，你反正家乡已无牵挂，好歹陪我在台州多住些时候，我一定尽快为幼芳脱了籍，到时候一道离开台州。如何？”

谢元卿沉吟着。唐仲友叹气道：

“元卿，你突兀而来，飘然而去，还要拐走了严幼芳，我此后的日子就太寂寞了！”

谢元卿心中一热，笑道：“老兄从来豪气逼人，怎把这点小事说得恁地凄凉！好，放心坐你的台州府，只要你一天不下逐客令，十年八年，我谢元卿不说一个走字。”

唐仲友眼睛闪光，勒住马道：“这话当真？”

“当真！”

“元卿从来是一诺千金的哟？”

“那当然！”

唐仲友伸出右掌。

谢元卿掀髯笑道：“还是三岁孩童么？”

虽这么说，仍伸出右掌与唐仲友对击了一下。两人笑着纵骑飞跑。奉命远远跟随的扈从们，只看见两人一时并辔，一时分开，一时低语，一时大笑，也不知是讲些什么，心里好奇，又不敢逼近偷听。

七

次日，唐仲友差人单传严蕊，只说偶有闲暇，着她前来陪棋。

唐仲友在书斋等候，想起自己这一撮合，元卿得了个续弦妻子，严蕊有了终身归宿，真是两全而齐美。而挚友与腻友结为一体，与自己永为通家之谊，更是平生第一快事。想到这里，不禁手舞足蹈，得意扬扬，想做一首七律来寄托快慰。才起了个头，严蕊就跟着府役来了。行了礼，唐仲友叫严蕊在侧边一个瓷凳上坐。严蕊连连告罪。唐仲友笑道："叫你坐你就坐。不是叫你来下棋么，莫非你站着下？"

严蕊又行礼道谢，挨着瓷凳边沿坐下去。不想一个人影直闯进来，却是高炳如，满脸是笑，口中道：

"听说大人传幼芳来下棋，卑职也来助助大人清兴，领教两局。"

唐仲友哭笑不得，只好连声让座，又叫僮儿奉茶。严蕊见高大人来了，早已又站起来侍立一边。僮儿摆开棋具，高炳如便叫严蕊陪唐大人开局，严蕊一再逊谢，高炳如欣然入座，并且抢过黑子，表示对知州大人的礼让。唐仲友心中焦躁，胡乱下了二三十颗子，便宣称败局已定，伸手将棋局抹了。高炳如连称"承让承让"，在第二局中处处故意求败，口中却追悔不迭，似乎唐仲友下得神鬼莫测，防不胜防，教他虑不及虑，着着事后方知。唐仲友见他做张做智，心中更不耐烦。但毕竟人家是座上之客，又比自己年长几岁，论官职在州中也仅次于自己，只好按捺着性子奉陪。

严蕊心细，看出唐大人牙齿咬紧，腮帮凸出两个包，偶向屋角扫视的目光更射出怒火。生怕两位大人万一有什么龃龉，自己在侧大大不妥。忐忑半晌，硬着头皮向唐仲友躬身告退："两位大人如无差遣……"

唐仲友冲口道："慢！我还有事要与你谈。"

高炳如接口笑道："幼芳既来了，自然要陪唐大人和下官各下一局，晚间唱两支曲子再回去。"

两位大人发了话，严蕊不敢再提走字。唐仲友随意落子，心里盘算能有什么奇谋把高炳如支走，好谈正事。但高炳如一变刚才的棋路，每下一子，都要推敲半晌，念念有词，似乎这局棋与他性命攸关。唐仲友看在眼里，好笑又好气，心念一动：高炳如是不是听自己说有事要说与严蕊，故意延宕？心头火起，想叫严蕊回去，改日再找机会。转念一想：又不是不能见人的恶事，怕他听了去？我唐仲友领一州政军事务，判一个营伎脱籍从良，正是举手之劳。况且这位仁兄垂涎严蕊，尽人皆知，只是未敢明说，今日正好当面挑明，让他死心另觅可人。心意一定，趁高炳如推敲之时，扭头向严蕊道：

"幼芳，我那位客人谢元卿先生，我与你说过值得一见。如何呀？"

严蕊心悦诚服地欠身答道："谢先生果然是天下豪士。"

高炳如插嘴："唐大人的挚友，岂有虚士！"

唐仲友单刀直入道：

"两年前，谢先生家乡一场时疫，夺去了他夫人儿子，至今孤身一人。你久思脱籍从良，我就替你二人做个大媒，如何？"

啪的一声，高炳如手中的棋子落了下来。

严蕊满脸绯红，惶恐道："多谢大人高义！只是谢先生乃是天人，严蕊身为下贱，万万不敢攀附！大人这般说，没的辱没了谢先生……大人无别事差遣，严蕊就回营去了。"

敛衽行了礼，就要走避。唐仲友正颜厉色地说道：

"幼芳！涉及终身归宿的事，来不得矫情违心。我来任后，素日间怜你出身诗礼之家,本人又品质素洁,不甘堕落风尘,久有相助之心。你也吐露过脱籍从良的意愿。谢先生是我故人,忽然之间来访,也真是天缘凑巧,我这才想出这个主意。你父亲九泉有知,也会含笑瞑目。这台州是我管辖之地,今日当着高大人面,你大胆说句真心实话,凡百之事我与你做主。"又扭头道,"高大人一贯怜念你,一定也欢喜你有这样一个好归宿的！是么,高兄?"

高兄只剩下了点头的力气,勉强挤出个笑模样,嘴唇索索发抖,咬也咬不住。

严蕊垂手立在门边,百感交集。想幼小时候,父亲常夸耀自己明慧聪颖,又勤勉好学,说是虽非男儿,不能在科场宦海替父亲争一口冤气,将来却可成就曹大家、蔡文姬一流奇女子,一般的光耀门楣。亏得父亲早死,没有看到女儿沦落到这地步。父亲亡故后,每年鬼节帮着母亲和外公给亡父烧金锞银锞、纸马纸船;自入了乐籍,连这点心意也不敢再表,唯恐自己的身份让亡魂在黄泉蒙羞。老天怜悯,遇上唐仲友这位官长,倜傥豪放,见识过人,对锄奸治恶的政务,十分的雷厉风行,御下却甚是平易通脱。见自己知书识礼,洁身自好,竟不以卑贱招待。有一回喝了酒甚至说:"国清寺了一和尚,营中严蕊幼芳,是唐仲友两位方外之友。"在唐大人卵翼之下,算是过了些平安日子。然而天下事好景不长,宦海风波险恶,尽人皆知。即使唐大人安然满任,也不过三年时间。设若换一个新知州接任,任是谁人,总难有唐大人这样旷达恤下的性情。真到了那样蒙羞忍垢的日子,只有死了干净。每逢想及这些,不寒而栗,随时准备着轻生解脱。

那位谢先生，虽只在宴集时见过几次，但那份豪宕不羁、敦厚淡泊，已表露无遗。何况又是唐大人挚友。严蕊心中倾慕，只如同崇敬唐大人一般，岂敢萌生他念。如今乍闻唐仲友把自己与谢先生讲在一起，不禁惶恐羞惭，只觉得无地自容，想要夺路而去。唐仲友郑重其事的这番话，翻江倒海般的心涛里，涌起一股喜悦甜美的洪流，上涨、泛滥，逐渐淹没了羞愧与惶恐。她双手捧面，无声地啜泣起来，一任滚烫的眼泪涌出指缝，流进双袖。

唐仲友任严蕊哭了一会，又缓缓问道："幼芳，你听见了我的话么？"

随即是高炳如怜惜的声音："大人，就不要勉强幼芳吧……"

严蕊知道，决定终生苦乐就在此刻，随即电光石火般记起唐仲友那句话："当着高大人面，你大胆说句真心实话，凡百之事我与你做主。"立即领悟了其中深意。她不敢再遮羞，不敢再犹豫，拼命忍住哽咽，举袖胡乱擦擦脸，刹那间想出一个遮羞的方式。躬身问唐仲友："大人这里有无《诗经》？"

唐仲友诧异："有呀！你要做甚？"

严蕊行礼道："借来一用。"

唐仲友狐疑地从书架上取下《毛诗正义》递给严蕊，严蕊双手接过，打开函套，取出一册，翻到一页，双手呈上："敢请大人过目……"

唐仲友接过，见是《郑风》中《风雨》一诗。抬起眼睛，见严蕊望着自己，眸子里泪光未尽，却闪射出又羞涩又喜悦的期待神情。他如有所悟，朗声吟哦起来：

风雨凄凄,鸡鸣喈喈,既见君子,云胡不夷!

风雨潇潇,鸡鸣胶胶,既见君子,云胡不瘳!

风雨如晦,鸡鸣不已,既见君子,云胡不喜!

念了两节,唐仲友已经豁然,念完大声笑道:

“好个严幼芳,果然聪明!那我就去向谢君子复命了。”

严蕊满脸通红,向唐仲友跪下行了个大礼,掩面飞跑而去,连向高炳如大人行礼告退也忘了。

八

料不到,似乎弹指可办的事,差点化为泡影。

严蕊借诗表意,唐仲友立即转告了谢元卿。元卿大喜,事情便定夺下来。唐仲友亲手转交了谢元卿给严蕊的定情信物——他腰间那支黝黑铮亮的铁笛,并道:

“幼芳,这是元卿按照古书所载格式,命巧匠用精铁仿制的铁笛,又可吹弄,又可防身。他爱逾珍宝,壮游天下,须臾不离,才摩挲得这样明镜也似。你可要好好爱惜。”

严蕊羞红了脸,双手接过沉甸甸的铁笛,唐大人一番话让它更沉了。

“那，你的信物呢？”

严蕊低头望着脚尖，嗫嚅着说些什么，脸庞越发胀红了。

唐仲友笑道：“这却是件少不得的物事。”

严蕊这才从袖口里掏出一个小布包，双手呈给唐仲友。

唐仲友接过，觉得轻飘飘的。打开月白色绢片，里面包着一支木簪儿。木色深黄，雕成凤形，刻镂倒还细致。手里掂玩着，只听严蕊道：

“大人，这虽是支不值钱的轻微物事，却是先父送给母亲的聘礼。我离家之日，母亲又传给了我。”

“却未曾见你戴过。”

严蕊惨笑道：“我父亲虽是一生落拓不得志，却最是要强。做女儿的不肖，操着这样营生，怎敢戴在头上，没的惹父亲亡魂在地下哭……”

唐仲友连连点头：“那你这件信物也足以与元卿的铁笛相配了。”

说着又细辨那木簪，放到鼻前嗅嗅道：“像是檀香木吧，却是无有香味！”

“是檀香木。”严蕊躬身回答。

唐仲友笑道：“这檀香木沾人汗则香，你这是藏久了。交给元卿，每日摩挲，代替那支铁笛，香气便又会重发。”

严蕊红着脸不搭腔。

当晚严蕊独自跑到河边，将带来的一大包金锞银锞、纸马纸船焚化给父亲亡魂。望着那一蓬黄黄火焰，心中默祷：

“阿爷！女儿不肖，沦落风尘，这几年不敢给阿爷烧一张纸钱、敬一碗水饭，怕的是给阿爷脸上添羞，九泉不宁。天可怜见，叫女儿遭遇恩公唐大人，不唯体恤女儿一点洁身自重之志，今日又为女儿择下谢先生这样的志诚夫婿，终身有了靠头。女儿这才敢给阿爷报个信，让阿爷放心。也是亏了阿爷英灵庇护，女儿总算保全得这清白身子，从此跳出孽海，干净做人。请阿爷领受了女儿这点意念……”

口里默默祝祷，心中似喜似悲，怔怔地望着火光敛尽，青烟消散，纸灰随着夜风呼呼飞舞，有的甚至飞过了河岸。那残积地上的黑灰，分明已经灭尽，忽地又闪起一片火星。严蕊望着飘扬的纸灰，心中唤道：

“阿爷！今日先领受女儿这点意念，待女儿完婚以后，再与谢郎恭敬祭奠，做个道场超度亡魂，在家中供奉神主。”

这时，眼中才有泪珠流下，接着俯在地上，哀哀哭泣起来。这一哭不可收，直把几年郁结于心的委屈、幽怨、愤懑、羞耻、不平，连同全身力气，一齐哭将出来。姐妹们见她夜分不归，结伴去州衙打听，得知早已离去，知道出了变故，风风火火找到薄晓，才在河岸草丛中发现，早已不省人事。抬回营里，这一病就是月余。

那双莲平素最受严蕊怜惜，也最是倾爱严蕊，处处回护。那日严蕊失踪，吓得她放声大哭，寻找时不住跸跤，摔得鼻青眼肿，也不晓得疼痛。严蕊昏迷数日，她一直在榻畔守护，衣不解带。严蕊苏醒，她又镇日陪着说话，递汤送水，服侍盥洗。州衙一应燕集节日差事，她都托故不奉召，任凭管事人打骂停膳，犟不软服。唐仲友知道了，反而嘉许,令管事任她照料严蕊,折当公差服役。

严蕊神思清爽后,一边喝着双莲用小砂罐熬的薄粥,一边听她东一句西一句说些稚气的话。

“幼芳姐姐!你昏迷那几天,说了些胡话。有的听得明白,有的听不明白。我开头吓得要命,怕是有鬼上身,后来倒听得有趣了。”

严蕊不知昏迷中可曾说出会受姐妹讪笑的话,装着专心喝粥。双莲自顾自说:

“姐姐,我听明白了的,就是那支曲子词,苏学士那支,你常背诵的,什么“此身非我有”那几句,翻来覆去念,还唱哩!听不明白的,是说甚么船儿走得快走得慢,还叫阿爷阿娘……”

严蕊听了,恍然停了箸道:

“是了,你这一说我记起来了。翻来覆去地都看见自己还是个小姑娘,头发扎着双丫髻,相跟着阿爷阿娘外公坐在打鱼船里,在曹娥江上飘。外公扳橹,阿娘打桨。阿爷搂着我看江景。他用大棉被把我裹着,说是怕我受冻。我热得发昏,掀开他又裹上,掀开他又裹上,热得我一丝气力也没有……”

“怪不得你像鸭子扑水般扇手膀子!”双莲格格笑。

“我热昏了,又掀不动阿爷的棉被,就伸手到河水里浸。河水也是热的!我不住口地求阿爷,阿爷却搂得我更紧,还自顾朗声背诵什么‘魏武尝过曹娥碑下’……”

“姐姐,这也是支曲子词吗?”

“不,这是一段文章,写在一本叫《世说新语》的书里,说的是绝顶聪明的杨修杨大人。我阿爷顶喜欢读这一段文章，一读就读得摇头晃脑，好像他自己就是那位杨先生……”

严蕊惘然微笑，两眼湿润。双莲听得入迷，央道：

“说呀，幼芳姐姐！”

“双莲！我小时候坐船，见阿娘一桨一桨划得累，就伸手在水里一划一划，还问阿娘船走得快些了没有，我在帮你划船哩！阿娘笑着说快多了快多了。阿爷就夸我有孝心，是咱们严家的曹娥。”

“曹娥是甚么？”

“曹娥是个小姑娘，汉朝时候的人。她阿爷掉江里淹死了，找不见尸骸。她跳进江水，三天三夜，负着阿爷的尸首浮上来。所以那条江叫作曹娥江。”

“幼芳姐姐，你阿爷天天教你学曹娥有孝心吧？”

“不，我阿爷教我的是做曹大家、蔡文姬。”

“曹大家、蔡文姬又是甚么呢，幼芳姐姐？”

严蕊便又将班昭和蔡文姬两位才女的故事说给双莲听。双莲睁着大眼怔怔地听，叹口气道：“幼芳姐姐，你阿爷阿娘真好！”

严蕊笑道：“谁家阿爷阿娘不好！”

双莲跺脚嚷道：“我的就不好！我连他们是甚么人也不晓得！”

严蕊见双莲眼睛涌出泪水，深悔无意中伤了双莲的心，双莲自幼被人拐卖，她原也晓得的，慌忙撂开碗筷，抱着双莲赔情：

“怪姐姐说错了话，惹妹妹伤心。待姐姐好了，做一个又巧又香的香囊，给妹妹赔礼，该好了吧？”

双莲红着眼圈道："等你好了，也就走了，还顾得及给我做香囊！"

"走了？我走哪里去？"严蕊愕然问。

"跟着谢先生去呀！你以为我不晓得，谢先生要做我的姐夫了！"双莲用手指刮脸蛋。

严蕊红了脸，小声问："你听谁人说的？"

"姐姐们都悄悄传着说。"忽然贴着严蕊耳朵，用气声道，"翠惜姐姐说连脱籍文书都办了……"

严蕊惊诧："不会吧?!"

"有一天翠惜姐姐去见孙都监说事，无意中看见他在写文书。翠惜姐姐只悄悄告诉我一个人，叫我不准对人说。"

严蕊嘴角颤成个笑，眼泪开闸一样淌下来。

"幼芳姐姐，姐姐们个个都替你欢喜，说你命好，还说你天天念叨着'小舟从此逝'，这回真的要跳出苦海了。"

双莲絮絮地说，见严蕊似笑非笑，眼泪横流，不觉也伤起心来。

"幼芳姐姐，你跟着谢先生走了，我怎么办呢？"

严蕊心疼地把双莲抱在怀里，诓小孩一般道：

"莫怕！莫怕！姐姐去求唐大人，好好看顾我双莲妹妹……"

双莲偎着严蕊道："姐姐！你说胡话，叫唐大人是恩公。"

"这却不是胡话。唐大人是个天大的好人。'

双莲点着头，想了想又道：

"可是姐姐们时常说，知州大人总是做不长久的，一两年朝廷就要把他们换走，唐大人都来了两年多了……"

“不打紧！唐大人是个清官，朝廷明白，王相爷还和唐大人是同乡，晓得他是个好官，不会随意调换的。原先那位杨通判与唐大人处处作对，朝廷把杨大人改了任，不是这半年多都没有急着另派通判大人来么？”

严蕊安慰双莲，心中却也疑惧。忽然得了个主意：拜托唐大人说动谢元卿，将双莲作为严蕊义妹收养。再不就恳求唐大人在离任时，让双莲脱籍带在身边使唤。这么个小小人沦落烟花，若遇上一个颟顸贪婪的长官，那境地就不堪设想了。

想出这个主意，严蕊心下稍安。又想起许多日子没有见到谢元卿了。自换了信物之后，谢元卿便只把严蕊视作未婚妻子，不再见面。唐仲友笑骂他豪宕之士，却拘泥这些世俗虚礼，强拉着他来探望过几次严蕊，他虽也来了，只是庄重危坐，那模样令双莲咕咕窃笑，有一次勉强忍笑，竟不得不缩到床下去。严蕊理会得，元卿是以此表示郑重。这时双莲伏在被子上，竟然睡着了，鼻息细匀。严蕊从枕下抽出那支铁笛，一阵凉滑温润传入手心。只觉又熨帖又惆怅，不禁长吁一口气，怨恨自己福薄命蹇，有幸得福，无福消受，先就将一条性命差点丢了。听双莲说，连太医也认为严蕊能从数日昏迷中醒过来，真是匪夷所思。常言大难不死，必有后福。这一番大病，死里逃生，也该抵得上脱胎换骨，勾销了沦落的罪孽了吧？也该否极泰生，从此过上清净岁月了吧？

严蕊想着，心中又苦又甜，任眼泪流下面颊，滴进双莲又浓又黑、油光光的发髻里去。

九

唐仲友安排,严蕊既已脱籍,这桩婚事就依一般百姓人家礼仪,不可有丝毫勾栏梳栊气息。营伎们听了大为高兴,叽叽喳喳,当游戏一样暗中筹划起来,竟要从草帖子、细帖子开始,送“许口酒”“回鱼箸”,到下小定、大定……般般件件,一样不缺,喜日礼仪,更不用说。因谢严两家都无长辈,便安排着要请出州中官阶最高的两位——唐大人任新郎亲长,高大人任新妇亲长。营伎中年岁最长的翠惜充当红媒,其余人等,或为女家送亲客,或担当“铺房”“起檐子”“拦门”等项礼仪。唐仲友为这异想天开之举,大笑了一场。但他生性狂放旷达,又器重元卿,怜惜严蕊,觉得热闹一番,添些乐趣,也未尝不可,于是不置可否。

然而高炳如听了传闻,像喉咙中被人塞了只苍蝇。他原先属意严蕊,并未过分回避唐仲友,相反希望他觉察此情,玉成此事。营伎中更是尽人皆知。只是严蕊装痴作呆,唐仲友视若未见,才一直不见成功;于是便寄希望于唐仲友任满离去之后。谁知半路杀出个谢元卿,唐仲友欣然作伐,严蕊慨然承诺。高炳如既已死了心,不快几日,也就自宽自解:只要肯花银子,良田华厦都可买到,何愁一个妾侍,犯不着开罪那位恃才傲物的顶头上司。既不栽刺,何妨浇花,于是一改而取热心襄助的姿态:庆贺唐仲友撮合美事于前,惋惜严幼芳大病延误佳期于后,宽厚诚恳,不仅令严蕊庆幸感激,唐仲友对他也亲切多了。然而要让他为严蕊主婚,这就难以容忍了！朝廷命官如此胡闹,体统何在！严蕊什么人？总不成因知州垂青就变了身份。那帮女子明知旧事,是不是有意调侃？但高大人阅历多,涵养深,毫不点破;只在探望严蕊时,隔着帷帘当作笑话说了说。严蕊羞得连眼白也红了,恨不得有个地洞钻进去。高炳如见状,知严蕊确不知情,又无丝毫得志轻狂痕迹,倒老大不忍起来,说了些劝慰开导的话。

高炳如去后,严蕊即差小双莲去营中告诫姐妹们万万不可任性胡闹;同时请见唐大人,先谢了恩典,又极力陈说姐妹们举动之失礼与不智,张扬开去,定然成为笑柄,且会对大人清誉有损。恳请务必晓喻她们,立即罢手。

唐仲友日日为灾情讼事所缠绕,对这事从未认真思虑过,见严蕊说得有理,立即应允。严蕊这才放心,隔着帘幕,在病榻上作礼道:

“大人的怜悯,严蕊刻骨铭心,只是福命太薄,自得大人作主,谢先生错爱之后,时时以为是个好梦,只害怕忽然梦醒,一切是空。求大人与谢先生为严蕊惜福,事事不可惊动旁人,悄悄得过几日安分守己的清静日子,便是天大的福分……”

唐仲友连连应允去了,果然晓喻诸伎,将这场游戏终止下来。倒是另一位当事人谢元卿,因为生性豪宕,粗枝大叶,营伎们又一直瞒住他,想叫他到时惊喜,反而浑然不觉,一心襄助唐仲友料理诸事,闲时便打猎对弈,谈天说地,下乡劝农。

十

喜期临近时，严蕊已然康复，且因心中满满隐秘幸福与宁静之感，比病前益发容光照人。一日双莲来到榻前，唤严蕊观赏一幅美人春睡图。她睁开眼才知双莲是在诓笑她，手中捧的不是什么图画，而是一面铜镜。她敲了双莲一下，却也忍不住瞟了几眼这秀色可餐的镜中人。

洞房设在州衙庭园深处一座僻静小院内。这院落本是历任知州家居的所在，唐仲友因未携眷到任，就住书斋，这里一直空着。虽敝旧，但小廊环回，雕栏镂窗，格局倒也别致，加之小院一架藤萝，院外一株参天银杏树，清幽静谧，确是新婚夫妇的好窠巢。

因了前番教训，但凡容易招人耳目的繁文缛节，一概免了。四更时分，姐妹们点起灯烛，将严蕊打扮得花枝招展。随即，男家接亲客驱车到来，两位都是州衙幕僚中与唐谢二人投契者。女子们端上两盏茶，四色点心是酥蜜食、枣糊、磴砂团子、蜜饯雕花，款待接亲客，煞有介事。两位笑着各样拈了一点，抿了两口茶，便催严蕊起身。翠惜使眼色叫双莲出去攀住车檐，不放车走，吵要利市钱酒，才准放行。这叫"起檐子"，原是昨天就教好的。双莲开不得口，红了脸伸舌头，拿眼去看严蕊，却见严蕊被红盖头罩了脸，就用脚尖踢严蕊。严蕊揭开盖头，弄明白是甚么回事，向翠惜双手乱摇，翠惜只得叹口气，快快作罢。

众人扶严蕊出门上车,吹鼓班子呜呜啦啦动乐。严蕊又将盖头揭开一条缝,请翠惜制止乐曲。翠惜皱眉道:

“幼芳,你也小心得过了分!谁家娶亲不是这般礼数,一减再减,甚么都没有了,还成个什么规矩!你这桩婚姻,还是知州大人亲自作的大媒哩,不比谁家光彩!”

严蕊只是低着头,翠惜只得又叹了口气,叫停了唢呐,只用细乐。严蕊这才悄悄上了花檐装饰的小车。这时几个姐妹簇拥过来,向两位迎亲客谢赠了两幅彩缎,向其余人等和乐官们分发银碟、花红和利市小钱,两位迎客笑着推辞一番,依俗收了,众人也纷纷收礼道谢。喧闹一番,小车在细细乐声中动轮上路。

严蕊坐在细颠微摇的花车中,听着鼓乐声、笑语声,似乎隔着一匹大山,飘飘渺渺。一时间竟不知道身在何处,不敢相信此生真已有了归属。车外笑语渐次沉寂下去,各人专心走路,只剩乐班在前头细吹细打,还有那能干泼辣的翠惜在发号施令。这几日,全靠她率领众姐妹操持种种,熬更守夜。姐妹们忙得心甘情愿,有说有笑,为严蕊庆幸;但又时时流泪,七嘴八舌埋怨严蕊拆了群。双莲更是胶一般粘着严蕊,寸步不肯离开,不知哭了多少场。严蕊陪着她们笑了哭,哭了笑,笑着哭,哭着笑,心中又是感激,又是歉疚。一般良家女儿,虽也同样喜得佳婿,难舍双亲女伴,但不知少了多少她们才有的辛酸、苦涩和恐惧。翠惜方才那几句话,咀嚼起来真教人心寒。女儿家一生一次的大事,竟然办得这般自惭形秽,这减那减,生怕亵渎了谁人耳目。再贫寒的人家嫁女儿,也不至于这样。人生至此,也实在无意思了。

想着不觉流下泪水,慌忙捏着红盖头一角轻轻吸干,担心污了脸上脂粉,被人看了笑话。又怕大喜日子,流眼抹泪不吉利,心头咚咚乱跳起来。好一会才醒悟:寻常送亲队伍,那花轿花车中新嫁娘多是一路呜呜地哭,无人笑话,也无人说不吉利,"哭嫁"倒才合乎礼仪。想到这里,不禁失笑,没了想哭的情绪。

左思右想,悲悲喜喜,也不知走了多少时候。忽然双莲掀开车帘,笑着道:

"幼芳姐姐,到了!"

严蕊从盖头缝隙中望出去,果然州衙已近。天色变成月白,双莲的眉眼都看得清楚了。

那边翠惜发现双莲在掀车帘,叱喝一声。双莲吐吐舌头,慌忙跳开,严蕊刚来得及瞥了一眼灰蒙蒙的远山。

隐隐传来人声,想是男家在准备拦门引亲。严蕊忽然想象谢元卿穿着大红衣裳,戴着剪彩花胜,定是又威风又局促,不觉微笑起来。心中暗叫惭愧:严蕊你是甚等样人,今日居然修得这样的福分!

花车停下,想必到了。严蕊被盖头罩着,眼前除一团红雾,不见其他,任人搀扶着进退行止。小院落外,果然有几个男家请的人在"拦门",翠惜吩咐随意给了些小钱香囊之类,便笑着迎进花车,虚应一番故事:毕竟洞房设在州衙园中,不敢太喧哗放肆。严蕊被扶着跨到车门边,从盖头下面望见一个弯着腰的人,一把把向着大门乱洒谷豆草节小钱等物,口中念念有词,让几个半大不小的孩童争拾。严蕊被扶着踩在青毡条上，跟着一个捧镜倒行的人，慢慢往前走，一路跨过马鞍和大秤，进了大门，曲曲折折转进洞房床上“坐富贵”。翠惜和三个送亲姐妹，饮酒三盅告辞，却未真依礼俗“走送”，而是到外面凑热闹去了。严蕊顶着盖头，屏气敛声，独自在房中坐着。耳里听见外面高声喧笑，想起平素所见婚礼，想是谢元卿在“高坐”了。谢郎一身簇新大红，坐在中堂榻上再加的椅子上，与媒人、亲友、丈母一一对饮，不知狼狈成什么样儿，也不知是由哪些人充任这些亲友角色。严蕊想象着偷偷发笑。

忽然喧笑声径直涌向洞房而来，严蕊心口怦怦乱跳。双莲受了翠惜指挥，带着几个男女少年拥到洞房门口，俟谢元卿一脚跨进，就将门楣上横挂着的红绸一阵乱抢。那红绸原已先将两端剪破成流苏一般，几只手一抢，就各人撕得一绺“利市缴门红”。谢元卿这才走到床边，请新妇出堂。翠惜和一位清客代表男女二家，取出一截红绸带，请唐仲友绾了个同心结，一头搭在谢元卿手中木笏上，一头给严蕊搭在手上，簇拥着向中堂缓缓走去。严蕊虽看不见，却知道元卿是面对自己在倒着挪步，心中不禁甜丝丝的。到了堂上，依照唱礼官的口令，由一位从什么地方觅来的全福老太婆，用秤杆挑开新娘盖头。严蕊眼前大亮，满堂红衣绿裳黑发白脸乱晃，忙又低下眼去。一对新人，傀儡似地向临时设就的两家祖宗牌位参拜，向亲友参拜，又被扶回洞房。这回轮到严蕊倒行。在房中行了交拜礼，在床沿就座，严蕊向左面，谢元卿向右面。翠惜和双莲一起，从礼官捧着的银盘里抓起彩钱杂果，向床上一阵抛洒。一个营伎端来两只酒杯，杯底都用红绿同心结绾着，叫两人喝了交杯酒，将两只杯一仰一覆地掷到床下，众人就叫着“大吉大利”，纷纷庆贺。那位全福老人走上来，将谢元卿左边一绺头发和严蕊右边一绺头发，合起来挽个结，口中喃喃念着“合髻合髻”。又指点谢元卿取下严蕊头上花髻，抛入床下。唱礼官就大叫“掩帐”，众人鱼贯退出。严蕊被翠惜和双莲照料着换妆，谢元卿则端端地面壁而坐。刚才这一大堆礼仪，弄得严蕊手忙脚乱，应接不暇。若是平素见别人当新妇受此狼狈，必定好笑。今日亲身经历，竟觉这些琐细可笑之举，蕴含着许多庄严与神秘。终身大礼，似乎正应如此郑重繁复，方才相称。当换妆后与谢元卿重新出堂，向四面一一拜谢，看着宾客们纷纷扰扰地相劝入座时，忍不住又湿了眼眶。连忙强忍住，打叠精神到各桌敬了酒。回得洞房，才握住谢元卿的手悄没声地啜泣起来。

喜筵之中，最数唐仲友兴致勃勃。平生得意之作，莫过于此，于是不仅豪饮畅谈，使四座生春，还差人去国清寺，要把了一方丈也请下山来，同享欢乐。老和尚不敢惊世骇俗，捎来口信辞谢，但仍从香主布施中请了一小尊赤金观世音坐像，奉敬给新娘严蕊。

美中不足是少了一位贵客高炳如大人。他在婚礼前两天，因什么急事匆匆离去。行前亲自向谢元卿送了一块绣花帐围。唐仲友的贺礼现成得很，就是那只黄杨木大酒觥。

十一

季春时节，敕建国清寺方丈了一派小僧来报，那棵红白桃花开了。唐仲友照例率几位同僚去作半日观赏。严蕊也在被邀之列，隐然带着半主半客的身份。自与元卿大礼之后，两人只在那小院落内深居简出，如影随形。花烛之夜，谢元卿听了严蕊的身世及对未来的彻骨恐惧，爱慕之外又添出三分怜惜。导致那场大病的大哭和婚后的柔情蜜意，令严蕊觉着种种痛苦屈辱尽都抵消了；算不定天降那些苦罪，正是为了更能体味今日之福。严蕊彻底心安，日益开朗，眉宇间那似乎与生俱来的幽怨，也消退殆净。唐仲友偶而来访，也暗暗惊叹，越发得意自己的筹策。这日严蕊应召出来观赏桃花，见面就被姐妹们围住打趣，说是好夫婿迎进门，姐妹们扔进爪哇国。严蕊不住的行礼告罪。唐仲友拍拍谢元卿肩头，正色问道：

"元卿，你来了这许多日子，我书斋中《绍兴府志》所载刘晨、阮肇进入天台山采药遇仙姝成婚的异事，可曾看到？"

"家喻户晓的传说，还看什么府志！"

"不然。这事发生在我天台山中，府志所载特为翔实，与他书大异。"

谢元卿见他正言厉色，问道："差异是甚么呢？"

"他书都说刘、阮与仙女成婚后，半年归家，子孙已过七代。实则大谬不然！刘、阮入了天台，与仙姝恩爱日笃，莫说七代，七十七代他二人也未下山一步。"

谢元卿诧异道:“这实在是闻所未闻！只不知可有出处?”

唐仲友道:“皆因其中一位严姓仙姝太是美貌聪慧,刘晨自然无心出山。常情常理,还要什么出处!”

谢元卿这才明白过来,扬声大笑。

到了山寺,和尚们迎候在山门外,径直送到松林草坪之上,石桌石凳,已事先洒扫干净。那株桃花,就植于草坪中间水磨细石扣的花台之上。这是一株异种,红花白花错杂一树,历乱而开,夭夭灼灼,确乎媚态横生,衬着远山近树的一片新绿,平添了一派万类复苏的勃勃春色。且又开得早,成了当地一处名胜,年年招来游客。山僧们应运兜售浆水素食、签符神像,善财源源而至,菩萨笑口常开。这株桃树,简直是寺中一株摇钱树。

近日桃花开始绽蕾,盛开者六七成。了一和尚照例派小僧通禀唐仲友,又紧闭山门,单候唐知州来赏头巡。众人喝了茶,石桌上排开素席,饮酒赏花。那素席纯用豆腐、豆油皮、面筋、蔬笋之类烹调,不沾荤腥,花色偏又样样仿制鸡鸭鱼肉,乍看几可乱真,入口方知是假;以假乱真,显出和尚们第一等本领。唐仲友说,今日虽带来营中女乐,是让她们消闲半日,歌舞一概免去,不可喧扰佛门清净。此令一下,群僧心中失望埋怨;了一也力说佛家不废细乐,但唐仲友连称不可。营伎们行礼谢过,远远围坐草茵上去。那双莲见了严蕊,好似暌别了十年八年,依偎着寸步不离。严蕊也不愿冷落了姐妹们,谢过唐仲友要她与谢元卿同坐的安排,自去草茵上与她们吃喝说笑。

唐仲友多时未得与元卿从容长谈,今日有了机会,加之酒助谈兴，口若悬河滔滔不绝。说了本州刑政军赋、救灾赈荒、疑难大案，又说经史古人、天时地理。他治学既杂又严，博闻强记，说开来便没有个收束。议论半日，才发现除了谢元卿豪兴相埒，只有个高炳如打起精神在应酬，其余几位，或是昏然欲睡，或是张头二脑，不禁暗笑自己狂态难改，忘了今日上山何来。哈哈一笑，喊道：

"都过来，行酒令。"

为了弥补自己的粗疏，唐仲友挑了个最省事热闹的击鼓传花酒令。指定老练狡黠的翠惜击鼓，只看他眼色行事。一到他想捉弄之人，鼓声便戛然停挝，叫他们或吟歪诗，或讲俚俗笑话，博众人一乐。幕僚清客们见主官兴高，争着曲意凑趣；翠惜见平日不苟言笑的爷们如此放浪形骸，益发将那小鼓擂得密雨骤雹也似。女子们挨了，也一般的说笑话学猫犬吠叫，却不许唱曲起舞。唐仲友本人，也被翠惜猝然间捉弄了一回，模仿说书盲人，讲了几句赵五娘千里寻夫的段儿。唯独谢元卿与高炳如二人未曾挨过。唐仲友知道元卿虽然豪放，这种场合却是拉不下脸皮耍笑的。至于高炳如，一来敬他的年纪尊位，二来也委实怕他诌些味同嚼蜡的诗扫兴。

哄笑了几回，唐仲友又觉浅薄无聊了，暗使鼓声在严蕊处停挝，引起一片喝彩，有的叫唱曲，有的叫作舞，有的叫吹笙……唐仲友拈须微笑，等大家说完，才指着那树桃花说：

"幼芳，自来诗家词人，偏对这桃花最不公道，唯你那支《如梦令》是个例外。就唱它。"

众人声声叫好。

严蕊自执了牙板，只教一笛相伴，款款唱来：

道是梨花不是，道是杏花不是。
白白与红红，别是东风情味。
曾记，曾记，人在武陵微醉。

众人纷纷点头称赞。双莲道：

“谢先生来台州的那天，幼芳姐姐就唱的是这支曲子。”

“不错，我想起来了！”唐仲友道，“那天元卿把‘微’字听成了‘曾’字，我还夸他错得好……元卿，今天我把这个字再错一次，错得更好，你信不信？”

“好呀！”谢元卿饶有兴趣，“怎么改？”

“把‘曾经’之‘曾’改为‘沉醉’之‘沉’。”

谢元卿顺口问：“怎么讲？”

唐仲友用筷头虚点道：

“有个刘晨在武陵沉醉不醒了呀！”

众人哄笑叫好。高炳如称赞唐仲友故典新用，天衣无缝，那笑容难免有些勉强。唐仲友不禁有些同情，特意连声拱手逊谢。又挥手道：“我多日未得与谢先生说话，你们各自玩耍去……”

众人散去，三人闲谈，话题转到一桩新闻：浙东一路好几个官员接连受到弹劾或处分，其罪过都是在“荒政”中或不得力，或借赈荒而营私舞弊、中饱私囊。谢元卿听了一阵，发觉近来终日与严蕊厮守，竟不知身边发生的许多事情。旱情未消，特别是浙东一带，饥民竟达一百三十万人以上。正月起，朱熹奉旨赈灾，巡历绍兴、婺州、衢州等地，一路甚是雷厉风行。绍兴府都监贾佑之编造饥民人数，指使保义郎密克勤偷盗赈粮，富户朱熙绩不按规定出售粮米，衢州倅李峰不留意荒政，都一一受到了朱熹参劾；左近各州县大为震动，一些对灾荒漫不经心的官员顿改常态，打起精神对付。谢元卿诧异道：

“我听朱晦庵讲理学，深奥晦涩，玄之又玄，却不知他于吏事也如此精能。”

“才大者一通百通，也不足怪。”高炳如撚着胡须说，“朱晦庵当世大贤，出则兼济天下，赈灾救饥，余事而已。”

唐仲友举着酒杯道：“平心而论，朱晦庵非那些腐儒可比。只是见事立论偏执些。办书院开精舍，坐而论道自无不可；若要真用那套学问治国理政，就难免圆凿方枘，事与愿违了。”

“为什么？”谢元卿问。

“道为理，政须术。道溯源，政理流；道重心，政重事；道为己，政为众。不是无关联，但须辨标与本、缓与急，不可以虚代实，执虚责实。”

谢元卿扬眉笑道：

“二公都是我很佩服的，竟不知对朱晦庵看法如此歧出，愿闻其详。”

高炳如连连摇手逊谢。唐仲友笑道：

“这些话头，难言其详。朱晦庵与陆九渊弟兄辩来辩去，与吕伯恭弟子辩来辩去，与陈同甫是好朋友也辩来辩去；几多年了，何曾辩出个我输你赢？今日只拣实的说说：我朝自太上皇即位以来，朝廷最实之事，莫过于金兵现占着我中原大片土地，我朝廷每年进贡二十五万两雪白纹银，二十五万匹五色绢帛。中原须不须恢复？如何才能恢复？陈同甫上书官家，极言须励精图治，擢用能够做事建功之人才，期于'开物成务'，以成就汉、唐那般的国势伟业。元卿，这番主张你认为如何？"

"这是自然不错的。"

唐仲友摇头笑道：

"不然！朱晦庵却说这是'谈王说霸，专言事功'，是舍本逐末，会陷入利欲窠窟，会促使功名利禄之心大炽，背离了圣人立教的本旨。"

"那么朱晦庵认为不必抗金恢复么？"谢元卿问。

"不，他也主张抗金中兴。"唐仲友道，"只是他认为抗金中兴之道，不在于励精图治，而在于整饬人心、涵养本心，整饬涵养到了炉火纯青之日，便自能了得天下万物……"

谢元卿虽于文史辞章也自幼涉猎，然一深入玄妙，便觉虚无深奥，难以捉摸，不觉愕然道："我听去两家都有道理，合起来做不就成了？"

"本来应当如此。"唐仲友笑道，"但他们非要争个孰优孰劣，有什么办法！"

高炳如慢腾腾道："此亦一是非也，彼亦一是非也。世间许多事本就难以说清。”

唐仲友笑道：

“三年前朱晦庵奉诏令知南康军，到任三件事：头一条要士人、父老、僧道、平民陈述利弊之源；第二条要士人、乡人、父老岁时集会、教戒子弟，使之具备孝悌忠信等道德；第三条令乡党父老选拔子弟送往学宫，与教官一道讲经书要旨……”

高炳如也笑笑：“这些不为错吧？”

唐仲友道：“错自然不错，但譬如治火，开水源固然要紧，火场也须急救，未必然任近火等远水。民间种种弊病，不会因讲君臣父子之道便得治理；为非作歹之徒，不会听了笃敬忠信之教就迁善改过。一旦发生灾荒，饥民流亡，他又以监禁断遣的办法，严厉催缴赋税，弄得许多人告他‘烦刑暴敛’，弄得他上书辞官。高大人，这须不是唐某编造出来的吧！”

谢元卿见两人虽都带着笑容说话，分明已动了气。他一向担心唐仲友性情疏狂、酒后逞性，往往辞锋伤人，连忙笑着摇手打岔：

“与正，你又喝多了，还是叫他们过来闹闹吧，今日原是为赏花而来的。”

两人悻悻地不作声，谢元卿颇觉尴尬。

唐仲友忽地纵声笑道：“好！请幼芳来给我们唱支曲子。”

两人沉脸望着谢元卿穿过松林，叫过严蕊一行，望着他们慢慢走来。严蕊向二位大人行礼请吩咐。唐仲友道：

“幼芳，如今你是客位了，不可再用‘吩咐’二字。许多日子忙于荒政,难得今日消停消停,请你再为我等唱上一曲。”

严蕊连声答应,并请两位大人点曲。

唐仲友道:“那日你将《诗经》中的《风雨》诗让我看了,不知这诗能不能入得弦索?”

严蕊脸上一热,正想推说没有学过,遮掩过去,反正众人俱不知这个新典故。但一旁高炳如已开了口,脸色甚是难看,嘴角却仍含着微笑:

“不如唱《小雅》的《常棣》:‘妻子好合,如鼓琴瑟。’那些淫泆之词,就不必在这佛寺中唱了。”

唐仲友闪着目光问道:“怎么,高大人以《风雨》为淫泆之词? 真是妙解!”

高炳如笑答:“岂敢岂敢,这是朱晦庵的见解。”

谢元卿诧异道:“晦庵先生真这么说?”

“高某这番回乡,抄录有一些朱晦庵论《诗经》的文字,谢先生暇时可以读读。”

谢元卿惶惑道:“人为万灵之长,男女倾慕是人的至性至情,孟子也说“食色,性也”。孔夫子删诗,尚且留下了这篇《风雨》,流传千载……”

唐仲友笑笑:“元卿,你又迂阔了! 说归说,做归做。他朱夫子有两个妾,带在任上走来走去,那就是他故人的两个女儿,作了尼姑,他让还了俗嫁给他。”

“与正!”谢元卿大声喝止。

唐仲友纵声大笑。高炳如拈着稀疏的胡须,不再说话。

亏得了一和尚率领一帮僧众过来,请宾客进殿瞻仰十方施主礼佛的金玉器皿,以及寺中所藏书画古玩,还想求唐大人书一块匾额。唐仲友知道和尚在敲竹杠募银钱,却也欣然从命。谢元卿趁机邀约高炳如同去随喜,高炳如只好勉强跟着。谁知尚未看得几件,州衙师爷差了个健汉赶来禀报,有个村墟因两姓争水,发生群殴械斗,已致一人重伤。唐仲友匆匆告罪上马先走;其余众人也陆续上路进城,剩下了一和尚对着一大海新磨的墨汁发呆,这可费了小沙弥半个多时辰的功夫。

十二

这日,谢元卿与严蕊躲在小院中下棋。高几上一炉檀香,熏得小屋半睡半醒。那香味若有若无,用劲嗅嗅没有,忘了它又淡淡袭进鼻子里来。

谢元卿接连输了两盘。第二盘大势已定,严蕊不等收官结局,就将棋局抹乱,嚷叫胜了胜了。元卿生性豁达,凡事不计较得失,唯独对这下棋认真得可笑。一次败在唐仲友手下,不服再战,屡战皆北,一连缠着唐仲友下了七盘,直至深夜,仲友疲惫不支,呵欠连天,让他赢了一盘,才得脱身。今日似乎神思不属,捏着一颗子,半晌茫然不知该往何处放。严蕊笑道:

“今天怎么了?”

谢元卿望着窗外道:“这蝉叫得人心慌意乱……”

连年干旱,蝉鸣凶得出奇。一声接一声,一只赶一只,铁器般钻耳,直叫得骄阳如火、心如汤煮。严蕊也望望窗外,白晃晃的天空,像熔化的锡,刺得她眼睛发痛。

谢元卿扔下棋子道:“咳!我该跟着与正下乡,也不知那场械斗如何了结。”

“那日我们赶回州里,唐大人早已去了半日,追赶不及,况且你又识不得路径……”

“这心头不安稳。”

严蕊伸手掌覆在元卿手上,小声劝解:

“这么大的灾荒,唐大人说小小州郡,事事掣肘,只能尽人事而已。我们平头百姓,纵然急死,又济得多大的事?”

谢元卿点头道:“朝廷正巡视各路荒政,他现做着父母官,责任太重,有些替他焦虑。”

严蕊道:“唐大人勤政爱民,休说本州荒政最见实效,就连别处流入的饥民,也多得沾溉。州境内外,有口皆碑,不成还怕查?”

谢元卿点点头。严蕊岔开话题,说谢元卿早就答应教她骑术,何不如今日就去。谢元卿有点迟疑,见严蕊小孩似的眼神,立刻应允。严蕊婚后似乎完全变了一个人,过去的落寞冷艳,变成了依人娇憨,一刻也不放他离开。中夜常从梦中惊醒,紧紧抓住元卿手指,唯恐他会从梦里飘散。谢元卿年近不惑,从未消受过这样的旖旎生活,情知严蕊饱受风欺雪压,视自己为屏障庇护,才如此身心相授;虽嫌太儿女情长些,但这是苦极之后的一点甘甜,老天也理应垂怜。便也加意将护,决心与她厮守着过几年耕读自娱的清淡日子。

两人换上骑装,谢元卿仍是他那身黄衫白笠,严蕊披了个半旧斗篷,蹬着双乌黑的蛮靴。牵了黑骡,从阒静无人的府园侧门溜出去。走了半个时辰,选定一段幽静峡谷中的官道。谢元卿将严蕊扶上比她高出一尺的黑骡,教她抓牢缰绳,双腿夹紧。严蕊提心吊胆道:

“它要把我摔下去……”

“不会!”谢元卿轻轻拍了一下骡臀,那黑骡便抬蹄走将起来。严蕊惊得尖声叫唤,可是已进退维谷。好在黑骡走得平稳轻快,她渐渐胆大起来,有了快意。听着蹄声嘚嘚,后面似乎没有谢元卿的脚步,想扭头察看,又怕摔下骡去,口中唤道:

“你跟着呀!你跟着呀——”

身后仍无声息,只有蹄铁嘚嘚。严蕊轻轻勒了一下缰绳,想教黑骡停住,不料黑骡反而加快了步子,竟轻轻小跑起来。身已至此,严蕊只好横下心,稳住身躯任着它跑,蹄下扬起黄尘。

寂静的山谷,忽然响起一阵悠扬笛声,一听正是谢元卿在吹他的铁笛,就知是他故意作弄。但危坐骡背上,快不得慢不得,上不得下不得,哭不得笑不得,只有耐着性子任它自行。走到一棵大树下,忽然头上一条黑影罩将下来,还未来得及惊喊,已发觉是谢元卿从横斜的树干上大鸟也似飞坠下来,稳稳坐在严蕊身后,轻轻扶住严蕊的腰。严蕊宽慰一笑,仰靠在谢元卿怀中。随即省悟,挣扎着往下跳。

不容谢元卿搀助，已从骡背上滑跌下来，一只左脚兀自套在铜镫里。那黑骡煞是通灵，立即停蹄站定。谢元卿飞身跳下，扶起严蕊，连声问可曾伤了哪儿。严蕊又惊又笑，把谢元卿推开道：

“官道之上，人家看见成什么样子！不打紧，没有伤着哪里。”

严蕊在路边石头上坐着歇息，再不肯骑骡了。谢元卿便牵了缰绳，相将着回城。

一路闲话。谢元卿叹息道，出门这几个月，原为振作振作，不想越看越灰心。从圣上到百姓都以为是什么太平盛世了。明明小金国的铁蹄还在大宋地盘上乱踩，只看见离西湖边上的朝廷还远。况且金国主如今已是宋天子老叔，朝廷年年上供给老叔二十五万两银子、二十五万匹绢，国书里称呼得那样亲热，怎么闹也是老少爷们的家务事。有人流着泪吟唱北方遗民的眼泪，有的还敲碎了酒壶酒盅，有的则用宝剑砍缺了桌子角或被桌子角砍缺了宝剑。但都是些诗人，不中用的。岳少保尚且处死风波亭了哩。

远远望见城门时，前面尘土飞扬，一人一骑疾驰而来。快到跟前逐渐放慢，那骑者翻身下鞍，向谢元卿唱了个肥喏。元卿认得是曹都监麾下一个姓柏的军官，还礼寒暄：

“柏将军公干回营么？”

柏姓军官答应着，凑近谢元卿道：

“末将奉差遣到州衙，恰逢高大人匆匆出来，一边小跑一边整理官服，差点被末将撞个满怀。后来才知是浙东提举朱大人突然驾到，因唐大人劝农未归，所以高大人匆忙出城去迎接……”

谢元卿诧异道:“朱大人怎么突然到了,事先不曾听说消息呢?!”

“说是转道而来,专到台州的。”

“哦——”谢元卿摸着连鬓胡沉思。

柏军官看着站在一旁的严蕊,拱拱手:

“末将奉都监大人命,将幼芳小娘子的脱籍文书送交唐大人。这文书都监大人久已办妥了的,唐大人说过由他亲自去取,却一直不见唐大人过营……”

谢元卿道:“唐大人近来为荒政寝食不安,我们也不忍催促。就请将军交给谢某吧。”

柏军官欠身道:“适才高大人闻知末将是为此事来见唐大人,命末将将文书交给他,由高大人转送了。”

谢元卿说:“哦,一样!一样!劳累柏将军了!”

严蕊连忙裣衽致谢。

柏军官拱手逊谢,上马自去。二人目送柏军官在马背上微微晃动的背影渐变渐小,渐渐消失在尘雾之中。

十三

朱熹朝服如仪坐在官轿里,前呼后拥走向台州城时,高炳如已在驿亭迎候,朝服如仪,行礼如仪,报门如仪:

“台州州倅高炳如,恭迎提举大人!”

朱熹掀帘欠身:“高大人！知州怎么不见?”

高炳如躬身道:“唐仲友唐大人下乡劝农未归。”

朱熹点点头。心想,这唐仲友果然是恃才傲上,举动放诞;朱某就是冲着他来的,正要教他猝不及防、无所遁形。

下了轿,步入驿馆,与高炳如对坐,慢慢问起台州荒政种种事项。高炳如是个名士派头,从来不屑理会冗繁杂务,忽然被长官询问,不觉窘态毕露。朱熹见他言语支吾、颠三倒四,无一事说得周全,挥手止住他的唠叨,皱眉道:

“凭高大人这番答话,台州荒政不问可知,不须多说了。”

高炳如拭汗道:“卑职惶恐之至！实在是未得干预荒政,因此不知详情……”

“未得干预荒政？为甚不得干预?”朱熹追问。

“是……是唐大人吩咐下官守衙……”

朱熹重重哼了一声,不再说话。

高炳如所说也事出有因。旱灾旷日持久,唐仲友毛焦火辣,深觉职责重大,时常约了高炳如下乡巡视,排忧解纷。高炳如开头也还饶有兴致地相跟着去村圩转转,做了几十首“汗滴禾下土”“农心如汤沸”“思之泪满襟”之类的田园杂咏,渐渐诗兴淡了,便常常托病托事,不肯再去。唐仲友也嫌他累赘,每到村圩便叫苦说累,索茶要酒,倒须几个人来伺候,不如自己清爽,就让他守衙,不再下乡。

朱熹心想这唐仲友果然傲慢专横。千万人性命攸关之事,你一人就能包揽？别人唯恐独木难支,你倒不让他人染指。其中必有文章！绍兴贾佑之、密克勒等人所干勾当，难免不在台州重演。唐仲友才干远过贾密等人，营私舞弊起来，手段自然也更高明，这是不言而喻的。

朱熹心存戒备，旁敲侧击，层层询问开去。高炳如也心存戒备，字斟句酌，将自己保护得滴水不漏。对谈了一饭时间，依然一个喜怒莫测，一个谦恭有加。然而朱熹越听越觉高炳如似乎对唐仲友心中不忿，且握有唐某不可见人的隐秘；高炳如也越听越觉朱大人似乎对唐仲友心存芥蒂，且握有唐某不为人知的劣迹。于是谈话局面渐趋明朗。高炳如突然涌动起一股义愤感觉，似乎确是受了唐仲友许多蔑视、侮慢和虐待，而今日才得遭遇这样明镜也似人物，可以倾胸臆诉委屈，指靠他主持公道。心中生出感激，口才自然流畅，不觉将唐仲友侮慢道学、嘲笑朱熹等等都兜底讲了出来。

朱熹脸无喜怒哀乐，挥手打断：

“朱某此来纯为荒政，不向别事。至于那些闲话，朱某自来不放在心上。”

高炳如赶快躬身应诺，顺便擦去额上的冷汗和热汗。

朱熹沉吟有顷，开口道：

“台州荒政不力，纲纪废弛，弊端蝟集。朱某要在州衙驻上一些日子，仔细勘察，上奏朝廷。”

高炳如连声答应着，额上重新沁出汗珠，随即渗出鼻头。

朱熹又沉吟有顷，拈须道：“知州大印，暂交高大人代行掌管。”

高炳如吃了一惊，两腿竟觉发软。朱熹抬了一下眼皮。高炳如只得起身行礼：

“只是卑职才疏学浅……”

“高大人知情甚多,还要多多赐教!”

“不敢！不敢!”高炳如连连打躬。

糊里糊涂告辞出来,手心已是一片汗水汪着。飘飘渺渺往外走,忽然追悔刚才说出口的许多话,但已记不真切那些话了,真切知道的是一脚踩进了一个不应该踩进去的岔路。

朱熹立即派人跟随高炳如进州衙,监督他动手封存一切钱粮簿记、荒政名册和刑讼案卷等,听候核查。

十四

奉旨巡察浙东荒政的朱熹突然改道台州,并且一到就下狠手的消息,很快引起台州百姓议论纷纷,莫衷一是。

有人说是本州一个囤积居奇的米商,因被唐大人勒令将几百石谷子平价售给了饥民,心怀不满,暗通关节告了谎状。有人说朱大人是受了一位交好的朝中大老授意,目的在于掊击一位与唐大人交好的朝中大老。有人怀疑是州倅高炳如为“扶正”而给知州下了“烂药”。有人认为是荒旱太甚,人人心火太旺,动辄暴发,那位朱大人一路巡视而来,但见哀鸿遍野、饿殍满地,憋了一肚子火,看州府县父母官人人祸国殃民,照例一路板子打过去。有人说真正原因是唐大人恃才傲物、狂放不羁，得罪了道学夫子。更有对上述见解一概嗤之以鼻者，说是普天之下，无商不奸，无官不贪，唐仲友未必真是众人以为的好官。

朱熹此番离京巡按，确实窝了一腔子闷烟暗火，感觉有点像陷在四面楚歌之中的项羽。那些权臣的猜忌日益严重，已从论学进而论人，似乎真要置诸死地而后快。那年与陆九龄、陆九渊弟兄在铅山鹅湖寺聚首论学，虽然见解各别，朱熹主张泛观博览而后归之约，二陆主张先发明人之本心而后使之博览；朱熹以为他们之教人为太简，他们以为朱熹之教人为支离，各执己见，不欢而散，但说到底只是读书为学上的分歧，彼此并未反目，识者也多持搁置俟时的调解态度，朝廷执政更无人过问。不想时过境迁，道学日隆，在学问上两家弟子固然有不听教导者，门户之争互不相下，据陈同甫的说法，已到了“宗朱者诋陆为狂禅，宗陆者以朱为俗学，自为壁垒，几如冰炭”地步。学人之争也还罢了；朝中执政的那班妄人，似乎已慑于理学之威力，竟要借朝廷之手施加扼灭。有人上疏要求“区分学术正邪”；有人上疏攻击“近世士大夫所谓道学者，欺世盗名，不宜信用”，主张“道学之徒，假名以济其伪，摈斥勿用”。妄人林栗甚至诬指朱某“本无学术，徒窃张载、程颐之绪余，为浮诞宗主，谓之道学，妄自推尊。所至辄携门生十数人，习为春秋、战国之态，妄希孔、孟历聘之风”。想朱某治学苦心孤诣，孜孜不倦，穷天人之理，立精微之义，正是为了教民立朝，开万世之太平。可恨曲高和寡，高处极寒：百姓嫌深奥，视而不见；朝廷嫌不实际，充耳不闻。现在索性做人身攻击，岂不是要闭塞贤路，从根本上斩断礼乐治国之道么！

高炳如转述的那些话，有的陈同甫本人就告诉过朱熹，当时虽也不快，对这种狂士大话，也没怎么当回事；今日听了，像一点火花溅进滚油，把暗火点成了明火，烧得朱熹彻夜不能成眠。听高炳如说起，时相王淮与唐仲友有同乡兼姻亲之关系，此人正是那帮驱朱妄人的靠山，难怪唐仲友敢如此放肆！

越想越忧心忡忡，越想越无睡意，虚闭着眼睛等候天亮。

十五

朱大人莅临台州，在馆驿就缴了知州大印的消息，由那位与唐谢二人交好的清客赶来对谢元卿说了。谢元卿惊诧莫名，与严蕊商量了两句，牵黑骡出侧门，下乡通知唐仲友。经过州衙后花园时，远远望见许多人出出进进，有的抱着大摞簿册，有的抬着箱子，还有的什么也不拿，只是没来由地走进走出。

严蕊目送谢元卿去了，赶紧闩了院门，躲进小屋，心中一阵阵发冷。好容易挨到傍晚，茶饭也没进，只盼着早些天黑躲上床，早些天亮元卿回来。不料院门乒乒乓乓乱响，她半天不敢动弹。门外又喊将起来，听出是双莲的声音，才飞跑出去，把院门闪开一条缝，放了进来，同来的还有翠惜，连忙又把门闩死。

翠惜粗声大气笑道："怎么贼头贼脑地，是背着谢妹夫偷汉么？"

严蕊吓得捂住她嘴，小声道："吵死么！提举大人来了！"

翠惜道："晓得提举大人来了。我们这不是来给他唱曲劝酒么。都监才一进去，就挨凶巴巴喝得灰头土脸。我们这才来看看你。"

严蕊急得跺脚："小声些！小声些！"

一边把朱大人褫了知州大印，现正在查封账簿卷宗，谢元卿已飞驰通知唐大人等情，一一说了。双莲吓得抱住严蕊道：

"幼芳姐姐！你不是说唐大人是好官么？"

严蕊点头。

"那怎么还……"

严蕊搂住双莲，强笑道："不打紧的！不打紧的！"

翠惜也变了脸色，合十着喃喃祷告菩萨保佑唐大人，接着又骂老天爷无眼，骂了又忙告罪，求老天爷保佑唐大人。严蕊拉了双莲，三人一起跪在那尊了一和尚送的观音像前，虔诚祝祷，心中渐渐安定下来。

这件大事，风一样刮遍了台州城。谁也不知这风从哪儿来的，往哪儿去了，总之是转眼间家喻户晓。那些吃过唐仲友苦头的米商钱贾，约亲串友喝酒庆贺，乘着酒兴草拟控告揭举唐仲友劣迹的状子。那些得过唐仲友周济的饥民穷户，只敢在神龛前偷偷添一炷香，心里求佛菩萨可怜唐大人，磕三个头就站起身，生怕被人看透了心事。

晚宴前，高炳如传下命令，伎乐一概免去，就连菜肴也极简单，朱大人只需要巨烛以供夜读，写他的《孝经刊误》。

谢元卿次日仍未回来。严蕊紧锁在小院之中，替唐仲友担心，替谢元卿担心。一直低头合十跪在观音像前,不出声地一遍又一遍替他们求福,身子一点不敢动弹。接连两天,不仅唐大人和元卿不见踪影,连双莲和翠惜也不见踪影。小屋像冰封雪凝,声息全无。静得想打个冷噤又打不出,外边有点响动又吓得一颤。听曹都监说过一种刑罚,把犯人穿上单衣单裤,浇水,冷得颤抖;再用大火烤,叫他热得颤抖。衣裳湿了干、干了湿,越来越硬、越来越紧……严蕊觉得自己就是在受这种刑罚。不知道怕的是什么,就是止不住怕。

第三天黄昏,唐仲友终于露面了。又瘦又黑,乍一看认不出,只有一双眼睛还那样咄咄逼人。

"幼芳,才几日不见,怎么这般憔悴?病了么?"

严蕊强笑道:"不曾病。是这几日有些害怕。"

"害怕甚么?"唐仲友扬眉望着严蕊,忽然笑道,"呵——'守着窗儿,独自怎生得黑'么?"

唐大人还有兴致说笑,引李易安的曲子词来打趣,敢情没事了?严蕊心头一松,忙道:

"翠惜,双莲,我们都求佛菩萨保佑大人平平安安……"

唐仲友道:"哦——你们是在为我害怕!多谢!我唐某是块真金,凭他朱熹怎么炼。他这叫自寻没趣。幼芳,你们相信我唐某么?"

严蕊欠身道:"这不消大人说,我们都明白。"

唐仲友点点头:"我来是告个罪:事情有点急,我请元卿替我去一趟临安,来不及先与你商量。"

严蕊怔了怔,连忙点头称是。

唐仲友道：

“不论荒政、郡事，我心中有数，任他去查。只是这老儿性情乖张，行事偏颇。我在乡下，元卿赶来，说起他下车伊始，不问青红皂白，半路先缴了大印去，进衙又封了文卷账簿，分明是来意不善。我虽不惧，却不能不防。古人说欲加之罪，何患无辞。连岳少保也挡不住个‘冤’字去。我当下写了封书子，托元卿上路前赴京师。他办事牢靠，那匹黑骡又是神骏之物，他去我才放心。我回衙就被绊住，无事生非，急切脱不得身，又不便差别人来说，害你受惊了。无妄之灾，你莫怪罪！”

严蕊欠身道：“这样骇人阵仗，我们都替大人担心，谢郎能为大人分些忧，严蕊也有荣耀，怎敢说怪罪二字！”

唐仲友重重点头：“好，不枉我交了你两位知己！有的人平素间道义自许，恭谨有加，转眼就落井下石，青面獠牙起来了！”

严蕊知唐仲友在说谁，不敢搭腔，又不能装作没听见，只好温婉措辞：

“想是上峰差遣，有许多为难之处……”

唐仲友不说话，腮帮凸起。严蕊忽然记起一件大事：

“那日与谢郎在郊外遇见营里柏将军，说是奉都监大人差道，将严蕊文书送呈大人，不料大人劝农去了，高大人叫呈给他转交……”

“坏了！”唐仲友猛地一跺脚，想想又道，“不妨，我向他讨。”

“现正在多事，不好又生枝节……”

唐仲友思忖一会，点头道：“也是道理。总之你但放心，一切有我唐某做主！元卿十数日便归,不必挂牵。”

严蕊答应着送唐仲友出门:“大人多多保重!”

“我理会得!”唐仲友摆摆手去了。

十六

提举朱大人到台州,倏忽过了月余。开场时那种热闹氛围渐渐消散,代之以加倍的平静与懈怠。于是受过唐仲友恩惠的百姓暗暗欣喜,礼谢神佛垂怜;那些递了唐仲友状纸的愤愤不平,埋怨朱高二位大人无能;有人甚至中夜疑惧,唯恐受了愚弄,吃不着羊肉反惹膻。只有少数几个人知道,平静水面下涌动着凶险暗流。朱大人、高大人实际上夜以继日地动脑筋,睡不着囫囵觉。荒政早已忘到了爪哇国,跟远在北国的徽钦二帝差不多了,听凭饥民们自去挖野草、剥树皮、吃土、逃荒、倒毙沟壑。两位大人在堆积如山的账簿、名册、案卷、印书木板之中抓腮挠头,绞尽脑汁,顾不上其他。唐仲友穷于应付,自顾不暇,也管不了许多;冷眼私议:两军对垒,尸横遍野,一将功成万骨枯,这是战之下品;苏秦蔺相如者流,口若悬河,纵横捭阖,成则为卿为相,败则血溅三尺,是为战之中品;官场宦海之战,运筹于密室,谈笑于当面,一旦发作,掉脑袋还要认罪谢恩,是为战中上品。然而想为上战,必得超群绝轶之手段。朱元晦讲理学没人比得,弄权术就欠些儿火候。世事复杂至极,岂能凭一股刚愎意气蛮干！一存成见就变了蒙眼推磨的驴子，只在那圈子转。从下车就夺印，拘捕州衙干吏，一步错步步错，将一摞摞文书账目篦了几通，也没篦出几只上得台盘的虱子。民间状纸倒是握着几张，偏生这些蠢材罗列的罪责，十有八九是从朱熹劾奏别州县官员的文书里抄来的。唯有那场争水械斗，算得荒政不力的罪证，只可惜规模小了些，那条人命还是在追击中堕岩致死的。

但朱熹已是开弓没有回头箭，只有一不做二不休。局势逼他顾不上经常挂在嘴上的"立敬致知"，保持灵智清醒，不受外物迷惑了。眼下只剩一件事：扳倒唐仲友，唯此为大。如果虎头蛇尾，甚至铩羽而去，不仅贻笑天下、威望扫地，而且不啻给朝中庸人提供口实、落井下石，那还如何立朝议政！

他立下"以非常手段治非常之事"的宗旨，接连呈状弹劾唐仲友，凡能拼凑的罪名，兼收并蓄，供圣上挑选。别人因"不留意荒政"被劾，唐仲友则以"催督租税，委是刻急"被劾；别人犯法是"富豪而不恤饥民，拒不照州府条律售米"，唐仲友则是"刺求富民之阴事，虽士大夫、善人之家亦被凌蔑"。械斗当然是一大罪责："挑唆愚民争水械斗，致死多人。"唐仲友治学，涉猎甚广，不专主一说，不苟同于人，刊刻了荀况、扬雄、王通、韩愈等古人文集；朱熹抄来印本翻来覆去看，又调来木版翻来覆去看，写进罪状为："刊刻此等书籍，不知将作何用？"

那边高炳如暗暗叫苦，觉得上了提举大人的当，并越来越判定朱大人是蓄意如此。但也明白已没了抽身退却的余地。这份悔恨交集，还得时时按捺，不敢在提举大人面前流露出来。

这边朱熹却又觉得是上了高炳如的当，显见高炳如是蓄意而为。从那日他远至馆驿前拦路迎驾，就已是预谋。不承想，明察秋毫的眼睛，竟也会被小人以一叶而障之。这局面连手下亲信也都觉察，嘀嘀咕咕。但事已至此，只有继续持镇定自若态度，吩咐他们戒急戒躁，此案一定抓到底，唐仲友一定参得倒。即对高炳如，当着面也温言有加。夜间别事不做，只在弹劾唐仲友的罪名措辞上过细推敲。

可恼的是，劾状虽一张比一张措辞激烈，却尽如石沉大海。写到第五张劾状，朱熹拗性发作，索性连举荐唐仲友的吏部尚书郑丙和也一齐参劾，告他擢任非人、纵容墨吏。

此状草成，门下亲信及高炳如都以为不可上奏，但夫子既已发了拗劲，自然力排众议，概不采纳。高炳如越想越心虚，大着胆提醒朱大人，举荐朱大人任提举两浙东路常平茶盐公事的，也是这位郑大人。朱熹瞪眼道：

“朱某看人只分正邪，不记个人恩怨。便是对官家，朱某也未说过奉承话。”

在一片疑惧眼光中，朱熹从容封了第五张劾状，派专人快骑上奏朝廷。

高炳如顿时觉得掉进了冰窖：本已是有进无退的过河卒子，这下更成了被不由分说射出去的箭。不论是谁上了谁的当，两人已是命结连理，同生同死。朱熹可以动不动辞官，他有那么多门下弟子奉养。自己既无此福分，也无此打算。

苦苦思索，思索到腰酸背痛，一切想得出的罪名都已用过。斜躺在杨妃榻上，由腰酸背痛想到姬妾，由姬妾想到严蕊。这些日子跟着朱大人瞎忙，竟把她淡忘了。随即想起那张脱籍文书，那日匆匆接过掖在夹袋里，回来全然忘了。爬起来翻箱倒柜，乱找一气，最后居然还在那里。取出来抚抚平了，盯着那个美丽姓名发痴。陡然间电光石火般眼前一亮。

这就是救命王菩萨，还何处觅去？告唐仲友一个“与官伎私情为滥”，就够他革职杖徙了。

高炳如抬腿就要去见朱熹，但想起朱熹的脾气，又觉应当三思，以免出口难收。于是负着手在书斋里踱圈子，方砖差点被他踩碎。终于，他下了决心：除这招别无他策。仆人送了蜡烛进来，高炳如才发觉天已入夜。他想等二更时分，亲访严蕊，晓以利害，她如识大局，相助渡过难关，什么好处都答应她；如果执迷不悟，到时候吃大苦就不能怪高某言之不预。忽然心里一动：我对她有意已久，她心里一清二楚；如今时过境迁，会不会……

十七

严蕊在黑地里坐着，膝上横着一只秦筝，两手在十三条弦上虚拟着弹拨滑擞的动作，心里默默吟唱。从小音乐伴着她长大，小时候是父亲叮叮咚咚还带呼吸的七弦琴；入了教坊学了各色乐器，终日柔弦繁管。以此成了积习,喜怒哀乐,首先想到音乐。这些天镇日枯坐,时时想小声唱几句或弄弄乐器,临了却不敢发出一点声音。自唐大人遭事以来,不知怎么变得耗子似的,一点响动都会吓得一颤。只在心中吟唱,渐渐变成这种无声的音乐。起初是聊胜于无,时候长了竟觉别是一般滋味:耳内分明高奏入云,旁人丝毫不觉,奇妙之至。那日翠惜带着双莲摸到小院来看严蕊,见她没精打采,劝道:"我们这些人,在籍叫营伎,脱了籍叫民妇,百事无份,大人先生们的事,轮不上我们操心。唐大人清者自清,肯信他们查得出什么罪名来!闹过散去,照样过日子。"严蕊也认这个道理,但那份无名的恐惧依旧甩不开,像只蜘蛛抓着心子。唯愿大慈大悲观世音菩萨救苦救难,为唐大人祛厄消灾!唯愿谢郎帮唐大人寻得贵人,逢凶化吉!

碧梧初坠,桂香才吐,池上水光微谢。
穿针人在合欢楼,正月露、玉盘高泻。
蛛忙鹊懒,耕慵织倦,空做古今佳话。
人间刚道隔年期,指天上、方才隔夜。

心中悠扬着这支《鹊桥仙》,自慰自解:神仙美眷也不能终日厮守,何况我等!本朝大才人秦少游也说:"两情若是久长时,又岂在朝朝暮暮。"

忽然小门那边窸窣一响,打断心中乐奏。侧耳一听,院门竟轧轧轻响着开了。严蕊全身汗毛炸起来,端起秦筝,踮脚走到房门边,贴墙屏息而立,只待贼人破门而入,就将筝全力砸将下去……

不速之客并未破门,只是轻轻敲了几下,低声喊着:“幼芳!幼芳!”

严蕊惊惧地辨识这压低了的嗓音。

“幼芳!是我,元卿来了……”

秦筝滑到地上,严蕊拉开门闩,放进谢元卿,扑过去抱住他,眼泪滚滚而下。谢元卿抚着严蕊柔发,只是喃喃叫着:“幼芳!幼芳!”

严蕊平静下来,小声道:“等我点烛。”

“就这么黑地里坐坐,不要惊动了他们……”

两人摸到床边坐下。严蕊问:

“你怎么进的院门?”

谢元卿笑道:“这么道门,还拦得住我么?”

“你几时转来的?”

“今日午后。”

严蕊放下心来,不再作声。谢元卿抚着严蕊说:

“我其实回过台州两次。因与正的事情紧急,来去匆匆,怕你担惊,又恐引人注目,所以与正嘱咐我不要回家。”

严蕊笑道:“难怪有两次双莲摸了来,说是唐大人遣她来告我,元卿在外诸事平安,不要牵挂。原来你就在台州……”

“不怪我吧?”

严蕊坐直身躯道:

“元卿,老天怜我命蹇,使我遭遇唐大人这样的恩公;识了唐大人，才有了你。休说一年半载的分离，就是结草衔环，也是心甘情愿。你放心听唐大人差遣，把事情办好，洗雪了唐大人冤屈，你我也得早日团圆。”

“有你这话我就放心了。三更过后我又要赶往临安。月余不见你，实实想念，悄悄来看看你。”

严蕊颤声道：“怎么又要上路了，不是今日才回么？”

“朱熹这回是铁了心了！今日又派飞差送了劾状上京，这是第五状了。他一状比一状写得厉害，与正怕有闪失，要我赶在前面给王相爷报个信，提防一二……”

“朱大人告了唐大人五状？”严蕊大骇，“唐大人是好官，百姓都称颂的！”

谢元卿苦笑：“官场的事，如何说得清。我也百般不解：朱晦庵洵洵大儒，又与与正无怨无恨，为什么要这样苦害他。听王相爷的书案先生说，尽是些无根诬构之辞……”

严蕊着急道：“那你还不快走！”

“他们都识得我，夜间出城稳妥些。我的骡快，消消停停也要早着一二日到京。且让我们厮守半刻。”

严蕊舒口气，想想又叹气：

“脱籍文书偏偏阴差阳错落到高大人手……”

谢元卿咬牙道：

“为虎作伥小人！不理他，到时候一并清账。”

两人便不说话，相偎着坐地。

谢元卿艺高人胆大,却料不到高炳如凑巧比他晚得片刻,从他弄开的院门中潜了进来,立刻听见了他那浑厚洪亮的声音。偷听半晌,听见谢元卿两次提到王相爷的名字,便抽身潜出,立即去与朱熹报信,果决行事。

十八

晦庵先生朱熹朱元晦的大名,严蕊从大人们的清谈辩论中早已如雷贯耳,直是神仙皇帝一般,虚无缥缈,云天迢遥;万想不到忽然近在咫尺,且是亲口传唤于她。她惶恐得一路打战,腿脚发软。一边心里揣度:想必总是与唐大人有关,那就趁这个机会,向朱大人说说唐大人的为人处世。他们都是学优从仕、读书明理的人物,天然会惺惺相惜的。

一路低头看着传唤人的鞋跟走,发现经过花厅、曲廊、艇阁、二堂等眼熟地方,竟一直被带进了从未进过的大堂。她朝上跪下,垂眼向地,大气也不敢出。

一个威严的徽州口音从上面飘下来:

“你便是严蕊么?”

“是——”

“好!州官唐仲友如何与你私情为滥,从实讲来。”

严蕊半晌才明白这句话,俯身到地,竭力放大嗓音:“回大人,绝无此事！”

上面寂然无声。严蕊害怕起来，又说了一遍绝无此事。上面还是寂然无声。严蕊心胆俱寒，颤着声音又说了一遍，那声音越来越微弱，最后几若蚊鸣。

上面寂然有顷，忽然响起高炳如的声音：

“严蕊！唐仲友与你私情为滥之事，提举大人已然尽知其详，你还不从实招认么？”

严蕊一愣，明白了：他们路绝计穷，要用这个罪名向唐大人开刀。心一横，抬头道：

“高大人明鉴，实实无此事！”

高炳如拍一下惊堂木，喝道：

“你二人一个狂徒、一个烟花，欢悦之情在台州路人皆知！高某正是亲见之人！”

严蕊茫然：“大人亲见了什么？”

“你亲手翻出《诗经》里那首《风雨》诗，”高炳如又拍了一下惊堂木，“亲自递与唐仲友传情，是不是高某亲见？”

原来高炳如把严蕊借诗同意唐大人为谢元卿作伐的事，栽赃到唐大人身上。还来不及申辩，又听见那个威严的声音悠悠传来：

“高大人与这种人费甚么唇舌！朝廷典刑所设何用？”

“是！”高炳如身不由己地喝了一声：

“伺候了——”

堂下刀斧手们，习惯地应了一声堂威。这些人素常都认识严蕊，知她是唐大人格外礼遇的;折腾了这月余,也都明白堂上这两位抓不着唐大人把柄,只得找个还不了手的撒气。互使个眼色,板子打得震天价响,皮肉却无多大疼痛。这原是吃这碗饭的拿手好戏,一年四季,全指靠这门手艺进些外水。犯法之人,莫说殷实户主,即便贫寒人家,到了这地步也要典当借债,宁愿吃银子的苦头,不吃板子的苦头。

忽然提举大人重重一拍惊堂木:

"徇私舞弊者,同罪!"

严蕊很快就晕厥过去。虽则板子只下了六七成力量,严蕊也禁受不了。喷过冷水,拍过惊堂木后,得到她一句气息奄奄的话:

"实实无此事,求大人明鉴。"

十九

实无此事便是无招,无招便得收监。严蕊被丢进女监,在昏迷中做了一个长长的梦。

梦中的严蕊,无伤无痛,无苦无忧,只如刚省事的幼儿,满世界都是彩色和欢乐。

像是全家坐在渔船上。外公、父亲、母亲,甚至还有一个中年妇人,是从未见过的外婆。严蕊与谢元卿相偎坐在船首,自己不觉得羞臊,别人也视如当然。严蕊伸臂划着水,问道:

"阿娘,外公,船走得快些了吧? 我在帮你们划哩!"

一家人哈哈笑起来。阿娘道:

"我们这是云里的船,用得着划么?"

严蕊低头看,果然船在天上,帆在空中鼓成一道弯弧。雪白的云朵翻滚汹涌,便是浪涛,浪涛疏处现出深蓝透明的水。元卿沙声沙气地唱《鹊桥仙》:

> 碧梧初坠,桂香才吐……

严蕊挥手打断他:"这是我唱的。你吹你的铁笛。"

"你吹我唱!"

于是铁笛呜呜响起来,那笛声一清如水。

岸上有人招手呼唤。却是唐仲友大人,穿领青衫儿,戴着东坡巾,襟袖须发和巾带,一齐在天风里乱飞乱舞。右手举着圈串铃,竟是个走方郎中。说是瘟疫流行,他要去救人济世,就便搭他们的船去。上了船,也不觉拥挤,飘飘浮去。郎中唐大人说,亏得听了你们的乐声,才找到了你们,便也跟着唱,唱的却又是"长恨此身非我有"……

忽然云头上站着几个捕头,说严家满门是江洋大盗、钦点要犯,唐仲友是帮严家打探的奸细,现奉高大人之命前来捕捉。说着,抡起水火棍一阵乱打。扁舟轻飘飘翻了个底朝天,一家人羽毛一样四下飞散……严蕊在空中飘浮,忽左忽右,忽上忽下,心中阵阵发空,却一点不知害怕。

一只大手轻轻托住严蕊，是谢元卿。他抱住严蕊，另一手握着铁笛，冉冉飞回云端，抡起铁笛乱挥乱打；那几个捕头倒栽葱摔下天去，还一连翻着飞快的跟头。一家人不知几时又都回到了舟中。唯有郎中唐大人不见踪迹，外公说是已被高大人一爪捏死了。

天边一堵乌沉沉的东西拦住去路。阿娘说是山，阿爷说是云，外公说都不错，又是山又是云。严蕊盯住细看，害怕起来，那不是山，不是云，是一个人盘膝坐着，两手撑在膝盖上，眯缝着两眼，云烟在他胸际缭绕，像一群龙蛇。严蕊一边看一边颤抖。小舟离那堵乌云越来越近。元卿说，不错，是个人，是朱晦庵先生。朱先生是他好友，定然不会阻拦他们。

那堵乌云忽地睁开双眼，射出两点寒光。嘴巴也启开了，却没有牙齿，清清楚楚地吐出几个字，听不明白。一缕白气从乌云中吐出来，一路胀大，不久就像一团风、一团雾、一团丝，把小舟裹住。严蕊立刻透不过气，想呼救也呼不出。

谢元卿挥舞铁笛扑打白气，但白气若有若无，打不断，驱不散……元卿满头大汗，铁笛越抡越快，可是白气随着他的铁笛飞舞、滚动，越来越厚，越来越浓。

小舟乱颠乱簸，一家人早已掉了出去，只剩下严蕊死死抠住船沿。小船终于被掀翻，连人带船一齐向深渊下坠、下坠……

“元卿！元卿！你在哪里？”

严蕊力竭而呼，好容易才从噩梦中挣扎出来。发现自己躺在潮湿的土牢地上，双手死死抠在衣带上。汗透衣裳，冷透骨髓。

半晌才想起已经发生的种种。大腿虽然还阵阵青疼，却没有皮开肉绽，明白这是行刑的差役大哥们手下留情。营伎们常来州衙侍宴，这类事情听过很多。技艺高超的打手，一根板子在手，比营伎们手中的笙笛筝琶还要听话，能打成有外伤无内伤、有内伤无外伤、内外俱伤、内外俱是假伤等种种，炉火纯青，出神入化。当时听了只是发笑，不料今日竟得其惠。

慢慢支起上身，靠壁而坐，喘息了一会，回味着刚才的梦境，又凄苦又好笑。还是做梦好，生的死的都能团聚。只是那像山又像云的怪物太怕人！那打不断驱不散的白气太怕人！想到那情景，严蕊接连打了几个寒噤。她极力什么也不想，举起手臂慢慢整理衣裳和头发。公堂上那番折腾，实在弄得蓬头乱服了。

一个冷冰冰的声音在头上响起，吓得严蕊几乎跳了起来：

“下了大牢还讲究，名不虚传！”

木栅门外站着个六十来岁的禁婆在观察她。一张脸一双眼，布满饱经世故、见惯世路的冷漠神情。手里一大串铜钥匙，同样冷冰冰地响。

严蕊知道这就是今日的主宰者，慌忙叫了声：

“婆婆——”

禁婆定定地盯着严蕊，像段木头。半晌又道：

“这牢里没有汉子，你梳妆打扮给谁看呀？”

严蕊撑不住哭起来，又不敢放声，怕禁婆认为有意撒泼，更要吃

苦头。禁婆只冷冷看着。严蕊好容易缓过气,说道:

“婆婆,我实在是天大的冤枉!我也是清白人家出身,又未曾起过坏心害人,未曾犯过朝廷律条……”

禁婆问道:“你就是严蕊吧?”

“是。婆婆如何认得我的?”

禁婆哼一声道:“台州城都闹遍了,能不晓得……”

说着转身走了。严蕊见她不再发威,放下心来,用手指梳抿蓬乱不堪的头发。生平头一次挨了大板,腹中又饥,觉着衰弱不堪,梳抿几下,便要闭目喘息一会。

铜锁当啷一响,什么东西塞到手里,却是把木梳。抬头一看,面前站着禁婆,仍是一派木然神情。

“多谢婆婆!”严蕊举起梳慢慢梳头。

禁婆站着,居高临下地问:

“你跟唐大人,当真有无私情?”

“婆婆,天大的冤枉!这么说是罪过呀!”严蕊恨不能掏出心来,只好举着木梳,连连向上指天。

“那么,你跟那……”禁婆看看左右,蹲到严蕊跟前道,“你跟那位朱大人,有甚么仇怨么?”

严蕊苦笑:“我?我怎么配!”

“那么,”禁婆一屁股坐到严蕊身边,凑着耳朵问,“朱大人与唐大人又有甚么过节呢?”

严蕊摇头:“不晓得——”

“与州里那位高大人呢?”

严蕊迟疑着,似有似无地点点头。

禁婆满意地一拍大腿:

“这叫‘神仙打仗,凡人遭灾’。”

严蕊皱眉思索:

“神仙打仗,凡人遭灾?”

“就是!他们打架,拿你出气,拿你垫背。小孩挨爹妈打了,也要踩死一只蚂蚁出气,何况这些做官发财的!我老乞婆看管犯人几十年,见得听得多了。”

严蕊想:不错!我就是朱大人鞋底下的一只蚂蚁。

禁婆道:“你傻!你就依他们胡乱画个押,随他们去咬,去撕,去打……”

“婆婆,我怎么能昧着良心诬陷人呀!”

禁婆点点头,摇摇头,大声叹口气:“造孽呵——”

忽然夺过木梳给严蕊梳头。严蕊嗫嚅道:

“多谢婆婆!当不起……”

禁婆不理睬,重重地梳。严蕊被扯得疼痛,不敢出声。禁婆又响亮地叹口气:

“唐大人呢,确实也是个好人……”

严蕊全身松弛下来,心中暗叫侥幸,天可怜见,大难中遇见了好人。

谁知这禁婆不但明理,并且果决。细细问了严蕊一番,第二日晚间就悄悄带来了翠惜和双莲。因严蕊牵涉之事,朱高二人不欲透露出去,特地把她关在一间清静单人女监,倒方便了禁婆摆布。

双莲见严蕊这般模样,抽抽噎噎哭成个泪人儿。翠惜只是破口大骂:"既当着官爷王爷,执掌着生杀大权,如何不去扫荡金兵,迎回二帝,倒拿个孤苦伶仃的歌女耍威风!"老禁婆不加喝止,倒听得津津有味,浑浊的老眼也透出光来。严蕊从她们口中知道,这事确实闹得满城风雨。老百姓见提举大人杀气腾腾地弄了这么多日子,也不见下文,知道是胶住了,无法收场,就街头巷尾议论开来。虽是窃窃私语,也如蚕儿食桑一般,很有些力量。还说是高大人都不怎么敢上大街了,因为指他脊梁骨的人太多,他背上发痒。朱大人自然是不惧怕的,只在州府里注他的经书。翠惜断言高大人不会有好死,严蕊呵斥她放肆,翠惜道:

"我怕甚么!总不成削了我的营伎叫去做提举。自那位朱大人来后,连唱曲子也成了甚么'纵人欲、悖天理'的事,一概禁了,我们落得闲在。闲久了又无聊,不如进大牢来陪你。我怕甚么!"

她们给严蕊带来些吃食,严蕊连忙交给禁婆,禁婆道:

"你自己收着吧。"

双莲乘机提出,能否随时给幼芳姐姐送吃食。严蕊连使眼色制止,禁婆居然也答允了。

这点"涸辙之鱼"的温情济得甚事?权势的骄阳一照,立刻龟裂。严蕊接连被提了几次堂,每次均以那句问话开始,以那顿板子收场。伤上添伤,严蕊上堂回监,都只在地上侧伏。

朱熹已觉厌倦,只叫高炳如自审。高炳如也嫌朱大人只知喊打,不如自己独审,除了杖服,还可攻心。他启导严蕊:

“幼芳,你一个官伎,与长官有私情,不过是一顿板子。你不肯说这句话,多挨了多少顿打,何苦呢?”

“启大人,严蕊身为下贱,牛马一般;所以还像个人,就靠这点天良未泯。如将这点天良也丢了,便连牛马也不如了……”

高炳如勃然变色,咬牙令打。

严蕊自剖心迹,高炳如却认为在影射自己。世间就是有一等怪人,听别人赞誉甚么,他不会想到自己身上;听别人针砭甚么,却认定在骂自己。高大人越想越怒,亲自下来打。打了几下,又暗悔失态,丢了身份体统。另一次,严蕊辩白已与谢元卿花烛完婚,且正是唐大人做主,足证与唐大人决无私情。高炳如又下座亲自动刑,这回不仅无悔怍之情,且觉亲手毒打严蕊能生出一种快意。打完,对着气息奄奄的严蕊喝道:

“官伎配谈甚么花烛之礼!”

“小女子业已脱籍……”

“文书呢?文书呢?”高炳如尖声嚷起来。

严蕊欠起身,尽力提高声音:“就在高大人手中……”

高炳如抡起水火棍,劈头盖脸打下来。

自此高炳如每讯必亲打严蕊,从中觉到无限快感。衙役们私下议论,严蕊一案再拖些日子,高大人竟会疯掉。其实高大人很清醒。一想起那天晚上心怀侥幸,想摸到严蕊住处去开导她,就一阵后怕:

这样的烈性女子，要是被她将计就计，岂不是要被她用剪刀刺死在洞房中！

十九

这天凌晨，严蕊被叫上一辆帷帘四垂的小车，蹄声一起，摇摇晃晃上路。车帷中昏昏暗暗，不知身在何处，去往何方，只在摇曳中睡了醒，醒了睡。一日两次塞进些炊饼充饥。严蕊曾从车帷缝隙看到些车外山野，也辨识不出什么所在。颠簸了数日，耳中听得市声聒噪，帘缝看见杂沓的男女鞋履、乌黑河流，知是入了城镇。马车辚辚碾过铺石街道，弯弯曲曲转进一条小巷，进入一道高墙，随即喊下车。

几日蜷坐车中，严蕊全身酸疼麻木，几乎站不直身，忘了如何走路。起眼看看，仍是一所监狱，与台州的大略相似。进了牢房，仍是一所单间。禁婆是一个四十来岁的肥胖女子，等解差一离去，她等不及关锁栅门，就拳打脚踢、撕发掐肉，给了严蕊一顿下马威，口中不堪入耳地骂。从这份见面礼中，严蕊听出被移送到绍兴来了。为甚到绍兴，她百思不得其解。

第三日提审，堂上赫然是朱熹大人。他也亲临绍兴了。还是叫招"与唐仲友私情为滥"，不招还是一个打。严蕊索性不出声，全身精力应付板子。台州大堂板子认得严蕊，绍兴板子可不识严蕊。一杖之下，心想这条小命必是送在绍兴了。

堂上受朱大人打，回监受禁婆气。除了污秽谩骂，更恶毒是不时抱些估衣旧被、鲜果饭食、金疮药膏之类，在栅门外一件件叫严蕊看，口中数落：

“严蕊，看见了没有，这都是你那些嫖客孤老，心疼你受苦，专诚送来痛惜你的。你看清了……”

报一件扔一件，或用脚踩，或用手撕，细脆之物一把扯碎，入口之物便啐几口唾沫于上。

严蕊劝道：“妈妈，都是干净东西，毁了可惜，就请收下，当我一点心意吧。”

禁婆的答复是一阵破口大骂。

严蕊忍不住又道：“那又何必收下呢？要烧要毁，任凭妈妈就是。”

禁婆冷笑道：

“奶奶正是要当着你这大名鼎鼎的严蕊小娼妇毁起来才有兴致！”

连说带笑，连扔带踩。严蕊本已虚弱不堪，一动真气，立时晕了过去。

醒过来细想：在台州女监，时有人送进这类物事，除了自家姐妹，多为无亲无故郡民，怜她平白受屈，心中不忿，而又无能为力，借戋戋之物，寄心中义愤。不想来到绍兴竟也如此。明明夤夜离开台州，消息又是如何走漏，如何传开的呢？可见公道自在人心。严蕊感动，泪如泉涌。

此后,严蕊就在半昏迷半清醒的虚脱中挨日子。几次想就此绝食死掉,一了百了;但心里挂着为唐大人奔走的谢元卿,老家倚门的阿娘,反倒咬牙咽下那盅霉米饭,要留得这个身子,好歹再见元卿和阿娘一面。

这一日,栅门外忽然吵嚷叱骂之声大作,严蕊挣扎着从草堆上支起身,见一个披着大氅、风尘仆仆的男子,右手握着一柄亮晃晃的长剑,左手托着一绽亮晃晃的银子。胖禁婆嘴里唠唠叨叨,眼睛在宝剑和银子上瞟来瞟去。两个差役对禁婆连劝带骂。禁婆咕哝半晌,终于抓过那锭银子,打开栅门。严蕊好半晌才认出来人,叫了声"唐大人——"眼泪成串掉将下来。

唐仲友越发黑瘦,几乎变了一个人。望着严蕊半天,低声道:

"幼芳,唐某累了你,又误了你……"

严蕊哭得说不出话,只是双手乱摇。

唐仲友屈膝坐在杂草上道:

"他们忽然把你转走,我不知情,多日以后才打探得送到了绍兴……"

严蕊忍住哽咽问道:"这是——为了甚么?"

"一来此事越闹越大,不仅台州,沿水陆各县,都已被旅人行商传遍,令他们狼狈不堪;但又已经无法收手,只好出此下策。二来台州营中你那班姐妹,求动了曹都监出来作证,说你已得脱籍文书,并与元卿行过大礼,因此他们星夜将你解至绍兴,把你的乐籍也转到了绍兴……"

严蕊一听,此后不知如何打熬。伏在草堆上叩了个头道:

“今日得见大人,死也瞑目。就此别过!苦命阿娘,还望大人与元卿多加关顾……”

说着就一头向墙壁碰去。毕竟久病乏力,那又是堵破烂土墙,唐仲友伸臂将严蕊抓住,惊诧惨笑道:

“幼芳!怪我语无伦次,几乎又害了你。我此来就为告诉你,这段无头公案已然了结,公文几日内便可下达了。”

严蕊惊问:“是如何了结?”

唐仲友苦笑:“此事幸得王季海相爷保全,连圣上也惊动了。据说许多大臣纷纷奏表劾弹朱熹,他已上章自请免职了。”

“大人呢?”

“唐某奉旨改官江西,日内就要起程……”

严蕊放声大哭,哭到心力交瘁。好半晌醒过来,见唐仲友还坐在那里。胖禁婆见严蕊苏醒,居然过来道贺。严蕊勉强道谢,开口道:

“恭喜大人冤枉得了昭雪。”

唐仲友拱手:“侥幸!惭愧!全仗幼芳成全!”

说完,一对泪珠亮晶晶流下脸庞,流进乱蓬蓬的胡须。严蕊未见男子哭过,吓得赶紧低头,隔了一晌才敢开口:

“请问大人,元卿……谢先生他……”

唐仲友背过脸,伸袖揩了半晌眼睛,从袖口取出一个小筒,才回头说:

“元卿叫我交给你这个……”

严蕊打开发现是一幅淡黄绫子,用院体画了一双飞燕,下面是远山,一河如带。这幅双飞图,是新婚后遐想脱籍还乡、双宿双飞的神仙岁月时,严蕊乘兴画的,一直悬在房里素墙之上。后来灾祸迭起,全然忘了它,今日一见,如像儿女回了娘怀,严蕊捧在手里,连声向唐仲友道谢:

“大人见着他,嘱他尽快安排来接我回台州。”

唐仲友道:“幼芳,新任提举岳商卿大人日内就来台州。岳大人讳一个‘霖’字。是岳飞岳元帅的后人,极是正直无私。你见到他时,把这档子事从实禀告,让他知道是非原委。我已差了门外那两名士兵护送你回台州,你先在绍兴将养几天,诊治清爽了再上路。一应用度,我都交付在士兵手中。”

严蕊流泪听着,不住点头。

“幼芳,我与你在台州相识,常说你不是寻常女子,果然没有看错。只是命运弄人,我想助你反害了你,你受我连累却救了我。唐某惭愧之至!”

严蕊两手乱摇。

唐仲友站起身子道:“今日分手,请受唐某一拜!”不等严蕊回过神,已重重拜了下去。

严蕊吓得发抖,连连伏地回拜:

“大人折杀严蕊了!”

唐仲友走出栅门,回头道:

“幼芳,保重了!”

“大人多多保重!”

唐仲友走了多时,严蕊还疑惑是在梦中,捏着那幅双飞图不敢动弹。但胖禁婆已颠颠地过来搀扶她了。

这桩闹得沸沸扬扬的案子,突然间烟消云散,全亏了王淮相爷的智慧。由于朝中日日互相攻讦诋毁的两派大臣都抓住这个题目做文章,台州这件小事果真上达天听。王淮乃把朱熹的劾状和唐仲友的辩辞,不加臧否呈送御览,皇帝对着那摞字纸发怵,问王淮对此案怎么看,王淮做出想笑而强忍的神情道:

“启官家,这是两个秀才争闲气:一个是程学,一个是朱学。”

皇帝皱眉吩咐:

“着他们不要纠缠不休。”

于是结案。

二十

又值七夕。

伤病初愈的严蕊,跟着姐妹们去州衙侑酒。翠惜告诉她,唐大人临行前嘱咐,严蕊原先那张脱籍文书,因在唐大人任上一直被高炳如捏住;后来案子尚未了结,唐大人突然奉旨改任。但他已将一切种种,详细说给新任提举岳霖大人,岳大人十分怜悯感佩,说只待严蕊病愈,便允她脱籍。

姐妹们簇拥着严蕊进了州衙花园。还是去年天气旧亭台。严蕊拜见了白白胖胖三绺胡须的岳大人。

岳霖打量着一身雪白衣衫、瘦削憔悴的严蕊,慢慢问道:

“你就是严蕊?”

严蕊低眉垂目,行礼答应。

“你的事,岳某都知道了。”岳霖抚着胡须,慢慢点头,“唉!无妄之灾!无妄之灾!为些闲气——”

一边的小双莲不知轻重地咕哝:“大人们的闲气,吹到我们身上就要了性命了!”

歌女们大惊失色。岳大人似乎没有听见似的,慢慢开口:

“你还是只想脱籍么?”

“求大人成全……”严蕊又行礼。

“可是,你又归向何处呢?”

严蕊涨红了脸,嗫嚅半晌,才说出来:

“禀大人,唐大人在时,曾为小女子作伐,与谢……”

岳霖拈须点头:

“岳某知道。只是……只是那位谢先生,已然……已然不在了……”

严蕊茫然听着,不明白甚么意思。

“谢先生那日回到台州,听说你被解往绍兴。他不顾天已黄昏,坐骑又一路临安奔跑数日,追赶前去,在黑夜中,摔下了一座深谷之中……”

岳霖显见不忍,说得断断续续。不等说完,严蕊眼前一黑,软软倒在地上。她口不能言,心中雪亮:难怪唐大人那日在绍兴提到元卿时哽咽难言,难怪他特地送去双飞图,难怪临行时竟下大礼……

严蕊缓缓撑持着站起来。心如死灰,眼枯无泪,心中一片茫茫白地。连元卿的噩耗,似乎也是意料中事。

耳边传来岳霖的声音:

“严蕊！唐大人托岳某将这支铁笛,转交给你。”

铁笛。确乎是元卿的铁笛。铮光黑亮的笛身,沾上了十多点锈斑。岳霖大人还在说话:

“唐大人差人在峡谷里找到的。遗体唐大人已令人厚葬,并亲自哭奠……”

严蕊用手指擦着笛上的锈斑。

“那么,你还是要脱籍么?”

岳大人的声音仿佛是从远方传来。严蕊猛然警觉,又行礼回答:

“求大人开恩……”

“好,老夫即刻与你写文书!”岳霖又摇头道:

“只是我听说严幼芳为天台一绝,本想从容领教。今日别了,能为我做一首曲子词么?”

严蕊凝望着天边,忽然道:

“小女子诌一阕《卜算子》献丑……”

岳霖惊笑道:

“真是名下无虚士!”

一边就叫唤远远候着的人们来听严蕊的新词。严蕊已无唱曲意绪，只慢慢吟诵：

不是爱风尘，似被前缘误。
花落花开自有时，总赖东君主。
去也终须去，住也如何住！
若得山花插满头，莫问奴归处……

夹杂在岳霖和同僚们赞叹声中的，是双莲的嚎啕大哭。她这一哭，把翠惜一班人惹得哭成一堆。

严蕊慢慢走出园子后门，脚像在踩棉絮，心中一片空白。

忽然空中悠悠扬扬响起唱曲声。熟悉的《鹊桥仙》曲调，熟悉的秋容姐姐的嗓子，只不过唱的不是严蕊那首，而是前朝秦少游学士的名词：

柔情似水，佳期如梦，忍顾鹊桥归路……

严蕊拖着步子走，脚像踩棉，心如空瓮。

尾 声

四年后，号称精能旷放的唐仲友抑郁而死，只活了五十二岁。

道学领袖朱熹十七年后病死。他那博大精深的理学，此时被明令禁为"伪学"，死得很寂寞。

严蕊不知所终，留下几种不同的传闻。

独有高炳如禄寿俱全。撰《西湖放生记》谄媚权相韩侂胄，文中又错用了典故，遭士林笑骂。入翰林院，参与起草了斥朱熹"伪学"的诏旨。六十七岁时买到一个惬心侍妾叫银花，服侍他十分周到，"又善小唱嘌唱，凡唱得五百余曲；又善双韵，弹得五六十套"；八十岁时年限届满，特书一状详叙她的好处，付她作为凭证，以防子女为难她；见者"为之骇然"。

二〇一五年十一月二〇日重写完稿

九疑烟尘

精卫衔微木，将以填沧海。
刑天舞干戚，猛志固常在。
同物既无虑，化去不复悔。
徒设在昔心，良辰讵可待。
——陶渊明

一

汉阳城酝酿多时的灾祸终于发作了。

连日来满城风传：宁南侯左良玉大人麾下的数十万官兵，即将浩浩荡荡沿江东下，直指不久前成为新京城的南京，旗号是“除权奸，清君侧”。这“君”自然是去年五月在南京登极的弘光皇帝，原先的福王朱由崧。“权奸”呢，不消说指的是那个马士英，他原先是凤阳总督，因拥立福王立下首功，当上了内阁大学士兼兵部尚书。

这类大事，平民百姓管它不了。不论张皇帝李皇帝，老百姓总是打熬着摊在自己头上那一份苦日子。可是左侯麾下的军爷们，却似乎万分难舍驻防多年的江楚重镇，临走必得多留下一些德政，带走一些礼物，才能让三镇的百姓铭记不忘，早就扬言行前要将城池好好梳篦一回。昨天半夜，他们果然动手了。消息从偏僻的城郊，风一般刮到城里。于是乎，偌大一座汉阳城，开始鸡飞狗跳、鬼哭神嚎起来。

大街小巷像是涨了满潮，一阵紧似一阵。人们东街的逃向西街，西街的逃向南街，沿路摩肩擦背，互相乱挤。待到发现更大的人流迎面涌来，又轰的一声扭转头，向来路不顾命地奔去。究竟哪方是安全土，何处可以容身，全都茫然不知，无暇思索。满街只见大大小小五颜六色的包袱，颤颤巍巍的老人，吓得小脸铁青的孩童，怀抱婴孩、携家带口的男女。空中弥漫着一片含糊不清的嘈杂声，宛如盘旋着亿万蜂群。被挤散的老弱、被踩在乱脚下的小儿，狂喊嚎哭之声此起彼伏。有些实在挤不动走不动了的，索性乱找一处屋檐石阶，一家子席地坐下，慰老乳幼，闭着双眼打起盹来，把身家性命一齐交给老天爷去安顿。

时近中午，城中闹市仍然像是一口万蚁乱攒的大热锅。忽然人丛中有人指着天边惊呼，众人跟着望去，只见一根烟柱直冲天空，顶端飘摆，好似一条张牙舞爪的黑鳞凶龙。

“官兵放火了！”众人一阵叫喊，拔脚乱跑。有个老妇直瞪瞪地望着烟柱，忽地两腿一软，瘫坐在地上，伸着脖子干嚎起来。旁边的孩童被这可怖的嚎声吓得打个冷战,大哭着扑进母亲怀中,引得周围几个小儿跟着哭喊。人们不知出了什么事,轰地拥回来;见是这么回事,又呼地各自散开。一个个魂不守舍,仿佛已来到鬼门关,进也是做鬼,退也是做鬼。

可是,这股漫堤人流,渐渐自然而然地觅得了一条渠道,一股一股地汇到一起,流向城西南方向的某条街道。一句话在这些绝处逢生般的人群中悄声传递:

“督抚衙门准许百姓进去避难。是督抚大人何腾蛟亲自下的命令。”

人群肆无忌惮地拥进督抚府,络绎不绝,牵成一线。几名挂刀持枪的守府兵卒,从未见过堂堂督府森严神圣之地,这样被愚夫贫妇们长驱直入,多少次手痒痒地想上前呵斥,可是向半开半掩的朱漆堂门后面瞟上一眼,又只好忍气退后。

那门影里安了一把太师椅,椅上端端地兀坐着督抚府的主人——兵部侍郎兼抚湖广黔郧军务何腾蛟。他瘦削严峻,肤色微黑,相貌比五十四岁的年龄显得苍老。身上,三品朝服穿戴得整整齐齐。

摩臂接踵的人群从大门蜂拥而入,又分成左右两路绕过大堂,流向后园。何腾蛟像是一个入定的老僧,视而不见,听而不闻,连脸上的肌肉都纹丝不动。其实他全看见了,全听见了。这不绝如缕的难民,把他心中那团乱麻越搅越乱、越缠越大。愤怒的心情中,羼杂着一股负疚之感。左军的这次大肆掠抢,除了官军一贯的贪婪恣睢,还包含着对他何腾蛟的报复和威胁。其缘由是他不肯与左良玉一起去南京。前日左侯又一次派人下书,邀何腾蛟同舟东下,讨伐马士英;何腾蛟又一次严词拒绝,并转而规劝左侯打消这一不智之举。当时来人就隐隐然威胁说:

“若是督抚大人执意不肯,左侯便难以驾驭麾下官兵了。”

当时何腾蛟也只好抗声回答:

“若是左侯不以生民为念,腾蛟别无长策,只有与汉阳百姓同死!”

来人去后,何腾蛟心中始终怀着几分希望:以左良玉之老谋深算,当此国运危如累卵之时,轻启内衅,后果不堪设想,谅他不敢轻率举动。再以两人私交而论,他也会认真权衡我何腾蛟的规劝。不料事态竟如此急转直下,以至于不可收拾。

一个精悍汉子揎拳伸膀地挤开人流,快步跑来,匆匆行了个礼说:

“大人!左侯的兵在烧民房了。很多人家墙壁被推倒,大门被撞破,家中洗劫一空。”

何腾蛟点点头,对这个穿便衣的探子说:

“去叫他们把两扇大门完全打开,让百姓快些进来躲避。”

探子应声向大门跑去。

“哼,这算是官军,还是算强盗!”

这瓮声瓮气的咕哝,发自何腾蛟身后侍立着的一个青年壮汉口中。此人粗犷敦笃、额深目陷、皮肤黧黑,像半截古树桩。这是何腾蛟的亲随何七,家乡贵州黎平的一个猎户。因为他膂力过人,行走如飞,性情憨直忠厚,论辈分又是腾蛟远房侄孙,腾蛟的母亲和族中耆老便选定他跟随到任,随时侍候和保护。他刚咕哝了半句,见何腾蛟眼睛朝这边转了过来,后半句立刻被吓了回去,退后半步站定,望着川流不息的人群,右手习惯地伸向腰带,把两支牛角镶银的精美短刀鞘正正。

何腾蛟见何七今天从清早以来,寸步不离地尾着自己,像是在照料一个学走路的小孩,不觉联想左良玉声讨马士英的那篇檄文,开宗明义写道:“马士英者,蛮獠无知,贪狠背义。挟异人为奇货,私谬毒以种奸。”

这“蛮獠无知”,是指马士英为贵州贵阳人,生在“鬼方”“夜郎”之国。腾蛟品味着这四个字,似笑非笑地转身对何七说:

“你晓不晓得,人家看我们贵州人如同野兽一般,贪狠背义,不通情理哩。”

“有一次过江去,那位左小帅还问我,你们家乡是不是真的生吃活人?”

“呵!”何腾蛟饶有兴趣地问,“你是如何答话的?”

“我说:不晓得。没见过。连煮熟吃的也没见过。”

何腾蛟不禁破颜为笑。何七没想到自己老老实实的几句话,能使愁云满面的老主人高兴起来,也跟着咧嘴微笑,心里想:“什么贪狠背义!平素间同你来往的那些大人,我还没见到几个像你这样忠厚让得人的哩!我何七是个葫芦,嘴是闷的,心是空的。”

一群老百姓,人数更多,秩序更乱,哭哭嚷嚷汹涌而来。有人一边跑一边回头张望,被后面的人撞过来,踉跄倒在地上,立即被人群淹没。大家顾不得争吵埋怨,爬起来又跑。

何腾蛟惊疑地吩咐:

"何七,去看看出了甚么事。"

何七紧跑了几步,忽地又踅回来,紧挨着何腾蛟站定,双手捏住腰间的两把刀柄。恰好这时,那打探消息的军士又挤进来喘吁吁地禀报:

"左侯帐下一位将爷,带领一标人马,风风火火地来了。"

何腾蛟咬咬牙说:

"何七,去叫守大门的兵士们出去,帮着百姓快进府……快去!"

估摸着何七已去远,何腾蛟走进督抚大堂,在公案前面站定,铿地拔出腰间宝剑,举起来向咽喉伸过去。他早已提防着左良玉会仗恃武力胁迫同行,所以身穿朝服,腰悬利剑,随时准备殉职。

那剑还未触及颈项,肩后伸出只手来,轻轻巧巧就把宝剑接了过去。那手掌黑如漆、硬如铁,五根手指很短。何腾蛟回头见是何七,皱眉喝道:

"叫你到大门传话,怎么总是缠着我!"

"有人去了。"何七说,"再说老百姓要进来的也进来了。前后花园都挤得满满的。怕有上万人了。"

"越多越好。"何腾蛟点头说。

"大人随我从侧门出去!"

何腾蛟不睬他。何七提着那口剑,也不吭声,就像刚才没发生那回事。何腾蛟索性走到公案后,整理衣襟,端坐下来。何七跟着靠近,直挺挺站在身边。何腾蛟忽然问:

"交给你的大印呢?"

"在。"何七拍拍怀中。

"好!"何腾蛟吩咐,"立即到江边去,雇只小船去南京,找到吏部,把这颗印还给朝廷,就说何腾蛟失职无能,罪该万死……"

何七动也不动。

"快去!"

"太夫人吩咐过,何七生死不离你左右。"何七执拗地咕哝。

"去!"何腾蛟怒喝一声。

何七扑通跪下,紧捏着那口剑,也不回话,也不动弹。

何腾蛟气得一顿足站起来:

"好!你不去我自己去,拿印来!"

何七抬起脸,高兴地说:

"我跟你去!"

何腾蛟跺脚说:

"何七何七,平素间我是怎样开导你的?眼前左侯官兵为我一人而来,你要逼我逃跑,把满城百姓送给他们杀光么?是不是?!"

何七吓得磕了三个头,爬起来拔腿就跑,一边用袖口狠狠揩着眼睛。但并没有忘记把那口宝剑带走。

何腾蛟叹口气,整冠正襟,兀然危坐在大堂上。几个皂隶远远看见,像是要升堂,连忙跑来伺候。何腾蛟挥手叫他们退下。

在不祥的短暂寂静中,何腾蛟无端地回想起黎平南龙山麓,老家前面那一棵浓荫蔽天的古榕,还有树下那口清甜的水井。母亲多次讲过,有人在何腾蛟出生的时候,看见两条鱼,一红一白,从天上飞进水井。但后来再有人看到,就只见井中有隐隐约约的红白光影。所以这口井后来就叫神鱼井。

如今身在异乡,命在须臾,要是能够再喝上一口神鱼井的甜水,虽死也当无憾。

一心等死,死却步履姗姗。阒寂中候了很久,才听见府门那边一阵吵嚷,一阵刀剑碰撞的铿锵之声,又一阵脚步杂沓。接着飕飕几声风响,居然有几支羽箭飞进大堂,有的掉在地上,有的插在柱上,有一支还射进公案的曲脚,颤悠悠地微摆着羽尾。何腾蛟闭上双眼,只是不动弹。

一标兵勇甲胄叮当地到石阶前面,对面站立。一员偏将昂然直入大堂,恭敬行礼说:

“宁南侯爷有请督抚大人。”

何腾蛟睁开眼睛,故意问:

“有甚么事吗?”

“请大人同舟东下,清除朝廷中的奸臣。”

“我已经多次回复过你家侯爷:此事万难从命。”

“侯爷吩咐,”那偏将拱手说,“若是大人执意不愿同行,也不敢勉强,只请江边一叙而别。”

说完，那桀骜的眼光，从空空荡荡的大堂，一直扫向左右庭园。

何腾蛟望望大堂石阶下那支杀气腾腾的军兵，望望庭院里畏畏缩缩的百姓，心一横，站起身说：

“好，我想左侯定不会失信于故人！”

说完，再不理睬那个武将，径自出正堂，下石阶，走向府门。庭园里的百姓呼地涌了过来，夹成一条甬道，默默目送着何腾蛟瘦削的身影。何腾蛟目不旁视，快步穿过屏息对峙的两堵人墙，出了大门，钻进左军早已准备在那儿的马车。车帷低垂，缰绳轻抖，在官兵们的前后簇拥下，马车辚辚地向着江边驰去。

一路上，何腾蛟从车帷缝隙，窥望着满路上凄凄惶惶的人群，不觉一阵悲凉，气涌如山。国事越来越不可问了。

自从清兵入关，李闯进京，崇祯皇帝去年三月十九日在煤山自缢，旋即李闯又仓皇离京，北京陷入清军之手。四月间崇祯驾崩的消息传到南京，正在浦口督师的参赞机务南京兵部尚书史可法会集诸大臣商议奉立新君的大事，准备立足江南，号令集南方诸省之人力物力以抗击入侵的清军，时事尚大有可为。当时，崇祯的几个皇子均不知下落，在淮上避兵的亲藩中，只有福王朱由崧和潞王朱常淓，一个是崇祯的堂弟，一个是崇祯的堂叔。论伦序，福王更恰当一些，但他是个佻挞轻狂的公子哥儿，为人处世全不顾藩王体面，淮安人对他简直毫不敬重。兵部侍郎吕大器、都御史张慎言、詹事姜曰广等几位深谋远虑的大臣，归纳福王有七种不可为人君的品质：贪、淫、酗酒、不孝、虐下、不读书、干预有司。史可法很同意这个看法，并在信函中告诉了想拥立福王的凤阳总督马士英。于是诸大臣遂准备拥立潞王朱常淓。谁知马士英受了那个在天启朝被东林党人攻讦得体无完肤的无耻文人阮大铖的怂恿，执意要拥立同样与东林有宿怨的福王。他们私自联络拥有重兵的黄、高、二刘“四镇”，抢先送福王至仪真“监国”。史可法等人无奈，只得依从。马士英还将史可法所写“七不立”的文字加盖凤阳督府大印，立档收存，用以要挟，逼得史可法自请去淮阳督师，离开中枢。马士英一手遮天，立即率群臣劝进，将福王“监国”称号去掉，正式即皇帝位，以明年为弘光元年。立即起用阮大铖，且不久竟升迁到兵部尚书的重职。而吕大器、姜曰广、张慎言、刘宗周这些忠直宿臣，尽被罢黜排挤。福王当上弘光皇帝，如鱼得水，五月登极，八月便大选淑女，太监们借端肆扰百姓，四出搜巷，见女孩儿便以黄纸贴在额上，挟持进宫。甚至派中使分赴苏杭采访美女，吓得民间匆匆嫁女娶媳，处女为之一空。据深谙宫中内情的人说，虽是清兵压境、国事如沸，那弘光在宫闱之中，整天只是渔幼女、饮火酒，与伶官优人混杂为乐，朝事一概交给马士英，哪有丝毫卧薪尝胆的气氛，倒像他御临的是什么升平盛世……

“快些！”车外传来那员武将的叱喝，“侯爷要等不及了。”

几下鞭响，马蹄声匆忙起来。

“左良玉等不及了？马士英、阮大铖固然是祸国殃民的败类，但骄横成性的左良玉这样逞性妄为，不顾大局，对国家真有裨益？今日左侯挥师东下，马士英必然调四镇相对垒。内衅一开，清军势必乘隙而入，局面就不堪设想了。这不是唯恐自己败亡之不速吗？”

何腾蛟感到自己像是一个随着舢板颠簸的水手，眼睁睁望着自己赖以生存的大船在面前慢慢沉没，惊心动魄，却一筹莫展。

车到江边，何腾蛟掀开车帘，只见沿岸迤逦排开无数舟船，大大小小，风樯如林，楫篙栉立，黑压压不见首尾。那偏将策马来到车前，请何大人下车。

“不消。”何腾蛟警惕地说，“请左侯前来叙话罢。”

偏将拱手：“还是请大人下车。”

何腾蛟冷冷地坐着。

“请何大人下车！”

一路簇拥而来的那队兵丁，以及周围闲散零乱的一些官兵，渐渐围拢过来。何腾蛟皱眉问道：

“你等想怎么？”

“不敢！”偏将躬身说，“只请大人登船。”

何腾蛟勃然伸手去抓腰间宝剑，发觉只有一支空鞘，却也顺势握住。那偏将扑通下跪，带着哭腔说：

“小人怎敢在督抚大人面前造次？只求大人登舟船，我等能向侯爷复命，便感大人的恩德了。”一边连连叩头。紧接着，那伙军士也纷纷跪下。

何腾蛟看出左良玉挟制自己同舟东下，是志在必得。如今进退维谷，岂能受辱于这些只知服从差遣的兵卒。不如给他们一个方便，摆脱纠缠，上船去与那左良玉当面争辩；纵然要死，横尸于那位跋扈将军面前，也多少叫他生几分愧怍。于是缓缓站起身，跨出车子，整衣说：

“好吧，不为难你们。我找侯爷说话。”

“感激大人怜悯。”

军士们纷纷叩头起身。

何腾蛟跟着那员武将走向一艘楼船，老远便看见舰首悬挂着一块高达丈许的木牌，上端四大黑字是“奸党罪状”，下列马士英、阮大铖等姓名，姓名下各附小字，必是各人罪状。看来左良玉就在这艘船上。

一行人沿着弯来拐去的搭板，愈走愈高。一直到船舷附近，何腾蛟才发觉离那大楼船已更远，上的却是另一只较小的桅船，便停住脚步问：

“左侯是在这条船上么？”

“是。”身后有人答声，并搀着何腾蛟稍一用力，一齐登上了这条船。

几乎同时，舟子们立即撤了搭板，伸桨抵岸，船头慢慢转向江心。何腾蛟霍地转身喝问：

“怎么开船！左侯在何处？”

没有人答话。

这才发现，那员武将已不知何时躲开去了。另外四个军士，全身甲胄，手扶腰刀，不远不近地守在船舷边。

何腾蛟又习惯地伸手去摸宝剑，随即想起剑已被何七带走。没想到左良玉真能这样背信弃义！何蛟连连冷笑两声，便负着双手，面对着滔滔江水发起怔来。

“江上景致，真真是妙不可言——”

一个抑扬顿挫的声音响起来。何腾蛟转脸一看，认得是左良玉幕中一个清客，常陪着左侯与何腾蛟喝茶下棋、谈诗品画，但急切间记不起姓名来。

“云从公别来无恙！”老头长揖到地。

何腾蛟也不还礼，冷冷地将脸扭开。那老者跟上两步，伸出手臂遥指江景，拖声曳气地吟道：

“山川形胜，已非畴昔……”接着压低嗓门，急促地说，“左侯身患重病，今日之举，都是小爷与那位黄御史一手策划……”

何腾蛟这才恍然省悟。不消再作解释，他已将此事的来龙去脉弄清楚了。

那马士英拥立福王，乃是依靠江北四镇——兴平伯高杰、东平伯刘泽清、广昌伯刘良佐和靖南伯黄得功的兵力，而爵位兵势都在四镇之上的宁南侯左良玉，却全然未得预闻。左侯对此举猜疑懊怒，儿子左梦庚及帐下诸将更是恼忿不平。当福王监国的诏书送到武昌时，左良玉便迟迟不肯奉读，部下甚至有人劝他率大军东下干预。何腾蛟内心也赞成史可法等大臣“立潞不立福”的主张，但福王监国既已成为事实，只有顾全大局，不能为此酿成内讧，给正欲大举南侵的清军以可乘之隙。于是，不顾周围人的劝阻，只身带着何七，从汉阳前往武昌，想以多年的交谊劝导左良玉，提醒他，社稷安危在此一举。并暗中下了决心：如左良玉一意孤行，拒不奉诏，拼着一死相殉。幸亏到了武昌，左良玉已接到九江总督袁继成劝他接诏的书信，帐下正纪官卢鼎也力谏他奉诏接旨，再见何腾蛟也是如此主张，这才按礼仪奉诏开读。随着文武百官论功晋爵，左良玉加了个“太傅”荣衔。但内心一直为迟不奉诏的事暗自疑惧。

最近，马士英一再克扣长江上游诸镇的军饷。前几日京里又突然派了大批缇骑，闯入左营，要捕拿上疏参奏马士英“十大罪可斩”的御史黄澍进京。当时黄澍正与左良玉的爱子左梦庚总兵一起操练军士，左梦庚当下仗剑将京使杀死在点将台下。左良玉深恐新账老账一并发作，干脆采纳儿子和黄澍主张，上疏参斥马士英为奸臣，并刻印了声讨马士英的檄文，昭告远近，遂一步步发展到指日进逼南京的举动……

何腾蛟想到这里，又生出一个疑团，低声向那个清客问道：

“话虽如此，莫非左侯连自家儿子也不能驾驭了么？”

老头瞥瞥左右，凑近何腾蛟，有气无声地说：

“不瞒老大人，左侯已昏迷两日，命在垂危了……”

“哦——”何腾蛟心中一阵黯然。想提出要过舟与这位故人作一次诀别，可是又知道绝无可能。记得当初，以史可法大人“何腾蛟甚有边才，亦为左帅所服”的荐语，得拜为佥都御史巡抚湖广时，许多亲友纷纷劝阻他莫来就任。因为众所周知，左良玉多年拥重兵踞远镇，坐大豪横，过于诸镇之上，几次纵兵潇湘汉沔，上下数千里，所过之地无完舍。亲友们担心何腾蛟严正峻急的性情，代朝廷监督左师，难免招致祸事。何腾蛟当时说：

“国家养士设官，原本就为的是救倾危之急，怎么能临事畏死呢？不论那左帅是甚种性情，我但知衷诚相待、心无偏私，他又能把我怎么样？”

到武昌后，左良玉渐渐看清何腾蛟的为人，很快消释了戒心，相处倒还融洽。前几天，何腾蛟还专为所谓“清君侧、除权奸”之事，去信向左侯反复申明大义，不见下文。殊不知他已一病不起了。

事已至此，还有什么好说。何腾蛟向老者点点头说：

“多谢指教，老先生请自便吧。”

老幕僚似乎有兴致要与何腾蛟纵横畅叙的，但见他神色这样冷峻，便局促地说：

“是！是！只是小帅指派学生奉陪老大人闲话，若是骤然离去，只怕启其疑窦，反于老大人不便……”

何腾蛟一想也对，不觉有些歉然，便拱手道：“那就劳累了！”

从此，何腾蛟自顾扶着栏杆，望着滚滚起伏的江水动心思，一连两三个时辰再没说过一句话，咳一声嗽，就连身子也没移动一下。把那个清客尴尬地晾在一边。

古谚说：“入山泉水清，出山泉水浊。”竟是丝毫不差。看这不尽长江，诚然是磅礴至极了；而水色浑浊，终不及家乡的山中水，一碧如染，澄澈如空无所有，那样可爱，使人对之忘忧。

何腾蛟倚栏俯瞰滚滚黄流，漫无边际地遐想着。天光一层层渐次转向幽黯，了无痕迹；置身其间的人，竟丝毫也不觉察。天风逐渐料峭，吹得江面浪涛翻动、瞬息万变；双眼盯酸了，也捕捉不住一个容你逼视的形象。忽然,几团漩涡卷起一道弯曲如线的细流,泼剌剌掣动几下,倏地消失无踪,活像一条野悍的水蛇。

腾蛟心中一动,电光石火般联想起小时候在家乡南泉山天香阁读私塾时,有一次独自在小路上遇见的那条大蛇。它盘踞在路中央,昂起了半截身子,张着比脑袋还阔出一倍的血嘴,像根树桩般拦住去路。自己心口怦怦乱跳,几次想绕道,但心中又不服气。最后横下一条心,冷笑说:

"我何腾蛟堂堂男儿,总不成从你禽兽虫豸胯下爬过去吧!"

说着也把右脚抬起,像在与蛇头比高。心口咚咚地敲出了铜鼓般的声音。准备着如果那长虫作势咬人,便将脚狠狠地踩将下去。

那条蛇转动着扁头,闪动了几下舌信,两只似盲似瞽的眼睛老大,却没有丝毫光泽。僵持了会儿,它嗒然软伏下来,向路边草丛逡巡而去。腾蛟回家,得意扬扬地向母亲说了一遍,吓得母亲一边念佛谢菩萨保佑,一边絮絮叨叨责怪他不该如此顽皮好胜。长大之后,想起此事,也为当时的幼稚气盛感到可笑亦复可喜。

何腾蛟想着,偶然向南边抬起眼睛。这才发觉烟波迷蒙、暮霭沉沉,无数水鸟仓皇低徊于水面,聒噪不已。他吃了一惊,责备自己:怎么还在因循!越往前走,便越身不由己,莫非真要卷进其中,做千古罪人么!他开口问道:

"请问这是什么地方?"

那个在一边陪站得摇摇欲坠的清客露出欣慰的笑容,恭谨地回答:

“老大人,这里是杨逻镇。”

“杨逻镇。”何腾蛟点点头,心中向最景仰的一位当朝大臣史可法暗祷:

“阁部大人! 腾蛟失职无能,辜负了大人的谬奖上荐,就此别了! 大明中兴事业担在大人肩上,万望多多珍重……”

接着暗向继母孙太夫人告别。这才慢慢回过身来,威严地说:

“有饭食么? 本督饥饿了。”

“有有有!”老清客连声答应着,向那边几个守军跑去,一边大声嚷,“快给督师大人排备饭食。”

几个军士见半天来泥塑木雕般的何大人突然活动起来,也都松了一口气,连声向舱底吆喝。何腾蛟乘机纵身跃出栏杆,一手抓栏柱,站在船沿大声骂道:

“我何腾蛟堂堂封疆大臣,岂能跟着乳臭小儿误国误民!”

那几人目瞪口呆,不及反应,只见何腾手一松,跳进了滚滚大江。四个军士回过神,冲过来趴在船舷上望下去,只看见一蓬雪白的浪花从天空慢慢洒回江面,浅黄色的江水深处,骨碌碌冒出一大片亮晶晶的水泡……

四人瞠目结舌,全惊呆了。老清客连连顿足:

“小帅吩咐过,何大人如有闪失,你几人定斩不饶,还不赶紧打捞!”

几人一听,更加丧魂落魄,扑通往水里跳进去三个。剩下一个愣了一阵,也一跃而下,投入汹汹的江中。

老清客跌跌撞撞走到船舷边，但见浩渺的长江若无其事地滚滚东去。江水中再也见不到一个人影。

二

黎明前，一块磨损了边缘的明月，照耀着通城涞澌村外的郊野，一片寂然。偶尔远墟一阵犬吠，两声鸡啼，更透出几分荒凉和凄惶。

一支火炬，飘飘忽忽地沿着驿道过来。橙红色的火焰照出一个疲惫不堪的年轻人的身影，他吃力地搀扶着一个左足扭伤、跛行艰难的青年。这青年更是一副心力交瘁的神情。带路的是一个富态的中年人，他见青年在黑糊糊的路上被坑洼绊了一下，疼得嘴痉挛，忙吩咐手执火把的老仆人：

"照拢些，照着先生的脚下。"

老仆连忙凑近青年，略略斜着火把照近些。

青年抬起布满血丝的眼睛抱歉地说：

"我二人与黎先生素昧平生，今天下午冒昧登门拜访，不但蒙尊驾盛情款待，还要劳动尊驾亲身相送，真不知如何感谢！"

"小事一桩，莫要放在心上！"中年人挥手说，"出门人事事艰难，你们到了涞澌，不找我这种地头蛇，还靠谁去？"

这话把两个客人也逗得破颜为笑。

"只是我们……"另一个客人也开口说话，立刻被主人岔开。

“二位既是奔着我黎时生一点虚名而来,就一切尽在不言之中了。但放宽心吧。”

两人见他说得剀切,便不再言语,专心赶路。寂静中只听见几双鞋子擦地的声音,和青年粗重的呼吸。

又走了几里路,前面隐隐传来一阵笑语嘈杂。朦胧夜色中闪现出两对纱灯笼的黄色光焰。接着,又出现了幢幢的人影。

黎时生站住凝视了一会,低声道:“县太爷!娘的……”

两个过路客人不觉对视了一眼。黎时生沉吟一下,轻声安排:“走我们的。不用怕,有我在。”

两人又惊疑地对视了一眼。手无寸铁,偏又冤家路窄。青年狠狠点了下头。

两行人逐渐走近。对面那帮人也在惊惧地向这边打量。黎时生抢前几步,拱手大声说:

“哎哟!老父母怎么这样辛劳……”接着招呼另一个人,“唐将爷亲自陪着太爷呀!”又对后面随行人等连声寒暄:“诸位辛苦辛苦!”

那位将爷也笑着答话:“原来是时生!这么早,急急慌慌往哪里去呀?”

“我这位老弟把脚扭了,送他去治治。”黎时生见那边两人不住打量这边两人,但若无其事地往下诌:“真真是读书人无用,大老远来看我这当哥哥的,还没进家先伤了脚……咦!将爷怎么不认识我这两个兄弟了,你们不是还一桌子喝过酒么?”

唐将爷眨着眼睛,抱拳道歉说:“久违久违,恕我眼拙了!”又扭头向黎时生笑着解嘲道:“满天下都是你的拜把兄弟,每次去你庄上都是高朋满座,哪里记得清这许多人。”

黎时生大笑拱手:“好,忙着赶路,改日请老父母和唐将爷到庄吃狗肉!”

两行人作揖拱手好一阵子,才依依别过。走不多远,黎时生挤挤眼睛问:“怎么样?”

“黎兄胆略过人,”青年说,“佩服之至!”

“甚么胆略,我是粗莽惯了,常与他们胡乱说笑,所以说甚么他们也不会生疑。”

说话间天色渐渐亮了。来到关门之外,两人又有些忐忑,谁知黎时生与那几个更是相熟,上前招呼,大声笑骂几句,便从轧轧开启的关口闸门中昂然而过。

又走了十来里路,黎时生指着前方说:

“这里是平江县境,已属大明天下了。前面再没有风险,恕我就不远送了。”

“黎兄此恩此德……”青年双手握住黎时生,激动得不知如何措辞。

黎时生乱摇着被握住的手说:“谈不上!谈不上!只是到了这里,我却想请教二位高姓大名了。”

“学生蒙正发。”青年说,“这位是陈王言。实不相瞒,我二人是去长沙投奔何腾蛟大人的。”

“我早已看出你们是两位起义出亡的志士，”黎时生说，“一直不敢动问，是怕两位起疑心，仓皇离开，招来祸事。”

蒙正发不觉曲下单膝，向黎时生行了个礼。黎时生还礼不迭，嘱咐老仆说：

“你一定要把两位先生送到县衙，见到接待妥帖了，才准回来。”

那个木讷憨直、走了一个通宵没吭过声的仆人，连连点头。两人推谢了半天，黎时生连说不妨事，催促二人赶紧上路，这两交界两不管的地带，不准会出什么意外。

蒙正发扶着陈王言走了一段路，回头见黎时生还站在晓色之中，向这边眺望。想起与王言从摩旗峰觅小路走通城，在大雪中夜行昼伏，三日三夜不得食的艰难状况；想起偶然从路人口中听到黎时生的名字，冒着大险前去造访，才说了几句话，就承他引入后堂暖室，先吃了一顿热粥，设被褥安顿歇息，饱饱睡了一场。醒来便见摆开了肴馔，主人大杯斟酒，频频劝箸。到了黄昏以后，更亲自护行，排险解危……心中暗叫一声侥幸！只可惜迫于情势，临分手时虽也通了姓名，却未能将自己的种种尽行告诉这位萍水相逢的恩人，真是憾事。

“圣功，走快些！”陈王言说。

蒙正发这才发现那个老仆已闷着头直愣愣走出老远了。

频年战祸，民不聊生，一路非但见不到什么商旅估客，即便农夫村妇也绝少露面。蒙正发感慨地说：

“这条路我多次走过，熙来攘往，热闹得很。曾几何时，竟然萧条成这种模样了。”

陈王言点头说："这些日子，心中总是回旋着几句唐诗，道是'日暮苍山远，天寒白屋贫。柴门闻犬吠，风雪夜归人'，就像是如今的写照。"

"风雪夜归人。"蒙正发苦笑说，"你我虽风雪奔波，却是无家可归。"

两人一路嗟叹，远远随在那老仆后面，踽踽而行。走了三十来里路，那老仆忽被一标人马拦住盘问。蒙正发远远望见那十多个军士，分明穿戴着大明衣冠。心中一热，踉跄赶上前去，粗略说了情况。带头的将官一边听，一边打量两人，又细细诘问一遍，这才拱手说：

"末将是太仆章公帐下标将何一乾。二位既是历经艰难而来的义士，就请一道进城，见过副总兵万大鹏将军，再从容商议吧。"

当下叫兵士匀出两匹马给两人骑了，又带着那个老仆，一同进平江县城。来到县衙，蒙正发见到那位魁伟黧黑、须发如戟的万大鹏，不觉酸泪夺眶而出。

"两位先生便是在武昌倡义复城的义士么！"万大鹏亲自扶着左脚受伤的蒙正发下马，一边说，"等我们闻讯赶去援救，已来不及了。"

"只恨乱中逃跑了一个教官周生文，到省城报禀，清兵立即赶来，我们本是乡勇凑合之师，顷刻土崩瓦解。"蒙正发说，"除了我二人脱难，家叔济五先生和起义诸公，尽都被清军执去了……"

"抗击寇仇，便死也值！"万大鹏大声说。

黎家老仆过来告辞。两人一再感谢，万将军又叫人取了许多干粮给他。

万大鹏挽着两人，就像提着两件衣裳似的，几步就上了石阶，走进正堂，一迭声叫摆酒为两位义士洗尘。兵卒们赶快搬出杯盘碗箸。万大鹏将一酒杯拈在两根粗黑的手指中间，捻了两下，一使劲使捏成几块碎片，大声笑道：

"喂雀儿的家伙，洗得什么尘，压得什么惊，取大碗来！"

长沙府衙宽敞的花厅里，顺四壁摆设的檀木太师椅坐满了人，大多是文官袍服，也有两个甲胄半卸，露出来新新旧旧的战袍。大家怀着不同的心事，注视着大难不死的何腾蛟。

何腾蛟刚开口说了一句"召集诸位大人议事"的话，一阵马蹄、车轮和鸾铃之声，从大门那边一直来到庭前石阶之下，方才停住。

何腾蛟停止讲话，眼光注视着门外。不一会，何七带着一个风尘仆仆的汉子匆匆进来。来人高拱着手，昂然越过众人，径直走到何腾蛟身边，小声说："请大人别处讲话。"

何腾蛟向众人说："请各位稍候片刻，腾蛟去去就来。"一边同来人快步转入另一道门去。

众人惊诧地窃窃私语起来。原沔阳知州、现任太仆寺卿兼管监军道事的章旷，向着从内室退出来何七张望。何七知道这位章大人是家主最倚重的人，就在经过他身边时，小声说了一句："南京来的。"

章旷微微颔首。南京来的，行色这样匆忙，神色这样严峻……心头浮上一缕不祥的感觉。

等他回过神来，听见众人已把话题扯到了一个多月前何腾蛟入水不溺的奇迹，七嘴八舌，议论感叹。

“试想大江之中漂流十余里，而得不沉，若非天助，岂是常情常理可以解说明白的么！”

“况且救起之处，恰恰是关云长关壮缪侯庙前面，岂是偶然！”

“况且搭救何公的渔舟，转瞬就不知所之了。”

“况且随着跳进江水的那几员左营军将，竟无一人幸免，这又如何理喻？”

“天助！天助！别无他说！”

章旷拈着稀疏的胡须听了一阵，见谈锋稍敛，才火上添薪地说：“诸公所说，诚然都是奇事。但奇中之奇的，却还没有说到。”

众人果然动容，纷纷请章旷快说。章旷指着侍立在屏风旁边的何七，不紧不慢说道：

“最奇的是何公这位贵介，受何公差遣，身揣大印，从汉阳单身出走，准备去南京将大印交还吏部。偏偏那船也到了关侯庙前竟靠了岸，主仆相逢。这是天下第一等奇事吧？”

众人啧啧称奇，哄然叫何七详细谈谈。

何七黝黑的面庞涨得通红，讷讷地说了一通。乡音本就难懂，却越说越急，只听见一串单音，全然不知所云。众人相顾哈哈大笑。章旷含笑说：

“何七这位壮士，步行如飞，登山如同猿猱，对何公忠心耿耿，唯独欠缺一点口齿。诸公且饶了他，让学生代叙吧。”

章旷不慌不忙地将何七告诉他的经过，讲述起来，有条有理、绘声绘色。不仅在座诸人,便是何七本人也听得入神,随着章旷的叙述,时而眉飞色舞,时而出声憨笑,倒像是在听别人的故事一样新鲜。心中对章大人简直是五体投地。难怪家爷如此器重他!

原来那日何腾蛟赴水之处,水深流急,浮力本来就大;加上一身宽大绵密的丝绸朝服,一时不易透水,腰间那支剑鞘又将衣襟顶起一块立在水面。何腾蛟从小在家乡清水江中嬉水弄潮长大,在水中不觉手足自动,便这样半沉半浮,顺流而下。关侯庙前是片沙滩,漂到这儿,自然搁住了。至于那几员左营军将,一身铁甲紧缠,宛如镣铐捆缚,只能是在劫难逃了。

那天何七来到江边,岸上混乱不堪,人心惶惶。加上语音难通,出了几通大汗,才算雇到一只小舟,耽搁多时,出发反在何腾蛟登舟之后。小舟在满江兵船之间,只敢沿着岸慢慢漂行,有时还得暂时停泊,让兵船过身。到了关侯庙前面过滩时,看见岸边围着一群闲人,在那里肆无忌惮地高声议论,一只挡在他们前面的小船上的艄子,从人丛中挤回来说,江中冲来了一个大大的大官儿,现躺在沙洲之上,因此十几只过船都停下观看,不得前进。何七跟着船夫上去看热闹,发现竟是家爷。这时何腾蛟正被几个谙熟救溺的水手按摩推拿,渐渐苏醒过来,听见何七一阵密雨狂雹般的呼喊,睁开双眼,主仆四目对视,恍如隔世重逢。

闲人们一听主仆对话,原来溺水之人竟是督抚何大人,又是在大江中漂流了数十里不沉,不禁咋舌惊呼。待何七服侍腾蛟去后,这桩奇闻便不胫而走。人心好奇、“三人成虎’,传闻越传越奇,说是何腾蛟入江不沉,一直觉得似乎有人掖肘而行;或说是有一渔舟将何大人救起后,倏然不见踪影;有人甚至说亲眼看见一只硕大无朋的巨鳖,在汹涌的波浪中浮沉如小岛,驮负着何公上岸,还回身三稽首,才慢慢沉入江心云云……

这些奇谈怪论传到何腾蛟耳中,他不禁发笑,还要澄清。章旷私下劝阻道:

“这些传闻虽属无稽荒诞,但于人心向背却往往能收意外之功。古人伪造图谶神迹者比比皆是,何况这是民间自动传说,可谓千金难致,于我大明抗清中兴,有益无害。”

何腾蛟觉得这话大有见地,只怕越传越神,未免令人难堪。

章旷说:“这有甚么!大人只须不闻不问就是了。”

何腾蛟果然一笑置之,不再过问。章旷却只要碰着机会,就不着痕迹地议论一番。

何七在一边听得手舞足蹈,心痒痒的,忍不住又讷讷地说了一大串。章旷与他日益熟稔,颇能听他的言语,就代为解说道:

“何七说,何公旧居门前有口水井,那年何公诞生前,有一对红白神鱼从天上落进井里。何公生后便不见了,但见井中光芒潋滟。乡人都说何公是神鱼转世,将那口井唤作神鱼井。神鱼入水,当然是不溺不沉。”

众人哈哈大笑,抚掌称赞何七说得好。

长沙推官吴晋锡道:“何公的这桩异事,着实感动了不少人。学生标下就有许多兵丁传说:此间百姓都谓何公忠诚感动上天,因此纷纷来投何公麾下。”

“是有此事。”章旷证实道。

督学道堵胤锡说：“所以孟子说天之将降大任于斯人，必先使其经历种种非常人可遇之磨难。要不，怎么成就大事业呢！”

章旷点头说：“讲得好！何公大难不死，足见上苍不弃大明，中兴可望。”

密室里，那位从南京星夜逃出来的客人，给何腾蛟带来了最坏的消息：新都南京已被清军攻陷，坐上龙位不到一年的弘光皇帝下落不明。

何腾蛟心口一阵咚咚狂跳：原来近日的传闻竟是千真万确的。乱世谣言多，他一直不敢贸然轻信。

“真是不堪回首！”南京来客感叹，“清军围住南京时，各道城门紧闭，宫中召集内官问计。内监赞周公公力劝万岁亲征，说得痛哭流涕，皇上只是不作声。挥散内官后，照样拍曲宥酒，作乐到二更时分，才听人来报信，马士英和阮大铖已经押着金银细软逃之夭夭了。”

“怎么？马、阮居然扔下圣驾，自己逃跑？”何腾蛟大吃一惊。

“后来听说，清兵到龙潭的当晚，马士英府邸外就拴了二百多匹马，驮着金银珠宝；保驾的弓马兵有五百人，每人赏银三十两……他是早有准备的了。”

“该杀！该杀！”何腾蛟连连击着茶几。

“等皇上大梦初醒，带着太后、皇妃从通济门逃走时，万乘之尊，身边竟只有韩赞周、卢九德等几个亲信太监追随，十多匹骡马上路……”来客看看左右，小声说，“不是我忘了臣子的身份，在何公面前放肆，这位福王，实在是扶不起的阿斗！”

这样大不敬的话，何腾蛟听了吓一跳，但立刻承认这话虽然越了礼度，却是驳不倒的事实。马、阮贪图自家富贵，拥立这种昏庸之主，将国家推向了万劫难复的深渊，实是罪不容诛。如今，天下安危，尽系在史可法一人身上了。想到这里，连忙问：

“史阁部是否已经挥师勤王？”

客人瞪着眼睛说：“怎么，何公还不知道，史公已在扬州殉国了！”

“什么！”何腾蛟感到一阵晕眩，全身鲜血涌上头颅，冲击得两个太阳穴突突地跳。

客人的声音似乎来自很远的地方，似乎隔了一层厚厚的帘幕：

“就在清兵南下，史阁部向朝廷报警的时候，马士英居然大笑，说这是史公的妙计，先造危言，以便年终时多算军饷费用，叙功奖拔将领。并且立即擢升卫胤文为兵部侍郎，去高杰营中督师，分散史公权柄。史公日益调遣诸镇不动，只有束手等待清军来犯。何公！清军攻陷扬州后，屠城十日，扬州城几乎没有了活口。满街尸骸成了狗食，家犬吃成野狗，两眼血红……”

何腾蛟气涌如山，手足颤抖，来客不敢往下讲，忙换个话题说：

“那边还有人等着何公，学生就不多打扰了。”

何腾蛟缓口气，站起身来：“一路劳顿，好生歇息一下。夜间再与先生长谈。”一面呼唤来人，给客人安排住处。

何腾蛟匆匆走进花厅。众人见他脸色阴沉，忙停止谈论。何腾蛟站住，低声说：

“刚才得到确讯，南都陷亡了，圣驾不知下落。”

众人面面相觑。有几个习惯性地站起来，面向北方，表示惊恸。何腾蛟接着说：

“阁部史公，在扬州殉国！”

大厅像掠过一阵狂风，发出一片情不自禁的惊叫。

“腾蛟无才渎职，未能劝阻左镇大军东下，以致马士英尽调刘良佐、黄得功、刘孔昭等诸重镇与左梦庚对垒，淮扬防务一空，才令清兵得以趁隙南侵，破扬州、陷京城，致使史公殉国，圣驾蒙尘。”何腾蛟沉痛地说，“我上负天恩，下误黎庶，罪孽深重……”

“何公言重了！”章旷抗声说，“权奸误国，大将跋扈，将好端端一个南北对峙的局面，弄到了难以收拾的地步，他们才是千古罪人！何公为此几乎以身殉职，何责之有？”

何腾蛟摇头说：“想起史公的知遇之恩，真觉五内如捣！”不觉声音哽咽，掉下泪来。

“学生斗胆说一句话，”章旷站立起来，对着众人道，“史公之死，固是千古遗恨，但是更将千古流芳！”

众人连连点头。

章旷继续说：“而马、阮奸党之真面目暴露于天下，树倒猢狲散，又安知不是天意要使我大明国运借这个转机而中兴，否极泰来呢？”

何腾蛟见章旷英气勃勃的神采，慷慨激昂的言辞，精神一振。他忽然意识到，章旷说得特别用力的那句“树倒猢狲散”，似乎不单指着马、阮奸党,而是包含着更深的意蕴,包括了那位“扶不起的天子”。难道真是上天要借此纠正马士英拥立的大错,国事会出现一个“山穷水尽”后的“柳暗花明”么?他忧喜交集,像是长夜如磐,漆黑中却透出了一丝光亮。他忙从袖口中抽出一卷纸,大声说:

“腾蛟草拟了一道出师檄文,今日就是请诸公来议。如认为可用,就火速刻板刷印,广颁天下,克日出师……”

章旷接过檄文,先默读了几行,出声朗诵:

“悲哉!时至今日,成何世界,胥于禽兽矣!”到此便读不下去了,嘴唇颤抖,一对泪珠扑簌簌掉落下来。

何腾蛟心中一热,大声道:“诸公!兵家五个字:战、守、死、走、降。以今日局势,战与守无从谈,又无处可走。降么,且不说剃发梳辫、毁弃衣冠,义所不忍;单看那些降将二臣所受的摧折凌辱,又岂是人所能忍!”

大厅里一片死寂。何腾蛟环顾四周,接着说:

“然则只剩了一个死字!古人说:死士一万,横行天下。我们又何止十个一万、百个一万!不过是拼着七尺之躯受些苦寒磨难罢了。但能舍生忘死,无往不济,复君父之大仇,雪同胞之大耻,昭家国之大义,那么这七尺躯壳又何曾死呢?或是毁形昧心,虽生犹死;或是义无反顾,虽死犹生。诸公,抉择便在此日此刻!”

何腾蛟高拱着手,喉咙一阵梗塞。座中有人发出啜泣,后来变成了一片压抑的哭声。章旷拔剑在手,扬声说:

“国脉危如游丝,刻不容缓,今日我等唯何公马首是瞻!”

满屋文臣武将纷纷离座,杂沓响应。

“好!好!”何腾蛟瘦削的脸颊颤动着,半晌才发出声音,

“大明尚有南天半壁,中兴大业还尽有可为。古人说中原逐鹿,不知鹿死谁手;且待诸公大展身手,驱赶虎狼之敌,恢复祖宗江山。如今虽然史阁部已殉国,左侯也早已病死舟中,左梦庚等人降了清军,但湖、楚、粤、桂、川、黔、滇南,还大有回旋之余地。腾蛟不敏,愿与诸公同心勠力!”

章旷大声吩咐何七排备香案。众人跟着何腾蛟,鱼贯来到正堂,对着香案跪下。何腾蛟上香叩头,朗声祝告:

“我等盟誓:以身许国,勠力中兴!若负此誓,天地不容!”

众人齐声响应,叩了头,起立就座。重新上茶后,何腾蛟说:

“恢复大业头绪纷繁,事务鞅掌,这兵士、车马、舟船、粮草以及学政等项,都需有人各任其职,各负其责。”

众人齐声赞同。经过一番推举商议,很快安排停当:

督学道堵胤锡摄湖北巡抚,长沙道傅上瑞摄湖南巡抚,章旷为总督监军,周大启任督学政,副使严起恒督二郡军食,长沙推官吴晋锡摄郴桂道事。文武将校,各任有差。

年余以来,国事日非,政事日弛,座中诸人久已没有这样郑重议过事。今天见何腾蛟主持得庄敬严谨,有条不紊,都平添了一种欢欣奋发的情绪。堵胤锡呷了口茶,笑道:

“万事齐备,只欠东风了。”

众人刚把脸转向他,又听章旷在另一边笑道:“这阵风,由学生去

借。”

众人又把脸转向章旷。傅上瑞纳闷地说：

“你二位葫芦里卖的什么药？”

两人笑而不答。何腾蛟也笑着端起茶碗说：“两位大人想是指的集调黄朝宣、张先壁、刘承胤几位将军火速来长沙，克期举兵。”

傅上瑞愣怔一会，恍然说：“对极！若无他们带兵打仗，说甚么御侮、讲甚么恢复！是当得起‘东风’二字！”

众人望着他摇头晃脑的样子，忍不住笑起来。何腾蛟对章旷说：

“于野！这桩大事，就要劳驾你了。”

章旷欠身说：“职分以内的事，岂敢玩忽！燕子窝的黄朝宣、溆浦的张先壁两处，学生亲身前去，面喻大人的号令。武岗的刘承胤处，大人下封文书，着他火速前来，也就是了。”

何腾蛟思忖了一下。这位驻扎在武岗的副总兵刘承胤，原是一个小校，孔武有膂力，绰号“刘铁棍”。因打仗剽悍忘命，受到何腾蛟的关注，几次荐引，逐渐升迁上来。因此对何腾蛟十分敬畏，见面总是称呼“恩师”，自称“门生”，关系不同于另外两员总兵。与他下份文书，可免章旷接连奔波三处，耽搁时日，便点头同意了。

所议之事已然完毕，但诸人因情绪振奋，都还兴致勃勃地不肯散去。有的围着何腾蛟亲拟的那份檄文，摇头击掌地一唱三叹；有的在慷慨高论：待各路兵马调集来后，何处可列阵，何处宜埋伏，何处水战，何处陆战……

何腾蛟在厅堂中踱来踱去，感到士气激昂，民心可用，冲动地举起两只袍袖，大声喊道："诸公请再听腾蛟一句话！"

众人连忙安静下来。何腾蛟说："诸公俱是王佐之才，当国家不幸至此境地，腾蛟得与诸公同舟共渡，欣慰至极！唯愿我等都时时以社稷民生为念，同心协力以图恢复。"

众人纷纷称是。何腾蛟接着说：

"但看左侯，逞一时之愤，轻率东下，便铸成千古大错，亡都丧君、毁损了史阁部这样的股肱大臣，莫可追悔挽回。今日河山日蹙，国力日薄，我辈万万不可再蹈覆辙，成为千古的罪人。"

众人连连点头。堵胤锡大声说："何公语重心长，我等都要牢记！"

忽然外面传来一阵骚乱，夹杂着怒骂之声。众人相顾愕然，纷纷要出去看究竟。章旷拦住说："诸公还请议事，学生去看看。"

还未走下堂前石阶，就远远望见府门那边，门卒正抡起白头棒往地上乱敲，阻止一个人闯进来。那人却不顾身上头上挨了许多下，左冲右突，硬往里闯，口里还不住詈骂。

章旷大步跑过去，那人远远望见，更是发狂也似的喊道：

"我辈遵照督师大人之命，举义抗虏，不惜家破人亡，冒了千辛万险才投奔到此，怎么督师辕门竟远于万里么?!"

章旷见是一个青年书生，形容枯槁，满面悲愤神情，言语怨懑，连忙喝退门卒，上前拱手为礼："粗鲁之辈，先生不必计较，请……"

书生还了个礼，昂然而入，也不向章旷说话。章旷也不发问，陪他一直走完甬道，便见何腾蛟站在正堂门外，向这边张望。

书生一直走到石阶前，见何腾蛟直盯住他辨认，便长揖到地，抬头苦笑说："督师大人别来无恙！不识得武昌蒙正发了么？"

何腾蛟怔了怔，快步跑下台阶，拉住蒙正发，领入正堂，一边向旁观的众人说："诸公请来见见武昌蒙正发先生，腾蛟的故人。"

众人围过来见礼。何腾蛟打量着蒙正发，问道："我记得足下表字是'圣功'吧？"

"何公好记性！"蒙正发笑道。

"怎么来到长沙的？怎么憔悴如此？"

"九死一生，片言难尽。"蒙正发对着众人拱拱手，"一言以蔽之，学生已是家破人亡，孤身来投督师麾下……"

何腾蛟握住蒙正发的双手："我们正聚会商议恢复大事，百废待举，正好足下光降，实是天佑腾蛟！"而后望着章旷和众人："我想，就请蒙君受参军推官之职，如何？"

众人纷纷赞成。蒙正发大觉意外，乱摇着手逊谢不迭。何腾蛟说："国家用人之际，千万不要推辞！"

章旷笑道："今日做这种官，简直是苦差事，就依了何公吧。"

蒙正发这才不言语。何腾蛟又叫何七取俸银二十四两给蒙正发置办日常衣物，带去歇息，别的慢慢叙谈。

章旷一直在旁边观察蒙正发，颇有惺惺相惜之意。忙说："学生想请蒙先生到我下榻处安顿，以便朝夕奉教，如何？"

蒙正发谢道："那就要吵扰大人了。学生还有一句话要向督师大人讨教。"

蒙正发将何腾蛟引到一边，小声说：“学生从平江到湘阴，路上行走数日，见路途中抛弃兵器仗械无数，溃兵络绎不绝，百里不见炊烟灯火。后来听说是张先壁总兵分守下湘的官兵，一听说清军某贝勒渡湖而来，便狼狈逃窜，其实那贝勒是为追赶李闯部将‘一只虎’，并无攻湘之意……”

何腾蛟默默听着点了点头。

蒙正发说：“这种事，令人闻之沮丧。学生破家亡命，出生入死投奔到此，原望一见中兴气象，得以抒愤吐郁，谁知见到的却是这种情状。这么说来，大明还有什么指望？”说着，眼泪滚了下来。

何腾蛟默然一会儿，笑着说：“且喜今日诸公慨当以慷，壮怀激烈，湘中气势为之一振。不妨认为中兴大业自今日始。自古哀兵必胜，足下请拭目以待。”

“有大人这句话，学生就放心了。”

三

“何七，甚么事这样欢喜呀？”

章旷陪何腾蛟在书房闲谈，几次瞥见何七倚门望着他们，抿着嘴乐，不禁好奇询问。

何七慌忙转过脸去，厚厚的嘴唇更笑得咧开了，只是不回答。

何腾蛟放下一直捏在手里的新皇帝登极诏书，看看何七的憨态，也微笑凑趣说:“总是得了两口好酒喝吧。”

何七见家爷也跟着章大人说笑,忍不住嘿嘿笑出声来,瓮声瓮气地咕哝:“这种鬼地方,有什么好酒喝!”

下面的话没敢说出来:要是为了喝酒,早回家乡去了,还跟着你在这里受罪!何七是见何腾蛟经常愁眉紧锁的脸上,近来居然绽出一丝笑意,今天更是同章大人谈笑风生,几次叫另沏茶叶,因此满心欢喜,感激章大人、新来的蒙先生,还有那位刚刚坐上龙位的隆武皇帝,他们给家爷带来了这点子乐趣。

两位大人谈论了这半天,就是讲的这位隆武爷,把他的登极诏书翻来覆去地读,还拿他同那位被清兵捉住杀掉的弘光皇帝相比,说是“一贤一愚,天差地别”。

何七从他们的谈话听出来:新皇上是原来的唐王朱聿键。崇祯九年八月,他率领王府兵丁要进京勤王,被崇祯皇帝判了个“擅离封境”的罪名,废为庶人,终身软禁在凤阳。直到弘光皇帝在南京即位,才把他赦免出来。弘光皇帝被清军俘获,移送到北京被杀害后,南安伯郑芝龙、礼部尚黄道周等一班大臣就拥戴唐王在福州登极,改福建为福京,福州为天兴府,作为首都,改年号为“隆武”,但皇帝本人还住在南阳。

何腾蛟拈着稀疏的胡须,对章旷说:

“听送诏书来的钦差说,圣上自登极以来,时刻慨然以复仇雪耻为务,布衣蔬食,不御酒肉。曾下旨司礼监,行宫内不得陈设金玉玩好,日用都只是民间瓷器锡器、寻常布帛。”

“学生也听说，后宫无嫔御，只有执事三十人。听说皇后想下令在民间选女厨十人，都被圣上阻止，说是‘不可扰民’。”章旷感叹说，“今上被囚禁凤阳高墙之内近十年，受地方官吏虐待，几乎冻饿至死。所以知道生民疾苦，与福王不可同日而语。”

何腾蛟连连点头，又拿起几上的诏书，指着道：“只看这份御笔亲撰的诏书，便可见圣上的聪慧好学，绝非一般文臣词士所能至。你看这几句：‘天步多艰，皇家末造。天下勤王之师既已渐集，向义之心亦以渐起，匡复之谋亦渐有次第……’腾蛟每读一遍，便觉得欢欣鼓舞，不可名状！”

“只可惜晚了一年。”章旷叹气说，“经过福王和马、阮的一番戕残，已不是当日局面。”

“不尽然！”何腾蛟霍地站起身，大声说，“这个转机，非同寻常！安知不是天意要我大明馀祚借此中兴呢？”

章旷若有所思地望着激动地踱着圈子的何腾蛟。

何腾蛟转到章旷面前站定说：“于野！今日正是造就郭子仪、李光弼一流人物的时世，风云际遇，我辈应当努力。”

章旷已是几次听见何腾蛟用那位灭除安史叛乱、恢复二京，促成唐朝中兴的名将汾阳王郭子仪来勖勉别人。他不觉受到感染，也兴奋起来，就含笑望着何腾蛟说：“史阁部已作古人，今日郭汾阳，舍公其谁？”

“哪里哪里！”何腾蛟乱摇着双手说，“你我之间，无话不可说：腾蛟虽有此志，愧无此才。有赖与诸公已勠力同心，共成中兴功业。”

“蒙参军雅善丹青,何不请他画一幅《郭令公免胄见回纥图》,张挂起来……”

何腾蛟笑道:“好便好,只是见得狂妄了些。”

“不狂妄!”章旷说,“挂在花厅之中,那里经常议事,也好勖勉众人。”

何腾蛟拈须沉吟,轻轻击掌说:“对!对!这主意妙得很!”

“等圣功公干回来,门下便嘱他动笔。”

何腾蛟笑道:“你和圣功,真可谓一见如故。”

“也不知为什么,”章旷认真回答,“门下与圣功会如此投契。我们时常谈到更深夜阑,犹未尽兴。”

何腾蛟转过脸对何七吩咐:“等会去看看我们还有没有酒,送些过章大人那边去,好助章大人和蒙先生的谈兴。”

何七欢天喜地答应。何腾蛟望着诧异的章旷说:“‘痛饮酒,熟读《离骚》,方得为真名士’,少了酒怎么行!”

两人正相对大笑,外面一阵脚步乱响,一个人闯了进来,对着何腾蛟双膝下跪,带着哭音喊道:

“父亲——”

“文瑞!你怎么来了?”何腾蛟诧异地说,“家中出了什么事?起来说。”

何文瑞叩了头,站起身来。章旷见这青年面貌酷肖何腾蛟,特别是微皱的长眉,细长的眼睛。年纪二十多岁。一开口,带着浓厚的乡音:

“家中平安，祖母、母亲和婶娘们都好，请父亲放心！”

“那你来做甚么？”何腾蛟皱眉问。

“总兵刘承胤带着一标骑兵，那日忽然闯到家中，将孩儿挟持上马，吓得祖母和母亲婶婶大哭……”

“呵，有这种事？为了甚么？”

“儿子原先也不明白。”何文瑞接过何七送来的茶碗，放在几上，接着说，“到了刘总兵营中，听他詈骂不休，半天才听明白：他是恼怒父亲宣调几路人马来长沙，别的几位总兵那里，都是一位总督监军的章大人亲自前去，唯独他那里只下了一封文书。”

何腾蛟打断何文瑞的话，指指章旷说：“这就是总督监军章旷章大人。你叫章叔父。”

何文瑞忙向章旷行礼。章旷扶住说：“我是尊翁门生，岂能这样称呼！你我兄弟相称吧！”

“那如何使得！”何腾蛟摇手说，又命文瑞往下讲。

“这刘总兵破口大骂，说同是总兵，为何两般对待，藐视于他。又说他是堂堂总兵，还挂着‘平蛮将军’印，又不是哪家奴婢，怎么能这样折棰使唤于他……”

何腾蛟与章旷四眼相对，瞠目结舌。章旷半才回过神来，啼笑皆非地说：“督师大人以故人待他，他却不知好歹……公子没有受这厮的委屈吧？”

何文瑞摇头说：“他倒没有怎么我，只是逼我向父亲写信，勒索五万两饷银，不然就不让我脱身。”

章旷一掌拍在几案上，勃然说："这还得了！"

何腾蛟脸色煞白，瞪着儿子问："你给他写了？"

何文瑞垂手低头说："那怎么会！孩儿痛骂了他一顿，冲出营门，解下一匹马骑着就走，他也没敢再阻拦。"

何腾蛟微微点了点头，不再说话。

章旷抚掌称赞："好！好！不愧将门虎子！"转过脸向何腾蛟说："公子一路劳顿，容他坐着说话吧？"

何文瑞连忙摇头。何腾蛟道："小孩子，由他去。"

何七站在门边听文瑞叙述，气得吹胡瞪眼。见说完了，远远对着小爷乱比画。文瑞不敢多看，睃了两眼也看之不懂。何腾蛟踱了两转，才对儿子开口说：

"这种粗鲁莽撞之辈，不值得与他计较。你在这里盘桓一两天就回去，免得祖母悬念。"

文瑞很不情愿地答应了一声。

章旷说："事虽不大，却不宜姑息放任，乱了军纪。大人要追究严办，以儆效尤才好。"

何腾蛟叹口长气说："于野！国家多事之秋，兵将贵如金玉。一介莽夫，不读书不明理，不可以礼仪求全责备，只求他们勇猛善战、奋不顾身，别的也就容忍了吧。"

章旷还想说话，何腾蛟握住他的手说："此事也怪我一时疏忽。这就给刘总兵写一封书信，略加慰解。只是又要烦劳足下吃些辛苦，亲走一趟了。"

“分内之事，自当尽力。”章旷说，“只是大人书信中的措辞，还要恩威并用才好……”

“腾蛟理会得。”何腾蛟说着，发现儿子还垂手低目站在那里，“还不跟何七去吃饭歇息。”

早已搓手挠腮不耐烦的何七跑过来，拉着小爷的手，咭咭呱呱打听家乡事去了。

一件紧急军情传到长沙，像猝然猛涨的洪汛，不仅使全城士民惊恐万状，连督师衙门大小官员，也感到岌岌不可终日。

飞骑送来的塘报说，李闯的一支残部，有五万之众，突然袭人湘阴驻扎下来，离长沙只有百余里。何腾蛟当时一面派出干练探马多人，往前途侦察闯部行踪，一面差官员带着自己的亲笔书信，调附近兵马火速赶来援救。但消息已不胫而走，弄得街市萧条，人心惶恐。

巡抚堵胤锡突然星夜兼程，出现在何腾蛟面前。同至密室，屏退左右，说出一个更加惊人的消息：另一支李闯余部已到了常德，为首的不是别人，竟是李自成的妻子高氏和亲侄“一只虎”李锦，以及高氏的弟弟高一功。

何腾蛟心中一沉，仿佛见到了为阎王拘命夺魂的黑白无常来到眼前。长沙现今仅是一座空城，如何抵挡两路闯军！自己作为这座空城的群官之首，除了以身殉职，别无他策。这条性命原是从滚滚大江中侥幸拾得，再死一次何足惜；只是惨淡经营月余，纷如乱麻的政事总算理出一点头绪，各路军马正向长沙云集，想不到未与清兵打上一仗，就要死在李闯手中，未免使人气短。

忽然听见堵胤锡的声音："那位高氏亲口对卑职讲，自清兵入侵关内，国中大局，已然完全改变。闯部与官军如继续相斗，势必两败俱伤，徒令清兵坐享渔人之利。不如捐弃旧嫌，共御外侮，才有一条生路。他们进入湘楚，听说督师大人正召集各路兵马，克期大会岳州，驱逐清寇，便毅然率侄子李锦，前来投效督师麾下。"

"什么？"何腾蛟有点不能相信自己的耳朵。十余年两军对垒，势不两立，彼此死伤无算。一夜之间便要化干戈为玉帛，实在令人如在梦寐。

堵胤锡揍拢来，小声笑道："实不相瞒，卑职已经单骑去过闯营了。"

何腾蛟愕然望着堵胤锡。虽然平素间已听说这位矮小敏捷的同僚胆识过人、机算超群，却没想到他竟神不知鬼不觉干了这么一桩大事。一时间不知该如何反应，只好又捻着胡须听堵胤锡往下讲述：

"据卑职看去，高氏此言确乎是出自肺腑，不会有诈。何况他们被清军穷追不舍，景况危急，势时度势，这也是情理之中的决策……"

"那李自成呢？"

"高氏说，已然在九宫山战死了。"

何腾蛟点点头，在房间里踱着圈子。堵胤锡目光跟着他的背影，几个手指在几案上无声地敲击着。待何腾蛟踱了两圈，转到他跟前时，他站起来，郑重地说：

"何公！学生不才，在'阅人'二字上却颇有几分自信，断不会叫他人占了便宜去。"

“时至今日，”何腾蛟笑笑说，“我们也无便宜可给别人占了。”

“大人这句话就算说透了。”堵胤锡舒了口气，“那么，此事就交卑职一肩担承，大人只管等候佳音罢。卑职这就告辞。”

“一路劳顿，也该好好歇息一夜呀！”

“事关重大，不敢耽搁。”堵胤锡行了礼，匆匆就往外走。何腾蛟拉住他的双手，依依叮咛说：

“牧游！善自珍重！……何七，掌灯送大人！”

堵胤锡健步去了。何腾蛟望着摇曳光晕中那个瘦小矫健的背影，暗自庆幸帐下能有堵胤锡、章旷和蒙正发这样干练的能员。并且三人都出自自己门下，谊同师生，更是值得欣慰。

派出去的探马陆续兼程赶回来，带转的消息异口而同声：闯部大将刘体纯和郝摇旗，率领五万人，骤入湘阴并非为了袭击占地，是想投效何腾蛟麾下，共御南侵的清兵。

堵胤锡那天星夜赶回常德后，虽尚未见佳音传来，但从塘报中看出这一路平安无事。何腾蛟对刘、郝两员李闯大将来归，心中便有了几分把握。立刻命何七将诸同僚召来议事。

众人陆续进来，何腾蛟坐着没有起身相迎，只是略略欠身，拱手告罪。众人知道他因连月辛劳，足疮大裂，经常流血，都忙着近前慰候。众人到齐后，何腾蛟将探马回报的消息详细讲了，征询诸公意见。议事厅里，立即像油锅中洒了一把盐，沸腾繁响起来。

“这是流寇赚城的诡计！”傅上瑞大声说，压过了嗡嗡的议论，“毫无疑义！别无他说！”

几个人哄然赞同：

“流寇故伎，岂有他哉！”

“狼子野心，洞如观火！”

“如此浅薄小计，岂能骗得过明眼人？”

何腾蛟耐心等议论稍歇，才说：“依学生看来，此事倒未必是诈……”

众人尽皆怔住。静了一会，又嗡嗡议论起来。傅上瑞大声说：“流寇多诈，督师万万不可轻信！”

何腾蛟环顾众人，忍着足上疼痛站起来，撑着几案说：

“但凡世间之事，逃不脱情、理、势三个字的限制。我亦然，闯亦然，莫能例外。诸公试想今日形势，清兵压境，凶焰万丈，湘中空虚，危如累卵，真若古人之形容：‘黑云压城城欲摧。’当此时刻，刘体纯等以我为敌，能得甚么利益？目前清军不是正渡湖穷追闯部“一只虎”么？刘体纯如想赚我城，我势必奋而与之周旋，不论野战、巷战，都只能两败俱伤，坐使清兵唾手而得三湘，不战而胜。那刘体纯是李闯名将，久历征战，善断多谋，断乎不会作此有百弊而无一利的蠢事……”他几乎要把已派遣堵胤锡去招迎李锦之事，也脱口说出来，连忙煞住议论，顺势往几案上击了一拳，大声说道，“不会！”

众人听了何腾蛟的一番分剖，默默思索起来。傅上瑞脑袋摇得货郎鼓一般，连声说：“兵不厌诈，总以不上钩为万全之策！”

“国家多事之秋，用命之师多多益善。”何腾蛟抚着疏须微笑道，“腾蛟还想单骑过营去招抚哩！”

众人轰然反对。傅上瑞谈虎色变："督师千金之躯，万不可轻入虎穴！"

他紧张得小腿也抽搐起来，苦着脸惋惜章旷、蒙正发二人不在，无人可以劝阻何腾蛟。只好连连央告："流寇多诈，万望大人三思……"

何腾蛟抬起脸，目光扫射："诸公厚意，学生尽知。但这步棋不能不走。万一有诈，我辈大臣也只能与城池共存亡，断无躲避之理！"

众人一听，不敢再有二议。何腾蛟便吩咐备马，一边扶着几案抬步。足上一阵剧疼，不禁咬紧牙关。

长沙知府周二南忽然指着地上，失声叫起来："这是甚么？"

众人一看，地砖上一缕红线，小蛇也似蜿蜒流动。循着痕迹找去，却是何腾蛟足疮裂口流出的血，汩汩渗出乌靴，淌到地上。周二南想起这一个月跟着何腾蛟，在长沙这座仅有抚道标兵二千，满目荒墟，已无政事法制可言的空城，吊死扶孤，恢复诸监司署，严惩荼毒百姓的乡弁、下令征缮只收一成，以救拯荒疫。夜以继日，胼胝手足，好不容易才见得缓缓有了一些活气。但督师本人以年逾半百的瘦弱身子，不堪如此劳碌，困顿以至于此。不觉鼻腔一酸，抢步出来，大声说："大人高见极是。但请安心将息，此事由卑职代劳。"

何腾蛟只觉足痛欲裂，眼前一阵阵发黑，实在是寸步难行了。又想起周二南平素办事干练，便点头说："那就只好偏劳足下了！请到府中准备，等我写下一封亲笔书信，当面交与那刘体纯……"

这周二南是个急性人，担心何腾蛟临时不放心，硬要亲自前去。

等何腾蛟字斟句酌地写完书信，派人送来时，他已率领一千亲兵出发了。

何腾蛟一听，吃惊顿足，痛得几乎晕过去。吩咐何七立即赶上前去，将信交给周知府。

万想不到，次日何七带回的消息，竟比傅上瑞的估计还坏：周二南一行还未走到刘体纯、郝摇旗营前，那边便远远鼓噪呐喊，接着乱箭齐发，周知府当场中箭坠马殉职，一千亲兵死伤过半，有的逃回，有的趁此开了小差。

官员们纷纷拥到督府议事厅，商议应急大计。

傅上瑞在人前走来走去，走到一个同僚面前，便连连摇头，悲悯不胜地说一句："好险！好险！幸亏督师大人没有亲身前去，要不然不堪设想。"

何腾蛟想起就在昨日，就在这座大厅，周二南向众人告辞时，是何等精悍敏捷，谁能想象从此便不再归来？想到他一两个月来襄助自己整顿长沙纲纪，夙兴夜寐，任劳任怨。许多纷乱如麻的难题，在他手中迎刃而解。比如擒杀那个鱼肉乡里的悍将"两足虎"，就是周二南冒着大险，亲进狼窟虎窝去办成的。何腾蛟拭泪说："我虽不杀伯仁，伯仁因我而死；腾蛟罪孽深重了。"

众人纷纷劝慰。傅上瑞忍不住说："所以卑职说，流寇万万不可轻信！"

何腾蛟缓了口气说："不！错失不在于轻信。"

傅上瑞怔怔地望着何腾蛟，半张着嘴。

“刘体纯、郝摇旗率众来归，学生断言有真无假。”何腾蛟说。

“然则周知府……”傅上瑞小声咕哝。

“这就怪学生未能向周大人仔细嘱咐，他又走得太匆促。他如若是单骑过营，便决然不会有此惨案。诸公试想闯部与官军对垒多年，势不并存，一旦起意归顺，不明我方真意，心中岂能不疑不惧？猝然望见官兵上千，奔突而来，只道是官兵拒抚，前来厮杀，仓皇中先发制人，也属情理之中的举动。”

众人纷纷点头，认为有理。有人问道：“然而错已铸成，又待如何善后呢？”

何腾蛟说：“刘郝二人误杀了官兵，定然更加顾虑担忧，心意彷徨。事情紧急，学生决意单骑过营，招纳二将。”说到这里，忽然觉得有人连连扯动自己的衣裳，转脸见是何七，睁着双大眼，嘴唇乱弹，便明白了他的意思，不紧不慢地补上一句：“或许带何七同行。”

众人愕然相觑，心中大不以为然。但见何腾蛟不容置辩的态度，又不敢贸然劝阻。傅上瑞急得只是乱搓手，连声说：“求大人稍俟时日，待卑职派飞骑将章总督、蒙参军火速请回，大家从容计议才好！”

何腾蛟见众人如此关切自己的安危，心中感动，但又实实不能从众，抚着胡须为难地说：

“只是这种机缘倏如星火，稍纵即逝。或唾手得五万骁勇善战之师，或猝然遭遇五万凶悍忘死之敌，腾蛟心急如焚，怎敢延迟贻误呢？”

话犹未了，座中雷鸣也似响起一阵吼声：“督师不可轻动！”

众人尽都吓了一跳。只见厅堂角落里挤出一员虎背熊腰的大汉,走到中央,单腿下跪,拱手过顶,嗡嗡震耳地说:“湘中不可须臾离督师。这事差末将去那郝摇旗营中走上一趟,也就是了。”

何腾蛟认得这是章旷的爱将万大鹏。章旷夸他技勇绝伦,酒量如海,加之常有一些匪夷思的奇话,评他是粗豪而兼妩媚。

众人惊喜地望着这员骁将,纷纷表示赞成差他。何腾蛟担心他鲁莽暴烈,误了大事,沉吟审视着铁塔似的万大鹏,开口问道:

“将军为国忘身,甘冒艰险,学生感激之至!但将军过得闯营,准备如何相机行事呢?请起来讲话。”

万大鹏立起身,比手画脚地说:“末将是行伍中人,那刘体纯、郝摇旗也是行伍中人,彼此一般。过得营去,但知以粗对粗,以直对直,以诚对诚,怕他个X……”忽然意识到在督师大人面前说了粗话,连忙补上一句,“料无大事!”

众人都忍俊不禁。何腾蛟却感到惊喜,激赏地说:“好!将军快人快语,先得我心!这以诚相待,至关紧要,有此一条,大功可成。”

“只是那郝摇旗暴烈成性,出了名的杀星。”傅上瑞摇头啧嘴地说,“万将军务必倍加防范!”

万大鹏道:“果真要动起手来,万某只认准那大名鼎鼎的郝摇旗,一把揪住厮拼,要死死两个,要活活一双,万某却也不会蚀了本去。”

众人哈哈大笑。何腾蛟大喜说:“万将军一身是胆,韬略超群,这桩奇功非将莫属。看酒与万将军壮行!”

众人一齐站起连声响应。万大鹏抱拳说:“多谢老大人!请大人多多备办一些，待末将把那五万人马一齐带将回来，大家再开怀畅饮，岂不痛快！今日且让末将先去扰他闯营一顿！”说着掀髯大笑。

何腾蛟也扬声笑起来：“一言为定！待将军功成之日，腾蛟一定与众位大人迎到郊野，为将军庆功洗尘，一并犒劳来归的新军。”

万大鹏举拳过头，向众人告辞，在一片笑声喝彩中快步去了。何腾蛟忙叫何七追上去，嘱咐万大鹏一定要带上他的亲笔信札后，方可动身前去闯营。

驻扎在武岗的总兵刘承胤，听说总督监军章旷，奉了督师何公的亲派，已经到了武岗。他知道这是自己偷袭黎平，挟持何公子文瑞的那段公案发作了，不觉捏了一把冷汗。但又不得不硬着头皮去会章旷。

这刘承胤原是一个小校，只因力大亡命，打起仗来不怕死，受到何腾蛟的赏识。几次升迁，又沾隆武皇爷登极的光当上了总兵官。去年乘乱截夺了从广东解往北方的十五万饷银，大肆招兵买马，在湖南俨然重镇，还挂了个“平蛮将军”印。一个字不识，也搜罗了两三个落魄酸腐秀才，充当幕宾清客，每日把些不值一钱的奉承话灌得他忘乎其形，似乎连“刘铁棍”的绰号也自动变成了“刘金棍”。这次因为何腾蛟召集诸将，对他只下了一道文书，没有差章旷来，这么一点小事，便忘却了何腾蛟对自己的多次举荐之恩，更不理解何腾蛟以故人相待的心意，大发鄙夫之怒，一发不可收；左右又无明理之人劝解，反而火上浇油。狂怒之下，索性率领一标人马，驰到黎平劫持了何文瑞,逼他写信给何腾蛟要挟五万饷银。谁知那何文瑞也是他父亲一样严正峻急的秉性,不仅不写,反而拍案痛骂一通,拂袖而去。刘承胤不敢阻拦,眼睁睁望着何文瑞赶往长沙告状去了。想起何腾蛟严不可犯的性情,不觉有些后怕。现在章总督果然前来问罪,更是悔之不迭。幕下那些智囊劝他把腰杆挺得硬邦邦的,不论章旷来意如何,都回他一个冷脸,软硬不吃,如今乱世,讲究的是兵权武力,此外都是假的。刘承胤得他们一番壮胆,果然装出一副满不在乎的派头,去见章旷。

谁知章旷更加不动声色,待刘承胤行礼如仪,便结结实实将他训斥了一顿。刘承胤记起幕僚们的主张,结结巴巴发了几句牢骚。章旷不等他说完,反问道:

"堂堂督师,仗尚方剑,持白节旄,代天子行命,以军书召一总兵,何错之有?将军虽说出身行伍,久历征战,略有功绩,究竟这功名不是娘胎中带将来的。若一味恃功自大,居然到了不听调遣、玩忽职守、擅离驻地,掠劫朝廷命官家的地步……恕下官说句不受听的话:若不是督师大人宽大为怀,大局为重,依得下官脾性,疏奏圣上,依法论罪。一旦天子震雷霆之威,一个小小总兵又算得甚么?"

几句话说得刘承胤埋下头去,一阵阵冒汗。心中暗暗将那班子臭智囊骂了个狗血淋头。口里却只敢嘟哝:"粗鲁莽夫不知礼法,不合渎犯督师宝眷,追悔不及。"

章旷严厉地说:"身为军将,不服上方调遣,这是头一条大错。"

"是!"刘承胤连声说,"惊吓了何公宝眷是二条大错。"

“要挟五万饷银……”

“三条大错!”刘承胤拭汗说,“末将甘愿向督师大人请罪,任凭发落,还请大人在督师台前缓解一二……”

章旷点点头说:“何公胸襟如天海之容,如真要与你计较。还亲笔修书,亲差章某来此作甚,只须一道奏章,就了结了此事。”这才从袖中取出何腾蛟的书信递过去,待刘承胤伸手来接;又缩回去,拖长声音说:“但有一条……”

刘承胤慌忙说:“请大人明示!”

“何公书中语气委婉谦和,正是泱泱大度,恩威兼重。足下可不要错会了意思!”

“是是是! 不敢不敢!”刘承胤接信的手指微微颤抖。

“忝在同僚,章某有一言奉告:这种事只可有一,不可有二。何公虽虚怀若谷,雅量过人,但性情方正刚毅,疾恶如仇,容不得部属骄蹇不驯,贻误国事。将军追随何公有年,自然比章某更为熟知,从今往后,倍加谨慎才好。”

刘承胤连连说:“多谢大人指教,末将牢记!”

章旷微笑说:“如此便是将军之幸,国家之幸。”

刘承胤与章旷商定了赴长沙面谒何腾蛟的日期,告辞退出。回到营中,借了个题目,将那帮清客用种种不堪入耳的脏话骂了个“一佛出世,二佛升天”。

何腾蛟给刘承胤的书信,虽章旷特别提醒,还是写得太委婉客气了些。章旷看了心中大不赞成,但也不好再说什么。所以有意对刘承胤态度严厉，言辞犀利，在“恩威并施”的“威”字上替何腾蛟增加些分量。

四

李闯王麾下大将刘体纯和郝摇旗二人所率部伍，驻扎在湘阴城郊的校场内。依得郝摇旗，本想住到县太爷府中去，方才快活。但刘体纯坚决主张住校场，说这里才可进可退，不致误事。郝摇旗心中不以为然，觉得刘哥是被打败仗吓破了胆，但又知道他的脾性，小事随和，大事认真，认准的理儿八头牛也扳不动，只好让步。自前日乱箭射杀了官军，他更自森严壁垒，加紧戒备，事事亲自过问，深恐有半丝疏忽，简直像个老娘们管家也似。

这日，两人在观武堂中对坐，商量今后的行止。但话不投契，事事说不到一起去。一个低头冥思苦想，一个扭身喝着闷酒。

刘体纯胸膛里翻卷着愁云浓雾。心中明白，闯王的大业已经烟消云散了，这次的溃败非以往几次失利可以相比，已难东山再起。丧心病狂的吴三桂引狼入室，敌垒已经易人。刘体纯在北京附近同清兵交过手，一对阵他就知道与朱家官兵是两回事。如果将官兵比为一只皮毛殆尽的老狼，那么清兵就是一只锐爪利牙的饿虎。

如今大军零落，袍泽星散，身边只有一个剽悍有余、谋略不足的郝摇旗，更令刘体纯惶恐与凄凉。没有了闯王、高夫人、刘宗敏，今后大主意要靠自己拿了！他许多日子不能成眠，好不容易迷糊过去就做噩梦。经过深思熟虑，才决定了投归何腾蛟麾下，抗击清兵。一来摆脱腹背受敌的困境，二来向铁蹄南侵的寇仇索债雪耻。这是眼前唯一的路，别无他策。郝摇旗出于与清兵不共戴天的怒气，也赞成刘体纯的这个主张。万没料到前日郝摇旗一时莽撞，又把这条路堵死了。周二南一死，刘体纯算是百口难辩，跳到黄河也洗不清。他心中十分恼怒郝摇旗的糊涂鲁莽。但木已成舟，多说无益，徒然伤害弟兄的和气，增加将士的忧惧。他用指甲深深刻进几案的裂缝，苦苦思谋。

郝摇旗偷眼看见刘体纯两道眉毛连成了一条线，嘴唇抿得飞薄，便猜想刘哥还在为前日之事生气，便也不服气地想：哼！有道是来者不善，善者不来，上千的人马，蹴得那路上飞沙走石地，他安的好心吗！若不是郝爷先下手为强，弟兄们尽都被官兵赚了！反倒埋怨我行事莽撞！简直不知好歹！他端起酒碗狠狠喝了一口，想起好端端一个花团锦簇的大顺朝，才得风光几日，便零落如此，心中也觉不是滋味，捺耐着性子开了口：

“我说刘哥！且不管那狗官来意如何，杀了他也不冤枉。这些年我们杀的朱家狗官还少么？再添几个也不怕阴曹地府挤塌了墙。犯得上愁眉苦脸哭他个娘！”

刘体纯不知从何说起，只好苦笑一下。郝摇旗来了劲头，拍着桌子说：

“娘的！咱顶天立地的汉子，谁个也不靠，就靠手中这把大刀，背后那杆大旗，马屁股后面那伙弟兄！这些年官兵听见我郝摇旗的名字就屁滚尿流，今天倒想叫我转过去向他们磕头，受这些贼军汉的辖制么？做他娘的大梦！”

“摇旗，你喝醉了。”刘体纯皱眉笑道。

“笑话！一碗壶还剩半壶。”

“那依你说，咱哥俩怎么走呢？”

“杀！”郝摇旗扁起右手掌，刷地劈下去，“见官兵杀官兵，见清兵杀清兵，过州吃州，过县吃县，过他娘几天逍遥自在的快活日子。”

“好。往下呢？”刘体纯问。

郝摇旗瞪着铜铃般的眼睛，不胜诧异地反问：“你还想怎么着？如今闯王没了，没人当万岁爷坐江山了，也没有人管束着我老郝了。哪天一阵乱箭飞来，我老郝也就算寿终正寝了。还有他娘的甚么‘往下’呀？”

刘体纯听得心里发冷。但他知道这确实是郝摇旗的肺腑之言，半句没有虚假。多年共事，他素稔其秉性。提起郝摇旗，确乎算得闯营中一员响当当的大将，然而他就是一介武夫，而非闯王、刘宗敏这种胸有大志的人物，连李锦、高一功和自己刘体纯也差得远。他善于冲杀闯荡，为的不过是大碗喝酒、大块吃肉、大把进财。闯王在时，尚且有时候驾驭不了他，何论自己。但眼下是和衷共济、渡过难关的时刻，议事宜浅不宜深，走一步看一步，舍此别无他法。

刘体纯尽量压下胸中烦懑，把语气放得缓缓地说：“摇旗！今日不比往常，老营诸位头领又都不在一道，你我弟兄俩，一步棋也不敢走错了……”

话刚开了个头，一个探子飞也似的闯进来，禀报说大路上又来了官军。

郝摇旗霍地站起身，锵的一声拔出半截宝剑。刘体纯一把挡住他，一边问探子：“大致有多少人马？”

“就是两人两骑。”

“后面呢？”郝摇旗大声问。

“后面也不见有人马追随……”

“放屁！”郝摇旗大吼一声，吓得探子卟通跪下。

刘体纯问：“确实看清楚了？”

探子睃了睃郝摇旗，小声说：“好几个弟兄一起仔细看了的……”

“好，去罢。”刘体纯挥手叫探子退下，匆匆整理衣裳说，“去看看！”

“可得小心着点！”郝摇旗说。

“那当然。”

刘体纯把中军召来，小声嘱咐一番；郝摇旗也嘱咐了几句。中军领命自去安顿，二人这才快步走下石阶，穿过校场，登上场口的石旗台上观望。

果然百步开外，只有两骑候立在闯营兵将簇拥的对面。一匹铁青色的高头大马，驮着铁塔也似的一个大汉，头戴铁盔，身上未穿甲胄，只披着件墨绿战袍。肩后一人，像是个扈从亲兵模样。两人手中无枪戟，腰间无长剑，背上无弓弩。再往远处眺望，确实也不见黄尘扬起、惊鸟起落、树丛披纷,显然没有伏兵。

郝摇旗想起前日的事,不敢再冒失,便抬眼刘体纯,见刘哥微微点头,这才放开大嗓门喊道“请——”

万大鹏翻身下马,把缰绳交给亲兵,嘱咐他在这里等着。亲兵小声说:“小人还是随将爷进去吧,真有什么响动时……”

“真有什么响动,多你一人有 X 用!”万大鹏笑骂道,“你就放大胆子在这儿等着吧。”走了两步折回来小声说:“不准胡思乱想,等着替老子向督师大人去报功。”

万大鹏任两厢闯兵尾随着,昂然走进校场,带着一丝客人的笑意,正眼打量着站在旗台前拱手相迎的两员闯营大将。这个清瘦沉稳的大约是刘体纯,那个魁梧虬髯的必是郝摇旗了。一路上暗暗盘算:今日身份不同往常,并非阵前对骂交锋,而是代督师前来纳招,必须是不卑不亢,言动得体,休要失了体统,落下笑柄。见二将拱手闭口,便也不启齿发问,照样拱了拱手,依二将相请的手势,昂头径向观武大堂走去。一路经过夹道对立的两行手持枪矛的士兵,正眼也不觑过去,如入无人之境,可是心中却连连喝彩:李闯果然名不虚传!虽一败至此,残部仍然军纪森严,不失阵容。难怪纵横天下,殆无敌手。若不是那帮丧心病狂的卖国贼勾结清兵,乘隙入关,李闯就真修成他娘的正果了!万大鹏想起那位颟顸淫泆的福王,暗暗唾了一口:呸!若是李自成坐龙位,还不强似福王这个祸害!将相本无种,哪个开国皇帝不是行伍中滚打出来的。

心中野马也似的乱想,脸上菩萨也似的庄严,噔噔噔上了石阶,进入正厅坐下。郝摇旗做了个手势,立刻有人捧上酒具。万大鹏稳稳坐着,目不斜视。郝摇旗抄过酒壶,满满斟了一大碗酒,就双手递给客人。刘体纯一眼瞥见,已来不及阻拦,只好眼睁睁望着客人接过那碗满荡荡的烈酒。

万大鹏不明白这算什么礼节。但你既敬来,我岂能示弱！双手端着碗,凑上嘴去咕嘟咕嘟喝起来,喝得酒汁顺着嘴角往下淌。一气喝尽,又自己抓过酒壶斟上半碗,指指地上酒渍,又指指酒碗,表示这是补足洒漏,端起又一气喝干,还亮亮碗底,才砰地放回桌上。

郝摇旗瞪着眼睛看完,放声大笑。万大鹏望着他,用袖口拭着胡须上的酒汁,也扬声大笑起来。刘体纯看着两人的意外举动和粗豪笑声,忍不住跟着哈哈笑了。

“将军真是痛快人!”郝摇旗嚷起来,“我陪你对饮三碗!”

“客听主安排,三十碗也奉陪。”万大鹏笑答。

主客双方,这才算是开口对话。刘体纯站起身,抱拳笑道:“末将刘体纯,这是郝摇旗。”

“某叫万大鹏。”

三人拉手而笑,重新见礼落座。这时,厨下菜肴才送上来。几只大碗,都是现成材料,随意烹制。刘体纯一连劝了客人三杯酒,郑重开口说:“不敢动问万将军来意……”

万大鹏忙放下竹筷,理理胡须,清清嗓门,正颜庄容,尽量温文尔雅地将一路上字斟句酌的几句话说将出来:

“末将奉督师何大人亲遣,拜见二位军,面陈衷诚……”

刘体纯点点头。郝摇旗也放下酒杯。

“何公以湘阴偏小,不足以容纳大军,想请二位将军移驻星沙,只是还不确知二位率大军此来的用意,因此……”

“嗨！这还用问?”郝摇旗性急地插嘴,见刘体纯使眼色,便猛然收煞,抓过酒碗连喝几口。

刘体纯说:“我等随从闯王起事,几成大业,此事天下尽知,勿须赘说。只恨清军南侵,江山日非,我等愿尽弃前嫌,与何大人齐心勠力,共御外侮,但不知何大人是否有意受纳……”

“何公得知尊意,欣慰之至!”万大鹏说,“前日正是差遣长沙知府周大人前来迎接贵部,不料……”

刘体纯睃了郝摇旗一眼。郝摇旗脸上变色,探身问道:“万将军这话不假?”

“这等大事,岂有相骗之理！末将今日带来了督师大人的亲笔书信……”说着站起身,取出何腾蛟的信函,双手递过去。刘体纯也站起来,郑重地双手接过。

郝摇旗一张大脸憋得发紫,连眼也红了,霍地站起来,抱拳大声说:“前日之事,只怪郝某性情莽撞,铸成大错,悔之不及！我郝摇旗愿向何督师负荆请罪。如督师不能见谅,刀枪斧钺,全凭督师发落,郝某一人承担,与刘哥和标下众弟兄全无干系……”

“郝将军过虑了！过虑了!”万大鹏连声说,“前日之事,纯属忙乱之中出了差错,本难避免。何公对此事还自责虑事不周,招致贵部误会。”

郝摇旗抓住万大鹏袍袖,惊喜地问:“真是这样么?”

“何公最是宽厚严正,心中唯有中兴二字,待人推心置腹,二位将军但放宽心!”

二将连连点头。

“末将临行时,何公再三嘱咐末将转告二位将军,”万大鹏站起来,尽量恳切地说,“何公说:今日域中首要之事,唯有驱清虏、图中兴,其余皆不在话下。二位将军但能报效国家,光复河山,何愁封侯建邑,流芳百世。”

“好!”郝摇旗在万大鹏肩上狠狠击了一掌,“就万将军一句话,我等绝无二心!”

刘体纯放下反复推敲的书信,仍不言语,但面容开朗,一扫阴霾,笑默默地举杯说:“将军请!”

又喝了两巡,郝摇旗扔开酒碗说:“哎!今日高兴,不耐烦喝这闷酒!万将军,下场去玩玩如何?刘哥爱喝闷头酒,由他一人喝。我们走!”

万大鹏也正难耐,推杯而起:“客听主安排。末将奉陪。”

刘体纯也笑着站起来说:“一不拗众,你们两尊酒坛子都不喝了,我还喝个什么!”

三人说笑着来到校场中。众将士听说两位主将要和客人一起练武,欢笑吆喝着簇拥过来,呐喊助威。

郝摇旗是主人,先跳上马背,两腿一夹,那马便火云也似奔腾起来。郝摇旗在奔马背上舞起大刀,刀花渐渐变成一道匹练,裹住他的身躯,掣闪辉映,看得人眼花缭乱。旋转了五六圈,忽地连人形带刀光像一团寒焰也似,倏地从马背滚落下来,枣红马径直滴溜溜向前驰去。众人正在惊心,郝摇旗已站到地面,就势舞了几个刀花,这才收束,掀髯大笑道:“献丑献丑!”

万大鹏着实赞扬了一番,也挑了一张硬弓,箭囊在腰间挂了,跳上马背,连抖缰绳,催得青马泼剌剌跑个风快。待那马跑圆了,才弯弓搭箭,从马背上扭转腰肢,对着旗台飕飕飕接连射了六箭。弓弦响处,羽箭挟着风声一齐钉在旗杆上,微微颤抖。众人一齐喝起彩来。等万大鹏从奔驰的青马背上飞身而下,木桩一样站在场中时,过去收箭的军士忽然惊呼起来。众人过去,才看出六支箭两两相对,不偏不倚,像是一轮尚未装上外圈的车辐。

“这是我们将爷射的‘六出雪花’!”跟随万大鹏来的亲兵,得意扬扬地解说。

万大鹏在一片喝彩声中连连拱手,呵呵大笑:“见笑见笑!”

两个年幼的战士,爬在旗台上去拔那六支箭,用尽气力,纹丝不动。又引起一阵喝彩。

万大鹏心中暗道一声侥幸,总算没有给督师丢脸。

刘体纯和郝摇旗过来,连声称赞万大鹏好箭法,好神力。郝摇旗怂恿说:“刘哥,你也要凑凑趣,露两手绝招才对得起客人。”

刘体纯连连摇手逊谢,不肯下场。万大鹏看出他深沉稳重,便不强邀。郝摇旗兴犹未尽地说:“刘哥!是不是安排坛血酒,我们与万将军拜祭天地,明日清晨便拔营随他去长沙见何公?”

刘体纯和万大鹏连连称是。郝摇旗便去差人安排血酒。万大鹏叫过亲兵,当着刘体纯的面吩咐:“骑了我的青马,立即动身回去禀报督师大人,就说我陪着两位将军,明日起程。督师大人已说定要亲自到郊外犒劳,请他多准备几坛子老酒,郝将军可是个海量!”

何七缠着何文瑞,不厌其详地打听家乡事。从亲族耆老的近况,收成年景,到喝酒赛歌、斗水牯赛龙船,无不关心。文瑞先也兴致勃勃,后来渐渐心不在焉、意兴阑珊起来,眼睛老是向门外窥望。何七顺着他的眼光看出去,发现文瑞是在看隔着一间过厅,独自在另一间签押房里据案用膳的何腾蛟。

他们刚好能看见何腾蛟的侧面,只见他手中竹筷只在一只碟子里拨弄,不怎么扒饭。

“那是一碟油炸阴辣椒,”何七悄声说,“天天少不了的。”

何文瑞也悄声问:“总是吃这么少吗?”

“这些日子还算好的哟!”何七说,“章大人、蒙先生还没有来的时候,每天两顿饭,就像供菩萨,上去是甚么样子,撤下来还是甚么样子。”

“是,父亲对我说,章大人和蒙先生分了他很多担子。”

“章大人不像个大官儿,最是和气不过,和我也说笑。”何七手舞足蹈地说,“有一回他来,见家爷正在吃饭,说:‘总见你离不开这盘菜,到底怎么个美味呀?’家爷就请他尝尝。他拈起一只,咬个尖尖,就辣得伸出舌头来用扇子扇,脑眉心大汗朝下淌……”

文瑞想象那情状,忍不住也笑了。

正小声说着话,忽见一个僮儿经过穿堂,走进对面房中,向何腾蛟禀报什么。何腾蛟放下碗筷,站起身整理着衣裳,匆匆出去。

文瑞目送着父亲背影,叹口气说:“比离家那阵又瘦多了。祖母和母亲她们,担心的就是这个……”

家爷出去了,何七更没拘束,话也多起来,推心置腹说:“小爷,不是何七讲憨话,莫看我们爷坐了大官,人人说是我们何家九代人做好事,才出这么一只金凤凰。照何七看,他才是天底下顶可怜的一个人。若不是可怜这个好人,何七早就回家乡过种禾挞谷、撵山摸鱼的快活日子去喽。”

“那我来替换你,你就回家乡去吧。”文瑞逗弄他说。

何七把粗脖子一缩:“我把我们爷丢在这兵荒马乱的地方,自己跑回家去,老太太和族中那些老辈子,还不把我活活吃了!”

文瑞抓住何七那粗得像柱、硬得像铁的膀子,大笑起来。

“小爷,你是文边人,同章大人、蒙先生他们说得上话,你要和他们说说,请他们多多帮着我们爷,让我们爷也过几天宽心日子,多几年寿元……”

文瑞心中发热,连连点头,说不出话。

一阵脚步声从远而近,何腾蛟经过穿堂,过了签押房的门槛,忽然回身喊道:“文瑞在吗？过来一下……何七也来。”

两人连忙应声过去,见何腾蛟将书案上的一个精致锦盒打开,口中说:“你们来看看这东西!”

文瑞凑近一看,锦盒里是十二颗硕大晶莹的珍珠,一般儿大小。拈起一颗在手里细看,映着阳光,熠熠闪烁着七彩的光辉,好像一只流盼不定的美目。

“何七,认识这东西么?”何腾蛟微笑着问。

何七不说话,痴痴地望着这迷人的物事。何腾蛟说:“这就是珍珠。你拿在手里看嘛。”

何七反而缩着手退开一步,好像站近了会把碰坏似的。何腾蛟拈起一颗,托在掌心里给他看,口中说:“这东西出在南方大海里。是一个故人从那边托人带来送给我的。”忽然又大声说:“文瑞,杜工部有首诗读过没有:客从南溟来,遗我泉客珠……”

“珠中有隐字,欲辨不成书。”文瑞接口背了两句,诧异地笑起来,“真巧,恰像今日为父亲写的一样。只是下面几句就不切合了。”

“世间万事万物、万种人情,尽都被古人吟咏遍了。”何腾蛟说,“所以文文山在元人天牢之中,能用杜诗做一百多首集句诗,借古人诗句抒自家情怀,首首犹如吐自自家的肺腑,没有一点别人所作的痕迹……”

何七很少看见家爷这样轻松,虽然父子俩的对话文绉绉地,他听得莫明其妙,但心里却像跳着只撒欢的黄豆雀。他咧嘴憨笑着,看看家爷祖父,又看看小爷叔叔。忽然间他发现了什么,向何腾蛟努努嘴,让他瞧何文瑞。

何文瑞俯在锦盒上,将珠子摆成各种队形。又一粒粒捧起来审视,轻轻呵口气,用袖口拭擦,揩得一粒粒透亮莹澈。简直是爱不释手。

“文瑞！文瑞——”

文瑞连忙应声，抬起眼来，那眼神迷迷惘惘的，显出还没回过神来。

“这么喜欢呀？”何腾蛟问。文瑞连忙松开手，退后半步，站得端端地，嗫嚅着说：“头一回见着……”

何腾蛟抚须说：“那就带回去，让祖母和你娘她们也看看。”

文瑞惊喜地望着父亲。何七高兴得合不拢嘴，赶快关好锦盒，胡乱包回红绫，塞在文瑞手中：“走吧！”

两人退下不到两个时辰，何腾蛟又差僮儿来传文瑞。文瑞走到签押房外面，隔着帷帘望见父亲正同一个全身甲胄、风尘仆仆的人说话，便站住身子，轻轻咳嗽一声。

何腾蛟走出来，将文瑞带到书房中，用手指轻轻敲击着几案，好久没有开口。文瑞猜测不出是什么事，惴惴地等候着。

何腾蛟坐下来，缓缓开口说：“刚才堵大人派遣专差驰来报信，说是李闯的夫人高氏，带着兄弟高一功、从子李锦，愿意归我标下，同心抵御清兵……”

文瑞点头说：“那天已听父亲说过。”

“如今诸事均已谈妥，我准备亲身过营，去探望探望高氏和高李二将。”

文瑞垂手低眼听着。

何腾蛟缓缓说：“你也明白此事关系重大，不唯替朝廷免除了后顾之忧，又凭空增添了数万抗清的精锐之师，这是可遇而不可求的机缘。”

文瑞说：“是！”

“这初次见面，须得有一件像样的礼物。”何腾蛟说，“可是三湘局面刚在草创，诸事简陋；你也知道我身无长物，急切间竟想不出一件拿得出手的东西……”

何文瑞领悟了父亲的意思，忙抬头说：“就用那盒珠子正好。”

“我也这么想。”何腾蛟拈着胡须说，“只是起先才给了你……”

何文瑞忙赔笑说：“父亲把儿子当成三岁孩童了，岂有连这点轻重都分不清的！我这就去取来。”

何腾蛟望着儿子匆匆的背影，感到一丝欣慰。

章旷不等通报，径直来见何腾蛟，见他正与蒙正发在谈筹饷之事，就站定拱礼。

“于野回来了？”何腾蛟连连点头，“此行还顺利么？”

“幸不辱命。”章旷笑道，“刘将现在府门候传。”

“好！好！”何腾蛟高兴地说，“我这就见他。”

“请先容门下将此行的详情禀明，再与见面，也好言辞相符。”

“好！”何腾蛟又将身子坐下来。

章旷便将在武岗严责刘承胤的情状，大致说了，然后加重语气说：“刘将既已知错，投辕请罪，正须痛痛训诫一番，今后才好约束驾驭。”

“学生理会得。”何腾蛟点点头，吩咐传刘承胤来相见，又叫人去唤文瑞前来。

章旷与蒙正发回避到对过书房中去。刚坐下不一会，便见刘承胤畏畏葸葸走进来，在穿堂望见何腾蛟站在门楣之下等候，忙抢上一步，单膝下跪，高拱过顶，大声说：“末将特来向督师大人请罪。”

何腾蛟快步走过去，双手扶起刘承胤，连声说：“请起！请起！”

刘承胤仍然跪着说：“末将粗鲁无知，违背军令，冒犯官眷，请大人重重发落！”

“老公祖言重了！只怪学生虑事不周。”何腾蛟把刘承胤扶起来，口中说道，“忝在故人，不要放在心上。”

章旷和蒙正发听何腾蛟对刘承胤这样称呼、这样措词，不觉相对愕然。又见何腾蛟携着刘承胤手进了房中，重新行了宾主之礼，相对坐下。章旷像兜头受了一盆凉水，不觉吁了口长气。蒙正发也感到不是滋味，但又不敢出声。两人怏怏对坐，听着隐约传来的对话声。何腾蛟说了些以国事为重、不必计较小事的话，刘承胤唯唯诺诺地答应。可是不久，刘铁棍就对粮饷等事发起了牢骚，何腾蛟也只是和颜悦色地反复劝慰。

蒙正发凑着章旷耳朵说：“大人不妨过去陪陪何公。”

章旷一听有理，自己陪坐在旁，可以旁敲侧击，使刘承胤有所顾忌，至少不敢放肆。便点点头，站起身走出去。也不顾冒昧，径直闯了进去，仿佛是有事来找督师的样子。刘承胤见章旷进来，立刻住口，局促地起立行礼。章旷淡淡还了个礼，还未开口，何文瑞也进了屋,见刘铁棍在座,不觉怔了一怔,装作不见,只向父亲和章旷行了个常礼。

"文端,快拜见刘将军!"何腾蛟吩咐。

文瑞又愣了一下。不敢违拗,只好冷冷作了个揖。章旷瞥见他咬着牙关,腮帮肌肉鼓得一跳一跳地,不知心中憋着多大的火。

刘承胤哈哈笑着,还了一礼,趁机起身告辞。章旷没有得到开口的机会,反而不得不随着何腾蛟送客。

刘承胤一再逊谢,何腾蛟也不停步。章旷暗暗扯扯他的衣袖,何腾蛟才留住脚步,吩咐说:"文瑞代我相送。"

何文瑞勉强跟在刘承胤后面,穿过庭院。章旷匆匆向何腾蛟作别。何腾蛟抱歉地笑着说:"不是学生冥顽,不听从足下的明教,只是见他一下跪,一认罪,心便软了。这等人不值得与他认真,只要勉励他错而能改,加倍报效国事,也足够了。"

章旷无心议论,随便应了一声,就快步赶出来,想追上刘承胤,实实在在警诫几句。走近大门,却见刘承胤独自站着也在等什么,远远看见章旷,反而笑嘻嘻招手。待章旷走近,刘承胤挤着眼,半嗔半笑地说:"何公真是仁厚长者,大人海量!章大人何苦拿我作耍,吓唬老刘一通!"

边说边笑,扬长而去,把章旷撇在当地,瞠目结舌。

章旷窝着一肚子气回到府中,却见蒙正发和何文瑞在客房坐着。见了他,都站起身来,章旷忙请两人坐下,又叫家人续茶水。

蒙正发见章旷一脸悻悻的神色，半晌不愿开口，便笑笑说：

“文瑞正在这儿不忿，说何公少年攻读于南泉山时，连挡道的大蛇也没有畏惧过，不想到了偌大年纪，又身居清要，竟然对这种贪鄙之徒忍气吞声。”

章旷听了这话，反而不便再提刘承胤在园门外的事，勉强笑笑说：“何公岂是畏惧那刘承胤，不过是心忧国事，委曲求全。”

“这话极是！”蒙正发说。

“我常想，”章旷蹙着眉，还是忍不住说，“朝廷草创于八闽，威福不能行于远方，中兴之业，可忧可虑之事正多！因此特意张皇何公的威权，以使拥兵自重的将领们有所敬畏，何公得以节制有仪，调度无梗……不想何公一时心软，竟对刘承胤屈体如此。我只担忧事与愿违，徒然助长诸将骄恣跋扈之弊。此风一长，后患无穷！”

何文瑞低头听着，叹气道：“家父种种苦衷，还望二位叔父谅察，多多襄助才好！”

“那何消说！”章旷大声说，“尊翁公心为国，如日月无私，山泉无垢，我们朝夕相随，还有不感动、不尽心的么！”

蒙正发想换个话题，笑道：“据学生看，多少封侯拜爵之人，论器识见地，皆远远不及李闯的那位高氏夫人。”

章旷诧异：“圣功见过其人？”

“何公那日专诚过营造访，令学生陪同随行，真长了见识。可惜大人那时到武岗去了，未能躬逢其盛。”

“那“过山虎”怎么样？”文瑞好奇地问。

蒙正发摇着脑袋感叹："李锦当然也算得个人物，高一功则更厚重一些。但我尤其佩服那高氏，深沉稳练，见识精到，实实是个巾帼须眉！无怪乎能辅佐乃夫，倾塌了半边天空。"

"慢着慢着！"章旷笑道，"这等珍闻，百年难遇，须得佐以杜康，说一句浮一大白，才不辜负了它。"

当下吩咐摆了杯壶小碟，三个人对酌起來。蒙正发抿了一口酒，又吃了块牛脯，才开口将何腾蛟过营看望高氏的情形，绘声绘色细说了一遍。其时，高夫人率兄弟和侄子，事先已同堵胤锡两次商议，各项细节俱已妥帖，待何腾蛟过营相访时，诸事就绪，便无多少惊人的情景。但蒙正发把双方举止对话一一详述，章旷和何文瑞仍听得津津有味。毕竟这是几个叱咤风云、令山河变色的传奇人物，过去但闻其名，很难想象在日常琐屑之中会是什么模样。蒙正发说：

"督师见着那高氏、高一功和李锦，对以往多年的恩仇是非，一字未提，只是反复慰勉他们从今往后己勠力抗清，还我河山，拯苏生民。那高氏见督师诚挚宽厚，言辞平和，很是欣服，当着何公一再嘱咐那两人：时过境迁，局势巨变，既已以身许国，便当诚服主将节制，爱惜百姓，有死无二……"

"莫非这两员闯将，在高氏面前就同孩童一样？"

"公子这句话倒形容得贴切之至！"蒙正发笑道，"何公命学生将见面礼物递上时，高氏只是欠欠身，高一功过来双手接住，恭恭敬敬呈给高氏。"

"哦！"章旷饶有趣味地问，"何公送的什么礼物？"

“是一盒珍珠,又大又圆又均匀,很是贵重。何公故友从海南送给何公的。”蒙正发转过脸问文瑞,“是这样吧?”

“是的。”

“我们告辞时,高氏又再次指着二将,请何公关注教诲;又叮咛二将永世勿忘何公。随即又求何公为二将改名。何公听了高兴,当场为李锦改名李赤心,高一功改名高必正……”

何文瑞大诧:“为甚要改名字?”

章旷微笑道:“莫以为改名是末节细事,迹近幼稚,古往今来,大凡矢志改弦更辙之人,十之八九要想到更名改字,以示‘过去种种譬如昨日死,未来种种譬如今日生’之意。”

“照这么说,”文瑞道,“该给刘承胤也改个名字。”

“不错!正是‘刘铁棍’这名字取坏了,”蒙正发笑道,“他才这样不通情理,只会耍蛮。”

“我们给他改个什么呢……”文瑞偏着脑袋想。

“不用舍近求远,就叫‘刘明理’好了。”章旷说。

三人大乐。

这日,长沙郊外大校场中,从清晨起就万头攒动,喧声入云。待到太阳出来,更加照射得五颜六色的旗帜交相辉映,许多枪尖上,这里那里跳闪出寒森森的光斑。骑兵们跨着高头大马,在中央空地里往来驰骋,舞动手中戈矛,尖声呐喊。

总兵官张先壁骑着匹卷毛黑地雪花马,在一队亲兵簇拥下,将偌大个校场走了遍,检查各队士兵甲胄是否整齐,牙旗是否鲜明,吆喝那些闹得太放肆的兵士,又踢骂另一些委靡瞌睡的兵士。活跃在场中的这三万精兵,是他奉何督师之命选拔出来的最剽悍的青年,穿上了营中最整齐的披挂,携带着全牛美酒,在这里准备迎接闯营大将刘体纯、郝摇旗率部来归。一方面表达诚意,一方面显示军威,使二将和标下人马知道敬重畏服。

时将近午,在一里开外瞭哨的小校飞马奔来,报告说万大鹏将军已带着刘郝二将来到。张先壁立即传令布阵列队。不一会,骑兵和步兵分别列成几个整齐的方阵,清风雅静,不闻謦欬。只有空中大纛和牙旗迎风飘拍,偶尔一声咴咴马鸣。

张先壁双足叉开,站在马蹬上,远远望见那大道上黄尘飞起,隐隐传来马蹄杂沓之声,他知道客人已经临近,向身旁的中军做了一个手势。中军爬上旗台,呐喊:"起乐——"

一霎时笳角长鸣,金鼓繁响,三万军兵一齐欢呼。头上五色缤纷的盔缨迎风挥舞。

刘郝人马远远望见这热闹场面。万大鹏怕二将生疑,解释道:"督师大人在准备犒劳二位将军。"

刘郝二人点点头,将马一夹,加快往前跑去。随即看见一员大将,由亲兵簇拥着远远迎来。大鹏手搭凉篷眺望道:"来的是总兵官张先壁。"

两边人马靠近,万大鹏率先跳下马,为刘郝和张先壁双方作了引见。

张先壁拱手说:"督师何大人特差末将前来迎迓二位将军,就请到校场叙话。”

“请——”刘体纯拱手回答。

众人各自上马向校场驰去。刚进场口，便见两边方阵对峙，中间空出一条宽阔的甬道。那一端缓缓迎来一簇人马，最前面是一匹纯白大马，马上端坐着一个瘦削凝重的老人；稍隔几步，是十来匹各色大马，骑坐着服饰各异的文武官员。

万大鹏对刘体纯说：“督师大人来了！”

刘郝二将翻身下马，抢前几步，迎着何腾蛟便行大礼。

何腾蛟也由何七扶着，早下了马，快走两步，躬身还礼。

郝摇旗抢先说：“何公果然是信人！”

刘体纯接着说：“末将刘体纯、郝摇旗前来投奔麾下！”

何腾蛟扶起两人，含笑说：“国家危难之际，求贤如渴，能得二位虎将共图中兴，实为社稷之幸，生民之幸，学生不胜欣喜雀跃之至。从今日起，就是同袍同泽，学生随时盼望着二位将军的谠言指拨……”

刘体纯连忙逊谢。万大鹏见他们寒暄已了，便挤过来向何腾蛟行礼。何腾蛟挽着万大鹏的手臂笑道：“万将军果然浑身是胆，见识过人，今日建了大功。学生感激之至！不会忘记疏题封赏。”

万大鹏笑道：“没有给大人丢脸，就算幸事，不值得大人挂齿！”

众人边说边走，来到观武台前，见那里已一字儿摆开十多张酒案。大家你谦我让，纷攘半晌，才分别就座。何腾蛟趁诸人让座的机会，向堵胤锡、章旷、傅上瑞、吴晋锡、蒙正发诸人与刘郝二将互相引

见。彼此寒暄问候,祝贺一番。何腾蛟见众人渐渐静息下来,才捧起酒爵,大声说:

“今日义师云集,真是天大的喜事！狂虏烟灭有日,直捣黄龙有日,大明中兴有日！”说罢,在一片欢呼声中,洒酒酹了天地、祖宗、当今圣上。换了普通酒杯,举着说:“偏劳诸公及众位勇士,腾蛟奉敬一杯！”

霎时鼓乐齐奏,欢声遏云,各席的文官武将和满校场席地而饮的兵丁士卒,都干了一杯。

豪放无羁的军中酒宴开始了。

何腾蛟敬了刘体纯、郝摇旗一杯,表达欢迎之忱,堵胤锡以下诸人一齐举杯作陪。

何腾蛟又举杯对堵胤锡说:“牧游！你单骑过营,首建殊勋。唐朝郭汾阳免胄说回纥,千古传为壮举,今日足下再添其二,令腾蛟羡杀！”环顾左右说,“堵公胆识超群,功在社稷,我等同贺一杯！”

众人齐声道贺。堵胤锡满面红光,连声逊谢,仰头干杯。

何腾蛟又举杯说:“这杯敬万将军！”

可是万大鹏不耐烦喝这种文绉绉的冷酒,早已混进军士场中猜枚吆喝去了。

何腾蛟笑着对章旷说:“大鹏是足下爱将,他不在,只有请你代喝了。”

章旷也不推辞,一仰脖子喝干。

这时,校场中不论上席下席,俱已意浓酒酣,不拘理数,拳觥交飞，喧笑聒耳。张先壁又唤出标下英武矫健的军校，在何腾蛟和刘、郝席前操拳练腿，相扑对打，演出诸般武技，侑酒助兴。场中军士看见，也都技痒，纷纷就地角力对打起来。

堵胤锡端着个酒杯，来向刘体纯敬酒，从怀中掏出一封书信，递给刘体纯。

刘体纯一看字迹眼熟，拆开阅读，才知是高一功按照高夫人口气所写。匆匆浏览一过，不禁泪光莹莹，强抑着对堵胤锡道："明日末将便随大人前去拜谒。"

"好的！好的！"

刘体纯抬起眼，发觉何腾蛟正也关切地望着这边。他凭这半日的暗中观察，觉得何腾蛟确如万将所言，严毅仁厚，忧国忧民。且喜高夫人和一功、李锦俱已有了下落，并且与自己的抉择不谋而合。心中打定主意，便也端杯过去给何腾蛟敬酒，轻声说：

"国运如丝，匹夫也知道今日是效命社稷之时。如老大人不弃，末将愿致书袁宗第、蔺养成、王进才、牛有勇几位袍泽，共投麾下用命。"

何腾蛟惊喜地拉住刘体纯的手说："果能如此，再好不过！就请在书信中明告诸位将军：何腾蛟绝不负报国御敌的忠臣良将，此心昭昭，天日可鉴！"

刘体纯答允尽快修书，派飞骑送往诸人所隐藏之处，促他们早日来归。

何腾蛟回到席上，手足都激动得微微颤抖，心里默念着："义师云集，中兴有望，真是天怜大明！”

一边放眼望向校场。这时场中气氛更见火炽了。

五

长沙城多少年没有过这样的喜气洋洋了。

连那些终年关门闭户、提心吊胆，不知几时祸从天降的怯懦百姓，也都拥到街头，观看钦差过路的风光气派，甲仗如云的威风杀气，眼睛都盯在那架朱红贴金的巨型抬盒上。

这抬盒中央，高高耸起一张铺着黄龙缎子的小儿，上面供着当今皇帝的亲笔圣旨，圣旨前面横着一口剑、一面卷着的旗。见多识广的人指点着告诉周围的人们：这就是万岁爷赐给督师何腾蛟何大人的尚方宝剑和白旄旗，那旗头上有一束牦牛尾。这可是了不得的荣耀和权柄。有了它们，就意味代天子主持军机政事，谁敢不遵，就是藐视皇上、反叛朝廷，可以先斩后奏的。何大人得到这样烜赫的荣耀，是因为他不仅调集了江汉诸镇的兵力，并且罗致了闯军几员大将率部来归，凭空增添了十多万抗清军力。现在两湖三湘号称十三大镇、三十万精兵，气势大振，成为中兴大业举足轻重的中流砥柱。隆武爷龙颜大喜，拜何大人为东阁大学士兼兵部尚书，进太子太保衔，封定兴伯爵位。不见那剑旄下面，便是一袭蟒袍、一圈玉带么？此外还有银子二百两、采币八表里等等赏赐。

章旷在典礼上,被那些繁文缛节弄得疲乏不堪,且从内心感到这些强颜为欢的表面文章,并不能驱散人们心中的疑惧阴影,更不能靠此弥补已见端倪的种种罅隙。因此瞅个空子,就假作净手,退出了大厅,悄悄溜进一个小书房,坐下来松弛松弛心神和筋骨。

闭目靠在檀木椅子上,听着远处的歌吹鼓乐之声,歇一会响一阵,歇一会响一阵,眼前便浮现出一位又一位贵客昂然入席,钦差一次又一次举爵畅饮的场面。这雍容而单调的乐声,催人欲睡。章旷很快就沉入一种恍兮惚兮的状态,心中浮云也似飘掠过许多断断续续的念头。

那位福王在南京坐龙位一年,宫中大约每天就是这种情景吧。雅乐细细,不绝如缕。醉里乾坤大,梦中日月长。听说清兵围困了扬州时,宫中正忙着大选妃嫔、册立皇后,几个大臣痛哭面谏,极言扬州不可不救援,江上兵防万不可撤。为此与马士英展开舌战,继之对骂,最后愤而拳击马士英。皇帝高踞御座,视而不见听而不闻。直到两方齐请圣断,皇上大喊:“吵什么?大婚要紧!”径自退朝喝酒拍曲去了。几天后过端午,探人来报清兵大举南犯,形势万分危急。皇帝怒他搅了兴致,大发雷霆,把杯子碗筷都摔了。午时正刻,宫中照旧派人上市搜罗两万只癞蛤蟆回宫取蟾酥。又过数日,清兵便破了南京,皇帝被刘良佐挟制着降了清兵,受尽羞辱。据说清帅豫亲王多铎每日差人送来酒食,却用长竹筒套住他的腕臂不能动弹,由同行的宫人喂食,刚近嘴唇,又被清兵拉开,借此耍弄取乐,而他居然能嬉笑如故。难怪刘良佐挟持他转回南京时,市民百姓夹路唾骂,用瓦石投掷这个忝为“九五之尊”的人。而一年前拥立他登极，被他倚为肱股的马士英和阮大铖，一个偷偷逃命，将他扔给刘良佐；另一个不仅觍颜投敌，并且丧心病狂地带着清兵炮攻金华，自己暴死在仙霞岭绝壁之下。军民传说他是在岭上突然看见太祖爷手持大斧向他猛然击来，吓得一个倒栽葱摔下悬岩。章旷想，无耻之尤的阮胡子，算不定是被切齿痛恨他的某个兵将，趁乱掀下山去的。

霍地惊觉，不敢再往下想，奇耻大辱像火一般烧灼着他。他站起身，想出去相机约蒙正发一起逃席，找个清静地方畅谈一番。还没有走出房门，看见何腾蛟迎面走来，就站住含笑等候。

何腾蛟发现章旷，惊喜地说：“于野在这里！我想找个清静处躲一躲，你倒捷足先登了。”

两人对面坐下，章旷拱手说：“先前人多，一直没机会向老师贺喜。”

何腾蛟苦笑：“我的苦衷和难处，你还有不尽知的么。”

章旷见何腾蛟说得恳切，点头叹息道：“老师受命于危难之中，确实令人一则以喜，一则以忧。”

“越是圣恩浩荡，越令我如临如履，几至不能入睡。”说着从袖口中取出一封书札，递给章旷，“一位故友刚才带到的，我忙于应酬，只匆匆浏览了一下……”

章旷听是私信，迟疑了一下，顺从何腾蛟的手势，才打开来随便看了看。但随即专注起来，有的地方还倒回去又溜一遍。

信里主要是摘录了文渊阁大学士路振飞一份奏章里的话。路大人认为隆武皇爷登极以来，“有爱民之心而未见爱民之政，有听言之明而未获听言之效。喜怒轻发，号令屡更。见群臣庸下而过于督责，因博览书史而务求明备，凡上所长皆臣所甚忧也”。甚至直截了当地说：“上谓臣僚不改因循必致败亡，臣谓上不改操切亦未必能中兴也。”

章旷一边默读，一边暗暗点头：除了路振飞，举朝没有第二个人可以这样箴诫皇帝。隆武皇帝做唐王时，被崇祯幽禁凤阳期间，遭受地方官宦的虐待，衣食不周，十分窘困。在凤阳守王陵的太监们向他索贿未得满足，竟借祖制的“墩锁法”折磨他，使得他大病，几乎死掉。幸亏当时做安徽巡抚的路振飞怜惜，上疏请求皇上减轻处罚，并惩办了虐待他的官吏石应诏。因此，唐王一登极，便悬赏寻访路振飞，凡知道下落来报者，赏千金、赐五品官职。果然寻到朝中，立即拜太子太保、吏兵二部尚书，文渊阁大学士。路振飞以今上的恩人、老师兼首辅的身份，才能这样剀切，直言不讳。

“怎么样？”何腾蛟见章旷对着书信发呆，开口问道。

章旷将信仔细叠好，一边说：“也只有路大人，方可以这样说话。”

“但也需这样的圣主，臣下才敢于这样说话。”何腾蛟两眼亮晶晶地说，“国家有如此英主，朝中有如此忠直大臣，这便是中兴的根本。试想前朝，马士英、阮大铖能对弘光皇帝说这种话么！今日既逢圣主，我辈敢不努力效死！”

章旷点着头，但心里不胜惋惜：今上比弘光固然胜过许多，然而局势之大不及当时，也是不容讳言。他想将一些近来总在心中反复推敲的看法，趁这个机会和盘道出。默了一会儿，缓缓开口说：

“刘承胤竟不辞而别，擅自率部扬长而去！”

何腾蛟点点头。

“董、黄、曹诸镇，也都急于各回驻扎之地，已向卑职聒絮多次。”

何腾蛟又点点头。

“悍将拥兵自重，不受节制，今日已见端倪。”章旷放重语气说，“这是大患中的大患！”

何腾蛟还是点头。

章旷移近些，小声而缓慢地说：“前几年朝中常说一句话‘用北人不如用南人’，今日之势，学生以为：用外镇不如用亲兵。”

何腾蛟望着章旷，扬扬眉毛说：“往下讲！”

“诸镇拥兵坐大，骄蹇桀骜，不受调遣，随时可成祸端。今日大势，非太平年月可比：那时候天子威权至高，督师一言九鼎；今日却是大敌压境，皇威减色，那刘承胤敢于如此跋扈无状，就是一记警钟。万一真到了危急时刻，容学生说句大不敬的话：那节旄尚方剑未必震慑得了这些唯图自保的悍将。”

何腾蛟脸色越来越严重，半晌不吭声。章旷停住讲话，让他仔细思索。

“依你之见呢？”何腾蛟终于开口。

“学生之见，这些对民如虎对敌如鼠，擅自来去的跋扈外镇终不可靠，大人应建一支根系在南方的队伍，可以予夺差遣、唯将令是从的亲兵。有亲兵则可以自强，自强方可以驾驭外镇以抗寇仇。这是今日督师大人壮威制胜之策。”

何腾蛟听得眉头紧锁。心中想起被左镇胁迫、诸镇火并引发的惨剧、史可法的教训……章旷的话实在是切中肯綮，诸镇骄横不服辖制确是心腹大病。反复掂量，下决心说：

“高见深获我心！这次圣上手诏中有‘国运中微，朕勉继统；云龙风虎，舍卿其谁’这样话，实在职责太重……”

“还敕令先收复江西，再收复南京，”章旷插嘴说，“今年要与督师握手于南京。”

“真是惶恐欲死！”何腾蛟蹙眉苦笑，随即握住章旷的手说：“于野，你的主意，确实切中时弊。那么，可以从什么地方招募呢？”

“自然是广西贵州一带的土人。桑梓存亡，是他们最关心的事。”

何腾蛟郑重嘱咐：“那么，此事就重托了。”

章旷道：“职责所在，自当尽力。但还需得力的人筹集军需。”

“这是头等大事。”何腾蛟说，“我看非圣功莫属。”

“学生也这么想！”章旷说。

两人静默了一会儿。

“呀！你听——”何腾蛟忽然说。

章旷侧耳而听，却不听见什么，只有隐约约的细乐之声。何腾蛟笑道：

“外面还有那么多宾客哩，我们也太简慢了！走，应酬应酬去。”

两人相视而笑，相将走向宴客敞厅。

招募士兵之事，由于章旷、蒙正发及傅上瑞等人的努力，很快募得平越、黎平、柳州、镇筸地区的苗彝侗僮等族土将士兵近四万人,直属何腾蛟标下,以能指挥如意。随即,奉诏从云南转移的滇营赵印选、胡一青两标人马,也来归何腾蛟麾下,算是改变了他孤身与诸重镇相周旋的局面,使他得到一种足跟站定的感觉。

所谓两湖十三镇为:黄朝宣、张先壁、刘承胤、李赤心、改名郝永忠的郝摇旗、袁宗第、王进才、董英、马进忠、马士秀、曹志建、王允成、卢鼎。

何腾蛟见部署粗定,便决意东下,拜表出师。计划张先壁出茶陵,曹志健出犹义,合攻漳赣;黄朝宣出醴陵,周金汤出澧州,李赤心的忠贞营出兴归,联络川蜀水师,出巫峡夔门,并下荆襄,既无东忧,又张西势,并力直下。余下的刘承胤、马进忠、王进才、卢鼎、董英等部,水陆步骑,百道并进。或压敌之首,或绕敌之背,或披敌之肢,使清兵四体不得稍宁,首尾不能相顾。进而与闽粤义师引领遥望,相互应答,共图恢复。

这日,何腾蛟正在灯下伏案,忽听报说章大人来访,搁下笔起身相迎。章旷仍迈着他那急促的步子进来,见了礼,坐下便说:“读了大人亲撰的檄文,得知大人对中兴大局已有通盘筹算,成竹在胸,不胜喜慰雀跃之至!”

何腾蛟望着章旷黑瘦的脸庞,歉然说:“这一向募兵筹饷,到处奔波,把你和圣功累苦了!”

章旷挥挥手,表示不值一提,径自接着先前的话头说:“万事俱备,只欠东风。”

“足下所谓东风是何物呢？”何腾蛟含笑问。

“自然是奏请皇上移跸湖广。”章旷说，“只有如此，才能威驭将帅，稳定民心。督师大人苦心孤诣的通筹，才可望得以推行。”

何腾蛟笑默默地听着，待章旷说完，伸手拿起案上正在写的纸递给章旷。章旷一看，正是疏请皇上移跸和亲征的奏本，笑道：“人同此心，心同此理。”

“皇上亲拟登极诏书之后，接着又拟了亲征诏，昭示天下。凡有血气之人，无不欢欣鼓舞，勃然奋臂，认为天兵发、敌颈系、国仇复、奇耻雪，已然指日可待。这种人心萃涣之际，就是天命成败之关，至关紧要。如若时机一失，便不可再得了。”

章旷点头说：“据说万岁一再说过：福州乃偏安一隅之地，岂是画一四海之所。却又怎么一再推延不决，使臣民始而企盼，再而失望，三而疑惧呢？”

何腾蛟小声说：“于野！你我之间，无话不可谈。正如那天你所说，今日之皇帝，岂还是旧日之天子！处身权臣掌握之中，行动不能自专……”

章旷明白这话指着拥立唐王、权倾一朝的安南伯郑芝龙。他唯恐皇帝离开他的控制，千方百计阻挠亲征。有一次皇帝已走出四百多里路，也被他以粮饷罄竭的理由逼了回去。这些事情，其实早已引起同僚的窃窃私语，今天在持重寡言的何腾蛟口中得到了证实。

何腾蛟凝思片刻，拍案说：“如今湖广粗定，学生派人去迎接万岁入楚！”

章旷连声称是，接着说："夤夜前来拜谒，是想向大人讨一件差事。"

"哦！"何腾蛟笑道，"甚么差事？"

"敌军现在岳阳，下湘为门户重地，不可长久空虚。学生愿请率三标人马驻扎湘阴，严阵以待，伺机出击。"

何腾蛟惊喜地说："若得足下亲去，自然再好不过！只是……"说着站起身踱步思谋。

章旷望着他道："大人顾虑的是……"

"于野！你固然胸有万兵，只是身子太文弱，如要去，须得与一位总兵在侧，才能放心。"

"不然，"章旷说，"若与大镇共驻，必定事权分散，诸般掣肘，处办颟顸，贻误大事。大人但将这块地方一总放在学生肩上。居中调度，自有大人主持，我在外定不会有后顾之忧。"

何腾蛟沉思了一会，拈须说："好则是好，只是我左右少了足下，不能朝夕相见请教，实在是一件憾事！"

章旷拱手说："哪里哪里！但要向大人讨一个干练之人同去，随时助力匡谬。"

何腾蛟警觉起来："讨谁人？"

"蒙圣功。"

何腾蛟扬声大笑："我算定了是他。连他也走了，腾蛟也太寂寞了吧！"

章旷不忍心地说："那就……"

“好！让圣功去！”何腾蛟说，“你的身子太叫人担心！有他在，可以给你分些累。”

一个书吏捧着一叠邸报进来，说是刚送到的。何腾蛟和章旷已谈完正事，各自取来浏览。

何腾蛟翻着邸报问道：“贵乡松江有位章姓绅士，单名一个简字，是不是与你宗亲？”

“什么？”章旷正看得专注，漫不经意地问。

“松江有位章简，起义守城，清军围攻累月，终于城破殉国。奉旨祭葬，赠吏科都给事，加赠尚宝卿，谥了个‘节愍’……”

章旷怔怔地听着，忽然一把抢过去，凑着烛光细读。

何腾蛟听见章旷像受伤一样叫了一声，忙问：“于野！怎么了……”

“这是家兄！”章旷有气无声地说了一句，便瘫坐在椅子上，仰头靠着椅背，半晌没有声息。

何腾蛟心中嗟叹，无话可说，只是默默望着章旷，让他自行熬过这一阵揪心的痛楚。随即又轻轻起去，亲自为章旷端来一杯热茶。

章旷接过茶放在一边，慢慢说道：“那年，学生赴沔阳知州任，家兄直送到京口。临分手时，拉着学生的手，叮嘱要做个好官。学生踅转身送他走出一程，他回身送我一程；送来送去，四次五次不忍分手……”说着，一双沉重的泪珠滚落下来。

何腾蛟默了半晌，缓缓道：“于野，且歇息几天。湘阴之事，再从长计议吧——”

"学生日内就动身。"章旷行礼告辞,似乎怕何腾蛟再挽留。

何腾蛟追了几步,拉住章旷,柔声说:"于野,你要珍摄!"

"大人放心!"章旷忍泪说,"家兄已舍弟而报国,学生必报国而追兄!"

何腾蛟大声说:"好,明日我为足下壮行!"

何文瑞来到父亲身边有些日子了。他很想回家乡去,让祖母和母亲知道自己安全脱身,来到了父亲身边,也好消除挂念,高兴高兴。那天见到父亲后,也曾给她们捎了信去,但眼下这样兵荒马乱的,谁能知道音书何日达,甚至能不能送到她们手中呢?

但是看到父亲总是这样忙碌,不见一点闲空,连吃饭也一边看着塘报,或是一边听人禀事,或是独自思谋甚么,只见那筷子越动越慢,停在空中不动了。何七私下怂恿他多和父亲叙叙家常,让老爷子松松心。可是,连每天早晨去请安,也常见有人禀事,话都谈不上一句。因此文瑞觉着寂寞,想回家去,又不忍心向父亲开口。虽说见面不多,但只要见着了,父亲疲惫的眼神便会漾起笑意,连瘦削脸庞上的皱纹也见得柔和了些。毕竟年过半百之人,又离乡多年,终岁宦游在外,难得这样的父子相聚,文瑞不忍心提起回家的话头。

刚才何七告诉文瑞,老爷子料理完了公事,顺手捡过儿子送他圈改的小楷日课来看,居然越看越津津有味,拖声曳气地唱起山歌来。定是公子的字写得太好,老爷子才这么中意。便睐文瑞趁这个时机进去,陪着说说话,让老爷子高兴高兴。

文瑞听了好笑。再妙的碑版法帖,也只会引人动指运腕、书空摹画,没听说引得人唱歌的。而且父亲这老古板,他会唱什么山歌。想是读到那小楷写的哪首古诗,情不自禁地诵读起来。但跟何七说不清,又却不过他连催带搡,便大着胆子跨进签押房。

却见父亲靠在凉榻上睡着了。双手叠在胸口,手边是那本反匍着的小楷本。

文瑞轻轻把本子取开,瞥见翻着的一页写的是杜甫《洗兵马》的末尾几句:“田家望望惜雨干,布谷处处催春种。淇上健儿归莫懒,城南思妇愁多梦。安得壮士挽天河,净洗甲兵长不用!”他想着默写这首诗时的心情,轻轻在父亲身边坐下来。

文瑞从来没有这样近观熟视过父亲,以致觉得爹爹的面貌既稔熟又陌生,甚至越看越觉不像了。他忙把眼光移开。

对父亲的感情主要是敬畏。从小就是如此。这自然有父子间长年累月不见面的原因,但也因为父亲性情严肃,不大说笑。三年两载回乡探省祖母,住上十天半月,也常常是关在书房里,很少同家人说话。连带回去给小孩的礼物,都是从母亲手里领取的。见了文瑞的面,除了问读书,其他话几乎没有。偶尔兴致好时,多说几句,反使文瑞不习惯。但是,从小常听人叮咛:“好好读书,二天像你爹爹一样!”祖母母亲这样说,亲戚长辈这样说,偶尔来家里坐坐的客人也无不这样说。因而文瑞很以父亲为荣耀,但他的模样在心里却是模模糊糊不真切的,像是书里的人物,不像祖母母亲这样实在。

刚到长沙那天夜里,同何七絮谈了一个通宵。何七口口声声说父亲“可怜”。文瑞听了又好气又好笑,嗤之以鼻,不屑与他争论。但这些日子,暗中观察,竟不觉领悟了何七这句话,也觉得父亲真的“可怜”起来,急于回乡的念头也打消了。他忽然生起一股对严父的眷恋,决意留在他的膝前。等有便人去那方,再给祖母和母亲去一封平安家书就是了。当然,还有新婚不到一年的妻子……

何腾蛟忽然惊觉,立刻同没睡一样清醒,这是他戎马生涯中养成的本领。他欠身坐起来,道:“你几时进来的?”

文瑞已经垂手而立,恭谨地说:“刚进来。”

“坐下吧。”何腾蛟发现那本小楷在文瑞手中,长长的眉扬了扬,带笑说,“也不晓得几年几月没有摸书卷了。起先看到你抄的杜工部《洗兵马》诗,反复读了几遍,不觉打起盹来。蒙眬之中,竟同诗里写到的那些中兴名将见了面。诗里描绘的甚么宫禁烟花、百僚冠冕、鹤驾凤辇、问寝龙楼,尽都历历在目……最奇之处,分明知道这是京城皇都,同时又分明知道是在我们家乡黎平……”何腾蛟呵呵笑起来:“真所谓白日见鬼了。”

“想是这篇诗同爹爹今日处境心情有关联,才会这样惬心洽意。”文瑞说,“连儿子也是这样想起写它的。”

“不错。”何腾蛟点头,不觉又吟唱起来,“中兴诸将收山东,捷书夜报清昼同。河广传闻一苇过,胡危命在破竹中。……已喜皇威清海岱,常思仙仗过崆峒。……”一边用手指在桌上敲击节拍。忽然道:“趁着无事,陪我出去走走。”

文瑞见父亲有这样的兴致,真是难逢难遇,惊喜地答应着,就要去唤何七。何腾蛟摇手说:"不必,就在近处走走。"

父亲在前,儿子稍隔半步,弯弯曲曲从后园一道小门走出去。文瑞听见父亲还在轻声玩味着那首诗。"成王功大心转小,郭相谋深古来少。司徒清鉴悬明镜,尚书气与秋天杳。二三豪杰为时出,整顿乾坤济时了。……二三豪杰为时出,整顿乾坤济时了。……"

文瑞听父亲念得很慢很慢,还重复"二三豪杰"这两句,不禁联想起签押房中悬挂的那帧《郭令公免胄见回纥图》,听说还是章叔特意请蒙先生画来赠父亲的。显然父亲是时时以再造大唐中兴的名将,那位集勇猛、韬略、度量、谨慎于一身的郭子仪来勉励自己。他对杜甫这首诗爱不忍释,便是理所当然的了。也不禁跟着背诵起来:

"安得壮士挽天河,净洗甲兵长不用!"

何腾蛟兴趣盎然地说:"到那时候,我就要'官应老病休'了。乞求皇上放我归田,回我们黎平侍奉你祖母,一家老小厮守着,好好读我那几架子书……哦!刘承胤到黎平撒野,没有毁坏书房吧?"

文瑞撇撇嘴:"他就是把神鱼井的石栏杆撬了扛走,也不会要书的!"

"这就好!"何腾蛟欣慰地说。

文瑞忽然说道:"老辈人们说,神鱼井原有一红一白两尾鱼,自从爹爹生下来之后,就隐没不见了,可是时常发出红光白光……真有这事吗?"

"哪有这种事!"何腾蛟说,"还说我是鱼精投胎,是吗?"说着笑出声来。文瑞脸颊热热的,也跟着笑。

“那口井的水真的很甜!”何腾蛟轻吁一口气,“出来之后,再没有喝到过这样冰凉清甜的水。”

爷俩絮絮谈着,慢慢走着到一道小河湾,垂柳依依,参差夹岸,甚是幽深。走到河边自然停住脚。何腾蛟伸手折了一小枝柳条扔进河中。那柳枝在碧绿的水面打了几个转,缓缓地漂去。何腾蛟目送着说:

“做诗填词,平仄格律是死功夫,难在诗思诗心。我自知无诗才,所以少作多诵,随处可以借古人之酒浇自己块垒。那年过汨罗屈原祠,荒祠日暮,很涌起些感触,忍不住凑了一首七律。古人说诗言志歌永言,再是不错的。”

“哦——”文瑞高兴地说,“爹爹念来听听!”

“不算好。”何腾蛟摸着胡须笑道,默了一下,才开口念起来:

“鱼腹忠魂只自埋,春风千古有余哀,驰舟不尽湘人意,作赋因知贾谊才……”

才念到这里,便听得远远有人喊。转眼跑近,却是何七,禀报说飞骑送来了塘报,并有军情要当面禀述。

何腾蛟点点头,拔脚便走。文瑞和何七不远不近地尾随着。文瑞小声埋怨:“你叫我让他散散心,今天好不容易出来走走,你又来催回去。”

何七瞪眼道:“有事不禀,他不把我吃了!”

“小声点!”文瑞吓得去捂他嘴。

两个人偷偷笑起来。何腾蛟早走远了。

蒙正发冒着酷暑,从关王桥纵马驰回湘阴,向章旷回报沿线各营哨的布置。

自何腾蛟答允章旷的请求,差他来襄助,便于二月间来到湘阴,担任了章旷标下十三营的监军职积务。日日骑快马驰驱各营,酌情布置,然后将各营情状带回湘阴,详细面陈,使章旷对防务诸事,及时了然于心。这职务不仅事繁责重,又兼奔波不休,几个月中,几乎连饮食休憩都没有离开马上鞍间。聊可自慰的是,诸事渐见头绪,替章旷分担了几分劳碌。

章旷初到湘阴时,十五里外便常有清营骑兵往来骚扰。章旷派万大鹏率领一哨人马突出狙击,陆续砍杀了一百多个敌兵首级,将清兵哨骑逐到新墙河岸,直抵岳阳界外。随即分派几员副将沿途驻扎在顶拨、潼溪、新墙、关王桥、长乐街等地,扼守大小道路。湘阴四围,一时安定起来,百姓得以稍稍舒了口气。而蒙正发也饱尝了跋涉劳顿。

进了城,马蹄踩在卵石累累的街巷中,更耸得他心中作呕,又几次失蹄颠蹶。他索性下了马,将缰绳扔给亲兵,自己步行。一动步,全身像散了骨架,一跛一跛走了许久,酸麻的双腿也没能软和起来。

章旷的公署设于他自选的一幢士绅民舍。蒙正发进了大门,绕过作为大堂的前厅,走向二进堂屋。上了三级石阶,隔着敞开的雕花门,看见章旷伏案疾书的侧影。他放重脚步,噔噔噔跨进门槛。章旷应声回头,起身迎过来,带笑说:“算着你今日要回来。你看,这不是虚位以待么?”

蒙正发一看,那张细腿雕花小几已设下了杯筷酒肴。忙说:“这般时候,老师怎么还等着!”

章旷指着悬挂在梁木下的匾说:“后食堂么,同苦之士未至,后食堂主人岂有先吃之理。”

蒙正发瞥了一眼那块写着“后食堂”三个石绿大字的匾额,扬声大笑起来。这三个险峻瘦硬的欧体字,是章旷自己写的。“后食”的含义想是从范仲淹“先天下之忧而忧,后天下之乐而乐”脱化而来。左右两条抱柱对联,也是章旷自撰自书:“帐下若于同苦士,湖南第一大明城”。

蒙正发笑道:“那就请入席吧。也真饿了。”

章旷斟了一杯酒,递给蒙正发:“洗洗尘!”

蒙正发双手接过,低眼望望自己汗泥斑斑的衣襟,笑道:“这满身的征尘,真要湔洗,怕八坛老酒才够呢。”

章旷举杯微笑道:“只要你有这等海量。”

举杯未饮,门口进来了送文书的。章旷当即观看,口中嘱咐着,又起身到窗口书案前,取笔墨批注。

蒙正发呷了口酒,忽然发觉章旷面前是只空杯。待章旷回到座位上,蒙正发指着空杯取笑说:“老师不仅枵腹以候,并且省嘴待客么?”

章旷笑道:“近日下血之症有些发作,不敢近酒。”

蒙正发见章旷果然比前几日分手时更见憔悴,脸上布满黑斑。

忙说:“这都因过于劳累所致。如今自新墙、擅溪至平江,延绵三百余里,兵将十三营,星罗棋布,头绪如麻。而老师一裨一弁,事事在心,般般亲理。我常见老师一饭之间辍筷五六次处理公文,从黎明至夜半只能就枕片刻。就是铁打的汉子,又承担得多久?学生常常担忧此事。”

章旷挟了片牛脯慢慢嚼着,听完默默笑道:“这‘事必躬亲’确是我一桩大病。只是能知而不能改,无可奈何!”

蒙正发无奈地说:“这就是所谓‘心与身为仇’了。”

“这五个字真是说透了!”章旷轻轻拍案说。

“但老师还是不能大意!”蒙正发郑重其事地强调。

章旷也郑重点头:“好的!好的!”

蒙正发又累又饿,吃得很是香甜。章旷满意地望着他吃喝,自己只是嚼点牛脯作陪。说话之间,又接连料理了几件公务。

蒙正发皱眉说:“长此以往怎么得了!老师万万不可掉以轻心!”

章旷叹口气说:“身逢乱世,皇帝也要节食损眠,为臣子者哪敢怜惜自身!尤其是何督师,光说筹措粮饷,又是各镇兵将,又是我们三标临敌之兵,只这两项每月便是上十万银子,叫他焦头烂额。还有那许多斡旋调停、排纷解难的麻烦事呢?弄得他左提右挈,寝食不遑。常说‘以一手障南天,如何能够’!没有谁像他这样心力交瘁的。我只恨不能多替他分些担子……”

话说到这份上,蒙正发也无可再劝。

晚上两人对床而眠。蒙正发疲乏已极,耳里似乎听着章旷讲话,鼻子已轻轻扯起鼾声。

半夜里，忽被摇曳的烛光惊醒，影影绰绰见章旷拖着乏力的脚步，慢慢挨到床前。蒙正发连忙跳下床搀他躺下，问："又下血么？"

章旷点点头。蒙正发坐在床头，焦虑地说："一定要找个高明太医好好治治才是！一个人能有几多血禁得起这么消耗！"

章旷笑笑说："我辈这一腔热血，免不得要寻个出处。只不过愿干净从颈项出，不愿龌龊从下体出罢了。"

烛影摇红，映照着章旷清癯的脸庞，两颊深凹下去。独有一双眼睛，炯炯地射出炽热火焰。正发喉头哽塞，忍了一阵才说出话："唯其如此，老师更要善保这一腔热血，留待该从颈项间出的时候！"

"圣功，你放心。"章旷反过来安慰他，"我这是老病，又正服着药，已见好了。"

蒙正发再没有能够入睡。他回想起自己刚赶到长沙时，在愤懑中对何腾蛟发泄的一顿牢骚，觉得脸上发热，后悔当时的孟浪。既有何督师、章太仆，便足见中兴有人，中兴有望。

清晨醒来，见章旷已衣冠整齐，手握一卷纸，在门廊上踱步，低着头思虑什么。蒙正发知道有什么军情，快步出去。章旷迎面扬起那份塘报说：

"祖大寿到岳阳了！"

这是估料得着的消息，可是仍然叫蒙正发心中紧了一下。章旷来到湘阴后，多次堵杀扰掠的清骑，屡挫其锋；随即乘胜逐北，直抵岳阳城下。清军岳阳总兵马蛟麟大为恐惧，向北京飞骑请援，清廷遂派祖大寿率军前来。

“据前些日子的塘报,祖大寿是四月初旬出的京门,”蒙正发说,“近日抵达岳阳,算来走了一个多月。”

“这祖大寿本是我大明总兵,挂征辽东前将军印。崇祯十五年,松山城破,与洪承畴一道投降的。如今是清军正黄旗的固山额真。”

蒙正发笑问:“来到军中,常听到‘固山’一词,‘佟固山’‘铁固山’的,今日又听老师说的是‘固山额真’,这到底是个甚么官职?”

“这是清人满语。固山便是‘旗’,不是常听到甚么正黄旗、正红旗么?一旗的头领,称为额真,我们就简称为张固山李固山了。”章旷说,“大致也相当于我们的总兵吧。”

蒙正发接过塘报看了看,说道:“祖大寿到了岳阳,与马蛟麟两镇会合,其势汹汹,我们不可小觑!”

“是。”章旷说,“要火速驰谕各营,严饬防御。”

“我这就动身。”

章旷打量着蒙正发,摇头说:“你歇息两天。我另着人去。”

“还是正发自去为妥。”蒙正发说,“要防遇到意外紧急军情,无人及时处置。”

章旷沉吟一下:“也只好劳累你了。只是,这次不比往常,注意保重!”

“正发知道。”

蒙正发匆匆用了膳,上马驰往沿线各营,检促防务,激励兵丁,提醒大家枕戈待旦,准备投入迫在眉睫的恶战。最后到新墙住下来,决定在这最前沿亲自督战。夜里终宵检点自己的种种安排,唯恐有丝毫罅隙,影响了何督师聚镇誓师以来的第一场正面交锋。

六月初一近午,探子飞骑来报,清兵已于清晨万骑渡河,直逼到我军排栅前扎下营盘。

蒙正发立即同诸将商议对策。主持新墙防务的副将满大壮率先说:

"末将职责所在,不敢隐瞒实情,贻误军机。敌军万骑渡河,声势逼人,那祖大寿标下又是满兵,骁勇善射。我们若无援兵来接应,新墙万难抵御!"

话音刚落,吴承宗、龙见明、廖文明、陈友功几个将领也纷纷附和。

蒙正发见众将神色紧张,所说也是实情,便赞同立即向各营求援。满大壮盯着蒙正发说:

"此事关系重大,必得请蒙监军亲身前去。不然只怕迟延误事,追悔不及。"

众将又异口同声表示赞成。

蒙正发也知道这桩急如星火的差事,只有自己担当才放心。但新墙眼看就要交锋,同样放心不下。心里矛盾,难下决断。满大壮看出他的顾虑,站起来大声说:

"监军只管放心前去,新墙就交付在末将等人肩上。我等拼命厮杀,死守新墙,直等援军来到,共将清兵杀退,决无二心就是了!"

蒙正发环顾诸将,见一个个摩拳擦掌、同仇敌忾的神情,站起身说:“好！有诸公千金一诺,学生这就放心前去。”

随即带领十多骑亲兵,飞驰而去。一路上,随着马背的剧烈颠簸,心口也像杂沓碎响的马蹄声一样,咚咚狂跳。像过筛子一样,飞快地掂量十三营的将领性情和兵丁力量,估量谁人最堪信赖、谁人最可担虑。一时觉着稳操胜券,一时又觉着毫无把握。想到自己头一番遭遇如此阵仗,不卜前景如何,又一时喜,一时忧。望着马头前面弯弯曲曲的小路,突然闪过一个念头:

“前面两条岔路,如是向右,我蒙正发便注定要为章太仆立此一功;如是向左,便是天意要我在督师面前丢一次脸面……”

马蹄密响,粗糙不平的路面迎面扑来,又倏然掠向身后。蒙正发心神紧张地望着前面。好久好久,才遇到头一条岔路:向右。

蒙正发疾驰而过。一面暗自非笑自己病急乱投医,居然乞灵于这种儿戏般的占卜,同时又竟自感到一丝喜慰的感觉。

先来到长乐街,就兀坐在马鞍上,调遣副将向文明率兵二千,火速驰往新墙援助。接着来到关王桥,命吴胜带兵一千,立刻接应新墙。马不停蹄,又赶往潼溪,向副将覃裕春布置一番。忽然,几声荒鸡,引起他的惊异。抬眼望天,残月稀薄得像要溶进蓝空,晨光熹微,长夜竟已在他的马蹄下悄然逝去,他却一点儿也没发觉。

“蒙先生快去歇息一下吧。”覃裕春说。

蒙正发点点头。就在这时,新墙那边,火炮轰鸣之声频频传来。蒙正发失声说:

“交上手了!”

他唤人备马，又要赶回新墙去。覃裕春死死将他留住，说是去之无益，不如留此等候探子报来的消息，措置联络，都更为方便。蒙正发勉强听从，被覃裕春送进自己卧室。但哪里能够成睡，翻身又走出来，找覃裕春细细询问兵力安置诸事。覃裕春一边答话，一边着人备办饭食。不一会端出来，蒙正发只觉饥肠辘辘，却又一口吞咽不下，捧着碗筷发怔。

"新墙来人了！新墙来人了！"

外面一阵乱喊乱跑。蒙正发顾不上放碗箸，捧着就迎了出去。老远一人一骑，被迎上去的官兵簇拥起来，那人刚翻身下马，便瘫倒在地上。

蒙正发挤入人丛，连声问"新墙怎么样？新墙怎么样？"

坐在地上的汉子，头盔没了，左颊左颈左肩血淋淋的。他抬眼望着蒙正发，声音颤抖：

"新墙失守了！"

蒙正发将手中碗筷一摔，砰地砸得粉碎，破片四溅，厉声说："说详细些！"

"我们同清兵鏖战了半日，被他们从陈友功排栅攻了进来。副将吴承宗、参将满其炅、都司郭泰都被清军俘执。东北角的兵丁尽都没了……"

"还有呢？"

"满大壮、陈友功、龙见明几位将军冲阵力战，退出来了……"

"援兵没有到么？"

“幸得向文明将军的援军赶到,满将军他们才得冲出,兵丁死伤也不多。”

探子唇干舌燥,连咽唾沫的劲也没有了。蒙正发返身抓住覃裕春说:

“覃将军！清兵今日破新墙,明日必攻潼溪。这里便是你我勠力效命之地了！万一潼溪不守,正发誓以身殉,绝不再回去见章太仆和何督师。”

“蒙先生放心,潼溪将士,誓同生死!”

话没说完,一阵人马杂沓之声传来。蒙正发车脸一看,远远有一个武将骑着匹大马,带着一大堆人马往湘阴方向奔跑。正不知怎么回事,便听见覃裕春骂起街来:

“娘的！一听丢了新墙,他姚友兴就吓跑了!”

蒙正发猛一下子狂怒起来,几步跑到自己的马匹前,解下缰绳,跨上马背,连连拍击马臀,飞驰追赶而去。吓得十多骑亲兵也连忙加鞭赶上。那姚友兴带着许多步兵,行军缓慢,不到半个时辰,便蒙正发赶上。

蒙正发也不呼叫姚友兴站住,径直催马赶到前面,勒转马头,迎着姚友兴站定。

姚友兴走近,尴尬地向蒙正发拱手见礼。

“姚将军匆匆离汛,要往何处去?”

姚友兴悻悻然不说话。

蒙正发见姚军兵丁簇拥过来,接着,覃裕春着数十骑赶到了。便等他们都走近，这才踩着镫站起身来，大声说：

“三岁孩童也知道，养兵千日，用兵一时。诸位尽是食国家粮饷，受万姓衣食的将校军丁，防守的又是诸位的父母之邦、衣胞之地，怎么不是踊跃争先去救护生我养我的万姓同胞，却是望风而逃，将父老姊妹扔给敌兵宰割呢？”

四下一片哑静。蒙正发眼光扫向哪里，许多军士就低下头去，有人还往别人身后缩。他当机立断地说：

“军情紧急，我无暇多说。如今只有一句话：我蒙正发誓同诸位共生死，决不离却潼溪一步！有与正发同心者，退贼之后，自当呈报督师大人，论功行赏。有临阵脱逃、畏死投敌、扰乱军心者，我监军奉章太仆、何督师严命，就地处斩。请回吧——”

说完，拨转马头，率先向潼溪驰去。他再没有回头探望，只是暗暗侧耳倾听，身后一片沉重的马蹄声和脚步声跟了上来。

章旷病体初愈，强自支撑着与湘阴知县俞鸣仪和标下众将吏聚坐议事，一面等候新墙那边的战报。他心不在焉地听着众人的说话声，不断瞥视大门外面。每见进来一个人影，都要心跳一下，但尽都是无关的人。

监纪孙象乾说了几件重要事项，章旷才留神倾听起来。不妨人影一闪，中军秦相百上了石阶。总算来了！章旷抢上几步：“新墙有消息了么？”

秦相百连连眨着眼睛，不敢说，又不敢隐瞒，嗫嚅禀报：“新墙被清军攻占了……”

章旷一个趔趄倒了下去，脑勺碰得地砖一声闷响。几个人冲过去，见章旷已经晕厥。有人忙掐住人中，接连叫几声，才听见出了一口气，跟着一口血呛了出来。众人七手八脚，将章旷抬到榻上躺下，连忙分头请太医，找药物，忙成一团。

蒙正发转回潼溪镇，果见姚友兴及标下官兵，默默跟着回来了，军心贴然。便立即商议却敌守土之策。

这副将覃裕春和儿子覃鸣珂，乃是蒙正发从广西柳州募得的僮族头目，标下军士虽只五千人，却是一色的火铳手，剽悍无匹。姚友兴是黎平土师参将，标下三千士兵，其中也有铳手一千。蒙正发想到鸟铳火器利于防御，稍感宽心，便与覃姚二将共同安置，将六千火铳编为三队，在敌兵攻栅时轮番排放，轮空装药。其余二千步兵，分守排栅各处，专门砍杀乘隙进入排栅的敌人。覃裕春再三叮嘱，火药置备不多，铳手们务必尽量俭省，弹无虚发，以免应接不上，让敌人乘虚而入。蒙正发听了，忙安排搜集棍棒，分发给铳手，以备火药用尽时应急。一边暗暗惋惜原先不知火铳的性能，没有为他们筹措更多的火药。

三更时分，十个火头军准备造饭。四个人拎了水桶，乘着朦胧月色，出栅汲水。走到营门，前面一个忽地猫身伏在地上，轻声警告：“有野物！”

后面三个应声扑倒。在黑暗中伸长脖子探望，只见黑糊糊一团蹲在营门口，半天一动不动。壮着胆上前一摸，是一个大包，提也提不动。连忙扛来禀报。

蒙正发观看打开的包袱，也不认识是甚么粉末。忽然覃裕春惊喜地嚷了一声：

“火药！”

“哪来的？”蒙正发问火头军。

“就在栅栏边摆着。”

“奇了！莫非是老天赐的？”覃裕春说。

蒙正发接过一支火把说：“去看看。”

覃裕春和姚友兴也拿了火把，带着几个人跟蒙正发环绕排栅走了一圈，居然又捡得火药两大包。

覃姚二人啧着嘴连声奇怪。蒙正发说：

“我明白了。这是敌兵派细作趁黑夜摸来摆放，等到攻栅时乘乱点燃炸栅的。”

“就是这话！”姚友兴说，“不想反被我们捡了便宜。”

“天赐天赐！”覃裕春兴奋不已。

姚友兴喃喃说：“天佑大明……”

“他们清晨定来攻栅……”蒙正发抬头望着透出一丝白线的天边说。

东方才白，果然清兵万骑齐来。杀声震耳，铁蹄撼地。潼溪栅内军兵，都按昨夜下达的命令，坚守栅栏，不出声，不迎战。等清骑靠拢，覃裕春一声号令，第一排火铳千响齐鸣，引得万山响应，硝烟散处,清骑仆尸无数。被轰响惊了的战马,发狂般乱奔乱踢,咴咴长嘶,挤得后面的人马趺趺撞撞。不一会,后面的骑兵又被调到前面,逼近排栅。又—阵震耳爆响,清军又卧尸无数。有的冲上来拖抢受伤伙伴,又被火铳打倒。不等第四个回合,清军就被这种从未经历过的阵仗吓晕了,呼啸而退。

蒙正发站在排栅后面高处观阵,惊心摄魄,狂喜不已。今日才亲见这火铳的威力!他连声喊道:“敌军乱了,快追!快追!”

“不能追!”覃裕春乱摇着手说,“火铳不便追击,铳手们又不善用刀枪。若清兵听见火铳停响,栅门洞开,反扑回来,便不堪设想!”

蒙正发只好眼睁睁望着清兵撤走,恨恨连声。覃裕春大声喝令铳手快装枪药,准备清军再来攻栅。铳手们七嘴八舌地叫嚷,枪筒火烫,再放恐怕炸筒。蒙正发虽不懂这火铳,却也明白铳手们很是担心。正着急,忽听姚友兴愕然指着远处“看!看!出了什么事!”

果然,原先并未失去阵容的清骑大队,像是发生了骚扰。一片狂呼乱叫声传过来。队形正在涣散。

渐渐可以看出眉目:有一支人马闯进了清军的垓心,左右砍杀,所向披靡。蒙正发远远看去,就好像有一条巨蟒游进稻田,长躯过处,两边谷穗迎风倒伏,整块稻田也纷骇舞动,宛如波浪涌动,不可遏止。

“娘的!甚人这样大的威风?”覃裕春看得瞠目结舌,半晌才嚷出一句。

蒙正发眼也看酸了,才辨出那巨蟒头部,是一匹高大剽悍的铁青卷毛马，眼熟得很……恍然大声说：“万大鹏到了！万大鹏！是万大鹏！”

姚友兴嘬着嘴唇呼啸一声，纵马过去，推开栅门，挥枪冲向敌阵。两千步兵一溜烟跟在后面，掩入清军阵中，大杀一气。不到一个时辰，清兵跑得一个不剩，只留下满地尸骸，和一些失了主人、惶然悲鸣的战马……

蒙正发拍马迎上去，老远就和万大鹏招呼。万大鹏奔到面前，掀髯大笑：“大人！万某今日过了回瘾！”

“将军怎么会经过这里？”蒙正发问，“真是天意难测！”

“甚么X天意！”万大鹏哈哈大笑，“是何督师差我前来救援的。”

“哦——”蒙正发惊叹着。

“要谢你谢何七那个飞毛腿。我老万也得谢他！不是他，我不能这么快赶到潼溪，吃这一顿大肉。”说着拱手道，“末将乘势赶上去夺回新墙。请了！”

第三天，蒙正发又在后食堂与章旷见了面。

“新墙失守的消息，吓得我心胆俱碎，只想你是在劫难逃了！”章旷拉着蒙正发的手说，“幸喜吉人天相，第二日便报来了潼溪大捷，转败为功，更见足下的伟略。佩服之至！喜慰之至！”

蒙正发惶然说：“正发不中用，几乎误了老师和何公的大事。尤其老师的病体，令我忧心如捣！”

“要不是生病，我也不会送信叫你回来，定要亲去当面犒劳你们这些功臣了。来,细细给我讲一讲。”

万大鹏趁潼溪大胜,一鼓作气夺回新墙。章旷立即加派黄得功领所部兵二千,牛养勇兵五百,连同监纪孙嗣济新募到的辰州兵三千,星夜赴扎新墙。万大鹏仍回平江汛地。这次清兵因不惯火铳,吃了大亏,败还之后,祖大寿与马蛟麟自相仇怨,不敢再近新墙。

一个月后,皇帝根据何腾蛟的题荐,敕任章旷为湖北巡抚兼理粮饷总督,恢抚军务,兵部右侍郎,兼都察院右副都御史。蒙正发拜兵部司务。

皇上还进封何腾蛟为定兴侯,赐铁卷。但何腾蛟认为自己有罪无功,上疏力辞不受。章、蒙新近取得的潼溪胜利,使他欢欣鼓舞,信心百倍,更加殚心竭力筹划大举北伐,开拓中兴局面。其他种种,不在心上。

六

茶叶已换了几次,三个人的谈兴还未被酽茶冲淡。烛台上红泪纵横,溢到了桌面,像是将漫漫长夜也凝固在其中了。

何腾蛟听章旷一一细述了军兵粮饷诸方面的情况。各路募兵已经聚集,总兵王进才全营已至。马进忠等诸大镇也都在各自的驻地待命。何腾蛟又问水师状况。章旷说:

“五月间遣坐营副将王储往衡州打造的战船已得,连同招募的水兵,已调往王允成水师。”

“你虑得周到。”何腾蛟满意地说,“若是水路无备,一旦敌军扬帆而上,我们只有望洋兴叹了。”

“总督也正是这样说。”蒙正发说。‘

何腾蛟起身站在窗前,对着漆黑阒静的夜空沉思起来,半晌不语。两人猜他正筹谋大事,也都肃然。蒙正发年轻瞌睡多,才住了口耳,霎时便觉室内家什、壁上字画,一齐轻轻旋转起来……忽然一个声音响起来:

“于野,看来北伐出师是时候了!”

蒙正发霍然从朦胧中惊醒过来,像听了一声雷。

“学生也这样想。”章旷的声音。

“想想还有些甚么欠缺,”何腾蛟轻轻扣着几案,“须在近日补办的。”

“棉被!”蒙正发冲口而出。

这项差使令蒙正发奔波一个多月,仍是未能解决。由于频年战乱,购棉、购布、弹絮、缝缀,这些琐屑小事,也无不艰难棘手,拿着银子无处使。接连派出专人,以至他亲自出马,都先后落空而归,三天前已向督师据实禀过。

章旷压低声音说:“时刚新凉,棉被还不是十分急需。不妨一边出兵,一边继续备办。”

蒙正发也小声说:“那就要专程运送这么多棉被至各营,会平添无数人力舟马了。”

何腾蛟听见了他们的议论，忽然说：“这棉被的事，前日听圣功说过之后，已令小儿前去办理。何七！文瑞有无消息？”

在门边醒了睡、睡了醒的何七粗声粗气回答：“公子今日正午已回来了。”

“哦？”何腾蛟诧异地问，“怎不来回话呢？”

“来过了。那时爷正大忙，一屋子的人。他等了一会，就睡着了。睡得跟死过去也似，吃饭也喊不醒……”

“那你听他说起棉被没有？”

“说是办妥了。看着押运上路，才赶在前头来回话的。”

何腾蛟向章旷、蒙正发说：“那此事就已办了。一俟运到，火速分发汉粤各营。”

两人连连答允。

“这回该去睡瞌睡了吧！”何七嘀咕。

三个人都笑了，章旷和蒙正发起身告退。

来到下处，蒙正发总在想这件语焉不详的怪事。几天之内，如何就备办得出一千条棉被？难道诸葛孔明能草船借箭，何督师能草船借被！这样的大事，也不会是说笑话呀。他越想越好奇，悄悄出了房门，穿过园子，摸进何文瑞下榻的书房，生生把好梦正酣的何文瑞摇醒。

文瑞睡了大半日，已解了乏，揉揉眼也就清醒过来。听了蒙正发的询问，说：“那日先生不是来谈棉被之事么，先生去后，家父用膳时将我唤去，当场写了封短简，着我立即赶去新化，找到江田侯江叔父。”

“新化知县江见龙大人么？”

“是他。他也是我们黎平人。”文瑞说，“看了书信，知道汉粤二旅等着装束出师，亟须棉被千床。家父请他在本县向百姓购买一百床旧被，每条酬银一两。既可解救军中急需，百姓用这两银子另制一床新被恢恢乎有余。并说，已另着健足分向邻近各县如法购置。江叔当天便安排里保逐户征购，第二天便买到了二百多条。”

好办法！一点便透。可就是事前想它不出。蒙正发抚掌道：“尊翁真是多谋善断的大才！”

文瑞笑道，“我一路上思索，家父是不是从南宋辛弃疾那儿得来的高招？”

“怎么？”

“书上不是记载：辛稼轩在湖北建飞虎营，不是向民间购钦屋瓦，每家只需三片，二三日便得瓦数万么？”

“果真如此，更可谓善读书、善用典了。”蒙正发扬眉说，“这故事我也读到过，可是在备办棉被时一筹莫展，死也想不起这典故来！”

何文瑞笑道：“这该死的棉被，前几日害先生想得苦，今天又害我饿得苦！”

说着，果真肚腹中咕咕一阵鸣吼。

蒙正发忍不住大笑：“天也快亮了，叫醒何七去弄点什么来给你吃。”

文端叹气说:“算了。这汉子是个陈抟老祖,睡熟了雷也震他不醒。可怜随了家父出来,衣食二字倒也罢了,这睡字上常是只享受得三四分。屡次对我说,等天下太平了,回到家乡,别的不贪,只要饱饱睡上三年大觉。我忍忍吧。”

蒙正发待要回房歇息,文瑞央求说:“蒙叔!横竖天快亮了,就在这儿睡,我们好好谈回心。”

“好!只是你怎么又这么叫我呢?”蒙正发说,“何公与我谊同父子,你这么称呼就错了!”

“你是这么说,家父又是那么说,”文瑞笑道,“我是两头为难,常常只好称先生。”

两人高高兴兴抵足而眠,可是没说上几句话,蒙正发便睡熟了。文瑞用两臂垫着后脑勺,望着朦胧泛白的窗纸,想起家乡的祖母、母亲和妻子。心里想:待到天下太平,回到家乡,我才不舍得睡大觉,先美美喝上几勺神鱼井的甜水,然后到江中划龙舟去。

章旷亲率三标人马,衔枚兼程,直抵岳阳城下。大江对岸的堵胤锡麾下骁将马进忠,也将同时攻阵,对清兵两面夹击。

章旷近日虽格外劳累,但因心绪舒展,加之药石有灵,下血之症已经痊愈。他不顾众人劝阻,定要亲身督阵。何腾蛟见他身子复原,精神健旺,当然也认为他亲自出马最为放心。

凌晨,副将覃裕春、万大鹏、总兵王进才一齐来见,禀报说准备已毕,只待总督令下。

章旷又重复叮嘱了攻阵安排:覃将的铳手用火器攻阵,万将的骑

兵和步兵随即冲锋,王总兵的大军乘胜追杀占城,三标共取全胜。最后又加重语气说:

"还有一句话,要向三位将军交代在先:攻占城池后,一定要约束部下,严明军法,万万不可掠抢扰民。若犯着此条,不论是多大的功劳,多大的官职,我章旷认得他,军规王法不认得他,何督师的上方宝剑认不得他!"

三将齐声应诺。

"好!我随三位将军去为勇士壮壮行色!"

来到一坝荒田上,只见黑压压一片人影。看见章总督和三个将领来到,军士们自动挤让出一个小小圆圈。章旷上马踩镫而立,大声说:

"何督师为了誓师北伐、大会岳州,数月来惨淡经营、心血耗尽。今日正是三军勇士大展身手、立功封侯之时,正是为我大明雪耻御侮之时!古人说哀兵必胜,本督就等着三军凯旋,与诸君共享天子的搞劳吧!"

四周发出兴奋的响应声和抑制着的笑声。章旷双手高拱过头,大声说:

"数月前潼溪一战,覃将军标下勇士已建奇功。今日攻阵,又要仰赖火铳兴首立殊勋,请受章旷一拜!"

说完,向士兵铳手队列躬身作礼。接着说:"万将军标下步兵,要与铳手浑为一体,奋勇破阵闯关。请受一拜!"

拜过,又道:"王总兵标下大军,是今日中坚后劲,扫荡敌虏,夺复岳阳,全在诸君肩上。请受章旷一拜!”

拜过,在马背上挺起身,严重地说:“我军是正义之师、报仇雪耻之师。收复城池之后,务必要秋毫无犯,不许掠劫扰民。若是逐寇自为寇,违犯军法的,严惩不贷。听到了么?”

四周一片应声:“听到了!”

章旷向中军秦相百示意。秦相百高举令旗,挥动三下。各标人马,便在本部将领指挥下,次第出发。

章旷站在马背上,望着流水一般无声汹涌的行伍,眼眶不觉湿润起来。何督师与众人梦寐以求的事业,终于开始了!

岳阳清军马蛟麟部,连日打探得知何腾蛟调兵遣将的动静,自然也森严壁垒,严阵以待。只是,那次在潼溪吃了个意想不到的大亏,祖大寿埋怨他不明敌情,攻打湘潭的心思也烟消云散,径自带兵北返。马镇标下兵将不免有势单力薄之感。加之头一回遭遇火器,至今谈虎色变,把那响如霹雳、数十步外致人死命的火铳,看得魔法鬼手一样可怖。尚未交手,先自怯阵。等到一旦对垒,果然冤家路窄。远远望见一排排乌黑的火铳;铳声一响,便掉头狂奔,争先鼠窜了。

万大鹏一见敌军阵脚乱了,一夹战马,挺刀大喊,率先掩杀上去。标下兵勇,也齐声呐喊,紧紧跟上。他膂力绝人,声如巨雷,加上胯下战马快,所向之处,尸骸纵横。一见那杆黑绒“万”字大旗近前来,清兵们只恨爹娘少生了两条腿。那日蒙正发观看万大鹏在敌阵中所向披靡的雄姿,曾联想起巨蟒在稻田过身,今日万大鹏杀得更加酣畅,直如一条孽龙在海中撒威，搅得浊波山起，血浪飞迸，死死咬住鱼群残阵，向岳阳城滚滚而去。

王进才站在一座土丘上，直望呆了。常听人传说何督师对万大鹏极为赏识，誉之为“浑身是胆，出口惊人”，今日才得亲见他的身手，果然是矫矫不群。他见杀声渐远，才叫旗官将大旗挥动。那些军丁早已摩拳擦掌，要借前锋这股锐气大发一回利市。一见大旗招展，便争先恐后，呼啸而前。

当天从傍晚到深夜，飞骑三次送来传捷塘报。内容相近，说是马蛟麟已弃城而去，我军节节迫近，前锋已达城陵矶，敌军虽仍有抵抗，但胜局已定。

中军秦相百欢喜雀跃，连声夸赞：土兵铳手和万将军又立了奇功！章旷也喜形于色地说：“这番拿下岳阳城，是中兴第一次大捷，又不是潼溪一役能够相提并论的了。”

本来就无睡意，这下更来了精神，索性秉烛草拟向皇帝报捷的疏奏。自然是用何腾蛟的口气，以便一夺回岳阳，何督师稍加删改定稿，便可及时奏闻。这样足以鼓舞士气民心的大事，是一刻不能耽搁的。

章旷尽量公正评议三标人马的功劳：首破敌阵的覃裕春火铳手，冲锋陷阵的万大鹏部，还有掩杀扫荡的王进才部。特别对于万大鹏，更是字斟句酌，既要避免偏袒爱将的痕迹，又不能抹杀他的功劳。一边写一边想，这火铳是对付清兵最得力的利器，一定要遣圣功亲自去广西，再招募一批土兵铳手。

章旷所率三标一举破阵、乘胜追击的捷报传到何腾蛟署中时，堵胤锡标下总兵马进忠由大江挥师直指嘉鱼六矶口，杀清军总兵一员、生擒大吏丁阁部的捷报也接踵而至。

何文瑞拿着这份紧急塘报，喜形于色，忙给父亲迭到签押房中。由于心情激动，在门槛上绊了一下，几乎栽倒；踉跄了好几步，才在父亲案前站住。

何腾蛟抬起头："怎么了？"

"马总兵大捷！"何文瑞恭谨地将塘报双手送给父亲。

何腾蛟接过塘报，先飞快地浏览了一遍，又过细读一遍。然后与章旷报来的那一张放在一起，拿过一根铜镇尺压着。默坐了一下。又把塘报取过来，两张对照着看，沉思不语。

文瑞侍立在旁边，偷眼看父亲脸上，不见喜怒之色。只有那一对毛茸茸的长眉中间的距离，比平时展开了一些。他揣测父亲在想一些深远大事，便想悄悄退下……

踮替脚走了几步，父亲在后面开了口："叫何七备点酒，吃饭时你陪我喝一盅。"

文瑞回过头，见父亲欣然的眼光，连忙高兴应声："是！父亲几个月没端过酒杯了。"

何腾蛟摸着胡须，慢悠悠地着头，仍在沉思什么。

天明时分，章旷尚未歇息，忽然一个探马从前线气急败坏地赶回来。章旷一看那神情，心中一震：未必军情突变，煮熟的鸡还会飞了？”

探子喘气不匀地说：“禀总督，我军转胜为败了！”。

章旷变了脸色：“中了埋伏么？”

“不是。”

“他们来了援兵？”

“没有……”

“那还能有甚么？”

“万将军、王总兵两人大吵了一场，各自扎了一个山头。清军不见追兵，乘机发了一千多骑兵反扑，王总兵全营溃散……”

“备马！”章旷大声吩咐。

“军情不明，总督不可以亲冒矢石。”秦相百说，“末将前去探明，回来禀告。”

“备马！”

“总督！”秦相百跪下。

章旷顿足说：“一之！救兵如救火，此刻只能驰往前线，当机立断，哪容慢慢打探！”

说话间马已备好，章旷纵身上鞍，径自驰去。秦相百和章旷亲兵连连加鞭赶上去。

一路上，章旷才向跟在身边的那个探子询问详情。

原来是在城陵矶附近，两军展开一场混战，清兵很快就溃不成军。王进才的一个亲随头目，看中了一个清兵副将跨乘的骏马，恰好这副将被火铳打下马去,又被万部一个步兵上来砍死。王部头目乘机一纵身骑上马背,反把那个步兵撞翻在地,被马蹄乱踩而死。近旁伙伴大为愤怒。随即王进才本人也看着这匹骏马可心,便收为己有,将自己坐骑赏给那个亲随头目。标下兵丁见此情状,就动手抢夺军械和敌尸身上财物,乱成一团。王进才看着哈哈大乐,不仅不加禁止,索性连追杀敌人也忘了。

万大鹏和覃裕春一直追杀到岳阳城下,回头不见王部大队跟上,大为吃惊。派飞骑往来路打探,才知道是这么回事。士兵们也愤然禀报伙伴杀死敌将却反被糟蹋死的经过。万大鹏无名火起,拨转马头,同王进才大吵了一场,赌气驻扎到另一座山头去。清军细作回报此情,便有千骑赶来,杀了一个倒拨。王部官兵猝不及防,哗然败退……

章旷欲哭无泪。悲愤冲掉了一切思绪与言辞,只剩下一句话在空荡荡的心里回旋:"功败垂成!功败垂成……"

前方隐隐传来呐喊嘈杂之声。秦相百和亲兵们紧紧靠拢过来护卫,章旷反而拍马向前。

很快便见无数溃兵,洪水一般漫将过来。章旷看清是王进才标下军士,便勒马拦路,厉声呵斥,还在怒火中挥剑砍倒了一个跑得最近的逃卒。但兵败如山倒,岂是一人所能遏止。章旷挥剑纵马,要想单独冲上前去,冀望能带动几个有耻之人,不想反被人潮卷得踉跄倒退,几乎连人带马一齐跌倒。不到片刻,溃兵完全消失,只剩章旷和亲兵孤单单留在路上。骚乱过后,四野更阒静得出奇。

秦相百担心清军追兵猝到，连连劝章旷回营。但章旷听而不闻，兀立如泥塑木雕。

迎面风来，好像挟着什么响动。秦相百跳下马，伏在地上听了一会，抬头变色说："追兵来了，请总督回营！"

章旷突然一夹马腹，仗剑向前冲去。秦相百见他一副拼命的模样，忙率亲兵们催马追上，紧紧拥着章旷，逼着他拨转马头，往回驰去。秦相百不断扭头观察，心想今日便是拼了命，也要把总督护送回营。

后面马蹄杂沓，越来越近，地面也微微震颤起来。秦相百伸出马鞭，向章旷坐下的马臀连连抽去……

后面响起一声闷雷也似的呼喊："总督——"

秦相百一回头，见影影绰绰的旗帜枪矛前面，一人一骑箭一般飞射过来。大喜过望，大声说："总督，是万将军！"

亲兵们勒住马，也看准了是万大鹏，不禁欢呼起来。

两边人马刚接近，忽听章旷一声断喝：

"将万大鹏与我绑了！"

万大鹏愕然将缰绳一勒，那铁青马人立起来，两只前蹄举起一丈多高……

"你还不再去看看，绕着屋子转了一夜了。他可是你老子。"何七对着文瑞咕哝。

文瑞苦笑，无可如何。他已经出去看过无数次，也大着胆开口劝解过，可是父亲置若罔闻，只顾踱步，教他又有什么办法。

事有凑巧。章旷这边风云突变，转胜为负的塘报刚送到不久，马进忠部消息又到。他在六矶口筹侯三日，不见这边动静，便全师返棹了。从武昌打探回来的细作说，武昌清军文武大吏本来都已装束停当，准备逃命的，突然之间化险为夷。马进忠莫明其妙退了兵，叫他们惊喜万状，如在梦中…

自得报后，何腾蛟便背负双手，绕着大堂踱步，任菜饭放得冰凉。现已更阑夜静，他还在照样走，像一匹拉碾老马，不见不闻，不知休止，只是一圈又一圈踩过那单调的辙道。

一阵鸾铃碎响，敲破万籁俱寂的暗夜，由远而近。文瑞是惊弓之鸟，又袭上一阵不祥之感。同何七跑出来，站在石台上眺望，全晳炬，灼灼烧透夜幕，照见一个骑者奔驰而来，后面还跟着两匹空鞍大马，足见是有紧急军情，才这样三骑交替，星夜驱骤。二人忙跳下石台，却讶然发现来人是章旷身边的中军秦相百。文颤抖抖地问："章叔他……"

秦相百拱拱手，径往里闯。文瑞不敢再问，带着他到堂中父亲跟前，自己便退下。秦相百扑通下跪说："章总督要斩万大鹏，请督师大人火速解救。"

何腾蛟忽地惊觉过来，问道："为了甚么？"

秦相百不敢耽搁时间，三言两语说了个大概。何腾坟不等他叙完，立刻说："何七快去见章总督，就说，万将军不论身犯何罪，也等我问明了再发落。"何七应声去了。秦相百忙说："末将另换快马，陪何爷前去。”

“你赶不上他。由他去吧，误不了事。”何腾蛟说，“请将军快坐下，将详情说说。”

秦相百刚转身入座，便听见“咕咚”一声。回过头，见何督师已经倒在地上，晕厥过去，气息全无。

章旷几次传讯万大鹏，他竟拒不来见，只让人带话回来说：“是非曲直，功劳罪过，尽都摆着。哪个犯了军法，听凭总督发落就是。”

章旷听了，火上浇油，火苗直窜到喉咙口，亲自来到暂押万将的小屋。

万大鹏正蜷身睡在一张光木板小床上，鼾声如雷。他侧向木壁，章旷一眼便看见他反绑着的双臂，两只手掌被勒得血脉不通，变成紫黑色。身上战袍破洞多处，溅着无数血渍，显示着鏖战恶斗、出生入死的印痕。章旷一见，心自软了一半，示意亲兵为他松了绑。

亲兵刚碰着万大鹏身子，他就惊醒了，呼地甩开亲兵，站在当地，咻咻地像匹闻警的战马。见是章旷，便半扭着脸，任亲兵松去身上的绑。黑沉沉的大脸上罩满乌云。

章旷这才开口问道：“万大鹏，你知罪么？”

“怎么不知？”万大鹏的嗓音在战场喊破了，尚未恢复，可是在这个斗室中仍嫌震耳朵，“一不该攻阵，二不该杀敌，三不该阻止别人当土匪。”

几句梆硬的反唇相讥，把章旷心中那几分不忍又挤掉了，冷峻地说:“擅离大队,自扎营盘;敌军反扑时见死不救。这两项罪过,难道冤枉了你?”

“另选营地是谁逼的?不及救援又为的甚?”万大鹏咄咄逼人地反问。

章旷勃然喝道:“不顾大局,又是一罪!”

万大鹏瞪着布满血丝的大眼说:“喝!万大鹏今日是罪行累累了!那就请大人军法从事吧!”

章旷气得一拍大腿:“你当我杀你不得!”

覃裕春在一边,眼睁睁看着双方都是笔陡的秉性,互不相让,越说越僵,又不敢开口解劝,心子都捏紧了。这种场合,要蒙监军在场,还可转圜转圜,可他偏偏又到各地催督粮饷去了,急切不会回营。秦相百熟知二人的脾气,早早就亲自去禀督师,以防万一。临走再三叮嘱众人,定要千方百计拖延时间,等他回来。这覃裕春是个木讷人,心里一急,扑通跪下说:“违犯军法,末将也有罪责。如总督不能宽贷万将军,就连末将一道发落吧!”

章旷伸手把覃裕春扶起,叹口长气说:“你们赌一口气不打紧,可知道为这一战,耗费了何督师和我多少心血,还有标下弟兄多少气力和性命?你们误了天大的事啊!”

众人见章旷语调缓和下来,都暗暗松了口气。正要趁机上前解劝,不想万大鹏又嗡嗡地开了口:

“我们逞性该罚。那些纵兵行抢、贻误战机,正是坏了大事的人呢?怎么不见五花大绑,数落罪责,倒让他大摇大摆去了呢?”

一句话打在章旷心病伤口上,叫他两眼发黑,张口结舌。坏了大事的罪魁祸首,不消说是那王进才。但既然错已铸成,又是首战,自己原想:将爱将缚了,严加责罚,王进才以及其他军纪不严的将领看了,也可知道羞耻,受些警戒,各自认个错,今后严以治军,勠力作战,也就收场。不料那王进才自恃重镇,目空一切,不仅对五花大绑的万大鹏视若无物,竟不向章旷禀告就扬长而去,更莫提认错警戒。章旷震怒之余,想起刘承胤与何腾蛟那段教训,如不防微杜渐,任武将凭恃刀枪,跋扈不受管辖,必将祸及中兴大业,因此才决心严责。不想万大鹏心粗气浮,不明白此中微妙和章旷的苦心孤诣,当众撒野,将章旷逼到了死角落。章旷一阵狂怒笼罩全身,一拳击在土墙上,声音同指上鲜血一齐迸出:

"我不先严办自己标下,还去正谁!"

"那就请总督将万某碎尸万段,杀一儆百吧!"万大鹏也暴怒起来,咆哮说,"我万某在战场早已死过十次百次,不怕再死一次!"

众人只被两人唇枪舌剑唬住,没料到万大鹏闪电般拨出覃裕春腰间宝剑,就朝脖子砍去。覃裕春呼地一把抱住万大鹏,动作过猛,将他右胸在战场新砍的伤口震裂,战袍立即红了一片。万大鹏左手一抡,将覃裕春甩到屋角,等别人再扑上来时,他的宝剑已深深咬进了颈项。

"大鹏!"章旷一声绝叫,便瘫在地上。刚愈的下血之症迸发,顷刻血流如注,襟襦一片殷红。

何七赶到时,万大鹏已断气几个时辰。看到的只是病榻上章总督化石一样的脸庞上,涕泪纵横。

待到蒙正发公干完毕,回湘阴与章旷见面,虽然小别不久,却恍如隔世,人间已历沧桑似的。他刚在长沙见过何腾蛟,近况俱悉。一路告诫自己,只讲沿途见闻,绝不可涉及这两件伤心事。

章旷躺在病榻上,开口先问何腾蛟的病情。蒙正发安慰他:那日何督师只是因为过于劳瘁忧虑,加之急火攻心,猝然昏厥,现已痊愈。说到这里,发现章旷虽连连点头,脸色却很黯淡,心想又已碰到了不该提起的事。

说着话,厨下便给蒙正发摆上饭食。章旷命给自己也设了一副杯筷,支撑着起来陪正发说话。他虚应故事地举着筷子,一边问起何腾蛟的饮食,蒙正发叹气说:

"快不要提起。何公处境之艰难,不是亲眼得见的人,简直不可设想。光那郝永忠一人,便夹缠得他哭笑不得。"

章旷惊喜:"郝永忠已将圣驾迎护入赣了么?这样大事,也不见一点邸报消息。"

"哪里!"蒙正发苦笑说,"圣驾还在福州,一步儿动弹不得。"

"何公不是五月间就差郝永忠上路迎驾去了么?"

"不错!可是这位大将军从长沙走到衡州就不动了。好容易推山一般将他推到郴州,又不动了。只知道每天差飞骑讨粮讨饷,甚至放纵部属掠抢。"

章旷把竹筷啪地摔在桌上说:"迎护圣驾移跸赣中,再候机会移踤湘桂,这是关乎中兴成败的大事。何公、堵制抚和我无时无不在叨念之中。郝永忠如何可以这样玩忽职守,不怕贻误大事!”

蒙正发叹道:“听说这郝摇旗在闯部就不服管束,军纪又极松弛;这番来归不过是一时依从刘体纯的劝诫,心中何尝有什么中兴大业。如今自恃重镇,又与刘体纯争吵分部,谁还驾驭得了他?”

章旷眼前浮现出刘承胤、王进才那种桀骜骄横模样,心里嫌恶,岔开话题道,“自你走后,再没有有摸过棋盘,饭后我们手谈一番如何?”

蒙正发望着章旷病恹恹的脸:“难得老师有兴致,当然奉陪!”

匆匆吃了饭,蒙正发起身笑道:“从长沙带来一件好东西。老师先过了目再下棋,定会逸兴遄飞,妙招迭出。”

“甚么东西这样神妙?”

蒙正发解开随身竹箧的绳索,开箧摸索了一阵子,取出个小布包,郑重其事地双手递给章旷。

章旷打开,见是一本新刷印的木版皇历,封皮正中是四个秀逸的王体字“大明中兴”,顶上一个九叠文小印:“御笔之宝”,右边上方两个宋体字“钦颁”,左边一行是“大明隆武三年皇历”。

章旷捧着喃喃:“明年的新历也颁布了,好!好!”

眼中沁出一层泪翳,连连眯着眼,对隆武皇爷亲笔御书的四个字赞赏了一阵,又摩挲一阵,才珍重地放在桌上,过来与正发在围棋盘边对坐。

一时室中寂然,只听见下子的清脆轻响。

蒙正发忽然微笑说:“这次过长沙,在何公署中会到堵制抚,陪他下过两盘棋。”

“哦,牧游也在长沙?他棋艺如何,我还未领教过。”章旷好奇地问。

“堵制抚下棋么,兴致颇高。”蒙正发含蓄地回答,“弈棋虽是小技,却也看得出一个人的性情涵养。”

“那当然。”章旷随口回应,忽听出似乎话中有话,就接着说,“讲讲看。”

“堵公气魄,雄强过人。”蒙正发斟酌着说,“似乎过于好胜了些。赢了笑声扬尘,输了会强着悔子重来……”

“啊?”章旷皱眉说,“你也依他?”

“怎好不依?”蒙正发笑笑,“何公在一旁观棋,也流露出不以为然的神气。”

章旷把手里棋子扔回盒里,小声说:“有句话,我存在心里好久了。我觉着牧游自招抚李赤心建成忠贞营以后,在何公面前,有意无意地颇见些倨傲神情。原先与我一样,对何公自署‘门生’,现在也丢开不用了。有一次我见他给何公的名刺,用的居然是个简捷的平交称呼,当时何公就有些不快。”

蒙正发叹气说:“这次在长沙,何公赐饭,席间堵制抚很说了些皮里阳秋的话,明赞马进忠之勇,暗贬湘兵之怯,好几次话露机锋……”

“哦——”章旷动容说,“何公听出来了没有?”

“岂能听不出来的?浅浅一碗饭,半晌没拨一口,做做样子陪客……”

章旷起身走了几步，小声说：“此事只可你知我知，今后多在二公之间斡旋缓颊，湘汉两根大柱，若生了隔阂，后果不堪设想！”

蒙正发连声称是。

两人意兴阑珊，不等终局便罢手。蒙正发要了章旷新吟的诗稿，凑着烛光咿咿唔语地轻声吟诵。章旷又捧过新历，细细翻阅。

他们做梦也料不到：就在读新颂皇历之时，福京已被郑芝龙暗暗引来清兵攻破，隆武帝逃到汀州被俘，随即遇难。章旷不幸而言中，郝永忠真的误了大事。可是谁又能拿他怎么办呢！战乱之世，唯武力为第一权威，督师何腾蛟心劳力绌，只能望着供在案头的尚方宝剑浩叹。尚方剑不过是代天子节制将帅的象征，赐剑的天子本人且已不能自由、自专、自保，又何谈他任命的大臣！

七

隆武死后，国运更见蹇困。单是立君继位一事，就变故迭起，险象环生。汀州蒙难的消息传开后，各地便先先后后拥立了三个皇帝：一是广西征蛮将军杨国威乘乱在桂林拥立靖江王，很快败亡；二是大学士苏观生等人在广州拥立隆武的兄弟朱聿鐭，改年号为“绍武”，一个多月后被清兵破城俘杀；三是广西巡抚瞿式耜、总督丁魁楚等拥立永明王朱由榔于肇庆，由于这位永明王“系正人贤”，楚、滇、黔、蜀的大臣重镇如何腾蛟、堵胤锡、章旷及李赤心、刘承胤等都上表拥戴，乃于丙戌年十一月即帝位，改元“永历”。

谚云：“天不可有二日，国不可有二君。”皇帝重复了，三家少不得你讨我伐，兵戈相见。虽然很快便只留下永历一人，却将早已细若游丝的元气再戕伤一通。这还没有算上弘光败亡后就被张煌言等人拥立于台州的鲁王朱以海，因他在海上，山川修阻，且并未正式称帝，只称“监国”，故而与永历相安并存。

永历登极，拥立有功的文武大臣，自然又加官晋爵。瞿式耜拜大学士兼吏部尚书；丁魁楚拜东阁大学士兼兵部尚书；督师何腾蛟除原职外，封东阁大学士，晋世袭定兴侯；制抚堵胤锡加兵部尚书；总督监军章旷加兵部左侍郎；等等。

诸镇总兵如马进忠、王进才、张先壁、刘承胤，郝永忠、刘体纯、袁宗第、李赤心、高必正、李来亨、焦琏等人，都封侯封伯，不及遍举。

此时局面，一言以蔽之：皇帝封赐日趋其多，皇帝疆土日趋其狭；皇权有名无实，兵权左右形势。诸镇气焰熏天，对朝廷号令或遵或拒，或行或止，一概自专自行，自由自主；督师大臣名存实亡。这班大将，除少数几人，大都唯知老巢是保，其余随兴而行。且又常为占房争道等琐事细故大起械斗，戮及居民，百姓不堪其扰。对于清军，则惧如洪水猛兽，望风披靡。于是，短短几个月中，湘中重地如新墙、湘阴、长沙、衡阳先后失陷。何腾蛟和章旷受尽颠沛流离之苦，好几次死里逃生。

刚登极的永历皇帝也被清军撵得席不暇暖，由肇庆而梧州，由梧州而桂林，最后决定移跸兵力最盛且有何、堵、章等心膂大臣可以恃靠的湖南，便到了全阳。何腾蛟等大臣方自欣庆，却不料武岗伯刘承胤竟仗恃武力，要迎皇帝到他老巢武岗驻跸。

这刘铁棍的狼子野心，路人皆知，是要把皇帝居为奇货，挟天子以令诸侯。于是举朝哗然。大臣们纷纷上表反对，认为全阳为楚粤适中之地，皇帝驻此，可以鼓舞中外；如果蜷居武岗一隅，其他拥有重兵的勋将，谁肯仰承刘铁棍鼻息，岂不要酿成大祸！永历本人也害怕落入刘承胤掌握之中，但大兵在侧，不敢得罪他。加上有胆有识的元老大臣，如自己的老师兼恩臣瞿式耜、督师何腾蛟等又都不在，无人可资垂询。无可奈何，只好示以殊恩，将刘承胤晋封为安国公，让他的兄弟刘承永袭承武岗伯爵位。但这些虚名空惠，不能餍足刘承胤的野心。他旋即率兵径入，强行胁迫永历去武岗。一时间，皇帝、姜太妃和皇后并三宫内侍，号泣登车，哭声震天。朝臣不愿随行的，纷纷踉跄逃匿。活生生重演了一幕华歆逼宫的惨剧。

随即将武岗改名“奉天府”，一切朝权落入刘承胤手中。朝臣中但凡违忤过他、奏劾过他、不甘趋附他的，无不身受廷杖、削职，甚至毒打。而甘愿作他羽翼者，则飞黄腾达。如有傅作霖其人，几个月里由一个职方小吏骤升至兵部尚书。于是皇上恭嘿垂拱，百官噤若寒蝉，而粗鄙颟顸的刘铁棍，就俨乎其然地董卓复生、曹操再世起来了。

初夏的一天，何腾蛟从章旷驻地东安，回到自己驻扎的永州白牙桥，马后只有何七一人随行。

长沙和湘阴失陷时，何腾蛟在长沙，章旷在湘阴，都已誓与城池共亡，又都分别被部将强行挟持护卫，杀出重围。两人在衡山重逢，恍如隔世。但随即又被张先壁挟持走祁阳、辰州，何腾蛟和章旷以死相拒，张先壁才放他们去永州。不久，清兵来攻，永州守将卢鼎大掠民财，弃城而逃。何腾蛟和章旷又来到此间，一个驻白牙桥，一个扎东安，彼此呼应，但身边除寥寥护身亲兵外，可说已赤手空拳。

蒙正发打探到何章二师行止，追踪赶到，见如此窘状，忙动支驿饷，买了六十多匹马，赶造鸟铳二百杆，连同三百兵丁一起送来，稍壮军容。昨日何腾蛟到东安，看见章旷又从广西募到士兵火铳手三千、东安本乡长耙手五百、社塘杀手八百，打造的三千杆火铳也陆续成货。

更为意外的是，在燕子窝投降清军后又忿悔思逃的总兵黄朝宣，被清兵用乱箭射死，其部将在外的，都被章旷派中军秦相百等人于各条路口持令召集来了，这些将士如脱阱之兽，也都喜得所归，共有三千余人，并且衣甲器械大体整齐周备。

于是，章旷标下，军声又渐振起。何腾蛟宽慰莫名，极赞章旷干练敏捷。

晴天朗日，更增添了何腾蛟的兴致。他叫何七牵缰缓行，自己稳坐在马鞍上，取出章旷给他的一束诗稿，翻出一首《邵阳道上寄蒙子》的古风诵读将起来，这是他昨晚浏览时，最为击节赞赏的一首，准备和上一首。

天能生人地能载，凿破洪荒失所在。雷轰电掣走巨灵，鼓浪掀风喷海沫。中有正气横古今，日月争光许我辈。旄头夜白野狐鸣，金瓯扑落河山碎。天地将倾一手扶，折臂难支负以背！明珰貂锦错列侯，指画从容轻边塞。一朝决裂智巧殊，枉有雄文夸百代，欲留慷慨身启名，要识身前不假贷。血为水火心作炉，镕铸湖南土一块。指心誓日与子期，死报君恩身不爱。浩气直压岣嵝巅，摩挲雄剑腰间佩。

何腾蛟低诵这些诗句，想象着章旷在凄风苦雨中冒险驰驱的情状；支撑着病躯在锻打火铳的红炉边通宵督造的情状，饮食不进伏案不憩的情状……不是相知，谁能知道如许瘦弱的躯壳竟裹的是一团烈火，一腔浩然大气。"血为水火心作炉，鎔铸湖南土一块"，确实字字是于野的写照啊！

何腾蛟把"指心誓日与子期"这句，也当成是对自己而发。刚在一颠一摇的马背上酝酿句子，对面一阵马蹄传来，老远就喊"督师大人——"，来到面前，翻身下马，跑到何腾蛟马前拱手说："宫中内使到，请大人立即去会。"

何腾蛟往马腿挥了一鞭，心中喜疑并集，不知又出了什么事情。

回到驻地，才知来使是一个名叫杨守春的太监，此来是为了颁传皇帝对何督师的嘉慰。

何腾蛟这才放下心中的石头。设过香案，行五拜三叩头礼，跪读了圣旨，果然都是对他数月中屡经艰险、九死一生，而始终不忘中兴、勠力王事，表示慰劳勖勉。读完，又叩头谢了恩，将圣旨供好，才起身与杨内使寒暄道乏一番。

众人退去后，杨监从罗列桌上的各种御赐礼品中，拿过一个漆盒，双手递给何腾蛟："这是太妃亲赐督师大人的。"

何腾蛟谢了太妃恩，双手接过，放回案上。

"大人请打开看看。"杨监说。

何腾蛟打开盒盖，见是十多个油炸小馃子，花色各异，精致小巧。赞美了几句，又郑重盖上。

杨监说："这是太妃亲手所制。"

"太妃恩泽无边！烦请公公代臣向太妃面奏感激涕零之忱。"

"好！"杨监说，"请大人尝一只。"

"太妃恩宠，当与三军共沐恩波，微臣无功有过，岂敢占先！"

杨监挑出一只莲花形的馃子说："务请大人尝上一口，才好回宫复旨。"

何腾蛟心中一动，接过轻轻掰开，见馅中露出一点纸角。抬眼看杨监，杨监点点头。轻轻抽出，是一个极细的纸卷，展开读了，脸色大变。原来纸上只有极小一行字："朝事危，卿速来，朕如望霓。"

何腾蛟反复读了几遍，又抬眼看杨监。只见杨监左右观望，何腾蛟说："请放心说话。"

杨监用双手做了个握棒的姿势，何腾蛟知道他是暗指刘铁棒，如今的安国公刘承胤，点头表示明白。

"如今内廷俱是其党，更加骄横跋扈、无法无天了！"

何腾蛟沉重地点点头。

“前些日子，他奏请封他的亲信郭承昊等为伯，受到御史毛寿登反驳，他居然逼着皇上下旨廷杖毛大人。刑部尚书杨乔然大人，竟被他当着皇上和文武百官的面挥拳殴打，头脸受伤……”

“就没有人出来喝止？”何腾蛟惊愕地问。

杨监苦笑道：“谁人有这么大胆？有的大臣，竟吓得浑身发抖！”

何腾蛟气得两手发颤。

“就连督师大人，此贼也容纳不得，几次上疏要求皇上将大人改任户部尚书，专管粮饷之务，解除兵柄。”

何腾蛟强笑道：“何腾蛟还有什么兵柄可夺……但不知圣上是否准奏？”

“那怎么会！”杨监说，“圣上虽畏惧那贼三分，却知大人是南天一柱，如何能够自毁！”

何腾蛟连连摇头苦笑。

杨监忽然站起来，走到何腾蛟身边，凑近耳朵说：“近日竟有另立岷王之意！”

何腾蛟轻声惊叫：“哦——难怪太妃如此急切。”

“正是！万岁爷与太妃盼大人心切，务请尽快启程！”

何腾蛟连声答应着，又和杨监谈了些朝中情况，便令人送去安歇。自己独坐灯下，将掌心里捏得发热的纸条，连同那只掰开的锞子送进口中，嚼碎咽下，一边思谋对策。

渐渐心中有了头绪。唤来何七，叫他马上动身去东安，请章旷立即同来商议要事。

第二天章旷匆匆赶来,何腾蛟把杨中使此来的内情,一一告诉章旷。章旷用手指弹着茶几,忽问道:“岷王就是刘承胤不久前攀了亲的那位东床快婿吧?”

“正是。”

“哼!他想当国丈了。”章旷恨恨地说,“此谋果真得逞,国中又是一场大乱,清军又要坐享渔人之利。”

“都怪我那年没听你的点醒,”何腾蛟沉痛地说,“姑息了这个大奸大恶!”

“这是势所必然,非一人一事之过。”章旷摇头,“试想其他的又好了多少?不过是机缘不同而已。”

何腾蛟想想这话,将悍督弱之势,确乎已成积重难返局面,不禁黯然。皱眉问道:“武冈这事,依你的高见呢?”

“国脉攸关,督师此行宜早不宜迟。”

何腾蛟苦笑道:“我一人赴汤蹈火不足惜,只是如今我只剩几个亲兵,纵然空巢而出,又奈那刘承胤何?”

章旷吁口气,低着头将茶几弹得密鼓般响。何腾蛟知道他在苦思,开门道:“我终夜权衡,且不论如今人寡力弱,即使是大军在握,也不能同室操戈,重蹈左良玉之覆辙,使清军有隙可乘。”

“学生也是这样想。”章旷说,“真带着兵去,那厮狗急跳墙,反会激成大祸。”

“对!”何腾蛟击掌赞同,“如今之计,我想出个六字诀:以声势胜权势……”

“老师请细讲。”章旷忙说。

何腾蛟把中宵想得的对策，一一说了。章旷连连称善，又添了一些主意。最后议定何腾蛟明日动身上路，只带何七和几个亲兵。

“于野！此间种种，都在你肩上了！”何腾蛟郑重地说。

“老师尽管放心！”章旷连声答应。

何腾蛟将各种公务，一一向章旷交代安顿。用饭时，两人对酌，章旷只是把杯子碰碰嘴唇。何腾蛟道：“我是陪你才端杯，你却也是做做样子。下血之症，仍未痊愈么？”

“此症是讹上我了。”章旷笑笑，“时发时消，就是不能断根。”

“你这是过于劳累，气血两虚，气不能托血。”何腾蛟郑重地说，“于野，你是王佐之才，学生倚为臂膀，千万要为中兴大业珍摄保全呀！”

章旷连连点头答应。

次日清晨，两人一起悄悄出门，来到石矶站渡口。章旷执着何腾蛟的手依依说道：“刘承胤鬼蜮小人，无所顾忌，恩师万万提防。”

“于野放心！刘铁棍再歹毒，谅他不敢将何腾蛟一口吃了。”

何腾蛟带着随行上船。划行已远，还依稀见章旷伫立在原地，向这边眺望，衣袂在料峭晨风中飘飞如焰。

蒙正发听说何腾蛟只身走武岗，吓得星夜赶回东安，找章旷探询究竟。

章旷高兴地说：“来得巧！正要差人到处寻你。”

“那武岗是龙潭虎穴，何公怎能只身去闯呢！”蒙正发急煎煎地问，“就有天大的急事要去办，别人去得，督师也去不得。那贼子正愁无法拔除这根眼中钉！”

章旷不说话，把蒙正发带进一间僻静小屋，将武岗情况叙过，反问道：“你想，若非十万火急，皇上和太妃会用这种办法宣召督师么？风险再大，何公能不去么？”

“话虽如此，怕的是羊落虎口，于事无补，反损自身。”

章旷笑道：“找你来，正是要编一根长索，捆住这只蠢虎，叫它动弹不得。”

随即将与何腾蛟所议各项，一一告诉正发，他这才稍稍安心，搔首说：“毕竟何公千金之身，还是太冒险了些。”

两人摆开纸笔，动手草拟了一份声讨刘承胤十大罪的檄文，准备刻板刷印，广布远近。还要由蒙正发亲身前去晓喻诸镇勋将，一致声讨刘铁棍，给他来个四面楚歌，神人共弃。

在推敲檄文措辞中，两人嬉笑怒骂，尽情褒贬刘铁棍，倒成了意外的乐事。话锋转到蒙正发这次到各地筹办粮饷的情况，蒙正发说：

“各乡百姓，提起李、杨两个催租差官，无不切齿痛恨。”

章旷想了想，恍然问道：“就是刘承胤差来的那两员副将么？”

“正是。他二人坐镇县衙，差人四乡催逼民租，破仓拆屋，狠如虎狼。”

章旷忧心忡忡地说：“老百姓有句话，‘贼过如梳，兵过如篦’，我想起就心惊肉跳！这八个字透露出了民心向背呀！眼前这局面，大明除了倚靠民心，还有什么？我们费了多少力，才算扫除了据寨抢劫的妖人王伦，畅通了楚粤大路，使米价降低下来。又致书留守大学士瞿式耜大人，求通籴粜，东安和湖南数百万生灵，好不容易才缓过一口气来。好！这些尖鼻子的牛蝇馋蚊又飞来吮吸了！”

章旷说得火起，起身急走几步，忽然一击桌子：“圣功，你替我亲去拜访这两位钦差大臣，就说我们为刘承胤筹到了一批粮饷，刻已解到，请他们过来叙话……”

“老师的意思是——”

“给他们设一个鸿门宴，”章旷把摊开的手掌慢慢捏拢，“叫这两只毒蚊有来无回。”

何腾蛟昼夜兼程，赶到武岗。未及洗涤风尘，就密疏请求陛见，要使刘承胤猝不及防，不能封锁阻隔。

来到行宫，见是一座旧官衙稍加修葺。可笑叹的是，触眼易见的地方经过髹漆粉刷，稍僻背处仍肮脏如故。经过几间厅室，几案用具也显然是凑集而来。何腾蛟看着，心中嗟叹。更觉得自己身负重任，未能迅挽狂澜，恢复南都，致使圣驾蒙尘，颠沛失所，实在罪愆深重。

皇帝没有在正殿召见何腾蛟，而是在御书房，以示特殊的恩眷，更为便于密谈。何腾蛟跟着内侍，曲折走向御书房，更感到事态严重。

在崇祯以后的三个“大明天子”中，弘光和隆武在位期间，何腾蛟都在任所滞留，而他们又来去匆匆，所以未及一见天颜。今日算是陛见面君了，却又是这种境遇之中，心里不觉万感丛集。低眼望着地面，向上行了五拜三叩头大礼，问候圣安；永历也还了一句"爱卿辛苦！"命腾蛟起身赐座。腾蛟哪里肯坐，勉强挨着椅子边沿站着。

皇帝问起三湘军情民事，何腾蛟拣了些鼓舞人心的禀奏。说话中，偷眼观看永历帝，见到的是一张年青而疲乏的脸庞，眉目清秀，而有愁态。

永历一边听，一边微微点头。听完，用清晰而不甚洪亮的声音说："想我太祖高皇帝起布衣、飞淮甸、冒霜露、斩荆棘，得天下历三百年，至朕以否德之身，祖宗付托之重。如今天下已失其大半，其如宗庙社稷何！爱卿为几代老臣，一身系南天之安危，今日陛见，望有以教朕！"

这些声调铿锵、咬文嚼字的辞句，他说得流畅清楚，想是翰林学士们拟就，他又经常说惯了的。

何腾蛟低头躬身说："臣荷陛下厚恩，职在督师，自当粉身碎骨，报效国家。只恨力不从心，无功有罪，致使国土日蹙，圣躬不安。虽陛下不罪微臣，臣自知罪孽深重！"

永历帝嘉勉了几句。何腾蛟这才接着说："自古得道者多助，失道者寡助。但愿陛下布德施仁，自然天下归心。宁使臣为郭子仪，勿使臣为文天祥。俾我大明中兴之业，指日功成，臣便九死而不恤！"

这几句话，原是心中咀嚼过百十遍的。今天能够在圣驾面前从容陈诉，不禁心中热潮汹起，眼泪夺眶而出。永历也止不住拭泪。何腾蛟闪眼看看左右，只有那位杨监在侧侍立。永历发觉了，小声说："爱卿有话但讲无防。"

何腾蛟双膝跪下，小声缓慢地说："陛下自入武岗以来，朝事颇令忠直有识见的臣子担忧：言路闭塞，忠臣困蹙，诏旨失其郑重，纲纪等于飘忽。文臣害怕讥谗，人人畏避自保；武臣担心建功反遭危险，竞相龟缩不前。朝事之蔽，有目共睹。臣想武岗这样的弹丸僻乡，岂是企画四海一统之地！况且堂堂万乘之尊，诸镇皆欲争相迎奉以成大业，偏居一隅，容易滋生弊端……"

说到这里，抬头望望皇帝，见永历轻轻点头表示明白，又接着往下说："留守大学士臣瞿式耜屡次疏请陛下移跸桂林。臣下看桂林通邑大埠，确是运筹决胜之地。陛下如住跸其间，内有瞿式耜朝夕咨询，外有堵胤锡、章旷及微臣等人调度筹划，有百利而无一弊。"

"朕久有此意，只是……"

永历的语气好似表白心迹，并且声音微颤。何腾蛟又悲悯又愤慨，不觉提高了声音：

"请圣躬自专自断，微臣愿单骑护驾！有借题议留者，聚众共殛之！"

永历连连摇手，何腾蛟连忙闭嘴。永历望着何腾蚊，依依不舍地挥挥手，觉察不出地叹口气。何腾蛟心中难过，再行大礼，恭谨退下。

杨监跟了出来，说是陛下赐宴，请何督师到偏殿稍憩。何腾蛟谢了恩，走出不远，从庭园小径快步赶过来一个内监，说是太妃要立刻召见。何腾蛟应声随行，一边暗想，前面动静，瞬息便到后宫，行宫狭窄如此，一旦有事，如何得了！

到得后宫，见姜太妃衣着饰戴、身边婢妇，不过略如承平时一位大吏命妇。何腾蛟叩礼未毕,太妃已泪下如雨,哽咽说:“我孤儿寡母的性命,就托付在爱卿和瞿式耜身上!”

何腾蛟慌忙尽力宽慰一番。太妃拭泪道:“祖宗三百年江山,就指靠爱卿二人!老妇人虽不问朝政,谁忠谁奸,心中了然。只望卿等竭力恢复,还于旧都。老妇纵然死在九泉,也得瞑目!”

何腾蛟又尽力劝慰一番,再拜而退。他见太妃嘴唇嚅动,似乎想说什么,又不得开口。心中明白,回身跪下,小声说:“陛下整顿社稷之念,太妃早离困境之思,微臣无刻敢忘!但请宽虑珍摄,诸事自有微臣并留守臣瞿式耜等人妥善处置。”

跟在内监身后出了庭园,看见一个太监和一个宫女,各自高捧着个大漆盘,毕恭毕敬地走来。交臂而过时,瞥见盘上各有七八碟荤素菜肴,一碗汤,一盅米饭。小声询问带路内监,可是皇帝和太妃的御膳,内监称是。又问是何人烹制的,内侍说:

“是安国公在武岗民间觅得的一个厨师,名唤周老。太妃吃了他做的饭食,尚觉甘软可口。”

何腾蛟点点头,与内监作礼而别。走了很远,忽然想起刚才所传“赐宴”的御旨,竟无一人当真,其余就可想而知了。

来了两三天,不见一个文武大臣、老友新知前来探望。何腾蛟自去登门拜访相熟大臣吴炳、李若星、杨乔然等人,也都一个个“不在家中”。这才恍悟,他们尽都是畏惧刘承胤,唯恐招惹祸端,才都避不敢见。感慨之余,也就谅解了他们:皇帝尚且惧他,何论臣子呢?

他忽然警觉:武岗的主宰,那位搅得举国不安的安国公,也在同样采取避而不见的办法对付他。那么,自己冒险奔波至此的目的,岂不完全落空了?

左思右想,何腾蛟决定了一个对策:大张旗鼓地疏请皇帝移跸广西,通过杨监密请皇帝将这道奏本交群臣廷议。他确信只有打在刘承胤这块最护痛的心病上,才能将这条愚而诈的豺狼引出洞窟来。

他于是将陛见时面奏皇帝的那些意思,写成奏折,并且语气更加直截和激烈。他要一反群臣畏缩姑息的办法,正面铤击这只豺狼。

其实,刘承胤之避而不出,并非由于老谋深算,恰是因为何腾蛟的突然出现乱了手脚。连日商议于密室,幕中那帮清客大显才智,有的说必得要见,有的说断不可见,有的说应以武力相恐吓,有的说须用财货美女相笼络。有一个素以惊世骇俗自命的,则力主乘这个千载一时的机缘杀了何腾蛟,永绝后患,唾沫横飞地劝安国公不可学鸿门宴上的项羽,因一时的妇人之仁,贻千古之恨事。

这些妙哉高论,叫刘承胤越听越心烦意乱,六神无主。他出身于武弁小校,累受何腾蛟擢拔荐题,才迅速飞黄腾达。如今虽然封爵世袭,但只要一想到何腾蛟,仍然敬畏胆怯,不能自已。他不像这伙空口说白话的帮闲文人,而是多年熟知何腾蛟秉性:小事随和,对下平易,然而大事严正,不可干以私。所以三朝皇帝,都把他倚为心膂股肱。论刘承胤内心,最赞同那个智囊的高见,恨不得彻底拔掉这根眼中钉,然而只要一想到这步,他就不由自主地手心出汗,小腿发软,升出一种莫名的恐惧。他将对自己的一腔羞恼,迁泄于这班子酒囊饭袋头上,用劈头盖脸的脏话骂得他们直翻白眼。

这日,一乘飞骑,将日夜悬望的喜讯送到何腾蛟手中。这是一张声讨刘承胤十大罪的檄文和一封章旷的密信。信中说,檄文传布后,响应云集;又有蒙正发等人持文飞赴各镇,号召张先壁、曹志建、郝永忠、马进忠诸镇,共发勤王之师。这班大将早就不满刘承胤挟帝自重、独揽朝柄,因而一呼百诺。特别是张先壁,已经发兵逼围了城步县城,声罪致讨了。信末又叙了他用计擒杀了刘承胤派去逼民租的副将,百姓无不拍手称快。

何腾蛟连连自语:"于野真是将相之才! 这计除悍将一节,更是神来之笔!"

送书人告诉他,同样的檄文和消息,已经按照章总督的安排,送到安国公府上门房了。

何腾蛟叫来人去歇息,立刻唤过随时听候传递消息的线索,进宫密报杨监:后日便是将那份奏请驾移跸桂林的奏本交群臣廷议的时机。

刘承胤突然收到声讨自己十大罪的檄文,和诸大镇发兵勤王、张先壁已逼围城步的塘报,大出意外,惊怖失色,不知怎么会来了这一个晴天霹雳。智囊们又大发一番宏论,有人说这是何腾蛟故弄玄虚,有人说是虚张声势,有人说这叫疑兵之计。正在各不相下,城步告急的密信和东安逃出的马弁,又接踵而至。刘承胤一听章旷杀了自己两员副将,心中又是一阵发毛。他最怕的人就是章旷,知道不论才智、机谋、决断、魄力,自己都天差地远。他连忙将幕僚们召来商议。还未想到对策,又传来明日廷议何腾蛟奏请移跸本章的勅旨。

一贯七嘴八舌互不相让的智囊们，今日却异口同声了：势已至此，只有明日在朝廷上见机行事，舍此别无他法。

见机行事，固是一帖万应妙药，颠扑不破。可怜用在刘承胤身上，真叫"拙如鲇鱼上竹竿"。到了朝廷上，那些劝他见机行事的谋士一个不在身边，叫他虽见机而不知行事。本就笨嘴拙舌，更因理屈而辞穷。原先仗恃的不过是手中武力，今日四五个同样握有重兵的勋镇环戈对垒，虎视眈眈，更加色厉内荏。杨乔然、吴炳等朝臣，对刘承胤早就恨入骨髓，敢怒而不敢言，今日见有何督师出头，也都纷纷据理力争，当面顶撞。

刘承胤瞥见何腾蛟手中公然握着那份檄文，益发心怯意乱，语无伦次。支支吾吾地说了几句不能自圆其说的道理，几乎又想动蛮，引起一阵哄笑。何腾蛟出班大声说：

"陛下！刘承胤所急者蛙蚁小斗，臣与天地抗盛衰之运；刘承胤所争者蜉蝣虚名，臣与世界辨治乱之关。伏望宸衷明断！"

大臣们一齐跪到地上，表示对何腾蛟奏疏和廷对的支持。永历乘机问刘承胤："爱卿有无论议？从速奏来。"

刘承胤瞠目结舌，悻悻然喘着粗气。

何腾蛟又立刻奏请钦派岷王代天子劳师，慰抚焦琏、李赤心、马进忠、张先壁等勋镇，勖勉他们勠力中兴。

永历一听，知道这是要让岷王顶着一个光彩的殊荣离开朝廷，以消弭刘承胤废立阴谋。正中下怀，连忙准奏。

何腾蛟又奏请擢调忠直干练之臣入朝，辅佐中枢，也当即准奏。

最后，敕令督抚臣何腾蛟、留守臣瞿式耜妥善筹措，克期移跸桂林。

不到两个时辰，刘承胤便像一只斗败的公鸡，铩羽而归，众智囊相顾失色。

那个独排众议的幕客晃着脑袋说："日前明公不听学生之言，下不得杀手，今日如何？"

"听了又怎么样？"刘承胤咆哮道，"他是东阁大学士、兵部尚书，又不是笼子里的鸡，说杀就揪出来杀了！"

幕客悻悻冷笑道："正因为他是督辅重臣，一旦放虎归山，效法齐桓公主盟葵丘，九合诸侯，纠合诸勋镇兵力来对付明公，后果还堪设想么？"

几句话听得刘承胤一身冷汗。心想，这个穷酸平素落落寡合，常受幕友奚落嘲讽，不料还真有几分才识胆略。忙换了笑脸道："不错不错！就请先生赐教。"

先生拈着几根黄须，扫视四座，朗声问："诸公高见如何呢？"

诸公一齐背过脸去，心中暗骂小人不可得势，瞧这一副儇薄相。

他见众人默然，这才开口："说来却也容易！如今上策，乃是将何腾蛟设法拘縻于此，作个人质，慢慢找机会收拾他。说到头，武岗毕竟是明公之天下。"

刘承胤一迭声叫好。幕客又伸出两个手指："慢！还要预伏一支奇兵在武岗近郊守候，万一何腾蛟脱逃，便在那里斩草除根。"

刘承胤笑道："这倒是不必了。何腾蛟单人匹马，还能飞出我的掌心?!”

“不然！虑及万一,方谓周全。并且这标人马越精越好,人多便易招疑。又不可离城太近,太近难免闹得满城风雨,惊动圣躬。”

刘承胤一听明白了,咬牙说:“把那门火炮运了去。娘的!”

深夜里,一个逻卒打扮的人被引进何腾蛟住所,除下头盔,却是杨监。见礼坐下,寒暄两句后,杨监说:“老公祖运筹帷幄,内外呼应,折了那个贼子的威风凶焰,又解除了废立之危,万岁爷和太妃欢喜得很,不住嘴地夸奖何公。”

何腾蛟忙站起来逊谢。杨监接着说:“宫中探得,那贼有拘縻老公祖之意。太妃认为,如老公祖将计就计,暂留武岗,俟移跸之时护驾离去,可得两全其美。”

何腾蛟思索一阵,开口道:“请公公转奏圣上太妃:如今虽急难稍解,而大局并未转危为安。于今之计,微臣在外则圣驾平安,微臣在内则圣驾可虑。”

“怎么讲呢?”杨监将身子移前问。

“刘承胤这番小屈,只是仓促应对,窘于一时之势。腾蛟在外,刘承胤畏我率集诸镇讨逆伐罪,轻易不敢下毒手。若腾蛟在此滞留,则身为孤注,号召不灵,时过境易,刘承胤无复惧惮,则圣上太妃与腾蛟尽都危险了。”

杨监恍然说:“老公祖剖析极明。只是那贼心怀叵测,又蓄意拘縻老公祖,如何方能安全脱身呢?万岁爷和太妃最为担忧的就是此事。”

"请公公奏请皇上太妃免除圣虑,微臣自有安顿之法。"

杨监告辞,何腾蛟小声嘱咐:"只在这一两日内,腾蛟便要差人给公公传信,请公公照计行事。"

杨监连声答应,戴上头盔自去。

第二天夜里,派出几日的何七赶回来报告各事均已与章总督商妥,章总督亲遣滇营两位大将前来迎护何公,也已到达附近,听候何腾蛟调遣。

何腾蛟听说来的是滇营二将,满心欢喜。因这赵印选、胡一青二人,不仅英勇超群,并且憨厚忠直,赤诚无二,与章旷最为相得。他们前来,万无一失。立即差遣府中线索,将自己的安排转告杨监,请他密奏皇帝,按计而行。

自那日廷议以后,何腾蛟就称病不出,更不言行期,也不进宫。朝中诸臣,渐渐淡漠了此事。次日三更过后,何腾蛟突然进宫陛辞,匆匆对答了几句,便在亲兵簇拥下,驰马往郊外驰去,一任装载着御赐银币锦帛的担子在后面慢慢趱路。马后只有何七健步如飞,寸步不离。相距半箭之遥,又才是十多骑亲兵。

策马奔出数里,已不见村舍人烟。遥遥望见前方一带疏林,右边有座土岗。又跑了数十步,忽然林中闪出一标人马,队列整齐,当头两杆大旗垂卷着,看不清旗上字迹。何七大声说:"滇营就在那里!"

何腾蛟催马赶上前去,那边也移阵迎将过来。恰在这时,一阵"嗤嗤"破空之声在头顶上呼啸而过,接着一声巨响,几丈开外迸起一蓬黄烟,随即沙石乱飞,砸在何腾蛟身上脸上。

这时,何腾蛟和赵印选已马头相接。滇营兵将也簇拥过来。赵印选拱手作礼,大声说:“督师大人真是吉人天相,毫发之差,躲过了一场大祸。”

何腾蛟还只当讲的是武岗之事,正要开口回答,忽见胡一青轻轻惊呼一声,往自己肩上一阵拍,同时嗅到一股刺鼻的焦味。连忙脱下外面大衣服,见后领处烧了一个大洞。这才明白,刚才是刘承胤埋下拦劫的人马,因滇营突然出现,又眼看着接到了何腾蛟,急切中发火炮轰击,幸亏炮高人小,没有命中。

正说话间,土岗上这标人马怕回去无法交差,呼啸着追杀上来。胡一青笑道:“鼠辈敢放肆,待末将吓吓他们!”

说话未完,一夹他那匹剪光了鬃毛的红马,箭一样射向敌群。何腾蛟远远望见他还离着一二十步,对面就“哎哟哎哟”地躺倒了四五个人,却又未见胡一青左手握着的画戟动一动。不觉纳闷,问道:“那些人怎么凭空就倒了?”

赵印选笑道:“他那鞍子上藏有十支短标枪。这是他的绝技,二三十步内制敌死命,再无闪失的。”

这时,那班强徒已被胡一青吓得抱头鼠窜。胡一青纵马来到面前,何腾蛟望着这个瘦小敏捷的青年猛士,不胜喜爱之情,拱手笑道:“前番在衡阳,若非二位飞将军从天而降,腾蛟与章大人眼看落入清军之手。今日又是二位将军护我离此险境。滇营于我,恩谊太厚了!”

胡一青只是拱手笑了笑。身材魁梧的赵印选说:“章总督多次致书我云南巡抚李大人,赞我二人奋勇善战。督师又屡屡疏题我二人开镇。知遇之恩,时时铭记。何况这点职分内的小事,不劳督师挂齿。”一口温和的云南方音,益显诚挚无华。

何腾蛟见二将谦恭谨慎,更是倚重。三人一路说笑,返回白牙市。

八

何腾蛟回到石矶站渡口,与赵印选、胡一青作别渡江到对岸。走了不远,恰好碰见蒙正发在料理钱炉升火。这是前些日子与章旷、蒙正发商量出来的办法,铸钱以充裕军饷,已得到朝廷钦准动工。蒙正发告诉何腾蛟,石矶站开炉一百二十座,委效劳知县方镇管理;白牙开炉二百座,委参将郑宗文管理;小江口开炉一百四十座,由户部主事臧煦如专理。

何腾蛟听完,便问章旷病情。

蒙正发目光黯淡,低沉说:“越发沉重了!有时日夜下血十数次。身体这样虚弱,仍然扶病视事,从黎明到半夜不歇息。饭量更减少了。”

“现在署中么?”

蒙正发指道:“就在那小屋里。”

何腾蛟匆匆过去,见章旷正在向两个工匠嘱咐甚么。果然形容枯槁，面庞罩着一层黑灰色，手拄一根藤杖。看见何腾蛟，忙迎过来："老师一路辛苦！此行可谓入山拔得虎牙还。"

何腾蛟握住章旷双手笑道："多亏足下运筹于帷幄之中，腾蛟方得取胜于千里之外。幸不辱命，多谢多谢！"

一边说，一边把章旷拉到一个安静地方，找块巨石坐下，责备地说："于野！你已羸弱至此，还不静卧养息，节劳省虑，反而这样不顾命地劳碌，如何使得呢！"

章旷笑道："世人以身病为病，吾辈以国病为病。这病如生在大人身上，也必与章旷同心。"

何腾蛟眼眶润湿，点头说："话虽如此，但国运维艰，你我万不能出师未捷身先死！"

"不会！"章旷笑道，"但得粮饷不竭，兵士鼓锐，恢复东下，我病自会霍然而愈。"

何腾蛟将在武岗经历，细细与章旷叙说，称赞滇营二将后叹息说："可惜了万大鹏！"

章旷黯然道："都怪学生操切！当时只说借自己标下儆戒其他将校，谁知他性烈如火，以至于此……"

"结果又何尝儆戒了诸将？"何腾蛟苦笑，"看来，你和我还是逃不了迂阔二字。"

两人眺望着江上的沉沉暮霭，沉默无言。章旷换了话题说："大人走后，我和圣功全力筹措粮饷。看来月余之内，便可粗备。兵马休养，也已恢复。另外，派往柳州募兵的人，昨日传信回来，说已募到三千名士兵铳手。”

何腾蛟高兴地说:“好极好极!前番潼溪制胜,正是靠这火器。”

章旷字斟句酌地说:“东安弹丸之地,不可持久。如坐吃粮饷,一旦告罄,势必成鸟兽散。依门生之见,不如决计东下。”

何腾蛟击掌说:“我也是这个主意。一俟诸事齐备,立即出师。”

半月后,章旷从东安到永州。自柳州募得的三千铳手,也直接赴永州归标。章旷分兵派将,防守祁阳关口等处。同时派蒙正发专责查核各处炉场月钱及东安未完例饷。正发再三敦劝章旷节劳养病,又向医生反复叮嘱,一一安排妥帖,才动身去各处炉场。临行时,将章旷身边的亲随董启行约上,同走出很远一段路,叮咛说:

“宁忻,你是章公至戚,又朝夕追随左右,知道他事必躬亲、奋不顾身的脾性。我这去十天半月便回,你要加倍照料。拼着受他几句呵斥,也要制止他过分劳顿。有什么事,可派专差去禀告何公。”董启行连声答应。蒙正发这才带着随从,上马驰去。

五天后,永州派出几乘飞骑,四处找蒙正发,告诉他章旷病笃,要他兼程赶回去。

蒙正发接到消息,心胆俱碎。星夜赶回来,见章旷拥被卧床,憔悴骨立,模样都变了。

单腿跪在榻前,便自哭出声来。

章旷声如游丝地说:“不要如此!……我自知病将不起,特请回来作生死之别,并付托封疆大事。”

蒙正发勉强安慰了几句，告辞出来安顿行李。医生跟在后面小声告诉他，总督下血之疾已成肠垢，恐怕支持不久了。

蒙正发心如刀剜，也无言以对。怏怏将行李安顿在章旷榻边，打横设铺，以便日夜照料。

当晚的情状，就令蒙正发将一丝侥幸念头灰了。章旷日夜滑痢十数次，痛彻五脏，呻吟不绝。每呻吟一声，便叫一声“圣功——”

“正发在这里！”蒙正发便应一声。

两天后，章旷精神较好，将标下诸将召到榻前，支撑着把各种营务、兵马册籍以及官印，当众交给蒙正发代为署理，嘱咐诸将善服蒙户科调遣。蒙正发含泪说：

“正发与总督谊属师生，恩同父子，从事三年，夙夜黾勉，知遇之恩，铭心刻骨。何况总督有病，正发岂有不竭尽愚钝，报效万一之理！总督但安心调养，内外事务自有正发与诸君处置，不须郑重交付。但是如此重托，责有所归，如果正发处置不当，致使恩师失知人之明，二受他人指摘，正发实实不敢受命！”

章旷喘气半晌，厉声说：“你要气死我么！既不承受，公务便无着落，我又如何安心调养？”

诸将见这情形，也都纷纷劝勉，蒙正发只好勉强接了印绶，每日就在章旷榻前批答文卷，料理军机。较为重大之事，俟章旷精神稍好时请示。日夜仍侍奉汤药，应答呻唤，一连二十二个昼夜衣不解带，心力交瘁。

何文瑞这天偶然在门房接到一封永州送来的紧急文书。封皮上是章旷署名，却不是他那眼熟的字迹。一面狐疑，连忙送到父亲跟前。只见父亲也怔了一怔，急忙拆开，匆匆浏览几行，便脸色大变。接着，眼泪啪啪掉在信笺上。沉默半晌，顺手递给儿子。

文瑞接过来一读，竟是章叔诀别之辞：

“某病不能起矣，不能风雨晦明奉教左右矣，不能周旋鞭弭共事中原矣。”

看到这几句，何文瑞眼泪也夺眶而出。举袖拭拭眼睛，再往下看：

“遗大投艰，独劳先生，谁复与先生分一臂力者？某独何心，能不悲哉？”

下面是引荐蒙正发自代等事：

“户科蒙正发原在先生门墙，其人才品，先生所悉。已于本月二十日，当诸将付以恢抚营务；某死之后，乞先生特疏题补事。付托得人，死可瞑目。诸标员从某驰驱日久，忍饥寒，冲锋镝，义矢无二，其忠勤有可知者。幸先生驱策之，以相与有成也。”

最后是：“放笔昏绝，永从此辞！”

文瑞尽力抑制哽咽，憋得气噎胸痛。抬起眼见父亲挥手命他出去，只好敛声退出。但心中放不下，站在廊上，隔着花窗窥视，只见父亲伏在案上，不闻哭泣之声，但见双肩烈颤抖。

文瑞从没见过父亲这样不能自制。一时间，觉得父亲格外孤独可怜。信里说“遗大投艰，独劳先生，谁复与先生分一臂力者？”是的，还有谁与父亲分一臂之力呢？他想起刘承胤、王进才、张先璧……一张张骄横傲慢的面孔，不觉打了一个冷噤。这几个月，他已深知章叔对于父亲的价值。以后呢？

不知过了好久，他看见父亲在伏案疾书，时时停笔拭泪，这才悄悄离开，去向何七告诉此事。隔了半个时辰，听见唤文瑞，赶紧进去，何腾蛟递给他一封信："你替我去看望章叔！告诉他我这里实在离不开，要他千万不要性急，静下心来养治。病去如抽丝，性急不得！"

文瑞应声接了信，退到自己住处，取出信来，看见只是墨汁淋漓的几句话：

"老夫耄矣，生亦无益，惟瓣香顶祝天地鬼神，乞留公斗岱之身，以兴明祚。蒙户科大用之才，恢抚事务且暂署理。诸将两标一体，原无分别。俱不必作事后之虑也。"

文瑞叫来何七，嘱咐他加倍照看父亲，随即带着人上路。

此后，何腾蛟每日遣官吏过章旷那边问候，带回病情。

章旷那日令人扶坐起来，给何腾蛟写那封诀别信，但提笔已不能运腕，只好口授给书吏笔录。在此之前，他已趁精力尚能支持，亲笔撰写了遗表，叫蒙正发在他死后进奏皇帝。

八月初七，突然精神健旺，滑痢顿止。董启行喜出望外，蒙正发却疑惧是不是所谓"回光返照"。章旷从枕下取出一卷书，交给蒙正发说："这卷《兵饷》，留给你存个意念。"又叫董启行搜出箧中俸银四十八两，嘱咐道：

“平均分送诸将，每人若干，以志永别之意。嘱咐各营，切勿以奔丧为由，擅离汛地，有误封疆。务必坚心固守，静听督师调度与蒙户科指示。”

董启行连声答应。章旷又命取酒来，亲手斟了一杯，举给蒙正发道：“感足下共事三年，如形影之相随！无奈鬼伯催促，幽明千古，从此别了……”

蒙正发忍不住哭出声来。章旷严厉地说：

“圣功！我以祖逖、刘琨期望你，你却怎么效儿女之态，作哀哀断肠之声！”

蒙正发尽力抑制着，双手接来一饮而尽。章旷也举杯抿了抿。接着又斟第二杯，蒙正发也一口饮了。董启行在旁边见状，知道不妙，流泪间道：“舅父各事俱有遗命，只有家事，不知有何安排？”

章旷望着他说：“我自服官入楚，便已无家了，还有什么话说！你若能生还华亭原郡，只有一句话嘱我儿子：不必读书，不可应试，只要务农过活……”

说完，又替蒙正发斟了第三杯酒。看着正发喝完，自己也抿了一口。放下酒杯，拱手说：

“圣功，请了……”

随即向壁而卧，从此不再说话。蒙正发询问什么，轻唤老师，都不复应声。

到了初八中刻，忽然开口说谵语：“外虏内刘，皇上在哪里？”

过了一会，又厉声喊：“外虏内刘，皇上在哪里？”

一会儿，第三次喊道："外虏内刘，皇上在哪里？"

随即大叫一声，就绝了气。

章旷病逝的噩耗传来，何腾蛟就吩咐备马去永州。帐下将吏一齐劝阻，说军情正紧，又遭此大损，督师万万不可轻离。且等灵柩运到石矶站，再去吊唁为好。何腾蛟心知众人所说在理，只好强自忍捺，照常视事。

颓然坐着，只觉五内俱摧，疲惫到了极点，什么也不能做。眼前唯有章旷的音容笑貌在活动。几年来章旷所做的事，无一件他不熟知；然而只有今日，斯人逝矣，这些陈迹一件件罗列眼前，如一座座山丘，清晰地留下了章旷的足印，才使他真真哀叹起来，感慨万端。

当楚北尽沦清兵之手时，章旷任沔阳知州，以孤城文吏，独保郡民。剪除乘乱抢劫的匪徒。将左良玉营中强抢民女的悍将缚而投于大江。又自练士兵，保卫城池，与清将白旺相持三载，遮蔽长江，清军不能飞渡。

当张先壁荼毒于辰阳，刘承胤虎踞于黎靖，是章旷单骑解谕，跋涉于虎狼之穴，救黎庶于汤火之中。

左良玉、黄朝宣诸镇标下兵将穷途无归，是章旷挺身招徕，抚驭有加，平添军威。

又是章旷看到客兵难驭，为督师建整亲旅，募兵于黔桂之里，措饷于无米之炊，多次困蹇复没，又多次白手创业，直至于今……

何腾蛟陷入沉思，不知时间过去。忽然远远来哭号声，越来越响。他不知又出了什么意外，忙叫影在屏风后面的何七快去打听。一会儿回来说，是因章总督讣告传来，三军痛哭。

何腾蛟点着头，想起古人说“人难再得始为佳”，章旷就是难以再得的人。论他的病体，何腾蛟原知难以持久，但想不到真就殒于一旦。国事如此，大业如此，景况如此，怎能忽然没有了章旷！今日岂是敢于损没人才的时候！

忽想起章旷生前的嘱托，提笔起草荐题蒙正发接任湖广北抚的奏本。又将自己对章旷的痛惜之情，写成一篇诔文，准备在奠祭章旷时，隔着棺木向知友一诉。

草拟荐题蒙正发的奏本时，何腾蛟想：如今只有圣功是我左右手了。幸得自己门下出了这样得力干练的人才。

没想到，参军丁元相突然夤夜求见何腾蛟。见面不及寒暄，就突兀地说：“章总督遽作古人，令人嗟伤。但不知北抚一缺，谁人题补最为惬当，老大人已物色中肯了么？”

何腾蛟一听，明白丁元相必有使命而来，便反问道：“丁大人高见呢？”

“自然以吴晋锡大人最为上选！吴公乃有名进士，任现职太仆卿郴桂道已有几年。隆武二年，督师大人就曾题荐吴公为郴桂巡抚，廷议未允。如今北抚一座，舍吴君其谁？”一边说一边就掏出一个折子，“卑职不揣冒昧，敢向督师大人请荐，这是几个同僚的联名折子……”

何腾蛟猝不及防。章旷标下诸营，是他生前与蒙正发历尽艰难，亲手创建；且与自己息息相关，非寻常营部可比。以蒙正发继章旷，不仅是章旷遗愿,也是何腾蛟心中的当然之理。现在忽地横杀出一只当门炮,看那迫不及待的神情,揣想早有预谋。何腾蛟沉吟了一下,只得接过折子说:“且容学生通盘考虑。”

送走丁元相,何腾蛟辗转考虑了一夜。第二日从晨到午,折上有名的几个同僚陆续求见,都是请荐吴晋锡,大有志在必得之势。并且透露:如今已非隆武二年之势,改题他人,廷议可能驳回。意思是他们在朝廷有撑腰者。

何腾蛟百思不得万全之策,最后只好咬牙吞下这杯苦酒,烧掉请题蒙正发的疏草,改写一疏,请题吴晋锡继任湖广北抚之职。

又过了十余日,章旷灵柩由蒙正发和董启行护送到石矶站。何腾蛟带着文瑞和何七,驰到灵前,抚棺大哭。哭得护灵前来的两标战士,也泪洒如雨。

何文瑞将父亲亲撰诔文,双手捧给董启行。董启行将诔文打开,低头跪在灵前,蒙正发过来准备开读,但喉咙枯哑,有气无声。文瑞忙走过去代念:

“人臣死忠者三:曰激烈、曰从容、曰劳瘁。激烈以刚怒死,从容以坚贞死,劳瘁以忧勤死。死虽不同,死忠则一也。孔子曰……”

读了这几句,便也不成声调。蒙正发便将诔文放在棺木上,扶何腾蛟在旁边坐下。

何腾蛟问道:“墓地是何人所择?”

“是总督自择。”蒙正发说,“月前陪章公过东安,知县敖大人馈赠果酒。章公饮后携晚生闲步竹林山岗,仰卧林间对晚生说:‘死便葬我于此。’当时晚生回答:‘老师喝醉了吧,怎说这种不祥的话?’看起来,总督当时已自有预感……”

何腾蛟点点头,叫文瑞说:“将我诔文中这一段,读给章叔听听!”

文瑞跪在灵前朗读:

蛟在长沙,居中调度;公驻湘阴,临边自将。一将一兵,费公推置;一壁一垒,费公分布;一士一民,费公保护;一机一宜,费公眠食;一缗一粒,费公焦劳;一勋一镇,费公调剂。心血几何,能不病哉!蛟也鲁拙,每有方略,费公讦谟;每有过失,费公匡救。心血几何,能不病哉!又以同人参差,事多掣肘,隐忍弥缝,更费苦心。心血几何,能不病哉!

迨至强敌凭陵,我疆日蹙。新墙之挫,呕血盈升,公病已剧。湘阴不支,立誓身殉,众将夺公,虽不得死,公病又剧。策蹇资水,泥涂雨雪,痛念提封,昏仆马下;公虽不死,公病又剧。衡山险阨,几落危机,跃马桥头,目击丑类,眦裂发指,怒气欲吞,公虽不死,公病又剧。跋涉雁峰,渴馁浯溪,以至东安,外集残兵,内合劲卒,振军声于菜色之时,复残疆于桑榆之日。公病剧已极,而公死矣!

董启行边听边流泪,听到到这里,失声痛哭,向何腾蛟拜了三拜,哽咽着说:

“先舅父一生劳迹，尽在督师此文之中。先舅父能得这一篇诔文，可以含笑于九泉了。”

蒙正发道：“不，总督得此诔文，永生不死了。”

“我这些话，句句是实言，字字发自肺腑。”何腾蛟沉重道，“于野活活为国累死，拟之诸葛武侯，虽功业不能相比，这‘鞠躬尽瘁，死而后已’八个字是当之无愧的！”

这时，董启行被土工唤到墓地有事。何腾蛟趁机叫文瑞离开，小声对蒙正发说：“章公新故，职位不可久旷，我已请题吴晋锡，你知道了么？”

蒙正发已经风闻此事原委，忙说：“学生知道了。这样再恰当不过。日前只因先师病笃，不忍拂逆，只得勉为其难。大人如此安排，令正发如释重负。”

何腾蛟点头说：“圣功，你我相知有年，你人品才干我知之最悉，何况又有章公临终嘱托。只是你原出于腾蛟门墙，不先委屈你，又去委屈谁呢？叨在知交，你一定能体恤腾蛟的衷曲。”

“学生时刻铭感督师大人和故总督知遇之恩，并且破家亡命，意在恢复。功名利禄本非所愿，岂有他想！大人但请宽虑。”

“这就好！况且我自在武岗亲见朝廷情状令人担忧，已奏准题荐干练忠正之才入朝，当时就已想到了你。”

蒙正发赶快说：“晚生一心追随督师，分担万一，不愿入朝周旋！”

何腾蛟见董启行过来了，打住说：“这事我们再议吧。”

蒙正发望着劳瘁不堪的何腾蛟，悲悯地想，大明这湖上半壁，全靠着何腾蛟、堵胤锡、章旷这三根玉柱擎起；而堵公性情颇与何公不洽，许多事情全仗章公居中斡旋。今后何督师的担子更重，处境更难了。不觉怆然说："章公去了，唯望大人为社稷保重万金之身！"

何腾蛟苦笑道："我五十五岁了，于野才三十六岁。五十五岁的不死，三十六岁的先走，造化嘲弄人一至于此。想我何腾蛟，汉江之水滔天，可死而不沉。长沙之炮掠身，可死而不伤。武岗身陷凶阱，可死而复脱。万死一生，至今留着这顽钝之身，以守残局。章公不可死而竟死，上天苍苍，深意难测，还有甚么可说！只有步章公后尘，竭尽绵薄，死而后已罢了。"

蒙正发和董启行正劝慰着，那边又来人说署中催促督师快赶回去。

何腾蛟站起身，取过那张诔文，站在灵前，沉声念道：

"呜呼，公其死矣！公其忍心舍我而去矣！而今而后，进退死生，谁复与蛟共安危者乎？密座促膝，谁复与蛟共筹策者乎？纷纭险阻，谁复与蛟分肩者乎？昏耄举动，谁复与蛟规舛谬者乎？风风雨雨，谁复与蛟相慰劳者乎？……呜呼！招魂不复，抚床如生，恨深九泉，惨达层霄。洒血披衷，公灵鉴之！"

读完，痴痴地立在灵柩前，似乎等着章旷的回应……

吴晋锡升补北抚的敕旨，果然很快下达，何腾蛟立刻派人将敕书官印送去，催促他即日视事。

章旷标下诸将听到了这事，齐来请求蒙正发仍然统领诸营。

蒙正发诧异说："吴公受皇上敕命，日内就要莅任视事，诸君当静听朝廷安排，岂可任性依违呢？"

中军秦相百说："我等与故总督、蒙户科朝夕相处几年，情同家人，今日总督不在，我等只愿听蒙户科指麾，那新巡抚我等素不相识。蒙先生怎么忍心将我等交凭他人辖制！"说着流下眼泪，其他将领也纷纷诉说请求。蒙正发哭笑不得，只好反复训诫慰劝。

吴晋锡到了东安，择日到任，与诸将会见。秦相百突然起身向吴晋锡道贺，并对着满座将校大声道："我等已数月未得粮饷，饥窘万状，无处诉说。幸喜今日有了新总督，粮饷便有了着落。从今日起，诸君请莫再找我这中军吵闹！"

众将明白他的用意，便齐声欢呼鼓噪。

吴晋锡见此场面，又窘又怕，钳口结舌，好容易挨到众将散去，索性挟带着官印逃了。

四五天之后，清兵突然出师攻占了永州城，哨兵一直布到石矶站附近。滇营赵、胡二将，保卫何腾蛟走八十里山路，到全州万乡暂驻。那个挟印夜遁的北抚吴晋锡，竟带着他那颗官印，从山中跑出来投降了清军。

秦相百又带着众将来求蒙正发："总督不幸去世，我等见先生如见总督。虽为武夫，义气为重，实不愿隶属他人。请先生仍旧主持营务，一如先总督在世之日。"

如今这几标人马已是群龙无首，但又无敕命委派，蒙正发犬感踌躇。

秦相百说:“如先生执意见拒,我等无意留此,只好四散当响马了!”

当时,官军当响马,响马变官军,官军阵清营,降了又归正,确也屡见不鲜。蒙正发不敢疏忽,只好允诺说:“如今总督已逝,新督又降。蒙诸君厚意,正发只得权宜行事。但请诸君依学生三约。如能依约,正发勉为其难;如不能依约,宁愿即死,也不敢应诸君之请!”

众将纷纷应诺:“哪三条,但请先生讲明。”

“一不降清,二不害民,三不私斗。就这三条。”

“我等条条遵从!”众将轰然应允。

蒙正发这才带着诸营从石矶出发,全师安抵全州,参与全州防务。

九

何腾蛟未及找到永历皇帝移跸的办法和机会,又传来永州陷落的消息。清廷随即派出三个封王的明朝降将:恭顺王孔有德、智顺王尚之信和怀顺王耿仲明,兵分三路,从武岗、永州、常德三面进攻永历驻跸的奉天府(武岗)。大兵压境,举朝震动。外镇援救不暇,安危系在安国公刘承胤一人身上。

孔有德兵过紫阳河,刘承胤标将陈友龙截住清军死战,屡挫敌锋,一面向武岗报急。不料带回的不是援兵,而是刘承胤严禁抵抗清兵的命令。陈友龙军大溃败。孔有德一直打到距武岗山仅三十里的石羊渡安营扎寨。

驻守武岗的诸营将校，见兵临城下，齐到安国公府申请求安国之策。进了府门，总管将他们带到客厅，说安国公就在里间小书房里。

刘承胤闻声从内室走出来，满脸悻悻之色，且身着常服，全不像临战模样。看是众将，便问有甚么事。诸将七嘴八舌说，虏兵已至石羊渡，特来请战。

刘承胤闷着脸踱了几步，挥手说："都且回营去，我自有安顿。"

说罢，匆匆又回内室去了。众将一肚子狐疑，磨磨蹭蹭不肯离去，但又不敢多问。听见内室响起脚步声，以为刘承胤又出来了，连忙退到两边。

出来的却是刘承胤身边黄中军。手中捏着一封信，匆匆往腰绦中塞，也不及同众将招呼，便大步去了。众将不敢久留，随着鱼贯而出。但刚走出几步，又听见后面有人连声呼唤黄中军；随即，平素最受刘承胤赏识的那位智囊先生，急步赶过他们，把黄中军那封书信讨去。

接着，刘承胤本人一边系着会客衣裳的纽袢，一边一路小跑，接过那封信，出了府门，上马疾驰而去。唯一的随从，就是那位手无缚鸡之力的智囊。

众将见了这一连串哑谜，面面相觑，莫明所以。但不敢动问，各自回营待命。

他们哪里想得到，安国公的安国之策，就是投降清军。刘承胤刚才在内室,正是与那位智囊推敲请降书信。本来刘承胤胆怯怕上当,想命黄中军去下书。那位智囊力劝说:这本是破釜沉舟之计,必得亲见以显诚意,方可奏效,岂是派个中军办得了的！他这才咬牙下了亲入虎穴的决心。那智囊也义无反顾地慨然随行,甘愿为知己者死。

路上,两人紧张揣测可能出现的种种情况。刘承胤失悔说:“既要示以诚心,我们还是该将‘那话儿’带着,孔有德就不会有二话可说了。”

“不然!”智多星说,“这事非同小可,不能轻举妄动。小不忍则乱大谋。”

“老子真要动手,那些废物哪个敢放半个屁!”刘承胤骂道。

“不然！那些人平日是勉强隐忍,真遇到这种惊天动地的事,是会要拼命的！老公祖忘了三个月前何腾蛟发动廷议的事么？今日之计,比起移跸又不知大多少万倍了。”

刘承胤悻悻然啐了一口。

“所以,学生之计,乃在瞒天过海。待老公祖陪同恭顺王大军从天而降,瓮中捉鳖,他落个‘亲擒敌酋’的天大功劳,还能委屈了老公祖?”

他们说的“那话儿”,当然就是永历本人。这是刘承胤准备送给孔有德的晋见礼,要靠他封王荫子的厚礼。刘承胤采纳了智多星之见,没有打草惊蛇,但也做了周密防范,不让永历闻风逃遁。他不仅封锁了消息,而且封锁了所有城门,并将钥匙全部收到了自己手中。

驰近石羊渡,刘承胤心口乱跳,比临阵对垒还要骇怕。这可是赤手空拳送上门去，听凭人家发落。

他们二人二骑，顺利地被接纳到孔有德大营外面。可是，坐了一个多时辰的冷板凳后，得到的答复是“王爷不见”四个字。

两人灰溜溜地上马回城。刘承胤一路喃喃地骂脏话。智多星却一言不发，一会儿白眼向天，搔首挠腮，一会儿鼻孔贴胸，拈须沉吟。走了十余里路，忽然大叫一声：“明白了！”

刘承胤吓了一跳，愣眼看他。

“恭顺王对老公祖的诚心，还有怀疑。”

“老子只差剜心砍头了！”刘承胤骂起来，“还要怎么诚心！”

“老公祖一言道破，他正是要老公祖‘砍头’——”智多星往头顶上做了个手势。

刘承胤怔了一下，随即领会他是指的剃发。恍然大悟，连连点头：口称诚意降清，却一副明朝衣冠，空口无凭，确实难免对方生疑。但凡阵清真伪，剃不剃发是一大证据。因为身体发肤，受之父母，没有诚心，谁肯剃掉？并且一经剃掉，三年两年不能长复原样，谁个假降的愿意这么干？即便是在清军占据了的地方，不是也有许多百姓宁舍头不舍发么？

他看看暮霭笼罩的山野，叹气说：“娘的！那就进城去剃！”

“老公祖去而复返，又令人剃发，再改装出门，还不闹个满城风雨？”

刘承胤恨声说：“老子被你怂掇得无路可走了！”

“不然！”智多星嗬嗬笑起来，“这点小事，岂能难得住学生？”

刘承胤瞪眼大叫:“有屁就放呀!”

“北山寺离此不远,又僻静,又有现成的剃度刀具……”

刘承胤大喜笑骂:“你这穷酸,比他娘的猴儿还精！那就快走!”

两人驰到武岗城外北山寺,夜已深了。老和尚一听安国公要剃成满人发辫,吓得两眼发直,连声念佛。刘承胤拔剑逼他立时替自己二人剃了发,胡乱编根辫子拖在脑后。出了寺门,只见四下已经一片漆也似黑。刘承胤骂道:“他娘的诸事不利,偏偏遇上个月黑头！天亮再走吧!”

“这事耽搁不得,”智多星说,“再黑也得走!”

两人不敢骑马,牵着缰绳,摸索前行。时时前呼后应,以防闪失。刘承胤脚下磕磕绊绊,嘴里尽兴骂街,流言秽语,不堪入耳。

初更时分,掌院事张同敞得到清军已扎石羊渡的消息,而城中不见丝毫动静,心中怀疑,亲自骑马出城打探,只见城门紧锁,管门吏卒虽认得他,却无开锁钥匙。张同敞是万历朝名相张居正的曾孙,博学明敏,决断多才。不消几句话,就从城门吏卒语焉不详的回答中,揣度出其中的蹊跷。

他立即驰回朝中,邀约了当值的皇亲王维恭、王维让,锦衣卫马吉翔、吴双,兵科吴其雷等人,一起到刘承胤府中质询。

刘承胤的兄弟、武岗伯刘承永出来接待。张同敞开门见山,揭穿刘承胤已单骑前往清营的隐秘。刘承永支吾不过,胀红了脸,低头不语。

“令兄此举，是想将皇上变成宋钦宗，囚车跣足解送北国么？”张同敞厉声问。

刘承永分辩道：“张大人不能如此说话，家兄正是甘冒杀头之祸，挺身保救皇上……”

“既是保驾，为何不打开城门护驾去靖州，反而关锁城门？”

刘承永无言答对，众官就围着他争吵。张同敞趁机径入内室，将刘承胤的八旬老母请了出来，将事情细说与她，求她保君救驾。

刘母原先一无所知，听说大儿已单骑降清，还将万岁爷锁在城中，准备献给清营，吓得浑身打战，念着佛说：“阿弥陀佛！这个忤逆不孝的畜生！罪过罪过！”一迭声责叱刘承永：“还不快去取城门钥匙来！”

刘承永焦躁说：“他自做鬼事，我怎么晓得！哪个得见他的钥匙！”

众人还要纠缠，张同敞见刘承永不像扯谎，立即带领众人离去。赶到宫中，分头准备一下，便胡乱扶拥着皇帝、太妃、御妹及三宫上马登车，使出城去。张同敞带着司礼太监庞天寿，指挥几个膂力过人的军丁，用利斧砸断扃锁，向靖州方向逃去。

次日清晨，狼狈万状的刘承胤到了清营。孔有德听报他已剃发换装，这才接见，并以宾主之礼相待。听说永历被囚城中，大喜过望，立即率兵进城。入城后方知永历已于半夜出走，悔恨交集，纵兵将武岗大掠一空。

刘承胤见失却了晋见之宝，怏怏然回府。走出不远，看见兵部尚书傅作霖迎面走来，顿时大喜，心想得遇心腹亲信，必可探得永历下落。刚刚堆笑迎上去，不想傅作霖劈头就是一口唾沫吐来，喷了满脸。还未回过神，便听傅作霖骂道：

“平素间只说你虽专横跋扈，总还是为国征战，因此百事将顺于你，被人唾骂为奸党，背了许久恶名。今日你的所作所为天下共见，还想我跟着你做猪狗不成！”

刘承胤正一肚子火没出处，又被骂得个狗血淋头，跳起来就拽着傅作霖去见孔有德。傅作霖见了孔有德，同样破口大骂。孔有德正暗悔坐失永历，白白丢了盖世奇功，懒得多说，喝令乱刀砍了傅作霖。

被传来讯问的吏卒，异口同声说永历逃往靖州。孔有德立即亲率大军，直追而去。万想不到，兼程急追，到靖州竟扑了个空，根本没有永历一行的影子。暴怒之下，孔有德又大掠靖州而去。

原来他们只打探出永历往靖州逃亡，却不知道这一行人才离开武岗二十余里，永历皇帝忽然说：“靖州不能去，须从小道走广西。”于是扈驾一行趕入小路走古泥，过苗桐，历尽艰辛。逶迤到达柳州，已是月余之后了。

刘承胤放走永历，邀赏未遂，颇恹恹了些时日。这日忽然灵机一动，向孔有德自请率一标人马袭奔黎平，将何腾蛟的老母、妻室、子女抢来，要挟何腾蛟归顺。

孔有德听了连声称绝。三湘对垒之师，他最惧惮的是何腾蛟和章旷二人。前不久章旷病死，他大喜说：“二敌去其一，我无畏惧了。”如今要是再能招降何腾蛟，这功勋不在生俘永历之下。朱家后裔有的是,尽可一立再立;何腾蛟这样的劲敌,却是绝无仅有的。

刘承胤得了命令,率兵自去。此时的威风杀气,当然又不是在北寺逼老和尚剃发时的神态可比了。

何腾蛟在万乡,得到武岗失陷,皇帝不知去向的塘报,觉得自己无能失职,忧忿欲死。立即进驻新宁界,派飞骑四下打听消息。又亲调滇营精锐枕戈待旦,一俟得到皇上行踪,立即率兵勤王。

与永历谊同师生、情逾父子的留守大学士瞿式耜,在桂林更是西望而泣,派遣许多壮士,带着金银,从各条小道打探永历行踪。直到得到皇帝已从古泥走苗桐往柳州而来的确信,这才放下心来。

十月中旬,永历抵达沙泥潭。何腾蛟立即率滇营兵将朝见,护驾到柳州。瞿式耜也接连上疏请帝驾速去桂林,说他已躬扫行宫等候。何腾蛟安顿诸事完毕,率滇营到永州与蒙正发会合。

这天黄昏,何腾蛟派何七去请蒙正发。

蒙正发走进室中,见何腾蛟仰头闭目,靠着椅背,不知是在打盹还是沉思。不敢惊动,悄悄自坐在一边。

一会儿,何腾蛟猛地惊觉过来,睁眼说:“于野来了!”

蒙正发吃了一惊。立刻听见何腾蛟改口道:“圣功,你来了!”

蒙正发忙起身答应。

“快坐下!”何腾蛟说,“我们好久没有机会从容说话了。”

“是!还是那天在章总督灵前了。”

“我也正在想着他。所以一见到你,随口就叫错了。”

蒙正发默然点头。

“记得那次提起万大鹏，我曾说于野迂阔。”何腾蛟说，“其实我自己又何尝不迂阔，比他更迂阔！像荐题吴晋锡之事，既委屈了你，又坏了事……”

蒙正发忙说：“区区小事，督师怎么还放在心上！”

何腾蛟不说话，又闭目仰头靠在椅背上。蒙正发悄悄打量着他在幽微暮色中更见疲乏瘦削的脸。

过了好一阵，何腾蛟忽然说：“其实像于野倒好！劳瘁而死，也算死得其所。眼一闭，再也不看这些肮脏人肮脏事……”

蒙正发从未见过何腾蛟这般颓唐，只好悚然坐着，默默倾听。

远处有人吹牛角号，声音浑厚而悲壮。这是何腾蛟亲标黎平士兵们在归营。

何腾蛟坐直身子，摆摆头，像要甩掉那些恼人的思绪，含着笑意道：“圣功！你抄给我那份章总督的遗表，有几句还记得么：‘顾国家大势，祸胎养成于姑息，军机多挫于内讧。臣愿皇上大奋乾断，明功罪，信赏罚，慎名器，养残黎。及早返跸西粤，居万全之地，以慰天下臣民之望……’这日子，我常记着这些话……”

“这原也是督师常与总督和正发议论的。”

“武岗巨变之惨烈，足证这些话丝毫不差。”何腾蛟说。

蒙正发连连称是。

“如今虽然战场上又节节不利，连失重镇；但幸而逆贼刘承胤已自败露，圣驾也因此移跸桂林。我想，好生珍视这一转机，中兴尚有可为。”

“是！”蒙正发感奋地说。

何腾蛟移近身子，郑重道：“留守大学士瞿式耜瞿大人，是史阁部一流人物，腾蛟极为敬重。如今圣上驻跸桂林，瞿公主持中枢，腾蛟私心庆幸不已。只是朝事鞅掌，纲纪坏弛，若无能员干吏襄佐，瞿公也无能为力……因此，我想荐你入朝，你以为如何？”

蒙正发听何腾蛟说了一半，已大略猜出他的意思。犹豫一刻，为难地说：“只是总督新逝，正发实实不愿离开督师！”

“我也不愿意放你离去呀！”何腾蛟叹息说，“但今日上弱下强，勋镇坐大。如朝中无能臣，重现将在内而相在外的局面，中兴大业就再无指望了。”

何腾蛟的话，蒙正发深以为然，但他实实不愿入朝。他常抱着“士为知己者用”的想法，特别章旷故世后，更觉何腾蛟茕茕孑立，形影相吊，十分寂寞。章总督致何公诀别书中说：“遗大投艰，独劳先生，谁复与先生分一臂力者？”除了自己，更有谁呢？况且朝廷又是是非丛集、钩心斗角的漩涡，与其将心血耗费其中，不如洒在封疆，还少一些苦恼，多一些心安。但他不忍一再拂逆何公，只好说：“老师请容正发再想想。”

两人说着话，没发觉室内已渐渐幽暗下来。忽然间一个黑糊糊的人影闯进来，声音颤抖地说：“父亲！黎平家中来人了！”

“哦——”何腾蛟惊喜地应了一声，“请进来！”

紧接着，何七端着只烛台进来。烛光映照着何文瑞面容大变，浑身抖颤得像风中白杨一般。

何腾蛟问："怎么了？"

何文瑞咬着嘴唇不说话。何七身后闪出一个身影，扑通跪下磕头："给祖太爷请安！"

何腾蛟拉过何七的手，就着烛光看了，大声说："啊，是岳笙呀，快起来！"

何岳笙又磕了个头站起来。

何腾蛟兴致勃勃地问："从黎平来么？"

"……从恭顺王帐下来。"

何腾蛟愕然问："甚么恭顺王……哦，从清营来的么？到底怎么回事？"

这个叫何岳笙的中年汉子嗫嚅着。何文瑞哭声回答道："爹爹！我祖母、母亲、兄弟等人一齐被刘承胤那畜生掳到清营去了！"话未讲完，就哭出声来。何岳笙接着说：

"男丁妇孺，总共百十口人，我何族各房，尽在网罗之中。"说着也痛哭起来。

蒙正发在一边吓呆了。由于极度的愤怒，他不由自主地手脚剧烈打战。他不能想象何腾蛟此刻心情，也不敢抬眼看何腾蛟此刻模样。茫然中忽然想起他起先那句话："其实像于野倒好！"

难道这正是所谓"谶语"？

何文瑞走过来双膝下跪，抱着父亲的腿，抽噎着道："爹爹！我王氏母亲已扶喉死节。我德生兄、长生兄弟在途中被清兵扔进江水。沿途死节的还有俊品堂兄，赵氏、张氏、龙氏几位嫂嫂，总共四十多条人命呵！”

何七发出一声闷而轻的吼声，哐当就把手里捧的烛台掼倒在地上。室里倏然间一片漆黑，只响着文瑞和岳笙的呜呜哭声……

“掌灯！”何腾蛟声音响起来，“掌灯——”

何七磕磕绊绊出去，捧着根蜡烛进来，将书案上的纱灯也点燃。

何腾蛟背对众人站在书案边，面对着窗外墨黑的夜空。灯光亮起半晌，才缓缓转身来，坐在椅子上。蒙正发觉得何公的眼窝似乎陷下去许多，脸上却看不见喜怒哀乐的神情。

何腾蛟闭了一阵眼睛，开口道：“那么，你来我帐中作甚么？”

何岳笙赶快跪下，从怀中掏出两封信，接着又掏出一个小小的锦盒，双手呈给何腾蛟。

何腾蛟接过去，看看封皮就扔在案头，又看看第二件封皮扔在案头。然后打开锦盒，取出一样东西，凑近灯光审视了一会，顺手递给蒙正发。

蒙正发接过，看出是一方沉甸甸的螭钮金印，凑近灯光辨认印文，是四个刻痕犹新的小篆“贵阳王玺”。

蒙正发心口咚咚地敲出了响声，明白孔有德这是在用掳眷要挟和王爵引诱双管齐下，逼何腾蛟降清。

他不敢贸然开口，轻轻将金印放回盒中，又轻轻盖好，一直低垂着眼光，等待何腾蛟自己开口。

何腾蛟终于开了口：“何七，送何岳笙去歇息，有话明天说。”

何岳笙叩了头，怔怔地站起来。何腾蛟指指案上的信和印说：

“这些你先收着。”

何岳笙又怔怔地将信印揣好，随何七去了。

蒙正发大感意外，凭他对何腾蛟的熟知，原在等着这个替敌营送信的何岳笙挨一顿板子，想不到会是这样发落。

“爹爹——”何文瑞望着泥塑木雕似的何腾蛟，担心地轻喊一声。

何腾蛟挥挥手：“夜深了，送蒙叔去歇息……”

两人走出去。到了廊上，蒙正发忍不住回头，看见何腾蛟仍原样坐着，像一幅达摩面壁图。

蒙正发辗转折腾了一个通宵，想通了何腾蛟的未能当机立断。儿子和亲族四十余人遇难，还有亲族五六十人被当作人质羁縻敌营，其中包括他的老母妻室，这分量过于沉重，足以令任何人方寸大乱。

次日清晨，何七就过来相请，说何腾蛟在等他速去议事。

跟着何七来到正堂，进门就见满满坐了一屋子人，除了诸营主将副将，连许多小校也来了。何腾蛟端端危坐大案后面，一言不发，脸色煞白，眼圈一道明显的青黑色。堂中气氛严肃而压抑，平素放诞粗豪惯了的将官们，都拘谨地闷坐着。

陆续又进来几个人，屏声敛息地自找地方坐下。又隔了好一会，何腾蛟才开了口：

“昨晚出了一件奇事，为此召诸君到此商议，公同发落。”

厅堂里掠过一阵窃窃私语声，随即安静。

何腾蛟向屏风旁边点点头，候在那里的何七，将何岳笙带了出来。

何岳笙一见这场面，摸不着头脑，连忙脸朝上扑通跪下。

何腾蛟大声说："敌酋孔有德，昨夜差此人前来下书。因已夜深，不及召请诸君，因此腾蛟未敢拆封，仍交来人收藏。今日袍泽共聚一堂，正好奇文共欣赏，疑义相与析。"

满堂又窃窃私语起来。

"何七，将书信呈上来。"何腾蛟吩咐。

何七接过何岳笙手里的东西，双手呈放在公上。何腾蛟欠身笑道："请蒙先生朗读一遍吧。"

蒙正发过去拿起书信，见一封的台衔是"面陈督师何公麾下　有德亲缄"字样；另一封写的则是"老爷亲启　内详"，知道后一封是家信，放下取拆前一封，只有寥寥几行大字，朗声念道：

何公麾下：公幼习儒业，岂不闻子舆氏云：'顺天者存，逆天者亡'乎？若顺天命而归真主，富贵共之；否则亲尸被掘，妻辱子戮，欲悔何及！孔有德敬白。

堂下掠过一片窃窃私语声。

何腾蛟捡起第二封信递给蒙正发。蒙正发迟疑地望望何腾蛟，见他命令的手势，只得拆开朗读：

夫君如面：母近七旬，妻亦命妇，岂反不如王氏之抉喉？族属之妇女同死于地下，实疾望大兵来救！麾下诸大镇，岂尽如刘承胤之负心？救与不救，惟信到裁夺之。妻徐氏泣血上。

一些不习惯听书面文辞的将校，各自向听懂了的同僚请教，这才知道，督师的老母和夫人，都被清军掳获。堂下忽然一片死寂。标将们尽都吓呆了。

何腾蛟拈起那个锦盒，取出金印，扔给何七，一边对众人说："这宗物件，也请同观。"

众将把金印传观一圈，又送回公案上。

何腾蛟说："详情便是如此，请诸公发落。"

堂内一片死寂。

"来——给我绑了！"

一声怒吼，何腾蛟拍案而起，将书信印章一齐拂到地上。

两员偏将不约而同地响应一声，挤出座来，将吓得半死的何岳笙捆绑起来。

"推出去砍了！"何腾蛟喝道。

何岳笙愣了一下，哇哇大哭。两员偏将不由分说，推着就走。蒙正发跑上去拦住，大声说：

"督师！敌国尚且不斩来使，何况他是督师族中子孙，也是被掳受辱之人。"

"不肖子孙，比敌国更可杀！"何腾蛟冷笑道。

众将一听，纷纷询问："这人是何公亲属么？"

蒙正发拱手说:“诸公不知,何公满族一百余口尽被叛逆刘承胤带兵掳至清营,沿途死节者四十余人,连何公两公子也被溺害了……”

众将相顾失色。沉默一阵,先先后后向着何腾蛟跪下,一声不响。

何腾蛟望着黑压压跪了一地的人,半晌道:“好罢,看在诸公金面,留下这个忤逆,也好给孔有德回话。诸公请起,回营去吧。”

诸将依依地望着何腾蛟,都想劝慰几句,但不敢说,也无话可说,只好蹑手蹑脚退下。

夜里,秉烛伏案的何腾蛟见蒙正发进来,递一叠纸:“圣功,帮我推敲一下。”

蒙正发坐下细读,是何腾蛟对孔有德来书的答复:

> 蛟白:为天下者不顾其家,为名节者不顾其身。且腾蛟负性硁拙,各奉其事,各为其主,各存其体耳。文王之政,不及妻孥,今偶及之,是岂先生之初意乎?欲掘吾亲之墓,吾亲已归三尺土,世间难保不坏之坟。擒吾之子,身旁有长子尚在,可奉祖宗禋祀。次子未见面,而生仍付之未见面而已。系吾之命妻,吾妻年几六十,虽多方点缀,不足以供下陈。欲挟吾降,不能也。蛟白。

蒙正发接连默读几遍，将全文强记下來。又接过另一封给徐氏夫人的复函默读：

蛟白：夫为忠臣，妻为节妇，死亦何憾？族属之妇女，既入网罗，便是劫数，俱应速死，与王氏并张氏、赵氏、龙氏等同死于节烈者也。嗟乎！其不忍言者：王陵之母，千古伤心；赵苞之报，寸衷难谢耳。蛟白。

蒙正发又将这封信强记在心里。

"圣功！"何腾蛟见正发读完，问道，"你看措词可还得体么？这几年戎马倥偬，提笔几乎不能成文了。"

蒙正发将两封信折好，郑重地放进封函，忍着泪说："这两封信将与我公心迹共不朽，晚生还能增删一字么！"

何腾蛟挥手说："圣功，你这话重了！方今之世，生灵涂炭，破家亡身之人，何止万千。即如你吧，罹祸也在腾蛟之前，怎么这样说呢！"

随即缄封，叫何七连同那枚被摔钝了一角的金印，一并交何岳笙带过清营回复孔有德。

蒙正发趁机求情说："我看这位岳笙也是个忠厚人，身遭劫难，饱受凌辱惊吓。这次来下书，乃是身不由己。这一回去，断无生理。不如将他留下，另差专使去送复，也好让他将功补过……"

何腾蛟拈须沉吟一会，颔首同意，便叫文瑞前去安排。

蒙正发等文瑞去了，何腾蛟复又坐定后，郑重地说："督师如以为学生在朝廷有用，学生决意遵从严命，就去朝中供职。"

"这就好！这就好！"何腾蛟连连点头。

十

调蒙正发入朝的敕旨很快下来了。动身前，他同何腾蛟纵谈了几个长夜，才依依拜别。那些在章旷生前死后与他共历忧患的袍泽秦相百等一班人，一直把他送出三十里外。临歧分袂，蒙正发又一次嘱咐他们：

"先总督在世时，事何公如师，诸公尽力于督师，便是报答总督。从今往后，正发在内，诸君在外，勠力建树，休要辱没了总督的英名！"

众将齐声答应，洒泪而别。

到了桂林，蒙正发带着何腾蛟的书信去拜谒首辅瞿式耜。瞿式耜十分高兴，告诉他："户部正缺干员，足下此来，有如时雨。"

蒙正发连连逊谢，瞿式耜道："何公倚重之才，不问可知。不必过谦。"

瞿式耜接着问起何腾蛟族属被执的事。蒙正发大略讲了，又说："圣上褒慰诏旨中有'非卿不能有此难，非卿不能处此难'之语……"

瞿式耜抚须说："这道诏旨是学生起草的。"

难怪措辞如此深切！"蒙正发说，"何公的谢疏也交给卑职带来，正要请阁部转奏皇上。”

“是么？看看！看看！”瞿式耜连声说。

蒙正忙从袖中取出呈过。瞿式耜打开，先是默读，后来就朗读起来：

> 臣读《易》之爻辞曰：艰贞吉。又曰：有悔贞吉。内难而能正其志，臣知所以自处矣！曾记唐李晟家眷百口陷于贼营，军中有言及家眷者，晟泣曰：“天子何在，敢言家乎！”郭子仪与仆射固怀恩不善，怀恩使人发其塚。子仪入朝，上问之。子仪曰：“臣久在行间，不能禁军士暴掠，今日之报是其应得。”臣才品未及二臣，而捐躯为国之心，千载而下，可以相质。

瞿式耜放下奏疏，点头叹道：“不意今日之世，还能见到这样比古贤而无愧的大臣！”

久坐不合礼仪，蒙正发起身告辞。瞿式耜伸开双臂拦住说：“再谈片刻！再谈片刻！”

蒙正发见留意诚恳，便又坐下。不想两人这一谈就直至深夜，在饭桌上也说个不住。事事投契，一见如故。

蒙正发留意观察这位首辅大臣，觉得与何督师又有许多不同之处，浑身流溢着一派江南名士的风流倜傥。虽然比何公还长两岁，已是五十八岁的人了，看去却比何公要年轻十来岁。举止飘洒，使人难以相信就是这个文弱书生，在囚禁中用计反擒了僭立的靖江王；在清吏耿献忠劝降时焚书斩使；几次亲冒矢石，率勋镇击败来攻的清军，保住桂林，为皇帝留下一片落脚之地。虽是他乡为官，又是这种艰难时世，府中仍一如承平盛世，书斋里满壁图籍，案头清供，博古架上摆着从老家随身携来的斑斓古艳古董。谈锋极健，嬉笑怒骂，警句迭出。在蒙正发这样初次见面的生人面前，褒贬朝政也是百无禁忌，入木三分。蒙正发心中比较着想：今日国中这两根擎天大柱，何公好比黔中的摩天苍崖，岿然不可犯，人近之而有安全之感；瞿公则如江南的活活春水，流泻无滞，人近之而忘忧患。

瞿式耜喜好谈诗，见蒙正发对答如响，高兴异常，立刻取出自己的《耕石斋稿》给他看。蒙正发匆匆浏览了几首，果然才气横溢，诗如其人。便道："先师章公在时，也雅好此道。"

"是故总督章于野先生吧？"瞿式耜说，"学生曾读过他的临终遗表，不觉感激雪涕，确是诸葛武侯《出师表》一样的血泪文字。"

蒙正发问道："章公致何公的诀别书，何公祭章公的诔文，阁部大人可曾见过？真情流溢，更在遗表之上。依学生愚见，足堪不朽！"

"哦——"瞿式耜兴致勃勃地说，"足下钞存得有么？一定要拜读！"

蒙正发答应着说："先总督的两首绝命诗，学生背诵得出，现在就可请老公祖一听。"

"哦！快背背！"

"第一首是这样的。"蒙正发轻声慢诵：

莽莽乾坤咫尺芜，秋风五丈失支吾。千年黄土扃雄剑，一寸丹心冷壮图；报国未能空愧死，渡河有恨只频呼。难寻净土堪埋骨，魂诣高皇索汨都。

第二首是：

批颊声声未肯明，河山笑掷一毛轻。坐看玉篆沉千古，空伴铜驼泣五更；今世何时惭后死，此身无用忍求生！湖干欲听华亭鹤，武穆祠前秋水泓。

"这两首诗作于八月初三，初八亥时就故去了……"

瞿式耜默然听着。右手中间的三个指头，习惯地轻叩着音节，但很快就停住了。痴痴听完，翕动着嘴唇默诵着诗句，眼里涌起泪翳。

蒙正发看见，心中欣慰。不愿入朝的烦恼、乍离何公的惆怅，顿时消释了许多。

不两日，蒙正发便补了户部给事中。这日瞿式耜见他在朝房里，又过来说话；对过来问候寒暄的大小官儿，只是随便应酬两句，有的简直就不怎么搭理。但是，远远看见一个人，忽对蒙正发悄声说："此人不可不见识见识。"一壁招手唤那人过来。

这是一个极为瘦小的人，一跳一跳地过来与瞿式耜见礼。瞿式耜说："蒙主事，请见过兵部肖琦肖大人。"

蒙正发见瞿式耜郑重其事的样子，猜想这必也是一位人物，连忙行礼。肖琦也连忙还礼。

瞿式耜说："相书有云：具猴形者享上上寿。蒙先生你看，肖公不是活脱脱一个千年灵猴么？恐怕难免与天地同寿的了！"

肖琦对蒙正发笑道："瞿公惯于作弄人，蒙大人莫听他他的。"

瞿式耜说："旗下一猴，妇孺皆知。这是国家之祥瑞，如何是作弄呢？"

肖琦涨红了脸，嘻嘻笑着，对蒙正发和瞿式耜拱拱手，仓皇去了。

蒙正发先只当两人相熟戏谑，没有在意，后来发现瞿式耜绵里藏针，肖琦露狼狈之态，自己一个生人在旁，颇觉尴尬。

瞿式耜注视着肖琦远去的背影，小声说："这位仁兄曲意逢迎那郝永忠，备极丑态。凡他不如意的人，便嗾使郝永忠以兵力相恐吓。那郝永忠也不把他当个人看待。有一天游独秀峰，郝永忠用柳条挽了个圈儿套在他颈项上，叫他'猴子跳圈'，他竟谄笑说：得为猴也心满意足了。你看，这种人竟掌兵部尚书事！"

蒙正发这才恍然，所谓"旗下一猴"的旗乃郝摇旗。忍俊不禁，噗嗤笑了，摇着头说："瞿公臧否人物真是入木三分！"

"别人怕郝永忠之流一帮子重镇勋将，我是不怕。一俟收复江南，我就回常熟当和尚去了。一个人但能不要官、不怕死，鬼神也奈何不得。"

蒙正发说："这郝永忠还是何督师招纳的呢，与李赤心前后不多日子，还都改了名字。"

"这郝永忠比李赤心差得远！"瞿式耜道，"打起仗来勇猛不顾命,这不假,但不识大义。须得有高明者驾驭,引导其力利于国家。否则的恬,害多于利。”

“对极!”蒙正发说,“刘承胤便是例子。”

“刘承胤何止一人?比比皆是!”瞿式耜脸色凝重地说,“圣功,刘承胤比比皆是!”

他见蒙正发迷惑不解,接着说:“今日朝中的情状,四个字便可概括:欺善怕恶,如此而已。大臣哪里还有身份尊严,凡勋镇之强梁跋扈者,则奉之唯恐不及,而留守、阁臣及地方巡抚、巡按等,简直可有可无。所以,我死也要死在桂林,断不会随驾迁徙,去仰那些飞扬跋扈者的鼻息。”

这些意思,蒙正发也常听何腾蛟、章旷说起。但瞿式耜这番直截了当的分析,让他一阵毛骨悚然。忙问道:“那么为今之计,又当如何呢?”

“尽人事以听天命。如此而已,别无他策。”瞿式耜毫不含糊地回答。见蒙正发起身告辞,忽然拉住他袖子站起来,凑近耳朵说:

“圣功!今日之大局,已是知其不可为而为之。我们为臣子之道,只在守此一寸心,流此一腔血。求仁而仁在斯矣。舍此别无他途!……这话你千万莫告何公!他不比我,他肩上的担子还不能放。千万牢记着!”

蒙正发手足发凉地告辞。不久,过了新年,奉旨去柳州为何腾蛟监催新募的三千名士兵铳手。他到瞿式耜处辞行,瞿公再次告诫他切莫说起那些会令何督师灰心的事。

蒙正发这次到柳州，滞留了近两个月。其间听到我军失利，何督师退至永宁州的消息。又见闻皇帝从桂林移跸，经柳州去南宁。但瞿式耜的情况一点没得到。他忧心忡忡，督促和协助几月前来此募兵的总兵熊兆佐，好容易将范炳元的士兵铳手催齐，就于三月初兼程赶往永宁州。听得军情好转，何督师带兵围住了兴安，就又赶到兴安与何腾蛟见面。

何腾蛟见蒙正发带来铳手，大喜，立即将士兵编入亲标。又对蒙正发说："你且留些日子，我有事和你商量。"

蒙正发答应着，匆匆带亲兵随中军安顿食宿。晚饭时，何腾蛟特意陪蒙正发对酌谈心。喝了两杯，才问道："全州知府马鸣銮杀了监军周震，将全州降了清军，你已知道么？"

"听说了。"蒙正发叹息道，"记得滇营赵胡三将和刘起蛟总兵三路援救全州时，尽歼清兵三千铁骑，叛贼董英仅以身免，一时称为大捷。曾几何时，竟被无耻之徒轻易断送了。"

"全州一失，坏了我西粤樊篱！"何腾蛟呼地将酒盅顿在桌上。

蒙正发小心地问："当时趁清军立脚未稳，立即援救，也来不及了么？"

"我原也这样想，立即调郝永忠、卢鼎来与滇营和我亲标会合，勠力收复全州。谁想郝卢二镇竟说全州是焦琏防汛之区，与马鸣銮同降的二将也是焦镇部属，便都推诿不前。滇营见大镇不动，又如何肯冒此风险？只剩我那点亲标人马，还能派什么用场！"

蒙正发摇头说："瞿阁部说，今日朝政，'欺善怕恶'四个字就概括无遗。勋镇进退自专，督师等于无物。这话实在丝毫不爽！"忽然想起瞿公的叮嘱，正觉失言，忽听何腾蛟道：

"连瞿公这样的中枢首辅、天子眼皮下的重臣，这次也没逃过荼毒！"

蒙正发大惊："瞿公出了什么事？"

"上月，清军孔、尚、耿三酋会师，大举入粤。我是安心死在兴安的了，却被胡一青一手挟着上马，驰往桂林。兴安就被清军攻占。郝永忠帐前罗中军率领的一千骑兵，一个也没逃脱。郝永忠因此大发雷霆，却拿桂林官民泄愤，掠劫一番，挟持圣驾走了。等我赶到桂林时，听说皇上乘舆已远，只有留守大学士瞿公仍在死守桂林。我赶去看他，却见他家凌乱不堪，一片狼藉。他坐在堂中一张椅子上，衣冠不整，气得浑身打战；全家人围着哀哀痛哭，把我吓了一跳！一问才知道是刚被郝永忠标下官兵连番抄抢，足足肆虐了几个时辰！想要的掳走，拿不走的砸碎……"

蒙正发眼前浮现出瞿式耜那雅致的书斋，琳琅满目的典籍和清玩，瞿公对这些珍藏的喜爱得意神情……

"连瞿公本人也被那帮歹徒推搡侮辱。他让我看了肩背腰胁各处的伤痕。"

蒙正发气极得双手颤抖，觉得只有用老家粗话痛骂一通才能解恨，憋了半天才开口：

"郝永忠居然这样藐视朝廷、折辱大臣！一定要痛奏圣上，按律处分!”

“圣功又迂了!”何腾蛟苦笑道,“如今唯兵力是大,皇上能把他怎么样?何况郝永忠本人并未出面,即令皇上得知问及,往下属身上一推便没事了。”

蒙正发忆起瞿式耜对肖琦等人的轻蔑嘲讽,若有所悟:“瞿公忠直热肠,说话不留情面易,难免得罪小人……”

何腾蛟摇手说:“那些不算什么。这是武岗的故伎重演,不过把刘承胤换了郝永忠,何腾蛟换了瞿式耜而已。”

蒙正发恍然:郝永忠想趁乱挟制皇帝,而瞿式耜从来是力主皇帝驻跸桂林的为首人物,又与皇帝谊同父子,分量与别人不同。郝永忠临行纵部行凶,正是顺理成章的事。难怪那日瞿公要说:刘承胤之流比比皆是,实早有深沉的耽虑。看来郝永忠也是比比皆是吧……蒙正发不觉浑身一阵起粟。

何腾蛟取过一叠塘报文书,边饮边披阅。蒙正发问道:“据塘报说,郝营一离桂林,清军接踵而至……”

“是的!郝兵刚去,瞿公立即飞檄新兴伯焦琏前来援救。但清兵已靠近北门。这时恰值我已赶到,即令胡一青率滇营出文昌门,周金汤率楚兵出榕树门,我率亲标出北门,恰巧与飞骑赶到的焦琏会合,顿时截住厮杀。”

“哎呀!真是千钧一发了!”蒙正发惊呼道。

“可不是!”何腾蛟道,“瞿公曾赞焦镇勇冠三军,这回我是亲见了。”

蒙正发说:“瞿公对兴宁伯胡一青也十分赞赏,说他骁悍无比,是今日之卫青、霍去病。”

“焦、赵加上万大鹏,真是猛士中的三魁元。”

提起万大鹏,两人都黯然无言。

“这次一青确也大显了身手!”何腾蛟道,“正在焦镇酣战之时,胡一青从东门直杀过来,我拍着他手臂道:‘焦琏锐不可当,你要好自为之!’他应声跃马冲阵,腾挪如飞。他那镖枪绝技你见过吧?飞出如电,百发百中,数上步外敌人应声而倒,吓得乱喊‘骑牛蛮子厉害!’……”

“怎么叫他‘骑牛蛮子’呢?”蒙正发奇怪。

“他为了飞镖无碍,把马鬃尽都剪光,敌兵慌乱之中,将他的红马误认为牛了。北人不是叫我们南方人为蛮子么?他于是乎就成了‘骑牛蛮子’。”

蒙正发痛快地哈哈大笑,径自举酒,仰头干杯。

“一清杀到焦琏近旁,两人合兵冲击,竞奋神勇,互不相下,直看得我眼花缭乱,瞿公赞不绝声。又有周金汤、赵兴、白贵等副将纵横死战,敌兵便溃不成阵了。诸将率众直追出去二十余里,一青还差一点抓获了敌军大帅……”

蒙正发又一仰脖子干了杯酒道:“这样的快事,便听听也觉神旺!可惜未及亲眼得见!”

何腾蛟笑道:“不用惋惜,眼前现有一饱眼福的机会。”

“怎么?”蒙正发忙间。

何腾蛟起身招手:“跟我来——”

曲曲折折走上一块高地,何腾蛟伸手往下一指。

蒙正发顺着一看,不由得惊呼了一声。

一片狭长幽深的数十里峡谷中,浮动着千帐灯火,衬着暗蓝色的天幕,闪闪烁烁,宛如银河倾斜,泻下繁星万点。如此热闹的灯光簇聚处,却一派森严,不闻謦欬,但有深沉的寂寥……

何腾蛟轻声说:“圣功,我这就要打全州了。”

不几日,何腾蛟果然下令攻打日月桥。清军早知这一仗不可避免,已选派劲骑五千,死守险隘。但挡不住何腾蛟打头阵的士兵火器,不久就溃逃,让明军占了日月桥。

两日后,又激战于凤凰坪。四五路人马,往来冲突鏖战。蒙正发跟随何腾蛟在高处督阵,远远望去,两军如在奔流浊浪之中,目不暇给。清兵越出越多,高声呐喊,挤得阵脚不住向明军推移。有的军士在恐惧中掉头乱跑,后面的以为我军已经败,也随着溃散。蒙正发见人流汹涌向后,连声说:“坏了!坏了!”

何腾蛟也变了脸色,大声问:“你们找找胡将军在何处!”

危急中,胡一青带着身边骑兵百余人,迅速选了一只狭角,护守等候。果然清军总兵徐勇率领一标人马泼风也似赶到。胡一青发一声喊,纵马入阵,一连挑死五六个骑兵,驰近徐勇,右手一扬,飞镖如电,正中徐勇兜鍪,只听铿然一声,火花迸裂。徐勇一个趔趄,几乎栽下马来,几个亲兵护着他落荒而走。胡一青纵马追赶,兵勇趁势掩杀，将那些往后逃跑的胆小军士们又冲卷回来，呐喊向前冲杀。

这场恶战延续了几个时辰，清军大溃，死者山积，尸首塞住河床，河水在尸体周围打转，不能畅流。

薄暮，何腾蛟与蒙正发回大营所在的湘山寺用膳歇息。胡一青的前锋、殄卤将军蒋烈随后驰到，说是胡一青已率兵马一鼓作气，直达全州城下。清军闭关不出。请求督师速派云梯和火炮攻城。

何腾蛟连声答应，嘱蒋烈替他向胡一青致意，面告嘉勉慰劳之忱。蒋烈随即去了。

全州之围，前后长达月余。城中清军虽无力突围，却时常派小股人马出城骚扰，行踪飘忽，使围城明军疲于应付。胡一青知道敌人用意在于使对峙旷日持久，明军不能支持，不战自退。但苦于不知城中虚实，不敢贸然攻城。日夜差人打探，都无隙可潜入城中，不是被守城清兵俘获，便是废然而返。

围到十余日后，先锋蒋烈忽然来报，清军在西关外的城墙脚下，偷偷连夜挖了个大陷坑，上面用草席灰土等掩盖好，又派了许多老弱守军在女墙边高声谩骂，引诱我军入彀。

胡一青听了发笑："纵然骗得我军几个人去，又有何益？"

蒋烈低声说："末将倒是将就他这个陷阱，想到一个对策……"

咐耳说了，胡一青点头称善。第二日，蒋烈与几个贴心亲兵，换上破旧军突服装，前来向胡一青辞别。胡一青向蒋烈单独嘱咐种种要点。蒋烈临走，摊开手中一个小布包，里面是几两散碎银子，递向胡一青说：

“如哪天待得太平，将军回转云南，求将军去看看末将家中老母，就说末将顾得尽忠，顾不得尽孝……”

胡一青皱眉轻声叱骂：“说甚么晦气话！待太平回家乡，我跟你去你家喝米酒！”

但他心里明白，蒋烈这一去确是凶多吉少。心里隐隐揪疼，伸手接过小包说：“先替你收着。去吧——”

“是，末将去了！”

蒋烈拱手作礼，却见胡一青单膝下跪，对自己行了个大礼，不觉惊慌地喃喃道：“爷这是怎么了！爷这是怎么了！”

胡一青背过脸，挥手说：“兄弟，去吧——”

蒋烈与亲兵们混入西关外的明军兵士群中，先是与女墙上的敌兵对骂，骂了半个时辰，假装被激得狂怒冲过来仰攻射箭，便先后失足掉进陷阱。敌军拍手大笑，立即冲出一队大汉，将他们俘获。蒋烈在其中连声求饶，对方见他黧黑朴讷，衣衫褴褛，便抓入营中喂马。蒋烈日夜打扫马槽，料理水草，十分勤快憨厚。白天四处送马，到处溜达，不几日便从那些惶惶不可终日的官兵闲话中，探清了城中虚实。

这日早晨，他扛着一袋马料在城墙上借故逡巡。一个守城军士欺他是个马夫，吆喝他代为巡守片刻，他下去解个大溲。那人稍稍走远，蒋烈立即把一直绑在胳肢窝下的殄卤将军印解下捏在手中，将头探出墙垛口，向近处的围城明军喊话：

“我是殄卤将军蒋烈！快报胡将军，城中军粮已绝，以速攻城！”

见那些明军仰头观望,即将印章尽力掷向他们,作为向胡一清报告的信物。

这时,附近清兵闻声赶来,蒋烈手无寸铁,徒手格倒两三个人,身上已中数刀,血涌如注。他奋身一跃,血淋淋地摔死在护城沟中。

二十七日卯时,胡一青率先从云梯登上城墙,右手掷镖,左手挥剑,所向披靡。清巡抚李茂祖正在城头督守,不及反应过来,被胡一青冲到面前一把抓住,挟在胁下,拼命动弹不得,生擒活捉。

各营随即先后涌入城中,与清军展开巷战。清兵斗志已丧,逃脱性命的仅有三成。

全州一役,战果煌煌。何腾蛟立即向朝廷报捷。除了表彰三军用命,又一一具名表彰诸将奋战忘身,诸吏各尽职守。并大书瞿式耜运筹输挽,在万难中千方百计筹措粮饷的劳绩。

捷报传到朝廷,无不兴奋雀跃。皇帝敕令慰劳有功官兵,瞿式耜便兴致勃勃地请求了这份差使,亲赴全阳,代天子劳师。

何腾蛟和瞿式耜手挽着手,沿着弯弯曲曲的山径,拾级而上,走向湘山寺。身后万头攒动,摩肩接踵,尽都是朝廷劳师的官员和受慰劳的有功将士。眼光转向何处,映入眼帘的都是一张张笑逐颜开的脸庞。

何腾蛟既感奋又不安地说:“瞿公!我大明社稷大半沦陷于敌手,全州不过弹丸之地,一战之利,何值朝廷如此殊荣有加,学生内心实实有些惶恐!”

“不然不然!”瞿式耜站住说,“正是要借全州这一战鼓舞士气、安抚民心,更借以警醒那些大镇将帅辨荣辱、明行止!”

何腾蛟抚须点头:“瞿公深谋远虑!”

蒙正发走在人丛中,忽对身边的何文瑞说了句突如其来的话:

“文瑞,今天好生奇怪!黔山崔巍,虞山苍秀,居然两座山相逢了。”

何文瑞茫然不解:“哪能两山相逢?”

蒙正发用手一指:“那不是两座山相逢了?”

何文瑞抬头,望见相挽并肩走进山门的两个老人,愣了一阵才领悟,黔山是指父亲,虞山是指瞿公,便笑道:“蒙叔好比喻。”

蒙正发挤到石阶旁边站住,伸出两根食指说:“你看,两山背靠背,是个‘王‘字’,永历朝有何、瞿二公携手勠力,王业中兴必告成功!”

何文端笑道:“平素只晓得蒙叔会催饷募兵,今天才晓得蒙叔还是个拆字先生。”

蒙正发呵呵大笑,挽着何文瑞随人流往前走。

拆字虽是个玩笑,却在文瑞心中盘桓不去,平添了几分自豪和感激情绪。劳师典礼开始后,他挤在人丛中,见担任司仪的滇营主将赵印选,高高站在大殿前有台栏杆的砌头上,长声吆吆地唱礼:

“天使瞿大人代皇帝陛下搞劳三军了——”

浑厚的嗓音,引起群山一阵又一阵的回声,此起彼伏。

瞿式耜全身朝服整齐,端立在大殿檐前摆下的香案后面,双手将银爵三次高举过额,一感天地,二谢三军,三慰国殇,三次将酒缓缓酹在泥土上。口中轻轻念诵祝祷之辞。

何腾蛟也是全副朝服，酹酒三爵，谢天地，谢君恩，慰英灵。

何文瑞感奋地注视着这些慢吞吞的庄严动作。他忽然发现，父亲没有翕动嘴唇默诵那些祝祷辞，而是拼命抑制着嘴唇的剧烈颤抖。何文瑞泪水漾出眼眶，连忙退出人丛，快步朝山墙转角处走去。

他从刘承胤营中跑到父亲驻地，父亲先是让他帮着处理些文牍琐事，后来又让他学着各处办些专差，见他渐渐干练起来，就把许多繁难的催粮筹饷差事交给他。何文瑞这才逐渐体味到父亲肩上的担子有多沉重。光是粮饷一项，就能把人难死，更有诸镇各标之间的调度节制。父亲每月要筹措的饷银高达十万两上下，而现状是道路阻塞，百姓死伤，幅员日蹙，物力维艰，这项无底洞似的开销，哪儿去找稳定不移的出处？而饷银稍有拖欠，亲标及滇营明理将校还则罢了，那些跋扈将军，便要逼讨威胁，无所不至，甚至纵部抢掠。这些大将但知炫耀武力，世人也只知战功是他们创建，何曾晓得战场后面的艰辛和关系重大！所以这次全阳大捷，父亲格外感激瞿公的"筹措输挽"，在奏疏写道："为陛下信臣用臣者，式耜一人也！"其中感慨，有几人能够真正体味？

刚才父亲在酹酒时那样难以自持，一定是在向囚禁敌营的祖母谢罪和告慰。自那次遣人给孔有德送去回信和掷还金印后，父亲再没有起过半句有关的话。那个何岳笙，也打发到士兵营中当差去了。但父亲明显地越发瘦削下去，白头发盖了厚厚一层，脸上经常是挂霜结冰。直到今天在山前迎接瞿公时，才见他浮起一丝久已遗失的笑纹。

何文瑞转回大殿,见典礼已毕,庆功宴已在纷纷入座了。恰好何七挽着蒙正发的衣袖走来。蒙正发道:“令尊大人命我过去陪瞿公,一道去听他们讲话去!”

何专粗声说:“他去了,连座位都没他的,要甚么‘子弟侍立’!”

两人都笑了,何文瑞便被秦相百一干人拉去同席。

入夜时,何文瑞却兴致勃勃地到父亲这儿“立侍”,好旁听父亲和瞿公说话。在这里,他听到许多闻所未闻的有趣议论。比如父亲曾力辞定兴世侯的爵位;瞿公也力辞临桂世伯的爵位,至今不肯受印。然而,父亲的理由是自己无功有罪,不足当殊荣;瞿公却另有议论:

“自崇祯以后,还成甚么朝廷,甚么天下?已经偏安一隅,还照老例设置这许多官职,实际宰相不过抵一个庶僚,部堂不过抵一个杂职罢了。”

蒙正发插嘴说:“百姓有几句歌谣说:‘都督满街走,职方贱如狗。’”

“所以,许多人还在那里无耻邀功,追逐这种虚名,可鄙又可笑!”瞿式耜道,“所以要矫枉矫枉!我已发过愿,必到恢复南京以后,才受朝廷的恩典。”

何腾蛟一直在旁边听着,默默笑着不吭声,听到这里,点头说:“极是!国运兴隆,虽微官小吏也尊贵;国家危亡,再大官职也是空的。皮之不存,毛将焉附?”

“空倒是不空,官越大罪过越重罢了。”瞿式耜笑道。

议及瞿府被抄掠的事，瞿式耜说：“学生当时气愤欲死，慢慢才淡了。如今身无长物，心无挂碍，倒觉神清气爽，长进了学问似的。前些日子给家乡儿子写了封信，托旅人捎去，信中自夸了几句说：近两三年中，生死已置于度外，自觉骨力胆气大进，文笔也多了些滔滔波澜……”说完哈哈大笑。

何腾蛟郑重地说：“艰难时世锤炼得我公炉火纯青，岂是自夸。单说九番血战桂林，历次筹粮输饷，还有那许多刚直谠正的奏疏，我公的风骨胆识，岂是他人所能梦见！”

瞿式耜笑道：“过誉过誉！”

何腾蛟认真地说：“学生素不喜轻易推许人，怎敢当面假恭维！”

蒙正发笑着说：“瞿公这次劳师赠何督师的那首五言排律，雍容清华，就是大手笔。”

一谈诗瞿式耜就来了兴致，从袖中取出一片纸，打开说：“久闻全阳道中，古松绵连数百里，我是神往多年了，苦于没有机会一经其地。这次奉命劳师，才沾了何公的光，得偿这个宿愿。路上酝酿了一首七言，记途中即事，尚未定稿……”眼睛一扫，递给文瑞说：“贤侄你来读读这几句……”

何文瑞接过，见瞿公望着自己微笑，就慢慢诵读起来：

赖有督辅何云从，金戈铁骑光熊熊。洒血一载苦战攻，扫尘灭迹无遗踪。正业开基第一功，始安郡城当其冲。驰道蓊翳开蚕丛，屏蔽五柞长杨空。捷书一到八桂东，欢声雷动喧儿童。壮献元老何从容，骠骑冠军颁彤弓……

何腾蛟挥手止住文瑞，起身拱手说：“诗是好诗，只是腾蛟当不起！当不起！”

瞿式耜大笑：“当得起！当得起！”

何文瑞觉得瞿公此来，为父亲长年唯有忧患的日子增添了一丝乐趣，非常希望他多住些日子。只要瞿式耜提起行期，他就要跟着父亲极力挽留。瞿式耜笑道：

“不劳贤侄留，我也不想走。朝中那些不顺眼的事，看得人心烦欲死，这里才觉得耳目新鲜，精神爽快。怕的只是老天不许令尊和我多享几天这种清福。”

果不其然，立即就有胡一青来请乘胜进攻永州。何文瑞不觉望着瞿式耜和何腾蛟，不胜遗憾。

但瞿公总算在湘山寺盘桓了十天，每日小酌欢洽，永夜清谈。何文瑞从两人谈话中，听出他们认为战局出现起色，大有可为。江西和广东，因金声桓和李成栋两个原先降清的封疆大吏先后反正，大片失地又突然来归，幅员顿时扩展，士气一时大振。加上进侵湖南的清军又渐次退去，焦琏、胡一青、李赤心、马进忠等勋镇连连获胜，锐气大张。乘胜进改，时机已到。

瞿式耜带着蒙正发动身时，何腾蛟和文瑞送出了好几里路。何腾蛟问瞿式耜，会不会随皇上移跸而去广东，瞿式耜道：“我这留守大臣是准备做到头的了。桂林在一日，我留守一日，万一桂林沦陷，就是我死期到了。”

何文端笑道：“若是恢复了南北二京呢？”

“那我就回家乡当和尚！”瞿式耜举起马鞭遥指隐现在丛林中的湘山寺，“或者就来这里当住持，常伴那百余里古松林。”

一路说笑，来到岔路，瞿式耜站在马蹬上拱手作别：“云从公，多多珍摄！”

“式老保重！”何腾蛟说，“学生在长沙恭候式老再来劳师……”

“一言为定！”瞿式耜兴奋地说，“学生再衰迈，也要向陛下讨这份美差。”扬扬马鞭，一路笑着去了。

何腾蛟伫望着远去的尘土，很久没有出声，也不拨转马头……

十一

全州劳师后的战局发展，果如何腾蛟和瞿式耜所预期。三个月中，打了大小三十六战，捷报频传。兴国侯李赤心、郧国侯高必正率忠贞营连连收复益阳、湘潭、湘乡、衡山等县，直抵长沙城下。当阵斩获清兵千余人、生擒千余人，夺获西马千余匹，战船数千号，火器弓箭不计其数。新宁侯赵印选、兴宁侯胡一青率滇营大破永州，直抵衡山。远安伯陈友龙收复宝庆，茶陵侯张先壁收复辰州、常德一带。这些勋将，从各路向长沙逼拢。瞿式耜在向皇帝报捷时，力劝永历帝“乘此机会，迅驾六龙西幸出楚，据上游而规中原”。永历也大为振奋,御批说:“卿与督抚腾蛟九合元戎,今长湘凯闻,李赤心、高必正等雄冠三军,制抚堵胤锡联属各部,以成大捷,朕心嘉悦!”移跸的话却没说,因为他做不了主。

何腾蛟进驻湘阴,运筹帷幄,檄师调镇,准备一举收复长沙。军务之余,有时想起与瞿式耜在全阳分手时的约言。“收复南北二京”不过是何文瑞说的孩子话,但自己说的“劳师长沙”却是指日可待,毫无疑义的。没有把握的话,我何腾蛟是不会说的。

这几天,各路飞差往来频繁,都是回报进攻长沙的准备事项逐渐就绪的。因此,当他接到一份加急塘报时,还抽暇呷了两口茶,才从容拆开浏览。

何七在外间听见里面“啪”地一声脆响,赶进来时,发现是何腾蛟将手中茶碗摔到地上,一手扶着书案,牙关紧咬,两边太阳穴的青筋突出来,像蠕动的蚯蚓似的……

何七吓得心口乱跳,想叫何文瑞,一想文瑞不在,要叫太医,却听见何腾蛟说了声:“磨墨!快!”

何七往砚池里舀了一小勺水,哗哗磨起墨来。腾蛟一面抽笔铺纸,一面说:“收拾一下,我们去湘潭,连夜动身。”

何七怔了一下,问道:“亲标都去吧?”

何腾蛟想想,把墨拿过来自磨:“把王中军请来!”

何七应声往外走,又站住说:“等两天,公子回来再走罢。”

“快去!”

何腾蛟一声喝,何七赶快去了。

不一会，王中军进来，接过何腾蛟递过的塘报，扫了几句，也立刻脸色大变，额头上呼地涌出一层热汗，手中塘报索索颤抖起来。

塘报中的消息实在太突然，太严重。

驻扎常德的鄂国公马进忠，突然接到制抚堵胤锡一道命令，叫他撤离常德，把汛地让给从夔州奉命前来的忠贞营李赤心驻扎。马进忠素性骄横，又知堵胤锡平日鄙薄自己，一见这个突如其来的调拨，顿时火冒三丈，哪里能忍这份窝囊气！立刻大骂着率部上街，将常德郡民尽都驱赶出城，纵火焚烧了房舍，要留一片焦土给李赤心，然后扬长直奔武岗。并且沿途散播谣言，说“一只虎”要夺城掠民。沿途郡邑被这谣言吓得草木皆兵，闻风溃逃，连宝庆守将、襄国侯王进才也弃城而走。

这边，李赤心奉堵胤锡调令，率忠贞营从夔州赴常德防汛，却见一路行经之地，唯见空城。百思不解，也便一一弃走，东趋长沙。

这一片大混乱，将千载一时的战机连根拔起，搅了个一塌糊涂。

王中军面如死灰，连声说：“堵公怎么会有此一举呢？坏了！坏了！”

堵胤锡过于自信和往往轻率行事，何腾蛟素来知晓。但没料到他会在紧要关头如此轻举妄动！他心里气得发抖，又不能在部属面前流露，只有呼呼喘着粗气。

王中军颤声问道：“事已至此，督师怎么安顿呢？”

“只有我赶到湘潭截住李赤心，调他入衡山驻扎；同时檄马进忠来湘潭驻防。待两军换防后，再调马进忠参与攻长沙；而将李赤心调往江西金声桓那面，避开两部倾轧……"

王中军吃惊道："好虽好，但督师大人怎能亲身去冒这么大的风险？万万不可！"

"局面已成这样，我不亲自去，谁去能扭得转来？"何腾蛟反问。

王中军用袖子满脸拭汗，苦着脸想了一阵，实在别无他策，哑声请示："那大营交给谁人主持？"

何腾蛟飞快地考虑，想起的却是章旷、蒙正发、万大鹏……叹口气说："安顿不及了！你多与亲标诸营头领们商议着料理，我会尽快赶回来。"

王中军吓得失声说："亲标不随大人去？"

"此间就是亲标这几千人，如何离得？并且，我忽然带着亲标连夜撤走，岂不更要乱上加乱，引出大祸么？"

"只是这如何使得！"王中军连声说，"只是这如何使得！"

"我横竖只在我军攻克的地域内走，不会出什么事的。"何腾蛟逾，"真有大患，也顾不得了！"

一边取过刚写好的东西说："这是向朝廷告急的奏章，立刻派飞骑星夜送去，半刻不敢耽搁！"

这份奏疏写得十分简短，字迹潦草，全不像平日手笔：

"奏为湖北千里一空事。湖北已千里一空！进忠、赤心等势不相下，恐变生不测！即使弥缝无事，而以数十万众共食湖南新定之地，措饷无策，民哗兵尽，土崩瓦解，事在目前！欲令进忠等分路立功，亟请圣断处分严谕，以彰画一。"

王中军读了这道奏疏,才意识到问题比想象的还更严重:民哗兵尽,土崩瓦解,就在须臾之间!他又出了一身冷汗……

何腾蛟带着何七匆匆上路,随行仅有三十名军士,两名书吏。一路马不停蹄,打盹都在鞍上。

己丑新年已开始好几天了。连日大雪飘洒,朔风彻骨。时近黄昏,灰漠漠的天空,渐渐透出一派橙黄颜色,看来雪意未消,还要猛下一场。在这样的路上跋涉,战马也吃力。

独有何七没有骑马,步行在何腾蛟鞍前马后,须臾不离。倒比骑在马背上轻捷得多。

他今日装束也忒奇异:身披一件铁甲,形状上如背褡,下面只齐乳部长短;腹部裹了几圈铁链;膝部掩着几道铁片,下面却光着小腿,腿上涂着亮晃晃一层桐油。头戴铁盔,前有两片护面与头盔铸在一块。左手执一块盾牌,右手执一条不长的标枪,腰间又悬着一柄六寸来长的匕首。这是他故乡苗家勇士的装束,常人披挂起来,休说爬山过岭,冲阵作战,便连动弹也难。何七自幼生长其间,训练有素,穿戴起来,矫如云豹。他见家爷临行前的神情和种种安排,意识到此行非比一般,便不顾何腾蛟笑阻和同伴惊诧,硬穿上这身罕见的装束。

他见何腾蛟肩头上、风帽上以至眉睫上都堆积白雪,瘦削身躯随着马背摇摇晃晃,就拉住缰绳,劝何腾蛟就地稍事休憩片刻。

何腾蛟听而不闻地在马鞍上欠起身,用马鞭指指远处。何七一看就明白:是要他去掩埋一具半露在白雪中的尸体。何腾蛟的习惯,虽是兵荒马乱时，两军对垒之地，但凡见到战尸饿殍，必叫掩埋。他正要叫骑兵们去埋尸，何腾蛟却又别过脸，挥了一下鞭子：

“走吧！”

策马走了一会，何腾蛟忽然一个迷糊就歪下马背来。何七一把扶住，见他吐了一口血，连忙抱起，跑进路对面一间破烂农舍中。

破屋里除了满地狼藉的枯败稻草，一无所有。何七抱过一堆稻草垫在屋角，让何腾蛟坐下，倚壁小憩。

何腾蛟刚才是疲累过甚，加上积忧久虑，待到缓过一口气来，就觉心中已能稳住。张目看看，又闭眼倚着土墙喘息，一会便迷盹过去。

但他随即瞿然惊醒，命令继续赶路。这时军士们挤坐在地上，你靠我倚，俱已呼呼睡沉。只有何七拼命睁着通红的双眼，独自在身旁护卫。听见家爷下令，跳起来呼唤众人。无奈众人连日奔波，渴睡欲死，摇醒这个，那个打鼾；唤醒那个，这个又打鼾了。

何腾蛟见了，心中不忍，索性叫何七也睡，待天明再上路。何七推让了两句，倒下去就鼾声如雷。

何腾蛟全无睡意，只觉寒气透骨。走着搓手顿足，想增一点暖意，但地上横七竖八都是熟睡的人，活动不开，索性走出破屋去，反正这四壁空空的屋里也不比露天温暖。

雪花已不知何时停歇。天空墨蓝澄澈，无底无涯；几点疏星，烂银也似闪烁光芒。四野岑寂，有如太古。何腾蛟掖掖风帽，顿着足踱了几圈。心中像这片雪野一样迷茫和混沌。

几个月来的局势，真如夏云之变幻莫测。人常把军家对垒喻为棋局，但恐怕自古也没有这样朔迷离、发狂惊疯似的对弈。胜家忽然投降，降将忽然反正；对头然握手言欢，弟兄忽然内讧阋墙……古人说：天作孽犹可恕，自作孽不可活，今日真要验证了。

调度失当引起的大乱子，何腾蛟虽忧心忡忡，但对调劝李赤心还是有几分把握的。记得当初李赤心、高必正来归，自己过营看望，见二人甚是至诚朴直，那位高氏更见得深明大义，曾反复叮咛二将以身许国、有死无二，又请何腾蛟为二将更名，叫他们毋忘何公，听从节制，爱惜生民，二将对高氏也极为恭谨，应诺连声。如今言犹在耳，想来不会就遗忘了。况且这三四年来，忠贞营在听从调遣、作战奋勇、纪律约束等方面，都在其他诸镇之上。这番到湘潭见到二将，一定要重提旧话，动之以情理，让他们牢记高氏嘱咐，立殊勋于此存亡攸关的时刻。要是高氏也在营中就更好了！但恍惚听得她已在常德定居……

一边想，一边踱步，身上渐渐有些热气。只是唇干舌燥，无水可饮。找了块高处的石头，用手掌轻轻捧起一点雪润润口。兀地又想起家乡老屋跟前那日清澈甜美的水井，井畔那株荫盖数亩的浓碧古榕树，以及家乡那炎热明媚的长夏……

可是黎平如今已无亲人了。那幢小小的木屋，不知已被焚毁了呢，还是作了兵营马厩？神鱼井的水，怕也被强虏叛贼们玷污了罢……不知老母、妻子在敌营囚禁之中，是如何的度日如年……

他赶紧丢开这些念头，抬眼望天。长夜漫漫，何时才见曙色？只好再耐着性子踱圈子。一边轻声背诵烂熟于心的章旷绝命诗,反复咀嚼这两句:“报国未能空愧死,渡河有恨只频呼。”

每逢遇到艰脸疑难之事,便会想到于野,便会更知道他的价值。他说“遗大投艰,独劳先生,谁复与先生分一臂力者?”今天这样千钧一发的时刻,如果有章于野在该多好……

前人说“人难再得始为佳”,于野就是难得再有了。

于野在临终遗表中皇帝进言:“南湘半壁,付督师臣何腾蛟专理;辰常一带,付制抚臣堵胤锡支撑……”自己是想支撑这南湘半壁,进而谋复中原,然而一己之力,对这样纷纭飘摇的大局,究竟又有何用!正是于野所说“今世何时惭后死,此身无用忍求生?”

正想得入了神,忽然近处一阵悉悉窣响,何腾蛟霍地转身按剑喝问:“甚么人?”

佩剑锵的一声,一个黑影倏然趴下:“大老爷开恩!小老八给大老爷磕头!”

何腾蛟听出确是乡民日音,便退后几步,和气地说:“起来!起来!”

一条人影窜出来,一把抓住那人,像拎只鸡似的。何腾蛟忙道:“何七,放开他。”

何七也看出是个鹑衣百结的农夫,使松了手。这一闹腾,把屋里的人们也大多惊醒,跑出来察看。

老农结结巴巴说了一通,大家好歹听明白他就是那间破屋的主人,起先这家人远远望见来了一伙官兵,赶快逃到附近林中躲藏。直到夜深不见动静,老汉冒险出来打探,不提防与何腾蛟在户外撞见,双方都吓了一跳。老人一边说一边颤抖。何腾蛟想起“贼如梳官如蓖”的谚语,又黯然又灰心,温言宽慰几句,挥手叫老农快去把家人叫回。

随行书吏抱歉地慰问说:“督师受惊了!督师受惊了!“

老农停住脚,回头问道:“督师?这位老爷莫非就是何督师?”

书吏猛觉失言,忙道:“快去你的!“

何腾蛟止住书吏,点头说:“我就是何腾蛟。”

老农趴下磕头说:“大人孩童天天在唱的何督师何督师,今天得见了一眼,该着小老儿有福气!”

何腾蛟诧异问:“老丈说的唱什么?”

书吏笑道:“想是那段民谣了,军营中也有流传呢!”

何腾蛟听了更加吃惊,追问究竟。书吏就让老汉唱来听听。老汉忸怩半天,半念半唱地哼了一段不知何人所编的俚曲:

> 清兵来占天下,明皇帝数崩驾。难得何督师,一木撑持大厦。可怜章北院,身死报国家。最可叹,各镇不用命厮杀。最可憾,王进才负骗先锋印挂,因此上,送了长沙。董英守浏阳,当先降他。卢鼎、郝永忠,躲在山凹。

一段散曲式的句子,虽说俚俗,倒也概括殆尽,臧否公允。何腾蛟听了,欲笑无声,欲哭无泪,甜酸苦辣,一齐兜上心头。不觉向老汉作了个揖，口中喃喃地说："公道在人心！只是何腾蛟辜负父老的殷殷期望了。"

老汉吓得还礼不迭。

何腾蛟又望望天色。长夜似乎已经凝结，除了枯树上的积雪偶尔簌簌溜下，只有一片深不可测的阒寂。但一个山凹缺口处，分明透出了一丝鱼肚白色。

何腾蛟诧异地问："怎么总不听见鸡啼？"

老汉说："鸡鸭猪狗，绝迹两三年了。"

"是这样……"何腾蛟点点头，对书吏说，"'兴，百姓苦；亡，百姓苦。'——这是元人小令的句子吧？……走！上路——"

何腾蛟千辛万苦赶到湘潭时，迎接他的是一座空城。李赤心、高必正的忠贞营已离开几天了。

何腾蛟立刻派人飞骑兼程，追赶李赤心，派出探马四路打探军情。

他自己在空荡荡的府署中住下来，叫何七带着军士们满城寻找流散的残兵民勇，把他们召集拢来，训诫操演，守城护家。

奉派追赶忠贞营的，是一个干练的老塘报人。他机警地避开了几次危险，兼程趱路。两匹走马先累倒了一匹，扔在中途；两昼夜后另一匹也累趴下了，还压折了他的左腿。

他在路上躺了两三个时辰，好不容易盼到到另一个塘报人。他唤住那位同行，又是央求，又是威吓，硬拿几两银子逼那人把马换给他，扶他上了鞍，继续赶路。随着马背的颠簸：伤腿像锥子一下一下地刺,疼得他豆大的冷汗满脸满身淌。但总算不辱使命,到底被他追上了忠贞营。

李高二将从这个离死不远的骑者口中,得知何督师孤身走湘潭,现正守候在空城之中等候,不禁大惊失色,下令立即拔营,回救湘潭。两人商量了一下:李赤心先行带一标精锐驰去救急,高必正率大营随后赶去接应。

另一名探子在途中偶然与一队清兵逻卒遭遇。抓住一捆打,他就一一招供不讳了。逻卒赶紧上报。降清总兵徐勇,因为败兵失地,连被上峰斥责;又为长沙难免一场大战而心惊肉跳。突然听说湘潭已是空城,何腾蛟困守其中,简直是天降及时雨,大喜过望,如在梦中。亲自将那个探子刑讯了一通,断定果真不假,立刻率领人马袭击湘潭。

鄂国公马进忠在酣睡中被标下副将、宣威伯杨叔彦摇醒,还当是敌军袭营,跳起身便去拔剑。杨叔彦止住他,说是同时来了两起紧急塘报人。

唤进营中一问,才知一起是皇帝得到了何腾蛟报警奏疏后,立即给马进忠下的敕令,另一起则是从湘潭兼程赶来告急的。

杨叔彦狠狠地说:“湘潭城危如累卵,若是何督师有个好歹,算是甚么人害了他?”

马进忠一阵狂怒,捺不住想乱骂一通,但终于没有骂出来,反而低下眼睛,紧咬牙关。

杨叔彦追问道:“快想如何解救!何公这样的大臣,朝中还有谁人,我们不能袖手旁观!”

马进忠低着头,一摊双手:“事已至此,还有什么办法?”

“……”杨叔彦气得顿足道,“我杨叔彦愿领一标人马赶去救援,拼死也要救出何公!”

马进忠如释重负,立即允诺。

“我何腾蛟五年督军,呕尽心血的结果就是如此么?”

何腾蛟坐在空荡荡的正堂上,这样想着,不觉眼眶热辣辣起来。他不愿深想,踱下台阶,去看正在庭院中操练的吏卒队伍。

一个守城军士飞跑而来。何腾蛟一见他气急败坏的神情,不问便知是清军来了。

正想命令吏卒死守府署,未及开口,只觉身子被人抱住往肩上一甩,转眼到了拴马桩前,举到鞍上,解开缰绳就跑。

这自然是何七。牵马出了一道便门,插进一条偏僻小巷。这是何七连日秘密寻访得的一条安全退路。

何七一边跑,一边把腰间短刀拔出来咬在口里。左手持藤盾,右手持短枪,瞪着一双牛铃大眼,配着颔下毛毵毵的连鬓卷须,更显得剽悍瘆人。

又斜穿一条小巷,远远望见参差斑驳的白石城墙。左近阒静无人。马蹄踏在石板上,分外脆响惊心。沿着墙根跑了一段,何七咬着刀,含混不清地说:跑进那片林子,那些人就休想拿住我们。

催马跑近一处城墙豁口,眼看就要拐进通向林子的泥路。不提防从豁口中呼啦啦涌出一群百姓,大哭小嚎,汹汹如水。何七一个箭步跳到另一侧,用身子护住马头,免得难民们惊了马,伤着何腾蛟。

难民冲近马前时,有一个老者那日见过何腾蛟在府衙前赈粥,还记得面貌。扑过来抱住靴腿大喊:“督师大人救救湘潭百姓!”

那群人一听说这是督师,也一齐拥到跟前哭喊。

何七急得双脚乱跳,连推带搡,想挤出一条路,让黑马冲出去。无奈他越是推搡,难民越是死死拽住,哭喊不休。何腾蛟俯下身子,连声宽慰众人,但众声嘈杂,自己也听不见自己的声音。他把心一横,在马镫上站起身来,拱手大声说:

“众位父老休要惊慌,百事有我何腾蛟在这里!”

说完,拨转马头,径从豁口进去,走向府衙方向。何七跳过来抓住缰绳,拼命往外面拽。但挡不住人流如潮,连他也卷了进去……

走不多远,又有一群百姓哭喊拥奔过来,后面一阵爆豆似的马蹄声、脚步声,送过来十多匹高头大马,鞍上是一色的彪形凶悍的清兵。随后又是无数步兵,凶神恶煞地挥刀呐喊,跟着马蹄冲来。

百姓们吓得连连后退,剩何腾蛟独在前面。他站在马镫上,高高举起右手,迎着清军大喊:“何腾蛟在这里!不可伤害百姓——”

何七不等何腾蛟说完,抓住马嚼子把黑马往人丛中推进去,自己返身冲上去,迎住清兵砍杀起来。

杨叔彦驰到湘潭,只比清军晚了一步。他刚冲上一座石桥,就亲眼遥见敌兵冲进城门。他裂眦大吼,挥刀猛冲过去,想趁敌军立足未稳,斩将夺关。

但已来不及了。他刚砍倒两个骑兵,便被众多敌兵刀枪乱抡,一步步逼出护城沟外。他奋力杀去,又被推出。后面的清兵越来越多。他一连攻阵六次,杀到核心,又突围而出,被逼得越来越远。打起精神第七次扑杀进去,到了石桥上,一阵乱箭飞来,身上连中中三箭,有一枝射进了咽喉。

眼看几骑清兵冲来擒拿,杨叔彦从马背上一歪,摔进滔滔的流水。

何腾蛟被清兵和百姓汇成的人群簇拥着,寸步难移。他看见何七就像一只骁悍的大花豹冲入羊群,左冲右突,锐不可当。左手盾牌刚挡住对方刺来的刀枪,右手的钢枪已经闪电般刺出去,敌人便应声而倒。转过身,左一挡、右一刺,又是一个敌兵倒地。几个敌兵冲过来,刀枪齐出,碰着他身上的铁盔铁甲铁链,铿然有声,随即钢枪如奔星,又一个横尸眼前。那些清兵从未见过这样的装束和打法,先自骇异心慌,更抵不住那暴风骤雨般的步法手法。一见横七竖八堆满死伤伙伴,越发不敢与何七正面相见。胆大的围着他转,胆小的落荒而去,更长了何七的威风。一些民勇和青壮年百姓,也都趁势扭住清兵厮拼。

地上陈尸越积越多,后援清兵又被杨叔彦牵制在城外,与何七等人厮杀的清兵不知缘故,只见伙伴越战越少,不觉心虚起来,边打边退。这时,何七身上的铁甲和铁链的缝隙中,流出了殷殷鲜血,显然已多处负伤。但他浑然不觉,越战越勇,腾挪如飞,像苗乡的斑斓大豹在险峻狭窄的峡谷中撒欢放泼,把何腾蛟也看呆了。他听母亲和族中耆老们夸赞何七如何勇猛,但也没有料到平日朴讷如乡农的何七,竟是虎贲、周处一流的猛士。

何七追杀着清兵,渐渐逼近何腾蛟马匹,忽然将盾牌向一个清兵迎头砸去,打得那人翻倒在一个地上伤兵身上,又直翻过去,几个人磕磕绊绊,接连翻倒。何七趁乱将马臀一拍,冲上去抓住缰绳就跑。那班清兵猝不及防,目瞪口呆地望着网中之鱼的高贵俘虏飞一般跑掉……

看看已来近城门,猛不妨一标人马冲了过来。一群清兵,簇拥着一个骑着铁青大马的清将,铁蹄杂沓,汹汹而来。

何七发出一声伤兽般的嚎叫,旋风似地卷到敌马前,右手一递,钢枪就刺了出去。

那青马本就十分高大,又被来人一惊,咴咴一声啸,人立起来。那条钢枪连锋带柄,一齐捅进了马腹之中。鲜血还未及喷出,战马已颓然倒地,将背上的骑者摔了下来,压在身下。何七将起先砸了盾牌后就已握在左手的短刀换到右手,又朝那清将扑过去,但身上已连被七八枝刀枪砍刺进去……

不容他们近身,何七右臂一弯,雪亮的短刀倏地捅进了自己的胸膛。

那员清将被军士从马腹下拉出来,两个人扶着,一跛一跛走到何腾蛟马前,毕恭毕敬行礼问候:“督师大人别来无恙……”

何腾蛟端然兀坐在马背上,低下眼睛睨视这缨帽后面拖条假辫子,马褂罩着战袍的将官,半晌问道:“你是徐勇?”

“是标下。”

这徐勇在何腾蛟麾下数年,熟知他的脾性。如今虽已时过境迁,成了敌国,却仍然禁不住心里发毛。

何腾蛟啐了一口,骂道:“你不是大明将军么?几时剃光了受之父母的头发,拖上这根畜生尾巴?几时脱却了天朝衣冠,换上禽趾兽蹄的皮毛?”

徐勇揩着脸上的唾沫,又羞又恼,却不敢发作。恭顺王孔有德再三嘱咐诸营,万一捉到何腾蛟,绝不许损伤毫发。如今何腾蛟已然就擒,如果一旦醒悟归顺大清,那颗贵阳王金印不是早就为他准备着的么?今日岂敢在他面前造次,留下异日的祸根?徐勇咬牙按下怒火,换上谦卑表情,拱手说:“何公!事已至此,正好与太夫人及阖府宝眷团聚……”

说完就双膝跪下,高拱过顶。周围兵将一见,也慌忙趴在地上,黑压压跪了一地。

何腾蛟冷冷地说:“要去何处,走吧!”

徐勇惊喜地站起来,躬身说:“督师请——”

何腾蛟牵动缰绳,径自向着倒卧血泊之中的何七走过去。跳下马,弯腰审视着何七狙犷憨厚的脸庞。这才发现何七尚未断气。盔甲铁链都已零落,浑身宛如一个血人。喉头还见微动,胸膛像风箱一样发出细微的锐声。胸口上深插着那柄短刀,随着喘息,刀沿上冒出血沫。

何腾蛟忍泪贴近何七耳朵,朗声说:“何七,死得好!死得好!你在前头稍候,腾蛟随后来了!”

他正要起身，却见何七脸上筋肉不住痉挛，无光的大眼瞪着自己，厚厚的嘴唇翕动着，似乎想说什么话。何腾蛟领悟了，何七是剧痛难忍，又不愿死在敌人手中。转眼一瞥，好几个清兵捏着刀，狞视着地上的何七，显然想等主将离去，便好发泄适才被何七砍杀之愤。

他咬紧牙关，俯身对何七大声说："何七，我明白你的心愿。你忠直一生，到了九泉也不愧对何氏祖宗。你岂能受辱于丧心忘耻之辈……我这个做叔祖的，今天送你一程！"

说罢，握住何七胸上刀柄，紧闭双眼，用力向心房一送。

何七一声不出，两眼慢慢合上。

何腾蛟立起身，整衣掸冠敬拜了三拜。站起来，定定地望着徐勇。

徐勇把眼光避开，挥手说："把这个蛮子掩埋了。"

何腾蛟说："徐勇！你虽降了敌营，总还是个人，不可荼毒父老，掠劫乡井！"

徐勇咬着牙，悻悻地喝问标下兵将："听见了没有？"

李赤心率领精锐赶到离湘潭还有四十余里的路上，探子回来报告湘潭陷落，何督师被俘的消息。

李赤心翻身下马，向着湘潭方向跪下，失声痛哭。

十二

何腾蛟被软禁在湘潭郊外大埠桥畔的慧德庵，五天五夜水米不进，居然没有死。

他一半昏迷一半醒。躯壳又软弱又沉重，燥渴不堪；魂魄却自在无羁，从心所欲地缥缈在似梦非梦的境界之中。

似乎又走在那条通向南泉山天香阁的山径上。那条盘在路中央的巨蛇，昂起了大半截身子，张大血红的嘴，与他争路。他冷笑说："难道何腾蛟能从你腹下爬过去不成！"猛地举起足，从那锐如钢叉、闪动如火焰的蛇信上直跨过去。

似乎又是那年长沙失陷，自己被王进才标下副将保护着撤到衡山，在那里与从湘阴重围中夺路而出的章旷重逢。章旷握手流泪说："将在内而相在外，客强而主弱，事势久不可为，全凭督师与我一片心血，支持两载。如今长沙、湘潭一并失守，南天一壁从此瓦解，更如何收拾……"

似乎还是孩提时候在家乡。不知谁家大嫂舀了一挑古榕树下神鱼井的水，摆在井栏边。那水透明澄澈，不渴也想喝一口。可是无瓢无勺。何腾蛟折来一根麦秆，伸进水桶，满满吸了一口，冰得牙疼，连忙咽下。额头立刻痛起来。又接连喝了一气，太阳穴胀得要裂开似的。随即，口中甘甜，浑身清爽……

倏然清醒过来。几天来胃肠饿了痛，痛了饿，绞得他几次昏厥。后来，不知道饿也不知道痛了，只是虚弱，只是心渴。仿佛腹中炙着一股火，既不燃烧，也不熄灭，只是烤、烤、烤，直至要将血肉和灵魂烤焦焙干，化为青烟，无可再焙烤而后止。

幻景带来的一丝湿意从喉头消失，心中那股火更加炙得难以禁受。他睁开眼，望望照例摆在那儿从热变冷、逐餐更换的菜饭水壶，向着南方坐正身子，又合上眼昏睡过去。

不知过了多久，被一阵响动惊觉，睁开眼，见一个清兵旗牌站在门边，恭敬行礼说：

"奉王爷恩瑜，何大人的宝眷来看何大人了。"

何腾蛟好一阵没明白这话的意思。等领悟过来，抬眼从敞开的大门望出去，果然一大群人挤在小小石院里。最显眼的中间前排位置上，是一个五十多岁的妇女，搀扶着一个鬓发如雪的老婆婆，颤巍巍地拄着根大拐杖，空着的那只手不住揩眼泪，巴巴地向这边窥望。确实是夫人徐氏和继母孙太夫人。接着又陆续认出了几个亲族中的人。

又一次诱降的花样。太卑鄙了！可是何腾蛟连愤怒的力气也没有了。

为了劝降何腾蛟，清廷真是煞费苦心。先是派降将董英前来，何腾蛟说：

"你不是我七省督师厅前大将、浏阳伯董英么？今日这模样，你有脸来见本督，本督却无脸见这毁形昧心的叛贼！"一阵痛骂，将他撵走。

继而差固山额真佟养和前来劝说。何腾蛟听说是佟养和，向他作了个揖：

“据闻佟公在武昌待我老母甚善，何腾蛟身为人子，当谢此德！”

但对佟养和的劝说，听而不闻。只如老僧入定，任佟养和白说了两个时辰，没趣而去。

今天又想以亲人之情来引诱了。何腾蛟闭眼靠壁坐着，静待下文。

那个旗牌从怀里掏出个折子，大声唱起姓名来。被喊到名字的何氏族中人，便按事先严厉吩咐的安排，慢慢从何腾蛟门口走过，让他看仔细。

“何文粱——”

“何秋笙——”

“何福笙——”

“何文惠——”

何腾蛟没有睁眼，脸上筋肉也没牵动一丝，宛如泥塑木雕。但每听到一个名字，眼前便会浮现出一个或清秀、或粗壮，或清晰、或模糊的面庞。也有些个名字听了全无印象，毕竟离乡久远了。他还默默暗记着唱过的人数：七、八、十五、二十一……

“孙太夫人——徐氏夫人——”

唱名人提高嗓子报出两个分量最重的名字。

何腾蛟张开了眼睛，目迎着在媳妇搀扶下的老人蹒跚走来。快到门口时，何腾蛟俯下身子拜了四拜，竭力说：“母亲老了，就此拜别！”

徐氏夫人哑声痛哭，扶着浑身抖颤的婆婆走过去。

何腾蛟目送她们走远，不见了影子，又闭上眼睛兀坐。心中想：刚才共唱了四十三个人。想来最初被掳的百余口人，剩下的也就是这个数了。并且其中除了母亲和妻子，没有别的妇女，也没有孩童，想必他们都死在前边了吧？那么，这剩下的四十多人又会是如何结局呢？也将是一个一个或一批一批死在凌辱虐待中吧……

随即又昏迷过去……

“何公！何公——”

睁开眼，见是佟养和又站在面前，就微微点一下头。

“何公！”佟养和带着毕恭毕敬的笑容，“乌金王爷差卑职带来了亲笔书信——”

何腾蛟又闭上眼睛，不看向他伸过来的手。佟养和尴尬了一会，想出个办法：拆开书信，对着何腾蛟朗读。何腾蛟无法制止，只得任他自念，心想看看这个没听见过的乌金王能说些什么。

听了一会，忽然出声问道：“怎么说？”

佟养和怔了一下，又惊又喜，忙答道：

“王爷信中说：如今上天厌弃朱明，中原神器有主。何公还想收已倾之水，燃久死之灰，奋不顾身，单骑被执。何公之忠心与文天祥同一辙，而境遇之艰难更加数倍。孤忠亮节，谁不怜惋？今日何公之道已尽，已无愧怍于朱氏，宜乎承合天意，知命来归……”

他等待着何腾蛟的反驳。可是没有。何腾蛟沉默不语。佟养和喜得心口乱跳，等待着这一重大抉择的到来。

虚弱瘖哑的声音终于响起来：

“我何腾蛟少壮立朝，运逢屯蹇。所以苟延直到今日，实是想步郭汾阳之后尘，中兴我大明国运。不想志切而才疏，以致有今日之狼狈。负恩辱国，罪不容诛，哪里还有觍颜丧心、苟延人世之理！”

佟养和钳口结舌地望着何腾蛟。

“请转告尊主：何腾蚊头可断，心可剖，此意天地可为证。”

佟养和结结巴巴说：“王爷书信中还有一句话：如何公来归，当不让洪承畴之一席。”

听见这个曾为举朝所钦仰的“文武全才”重臣的姓名，何腾蛟心口一阵紧缩，透不过气。故意问道：“哪一个洪承畴？”

佟养和道：“自然是大清镶黄旗总督军务洪大人。”

“哦——不知其人。”何腾蛟说，“我当是说我大明兵部尚书、蓟辽总督洪承畴。其人已在崇祯十五年殉国了，先帝还御笔亲撰过祭文。”

说完又闭上眼睛，不再理睬，任他呆立一阵，没趣而去。

但独自咀嚼着“上天厌弃朱明，中原神器有主”这句话，惘然若失，百味齐袭。刚才佟养和只当他心有所动，不知他是无言答对。他想起颟顸的弘光、褊急的隆武、孱弱的永历，以及“僭立”的绍武、海上的监国鲁王——这些走马灯一样更换的皇帝，想起将这些皇帝控制在股掌之上的马士英、郑芝龙、刘承胤、郝永忠者流；想起千里赤地、路尸饿殍；想起前些年一竿揭而万夫应的李自成、张献忠……

为了“与天地辩盛衰之道，与世界辨治乱之关”，五年来，将一腔心血呕沥在这三湘地域,苍梧山侧,历尽了千辛万苦。《水经》说苍梧山"罗岩九举,各导一溪,岫壑负阻,异岭同势,游者疑焉",所以又名"九疑山"。这几年的中兴事业,越治越乱,比九疑山的山势更加扑朔迷离,错综万端。时至今日,似乎盛衰之运已明,治乱之关已辨,朱明坍缺之天已是炼石难补的了。

在湘潭困守空城时,何七不住要求何腾蛟及时撤走。何腾蛟教导这个侄孙说:

"看来国事已不可为。不可为而偏要为,并非我不智,而是不能不为。譬如父母病危,子女虽心中明白,却决无坐视父母等死而不尽心延医救治之理吧?我们就是尽这一片心延医救治,以听天意。懂了吗?"

如今何腾蛟省悟透彻:自己的事已了,心已尽,力已竭,只欠一死。自己一心想做郭子仪,不愿做文天祥;临了正是只能做文天祥。这命运是抗不过的。

文文山绝笔说:"以其仁尽,所以义至。"想到此,顿时觉得无挂无碍,一了百了,安心等候大限的到来。

第七天了。何腾蛟仍然绝食,仍然不死。

又有个声音在耳边唤。连睁眼的意识也不复存在了。只想就这么舒舒服服进入长眠。

然而那声音比他更执拗。一声。又一声。第三声。轻缓而不屈不挠。

于是那像微尘一样散漫、一样淡薄的生命,又被迫凝聚起来、凝聚起来。他睁开眼睛面前还是那个佟养和。

何腾蛟挤出最后一点气力说:

"请转告尊主:大王还少了降官降将么?如真把何腾蛟看成个血性男子,又何惜赐我一剑呢?"

他勉强来得及看到佟养和长揖到地,就晕了过去。等醒过来,室中已经无人,地上却多了一根淡黄色的新麻绳。

他明白这是佟养和对他表示的最后敬意:让他自我结束,并得一个全尸。

努力伸出手去,好不容易才摸到那绳子,拉到怀里。忽然记起吴炳在湘山寺殉难,也是一根绳子。他还与瞿式耜一道去那间佛殿凭吊,奠过三杯素酒。

五年前从左良玉军船上投江,自分必死,心里呼唤过史可法,将未了心愿遥遥托付给他。今天心中想到的是瞿式耜。式翁:担子落在你肩上了,好自为之!努力珍摄!尽你自己那一片心,那一份责吧……

想扶壁站起来,但已力不从心。这时,一个中年和尚轻轻走进来,合什稽首。那天被押进此庵,见庵中就是这个僧人。后来每日的饭食饮水,按时送来,又原样端走,也是他料理。想必这也是佟养和的安排。何腾蛟挣扎着说:

"烦劳大和尚,为我取一勺附近一宿河的水来,我饮了好上路。"

和尚道:"江水清冽,大人尽管放心饮用!"

“此间水已染腥秽,不愿污我肝肠。一宿河自我大明土地流来,容我受用一口。”

和尚嘴唇颤抖着,连连应声去了。

何腾蛟撑持着将蓬乱的头发理理,系正发巾,掸掸衣衫和靴子。又合眼等了一阵,和尚果然捧了一钵清水进来。

何腾蛟双手捧起,低头就钵,将沁得牙髓疼痛的凉水饱饮一气。放下钵,只觉五脏六腑都成了坚冰凝雪。等太阳穴的剧痛消失,身子也有了些力气。扶着墙站起来,喘息一下,捏着绳子往外走。僧人忙过来搀着,何腾蛟半倚着他,极慢地走出庵门。

出门才发现正下着蒙蒙细雨。四下一片灰白,远山近树从雨雾中渗出些或浓或淡的影子。何腾蛟觑着眼,寻找一块中意的去处。

几个守庵的清兵围了过来。何腾蛟厉声道:

“我要死在一处开阔些的地方!”

卫兵们面面相觑。又不敢拦阻,只好默默让开,远远跟着。

喘着气朝大埠桥慢慢走去。

和尚扶着何腾蛟,小声说:“适才替大人恳求佟固山,让大人从水路……走……”

何腾蛟诧异问:“哦,为甚么呢?”

和尚压低声音说:“人说大人是神鱼下凡,入水不碍。那年跳进大江,未损毫发……”

何腾蛟被这份天真的好心感动了,好奇地问:“那么,他答允了没有?”

和尚沮丧地摇头。

想是佟养和也害怕绝食七天、年近六旬的何腾蛟真个又从水里逃生，东山再起吧。何腾蛟不觉苦笑。

和尚又小声说："大人可知，那个刘承胤和傅上瑞、王允成等人，全家合族，连同标下共三千多人，尽都被清兵杀了。"

"怎么？他们不是都真心投降的么？"

"听说是陈友龙杀清兵太多，他原是刘承胤标下，所以杀了刘承胤等人来出气……"

何腾蛟点头不言。好一阵才自语道："人生自古谁无死，只看怎么死……"

又走了几步，何腾蛟问："大和尚知书么？"

"粗通文墨，原是个秀才。"

"学生做了一首绝命诗，已用佟养和送来的笔墨，写在这衣襟边上。烦劳大和尚代为收藏，如遇机缘凑巧时，交给我儿子何文瑞，或交朝中户科蒙正发，或交留守大学士瞿公，我感激不尽。"

和尚连声答应。何腾蛟一边走，一边扯下那幅破衣襟。和尚立即塞进僧袍大袖之中。

慢慢来到大桥旁边，凹地上有棵其大无朋的榕树，何腾蛟选了根横斜的虬枝说："就是这里了。"

将手中长绳往枝上甩，几次都因力气不济，未能搭上。喘着气将绳子递给旁边泪流满面的和尚。和尚吓得双手合十，不说："罪过罪过，小僧怎敢造次！"

何腾蛟笑笑说："请大和尚成全！"

僧人哭出声来，接过绳子甩上横枝，然后双膝跪下，向何腾蛟行了个五体投地的佛礼。

"何腾蛟求仁得仁，大和尚要为我高兴，不要为我难过。"

何腾蛟将绳子挽了个套。和尚掩面踉跄跑开。合十闭眼，宣念佛号，求佛祖接引何督师英魂西归，一任雨水混着泪水纵横满脸，全身渐渐湿透……

这日是南明永历三年正月二十六日，清朝顺治六年。岁在己丑，公元一六四九年。终年五十八岁。

后来传到何文瑞手中的绝命诗是一首七律：

天乎人事苦难留，眉锁湘江水不流。
炼石有心嗟一木，凌云无计慰三洲。
河山赤地风悲角，社稷怀人雨溢秋。
尽瘁未能时已逝，年年鹃血染宗周。

何腾蛟殉节消息传到三湘各镇，一时三军痛哭，悲声震天。永历皇帝废膳撤朝。瞿式耜望着大哭通宵的蒙正发咬牙说："等那堵胤锡入朝，瞿某要生吃了他！"

堵胤锡本人却冒险单骑去到回雁峰上，望着天边遥祭何腾蛟，痛不欲生。

八月初一，永历帝为何腾蛟举行祭礼，抚灵位大哭，三呼何先生，三酹酒。接着,瞿式耜和在廷各省文武大臣公祭。何文瑞设家祭。瞿式耜、蒙正发以及在汛地的李赤心、马进忠、赵印选、胡一青等均各有私祭。三军缟素,悲恸声闻四十里。湖南各郡百姓,无数人痛哭流涕,争立何督师神主牌为祀。

因何腾蛟殉节中湘,追赠中湘王,谥文烈。

何腾蛟死后两年,他唯一在世的亲人、兵部侍郎何文瑞督兵昆仑关,与清兵相持数月,染瘴疫死于军营。病中诸将劝他回南宁医治,他说:

“马革裹尸,古今壮之。我与其死于妻子之侧,何如死于诸位将军之侧,犹不失为身死封疆,无愧见先中湘王于地下。”

文瑞的弟弟德生、长生,早被清军溺于汉水。祖母、母亲和族中剩下的四十多口人,在何腾蛟死后也先后殉难殆尽。

何腾蛟遗骸,是那位慧德庵的和尚掩埋的。十七年后才由远房亲属归葬于黎平故乡。

余 韵

在山高皇帝远的黎平乡间,何腾蛟的故宅日益颓圮,墓草日益荒芜。他一家人的故事也渐渐被人们淡忘。但在月白风清之夜,木楼茅舍之中,偶尔还听得乡人有口无心地哼着那支早已成为陈迹的歌谣：

> 难得何督师，一木撑持大厦。可怜章北院，身死报国家。最可叹，各镇不用命厮杀……

这歌是当年何腾蛟亲标的黎平军士，从湖南带回家乡的；但歌里唱到的人和他们的故事，被时间湮没得越来越深，听的人和唱的人都不复明白它的来龙去脉了。

只有何家老宅附近那口神鱼井，仍然黑森森地闪烁着萤火般的涟漪。水中有很多红鱼白鱼。但地方上的耆老们总不会忘记声明，这已不是何腾蛟诞生时飞来的那对神鱼，而只是后来人们放养的凡鱼罢了。

一九八二年十二月五日初稿

一九八三年七月六日修改

二〇一三年十一月十一日校订

后记

这篇小说出版单行本后,就再也没有重看过它。近日校阅,发现时间竟已过去了三十年之久。在这段时间里,先后失去了母亲和三个妹妹、两个妹夫,还有几位最要好的师友。真有“此身虽在堪惊”(陈与义词)之感。

从历史的角度看,顺治朝显然比崇祯朝好,朱明政权的灭亡是不可挽回的,何腾蛟等人的努力注定是“可怜无补费精神”。用历史必然论者的语言,甚至是“对历史规律的反动”。但我无意于全面评价这段历史,我要做的,是写这么一群人:在国家、家庭与个人遭遇生死存亡大危机时,他们各自作出的人生选择和命运担当。如果一定要归纳出一个主题,那就是:“兴,百姓苦;亡,百姓苦。”(元人句)我们这个文明古国的数千年往事,就是一次又一次无休止的、周而复始的暴力轮回。政权更迭,总是以暴力抗暴政始,以变成暴政被暴力反抗终,陷入“合久必分,分久必合”的历史循环圈。始终不变的,就是百姓流血。“你吃了什么,大地,怎么总这样渴?/这么多泪,这么多血,还不解你的渴?”(裴多菲诗),想起真令人伤心。

南明(尤其是前期)这一段历史非常复杂:政权多头、更迭频数、头绪纷繁、地域阻隔。所以虽然陆续发现的文字资料不少,且多为个人的回忆纪实文字,但由于地位、处境、性格、利害的各不相同,对同一件事,往往对来龙去脉、所见所闻、是非判断,都各执一词、党同伐异,成了典型的“罗生门现象”好例。后世史学家进行艰苦的爬梳研究,写出严谨的学术论著,相互间对人对事的评价臧否也不尽一致。其实,任何一段历史,都不可能靠后世的研究得出事实完全准确、是非绝对公正、结论永无异议的“终结者文献”。所谓“历史是胜利者的历史”,如此而已。而文学的目标在写人,个体的人,恰好运用庄子的是非相对观点来考察和书写事中之人,人中之事,尤其是“势”(时代之大势、局部之形势、具体之动势)中之人与事。

本书中的大小情节,直至隶卒小吏的姓名,都是出自亲历者的纪实文字。我对写历史故事,觉得从大事件、大情节到小情节甚至细节,都应当尽可能有史料出处,过度使用小说创作的虚构权会削弱阅读的信任感。所说史料当然包括正史之外的野史、笔记等等。野史笔记中的记载,往往更要接近真实,合乎情理。本书中只有一个虚构人物,就是何七。我想何腾蛟不可能没有一个亲随保镖人物。

那年写这篇小说时,曾有朋友建议写成那种“史诗型”的多卷本长篇小说,全方位地反映这一段历史时期的社会面貌。但我不想这么做。这种鸿篇巨制不仅要作者“皓首穷一经”,更因力求“全方位”,会弄得内容庞杂、头绪纷繁、块面并列、整体感弱,让一般读者既佩服又生畏，很难下大决心去开卷。号称经典中之经典的《尤利西斯》和《追忆逝水年华》，据专家文章说，真正阅读的人寥寥无几。我几次痛下决心，还是废然作罢。记得“文革”结束后，文学刊物如雨后春笋，刊出许多十万字上下的外国小说译文，一般称为“小长篇”，这种篇幅和容量深获我心，觉得是最惬意的形式。当时是想写成《南明三部曲》：三个小长篇，第一部写何腾蛟，第二部写瞿式耜，第三部写李定国。第二部写出初稿后，忽然没兴致了，一直扔到现在。

这次校阅，主要是对文字做了一次梳理，字句有极少量的增删。单行本的自序和后记不再保留。

二〇一三年十一月十二日